EL PRÍNCIPE SERPIENTE

ELIZABETH HOYT

EL PRÍNCIPE SERPIENTE

Titania Editores

ARGENTINA - CHILE - COLOMBIA - ESPAÑA
ESTADOS UNIDOS - MÉXICO - PERÚ - URUGUAY - VENEZUELA

Título original: *The Serpent Prince*
Editor original: Forever, An Imprint of Grand Central Publishing, Hachette
Book Group USA, Inc., New York
Traducción: Claudia Viñas Donoso

Copyright © 2007 *by* Nancy M. Finney
This edition published by arrangement with Warner Books,
New York, NY, USA
All Rights Reserved
© 2010 *by* Ediciones Urano, S.A.
   Aribau, 142, pral. - 08036 Barcelona
   www.titania.org
   atencion@titania.org

ISBN: 978-84-96711-85-3
Depósito legal: B-18.913-2010

Fotocomposición: A.P.G. Estudi Gràfic, S.L.
Impreso por Romanyà Valls, S.A. - Verdaguer, 1 - 08786 Capellades
(Barcelona)

Impreso en España - *Printed in Spain*

Para Jade Lee, la compañera crítica que lo tiene todo,
café, chocolate y sabiduría, no necesariamente en ese orden

Agradecimientos

Gracias a Melanie Murray, sabia y maravillosa editora, y a mi agente Susannah Tayor, por estar siempre atenta a los detalles.

Capítulo 1

Maiden Hill, Inglaterra
Noviembre de 1760

*E*l hombre que yacía muerto a los pies de Lucinda Craddock-Hayes parecía un dios caído. El dios Apolo o, más probablemente, Marte, el causante de guerras, había tomado forma humana y caído del cielo para que lo encontrara una joven soltera en el camino a su casa. Aunque claro, los dioses no sangran.

Ni mueren, si es por eso.

—Señor Hedge —llamó Lucy, por encima del hombro.

Miró a ambos lados del camino que llevaba del pueblo Maiden Hill a la casa Craddock-Hayes; estaba igual que antes que encontrara al hombre; estaba desierto, aparte de ella, del criado que venía resollando detrás y del cadáver que yacía en la cuneta. El cielo invernal estaba cubierto por nubes grises. Ya comenzaba a oscurecer, aunque aún no eran las cinco de la tarde. Los árboles sin hojas que bordeaban el camino se veían silenciosos y fríos.

Tiritando por el frío y la impresión, se arrebujó más la capa, que se le había deslizado por los hombros. El hombre muerto estaba tirado en la cuneta, desnudo, todo magullado y boca abajo. Los largos contornos de su espalda estaban cubiertos de sangre, que le manaba del hombro derecho; más abajo las delgadas caderas, las piernas musculosas y velludas, y los pies huesudos, curiosamente elegantes. Pestañeó y volvió a mirarle la cara. Aun estando muerto, era guapo; la cabeza girada hacia un lado dejaba ver un perfil patricio, una nariz larga, pómulos altos y una boca ancha. Una ceja sobre el ojo cerrado estaba partida por una cicatriz; el pelo claro muy corto le caía liso sobre el cráneo en los lugares donde no estaba enmarañado y apelmazado por la sangre. Tenía la mano izquierda sobre la cabeza y en el índice se veía una marca que indicaba que ahí debía llevar un anillo; sus asesinos debieron robárselo junto con todo lo demás. Alrededor del cuerpo el barro estaba revuelto y cerca de la cadera se veía la honda huella del tacón de una bota. Aparte de eso, no había ninguna señal que indicara quién lo dejó tirado ahí como quien tira menudillos.

Sintió el escozor de tontas lágrimas en los ojos. Le parecía un insulto terrible que sus asesinos lo hubieran dejado ahí de esa manera: desnudo, degradado. Eso lo encontraba insoportablemente triste. Boba, se reprendió. Oyó los sonidos de unos pasos arrastrados y de unas palabras masculladas. Se apresuró a limpiarse de lágrimas las mejillas.

—Primero va a visitar a los Jones y a todos los jodidos mocosos Jones. Luego subimos toooda la colina para ver a la antipática vieja Hardy, no sé por qué aún no la han puesto a reposar bajo tierra con una pala. Después, claro, ella necesita pasar por la casa del párroco. Y yo, acarreando enormes tarros de mermelada de allá para acá.

Lucy reprimió el deseo de poner en blanco los ojos. Hedge, su criado, llevaba un grasiento tricornio calado sobre una mata de pelo cano. Sus polvorientos chaqueta y chaleco eran igualmente desaliñados, y había decidido destacar sus piernas arqueadas con unas medias con escudetes rojos bordados, sin duda ya desechadas por su padre.

Él se detuvo a su lado.

—¡Ay, Dios, un mortal!

Con la sorpresa el hombrecillo había olvidado encorvarse, pero en el instante en que ella se giró hacia él, pareció desmoronarse su fuerte cuerpo. Se le dobló la espalda y sus hombros se hundieron como si le hubiera caído encima el horrible peso de la cesta de ella ya vacía, y la cabeza le quedó colgando hacia un lado, lánguida. A modo de remache, sacó un pañuelo a cuadros y se lo pasó por la frente como si le costara muchísimo esfuerzo hacer el movimiento.

Lucy no hizo el menor caso; había visto esa representación cientos de veces en su vida, si no miles.

—No sé si yo lo llamaría un mortal, pero desde luego es un cadáver.

—Bueno, es mejor no quedarse aquí mirándolo. Dejemos a los muertos descansar en paz, como digo siempre.

Diciendo eso pasó por su lado para reanudar la marcha. Ella le interceptó el paso.

—No podemos dejarlo aquí.

—¿Por qué no? Estaba aquí antes que usted pasara. Y no lo habría visto si hubiéramos tomado el atajo por el ejido como yo dije.

—De todos modos, lo encontramos. ¿Me hace el favor de ayudarme a llevarlo?

Hedge retrocedió tambaleante, con la incredulidad marcada en la cara.

—¿Llevarlo? ¿A un tipo así de grande? No, a no ser que quiera verme lisiado. Me duele la espalda, la tengo fastidiada desde hace veinte años. No me quejo, pero de todos modos.

—Muy bien —concedió ella—. Tendremos que conseguir una carreta.

—¿Por qué no lo dejamos ahí en paz? Alguien lo encontrará dentro de un rato.

—Señor Hedge...

—Lo apuñalaron en el hombro y tiene todo el cuerpo ensangrentado. Eso no es agradable.

Arrugó la cara hasta dejarla parecida a una calabaza podrida.

—Seguro que él no tenía la intención de que lo apuñalaran, fuera en el hombro o donde fuera, y no creo que podamos hacerlo responsable de eso.

—Pero ha comenzado a descomponerse —protestó Hedge agitando el pañuelo delante de la nariz.

Lucy se abstuvo de decirle que no había ningún mal olor antes que llegara él.

—Esperaré aquí mientras usted va a buscar a Bob el herrero y su carreta.

Hedge frunció las abundantes cejas grises listo para oponerse.

—¿A no ser que prefiera quedarse aquí con el cadáver?

Al instante a él se le deshizo el entrecejo.

—No, señora. Usted sabe qué es lo mejor, seguro. Iré trotando a la herrería.

El cadáver gimió.

Lucy lo miró, sorprendida.

Hedge pegó un salto hacia atrás, declarando lo obvio:

—¡Jesucristo todopoderoso!¡No está muerto!

Buen Dios. Y todo ese tiempo ella había estado ahí discutiendo con Hedge. Se quitó la capa y le cubrió la espalda.

—Páseme su chaqueta.

—Pero...

—¡Inmediatamente!

No se molestó en mirarlo. Rara vez empleaba un tono duro, por lo que era más eficaz cuando lo empleaba.

—Ayyy —gimió Hedge, pero le pasó la chaqueta.

—Vaya a buscar al doctor Fremont. Dígale que es urgente y que debe venir inmediatamente. —Miró severa sus brillantes ojillos—. Y, ¿señor Hedge?

—¿Sí, señora?

—Corra, por favor.

Hedge dejó la cesta en el suelo y se puso en marcha, sorprendentemente rápido, olvidado su dolor de espalda.

Lucy se arrodilló junto al hombre y con la chaqueta de Hedge le envolvió las piernas y le cubrió las nalgas. Después puso la mano bajo su nariz y esperó, casi sin respirar, hasta que sintió el débil roce de su aliento. Sí, estaba vivo. Se sentó sobre los talones y consideró la situación. El hombre estaba sobre el duro y frío suelo de la cuneta formado por barro y malezas medio congelados. Eso no podía ser bueno para él, sobre todo tomando en cuenta sus heridas. Pero como comentara Hedge, era un hombre corpulento, y no sabía si podría moverlo ella sola. Apartó el borde de la capa que le cubría la espalda. A sus ojos inexpertos, la herida en el hombro estaba llena de sangre seca y había dejado de sangrar. Tenía magulladuras y moretones en el resto de la espalda y el costado. A saber cómo tendría la parte delantera.

Y luego estaba la herida en la cabeza.

Movió la cabeza de un lado a otro. El hombre estaba del todo inmóvil y blanco. No era extraño que lo hubiera tomado por muerto. De todos modos, Hedge podría haber estado ya en camino hacia la casa del doctor Fremont mientras discutían acerca del pobre hombre.

Volvió a comprobar si respiraba colocando la palma cerca de sus labios. Su respiración era superficial, pero pareja. Le pasó el dorso de la mano por la fría mejilla; una barba casi invisible le raspó los dedos. ¿Quién sería? Maiden Hill no era tan grande como para que pasara desapercibido un forastero. Sin embargo en las visitas de esa tarde no había oído ningún cotilleo acerca de visitantes. Todo indicaba que él había aparecido ahí en el camino sin que nadie lo advirtiera. También era evidente que además de golpearlo le habían robado. ¿Por qué? ¿Era sencillamente una víctima o de alguna manera se había atraído o buscado esa suerte?

Se rodeó con los brazos al pensar eso último y rezó pidiendo que Hedge se diera prisa. La luz iba desvaneciéndose rápidamente y con ella el calor del día. Un hombre expuesto a los elementos a saber cuánto tiempo. Se mordió el labio.

Si Hedge no volvía pronto no habría necesidad de médico.

—Está muerto.

Esas tajantes palabras dichas al lado de sir Rupert Fletcher sonaron demasiado estridentes en el atiborrado salón de baile. Miró alrededor para ver quiénes estaban tan cerca que pudieran oír y se acercó a su interlocutor, Quincy James.

Apretó con fuerza su bastón de ébano en la mano derecha, para no dejar ver su irritación. Ni su sorpresa.

—¿Qué quieres decir?

—Lo que he dicho —contestó James, sonriendo satisfecho—. Está muerto.

—¿Lo mataste tú?

—No. Envié a mis hombres.

Sir Rupert frunció el entrecejo, intentando comprender esa información. ¿James se había lanzado a actuar por su cuenta y tenido éxito?

—¿Cuántos? —preguntó—. Tus hombres.

El joven se encogió de hombros.

—Tres. Más que suficiente.

—¿Cuándo?

—Esta mañana temprano. Recibí un informe justo antes de salir para acá.

Esbozó una sonrisa engreída que le formó hoyuelos en las mejillas. Al ver sus ojos azul celeste, sus facciones inglesas normales y su figura atlética, muchos lo considerarían un hombre simpático e incluso atractivo.

Esos muchos se equivocarían.

—Supongo que no dejaste ninguna pista que pueda llevar a ti.

A pesar de que intentó hablar tranquilo, debió meterse un cierto filo en su voz.

Se desvaneció la sonrisa de James.

—Los muertos no hablan.

Qué idiota.

—Jum. ¿Dónde?

—Fuera de su casa de ciudad.

Sir Rupert soltó una maldición en voz baja. Matar a un par del reino fuera de su casa era la obra de un imbécil. Su pierna mala le dolía endemoniadamente esa noche, y ahora esa estupidez de James. Apoyó más el peso en su bastón, tratando de pensar.

—¡Cálmate! —dijo James, nervioso—. Nadie los vio.

Sir Rupert arqueó una ceja. Lo protegiera Dios de los aristócratas que decidían pensar y, peor aún, actuar, solos, por su cuenta. El aristócrata típico provenía de tantas generaciones dedicadas al ocio que no le resultaba fácil encontrarse la picha para mear, y mucho menos hacer algo más complicado, como idear y organizar un asesinato.

—Además —continuó James alegremente, sin poder imaginarse sus pensamientos—, le quitaron la ropa y lo dejaron tirado fuera de Londres, a medio día de trayecto. Nadie lo reconocerá ahí. Cuando lo encuentren ya no habrá mucho que reconocer, ¿verdad? Pe-perfectamente seguro.

Dobló la mano y se metió un dedo por el pelo dorado. Lo llevaba sin empolvar, tal vez por vanidad.

Pensando en esa última novedad, sir Rupert bebió un poco de Madeira. El salón de baile estaba sofocante, por la multitud; olía a la cera de las velas, a empalagosos perfumes y a olores corporales. Habían abierto las puertas cristaleras que daban al jardín para que entrara el fresco aire nocturno, pero eso tenía poco efecto en la calurosa sala. El ponche se había acabado hacía media hora y aún faltaban varias horas para el bufete de medianoche. No tenía grandes esperanzas en cuanto a los refrigerios. Su anfitrión, lord Harrington, tenía fama de tacaño, incluso cuando recibía a la flor y nata de la sociedad y a unos cuantos advenedizos como él.

En el centro del salón habían dejado un espacio libre para los bailarines, que giraban ahí en un arco iris de colores. Mozas con elegantes vestidos bordados y el pelo empolvado. Caballeros con sus pelucas y sus mejores e incómodas galas. No les envidiaba esos bonitos movimientos a los jóvenes; tenían que estar chorreando de sudor por debajo de sus sedas y encajes. Lord Harrington, o mejor dicho, lady Harrington, tenía que sentirse gratificada por la masiva asistencia a esa fiesta tan temprano en la temporada. Dicha dama tenía cinco hijas solteras, y dirigía a su ejército como una veterana experimentada, preparada para la batalla. Cuatro de ellas estaban en la pista de baile, del brazo de caballeros cotizables.

Y no era que él estuviera en posición de criticar, teniendo tres hijas menores de veinticuatro años, las tres ya salidas del aula y las tres necesitadas de maridos convenientes. En realidad, Matilda, que estaba a unos veinte pasos acompañada por Sarah, le captó la mirada; arqueó una ceja mirando significativamente hacia el joven Quincy James, que seguía al lado de él.

Negó ligeramente con la cabeza; antes permitiría que una de sus hijas se casara con un perro rabioso. Las señales de comunicación entre ellos estaban bien desarrolladas después de casi tres decenios de matrimonio, así que su señora esposa se giró muy tranquila a charlar con otra señora mayor, sin revelar que había intercambiado información con su marido. Cuando llegaran a casa esa noche tal vez lo interrogaría acerca de James y querría saber por qué el joven no era buen material para el matrimonio, pero en esos momentos ni soñaría con hacer algo que fastidiara a su marido.

Ojalá sus otros socios fueran tan circunspectos.

—No sé por qué te preocupas —dijo James, que al parecer no logró soportar el silencio—. Él no sabía nada acerca de ti. Nadie supo nada acerca de ti.

—Y prefiero que continúe así —dijo sir Rupert en voz baja—. Por el bien de todos.

—Apostaría que lo prefieres. Nos de-dejaste a m-mí con Walker y los otros dos que le diéramos caza en tu lugar.

—En todo caso, él os habría descubierto.

James se rascó el cuero cabelludo con tanta violencia que casi se desarmó la coleta.

—Hay al-algunos a los que to-todavía les gustaría saber acerca de ti.

—Pero no te haría ningún bien traicionarme —dijo sir Rupert secamente, saludando con una venia a un conocido que estaba pasando.

—No he dicho que lo diría.

—Estupendo. Tú te beneficiaste tanto como yo del asunto.

—Sí, pero...

—Entonces, a buen fin no hay mal principio.

—Pa-para ti es f-fácil de-decirlo. —El tartamudeo de James iba en aumento, lo que indicaba que estaba muy nervioso—. Tú no viste cómo quedó Hartwell. Le ensartó la espada en el cuello; tiene que haberse desangrado hasta morir. Sus padrinos dijeron que el duelo duró sólo dos minutos, dos minutos, imagínate. Ho-ho-rroroso.

—Tú eres mejor espadachín de lo que nunca fue Hartwell.

Le sonrió a Julia, su hija mayor, que comenzaba un minué. Llevaba un vestido de un favorecedor tono azul. ¿Se lo había visto antes? Creía que no. Debía ser nuevo. Era de esperar que no lo hubiera arruinado al comprarlo. Su pareja era un conde ya cuarentón. Algo viejo, pero un conde de todos modos.

La histérica voz de James interrumpió sus pensamientos:

—Pe-peller era un excelente espadachín también, y f-fue el primero que mu-mu-rió.

Hablaba demasiado alto. Sir Rupert intentó calmarlo.

—James...

—Retado a duelo por la noche y mu-muerto antes del desayuno a la mañana siguiente.

—Creo que no...

—Pe-perdió tres de-dedos intentando de-defenderse cuando se le cayó la espada de la mano. Después yo tuve que bus-buscarlos en la hierba. ¡D-dios mío!

Personas cercanas giraron la cabeza hacia ellos. El volumen de la voz del joven era cada vez más fuerte.

Momento de separarse, pensó sir Rupert.

—Ya se acabó —dijo, girando la cabeza y mirándolo a los ojos, dominándolo.

A James le comenzó un tic debajo del ojo derecho. Hizo una inspiración para volver a hablar. Sir Rupert se le adelantó:

—Está muerto. Acabas de decírmelo.

—Sí, pero...

—Por lo tanto, no tenemos nada más de qué preocuparnos.

Le hizo una venia y se alejó cojeando. Necesitaba terriblemente otra copa de Madeira.

—No lo quiero en mi casa —declaró el capitán Craddock-Hayes.

Estaba en el vestíbulo de entrada de la casa Craddock-Hayes, de brazos cruzados sobre su fuerte y corpulento pecho, con los pies separados como si estuviera en la cubierta de un barco, la cabeza muy erguida con la peluca puesta, y sus ojos azul mar fijos en un horizonte lejano.

Normalmente el vestíbulo era bastante grande para las necesidades normales, pensó Lucy pesarosa, pero en ese momento parecía haberse encogido, en proporción a la cantidad de personas que había ahí, y el capitán estaba justo en el centro.

Pasó por un lado de él y le hizo un gesto a los hombres que llevaban al desconocido para que avanzaran.

—Sí, papá —dijo—. Arriba en el dormitorio de mi hermano, creo. ¿No le parece, señora Brodie?

El ama de llaves asintió; los volantes de la cofia que enmarcaba sus rojas mejillas se agitaron al compás del movimiento.

—Sí, señorita. La cama ya está hecha y puedo encender el fuego en un instante.

Lucy sonrió aprobadora.

—Estupendo. Gracias, señora Brodie.

El ama de llaves subió a toda prisa la escalera, meciendo su ancho trasero con cada paso.

—Ni siquiera sabes quién es el fulano —continuó su padre—. Podría ser un vagabundo o un asesino. Hedge dijo que lo apuñalaron en la espalda. Qué tipo de hombre recibe una puñalada, te pregunto. ¿Eh? ¿Eh?

—No lo sé —contestó Lucy automáticamente—. ¿Te importaría moverte hacia un lado para que los hombres puedan pasar?

Obediente, su padre arrastró los pies hasta quedar cerca de la pared.

Los labradores jadeaban transportando al desconocido herido. Estaba terriblemente inmóvil, con la cara pálida como si estuviera muerto. Lucy se mordió el labio, tratando de disimular su ansiedad. No lo conocía, ni siquiera sabía de qué color tenía los ojos, pero para ella era importantísimo que viviera. Lo habían colocado sobre una puerta para hacer más fácil el transporte, pero era evidente que su peso y su altura hacían difícil maniobrar. Uno de los hombres soltó una maldición.

—No tolero ese lenguaje en mi casa —dijo el capitán, mirando indignado al culpable.

El hombre se ruborizó y masculló una disculpa.

El capitán asintió.

—¿Qué tipo de padre sería yo si admitiera en mi casa a cualquier tipo de gitano o vago? ¿Con una hija soltera viviendo aquí? ¿Eh? Uno condenadamente malo, eso.

Lucy retenía el aliento mientras miraba a los hombres arreglárselas para subir la escalera.

—Sí, papá —dijo.

—Por eso hay que llevar a otra parte a este tipo. A la casa de Fremont, él es el doctor. O al asilo de los pobres. Tal vez a la casa del párroco, así Penweeble tendría la oportunidad de demostrar algo de caridad cristiana. Ja.

—Tienes toda la razón, pero ya está aquí —dijo Lucy, en tono apaciguador—. Sería una lástima tener que moverlo otra vez.

Uno de los hombres que estaban subiendo la escalera la miró con los ojos desorbitados.

Ella le sonrió tranquilizadora.

—En todo caso es probable que no viva mucho —dijo su padre, ceñudo—. No tiene sentido estropear unas buenas sábanas.

—Me encargaré de que sobrevivan las sábanas —dijo ella, comenzando a subir la escalera.

—Y mi cena, ¿qué? —gruñó él a su espalda—. ¿Eh? ¿Alguien se va a encargar de eso mientras corren a prepararle la habitación a un sinvergüenza?

Ella se giró a mirarlo, apoyada en la baranda.

—Tendremos la cena en la mesa tan pronto como lo vea instalado.

—Bonita cosa cuando el amo de la casa tiene que esperar a que pongan cómodos a los rufianes —gruñó él.

—Siempre eres muy comprensivo —le dijo ella, sonriéndole.

—Bah.

Ella se giró y continuó subiendo la escalera.

—¿Cielo?

Lucy asomó la cabeza por encima de la baranda. Su padre la estaba mirando enfurruñado, con las abundantes cejas blancas fruncidas sobre el puente de su bulbosa nariz roja.

—Ten cuidado con ese hombre.

—Sí, papá.

—Jum —masculló él a su espalda.

Pero ella terminó de subir la escalera a toda prisa y entró en el dormitorio azul. Los hombres ya habían trasladado a la cama al desconocido. Cuando ella entró salieron de la habitación, dejando una huella de barro.

—No debería estar aquí, señorita Lucy —exclamó la señora Brodie, cubriéndole el pecho al hombre con la sábana—. Estando él así.

—Lo vi con mucha menos ropa hace sólo una hora, señora Brodie, se lo aseguro. Al menos ahora está vendado.

—No las partes importantes —bufó la señora Brodie.

—Bueno, tal vez no —concedió Lucy—. Pero no creo que plantee ningún peligro, dado el estado en que se encuentra.

—Sí, pobre caballero —dijo la señora Brodie, dando unas palmaditas sobre la sábana que le cubría el pecho—. Tuvo suerte de que usted lo encontrara cuando lo encontró. Por la mañana ya habría estado congelado, ahí tirado. ¿Quién pudo haber hecho algo tan malvado?

—No lo sé.

—Nadie de Maiden Hill creo yo. Tiene que haber sido gentuza de Londres.

Lucy se abstuvo de señalar que era posible encontrar gentuza incluso en Maiden Hill.

—El doctor Fremont dijo que vendría por la mañana a verle las heridas.

La señora Brodie miró al paciente dudosa, como calculando sus posibilidades de vivir hasta el día siguiente.

—Sí.

Lucy hizo una honda inspiración.

—Supongo que hasta entonces lo único que podemos hacer es ponerlo cómodo. Dejaremos la puerta entreabierta por si se despierta.

—Será mejor que yo vaya a ocuparme de la cena del capitán. Ya sabe cómo se pone cuando se retrasa. Tan pronto como esté sobre la mesa enviaré a Betsy aquí a velar.

Lucy asintió. Sólo tenían esa única criada, Betsy, pero entre las tres tendrían que arreglárselas para cuidar al desconocido.

—Vaya. Yo bajaré dentro de un minuto.

—Muy bien, señorita. —La miró con cierta extrañeza—. Pero no se quede aquí demasiado rato. Su padre va a querer conversar con usted.

Lucy arrugó la nariz y asintió. La señora Brodie sonrió compasiva y salió.

Entonces Lucy miró al desconocido que estaba acostado en la cama de su hermano David, pensando nuevamente en quién sería.

Estaba tan inmóvil que tenía que concentrarse para ver los leves movimientos de elevación y descenso de su pecho. La venda en la cabeza sólo le aumentaba el aspecto de enfermo y destacaba los moretones en la frente. Se veía terriblemente solo. ¿Alguna persona estaría preocupada por él, esperando nerviosa su regreso?

Tenía un brazo fuera de las mantas. Se lo tocó.

Él levantó la mano y le golpeó la muñeca, cogiéndosela. El sobresalto fue tan grande que sólo pudo emitir un chillido de susto. Entonces se encontró mirando los ojos más claros que había visto en su vida; tenían el color del hielo.

—Te voy a matar —dijo él, claramente.

Ella pensó que esas palabras iban dirigidas a ella y le pareció que se le paraba el corazón.

Entonces él miró más allá de ella.

—¿Ethan?

Frunció el ceño como si estuviera perplejo y luego cerró los ojos de ese color tan raro. Antes que pasara un minuto se le aflojó la mano con que le tenía cogida la muñeca y el brazo le cayó sobre la cama.

Lucy respiró. A juzgar por el dolor que sintió en el pecho, esa era la primera respiración que hacía desde que le cogió la muñeca. Se apartó de la cama retrocediendo y friccionándose la sensible muñeca. Ese hombre tenía una fuerza brutal en la mano; tendría moretones por la mañana.

¿A quién le había hablado?

Se estremeció. Fuera quien fuera ese hombre, no lo envidiaba. No oyó ni una pizca de indecisión en su voz; estaba seguro, sin la menor duda, de que mataría a su enemigo. Volvió a mirarlo. Ya tenía la respiración lenta y profunda; daba la impresión de que estaba durmiendo apaciblemente. Si no fuera por el dolor de la muñeca, podría pensar que ese incidente sólo había sido un sueño.

—¡Lucy!

Ese grito sólo podía ser de su padre.

Recogiéndose las faldas, salió y bajó corriendo la escalera.

Su padre ya estaba en el comedor sentado a la cabecera de la mesa con una servilleta en el pecho metida en el cuello.

—No me gusta cenar tarde. Me estropea la digestión. Me paso la mitad de la noche sin poder dormir debido a los borboteos. ¿Es demasiado pedir que en mi casa se sirva la cena a la hora? ¿Eh? ¿Es demasiado?

Lucy fue a sentarse a la derecha de él.

—No, claro que no. Lo siento.

Entró la señora Brodie con una fuente de carne asada acompañada por patatas, puerros y nabos.

—Ja. Esto es lo que a un hombre le gusta ver en su mesa. —Sonriendo de oreja a oreja, cogió el cuchillo y el tenedor, preparándose para trinchar la carne—. Un buen asado inglés. Huele delicioso.

—Gracias, señor —dijo el ama de llaves, haciéndole un guiño a Lucy al girarse para volver a la cocina.

Lucy le sonrió. Gracias a Dios por la señora Brodie.

—Muy bien, pues, prueba esto —dijo su padre, pasándole un plato lleno de comida—. La señora Brodie sabe hacer un buen asado.

—Gracias.

—El asado más sabroso del condado. Necesitas sustento después de haber callejeado toda la tarde, ¿eh?

Lucy bebió un poco de vino, intentando no pensar en el hombre acostado arriba.

—¿Cómo te ha ido hoy con tus memorias? —preguntó.

Él seguía cortando trozos de carne, entusiasmado.

—Excelente, excelente. Escribí una escandalosa historia de hace treinta años. Sobre el capitán Feather, que ahora es almirante, maldito él, y tres isleñas. ¿Sabes que las isleñas no usan...? Jumm.

Se puso a toser y la miró con una expresión que parecía de azoramiento.

—¿Sí? —dijo ella, llevándose a la boca un tenedor lleno de patatas.

—No, nada, nada. —Terminó de llenar su plato y lo puso muy cerca de donde su tripa tocaba la mesa—. Limitémonos a decir que voy a encender un fuego debajo del viejo muchacho después de todo este tiempo. ¡Ja!

Lucy sonrió.

—¡Qué delicioso!

Si su padre terminaba sus memorias y las publicaba, se producirían una veintena de ataques de apoplejía en la armada de Su Majestad.

—Exacto, exacto. —Tragó y bebió un poco de vino—. Ahora bien, no quiero que te preocupes por ese sinvergüenza que has traído a casa.

Lucy bajó la vista al tenedor que tenía en la mano; lo vio temblar ligeramente, y deseó que su padre no lo notara.

—No, papá.

—Has hecho una buena obra, siendo la buena samaritana y todo eso. Tal como te enseñaba tu madre de la Biblia. Ella lo aprobaría. Pero ten presente... —Enterró el tenedor en un trozo de nabo—. He visto heridas en la cabeza. Algunos viven, otros no. Y no hay ni una bendita cosa que se pueda hacer en ningún caso.

Ella sintió bajar el corazón en el pecho.

—¿No crees que vivirá?

—No lo sé —ladró él, impaciente—. Eso es lo que quiero decir. Podría vivir, o no.

Ella cogió un trozo de nabo con el tenedor, tratando de contener las lágrimas.

—Comprendo.

Él dio una fuerte palmada en la mesa.

—Eso es justamente lo que quiero advertirte. No le tomes afecto a ese vagabundo.

A ella se le curvó una comisura de la boca.

—Pero no puedes impedirme que sienta —dijo amablemente—. Lo sentiré, lo quiera o no.

Él formó un feroz entrecejo.

—No quiero verte triste si estira la pata durante la noche.

—Haré lo posible por no entristecerme, papá —prometió.

Pero sabía que ya era demasiado tarde para eso. Si el hombre moría esa noche, lloraría por la mañana, por mucho que prometiera que no.

Él volvió la atención a su plato.

—Ejem. Basta de eso por ahora. Aunque si sobrevive, créeme... —levantó la vista y la clavó con sus ojos azulísimos—, si llega a hacerle daño a un pelo de tu cabeza, saldrá de aquí con una patada en el culo.

Capítulo 2

Cuando Simon Iddesleigh, sexto vizconde Iddesleigh, abrió los ojos, su ángel estaba sentado a un lado de su cama.

Habría pensado que era un sueño terrible, uno de la interminable sucesión de pesadillas que lo atormentaban por las noches, o, peor aún, que no había sobrevivido a la paliza y había dado ese salto infinito saliendo de este mundo y cayendo en el llameante después. Pero estaba casi seguro de que el infierno no olía a lavanda y almidón, no se sentía como lino usado y almohadas de plumón, y en él no se oían los trinos de gorriones ni el frufrú de visillos de gasa.

Además, claro, en el infierno no hay ángeles.

La observó. Su ángel vestía toda de gris, como corresponde a una religiosa. Estaba escribiendo en una inmensa libreta, muy concentrada, con los ojos fijos en el papel bajo unas cejas negras fruncidas. Llevaba el pelo oscuro recogido en un moño en la nuca, que dejaba totalmente a la vista su ancha frente. Fruncía ligeramente los labios al mover la mano sobre el papel. Tal vez estaba anotando sus pecados, los de él. El sonido de la pluma al rascar el papel fue lo que lo despertó.

Cuando los hombres hablan de ángeles, sobre todo refiriéndose al sexo femenino, normalmente emplean un lenguaje florido. Piensan en seres de pelo rubio, mejillas rosadas y labios rojos y húmedos. Le vinieron a la mente esas insípidas muñecas italianas de ojos sin expresión, gruesas y de carnes blandas, ondulantes. Ese no era el tipo de ángel que estaba contemplando él. No, su ángel era del tipo bíblico, del Antiguo Testamento, no del Nuevo. Del tipo no del todo humano, severo y crítico. Del tipo más propenso a arrojar a los hombres a la condenación eterna con un indiferente movimiento de un dedo que a flotar en plumosas alas de paloma. No era probable que hiciera la vista gorda ante alguno que otro defecto en el carácter de una persona.

Exhaló un suspiro. Él tenía bastantes defectos, no unos pocos.

Su ángel debió oír su suspiro. Levantó la vista y lo miró con sus ojos de otro mundo color ámbar.

—¿Está despierto?

Sintió su mirada como si le hubiera puesto una mano en el hombro, y, francamente, esa sensación lo preocupó.

Claro que no dejaría ver su inquietud.

—Eso depende de la definición de «despierto» —dijo, notando que la voz le salió como un graznido; el más mínimo movimiento para hablar hacía que le doliera la cara; en realidad, sentía todo el cuerpo dolorido—. No estoy durmiendo, pero podría estar más despabilado. ¿No tendría algo así como café para apresurar un poco más todo el proceso?

Se incorporó para sentarse y le resultó más difícil de lo debido. Las mantas le bajaron hasta el abdomen.

La mirada del ángel siguió el movimiento de las mantas y frunció el ceño al ver su pecho y vientre desnudos. Ya había caído en desgracia con ella.

—No tenemos café —musitó, mirándole el ombligo—, pero hay té.

—Naturalmente, siempre hay té. ¿Se tomaría la molestia de ayudarme a sentarme, por favor? Uno se encuentra en fastidiosa desventaja tendido de espaldas, por no decir que esta posición hace muy difícil beberse un té sin derramárselo por las orejas.

Ella lo miró dudosa.

—Tal vez debería ir a buscar a Hedge o a mi padre.

—Le aseguro que no muerdo, se lo prometo, de verdad. —Se llevó una mano al corazón—. Ni siquiera escupo.

A ella se le curvaron los labios.

Él se quedó inmóvil.

—Ah, no es un ángel después de todo, ¿verdad?

Ella arqueó ligeramente una negra ceja. Un gesto muy desdeñoso para una señorita de campo; esa expresión iría bien en una duquesa.

—Me llamo Lucinda Craddock-Hayes. ¿Y usted?

—Simon Mathew Raphael Iddesleigh, vizconde, lo siento.

Inclinó la cabeza en una venia, que le salió bastante bien en su opinión, tomando en cuenta su posición.

La dama lo miró impasible.

—¿Es el vizconde Iddesleigh?

—Por desgracia.

—No es de por aquí.

—¿Aquí sería...?

—El pueblo Maiden Hill, de Kent.

—Ah.

¿Kent? ¿Por qué Kent? Alargó el cuello intentando mirar por la ventana, pero los visillos blancos impedían ver con nitidez.

Ella siguió su mirada.

—Está en el dormitorio de mi hermano.

—Ah, muy amable. —Al girar la cabeza notó que la tenía envuelta con algo. Se palpó con una mano y encontró la venda. Seguro que eso lo hacía parecer un completo idiota—. No, no puedo decir que haya estado alguna vez en el bello pueblo Maiden Hill, aunque no me cabe duda de que debe ser muy pintoresco, y la iglesia un famoso lugar de interés turístico.

A ella volvieron a curvársele los labios llenos y rojos en una cautivadora sonrisa.

—¿Cómo lo sabe?

—Siempre las hay en los pueblos y ciudades bellos. —Se miró, aparentemente para arreglarse las mantas, pero en realidad para evitar la extraña tentación de esos labios. Cobarde—. Paso la mayor parte de mi desaprovechado tiempo en Londres. Mi descuidada propiedad está en el norte, en Northumberland. ¿Ha estado en Northumberland?

Ella negó con la cabeza. Sus hermosos ojos color ámbar lo observaban con una desconcertante franqueza, casi como un hombre. Aunque claro, él jamás se había sentido excitado por la mirada de un hombre.

—Pss, pss, es muy rural. De ahí que tenga descuidada mi propiedad. Me gustaría saber qué pretendían exactamente mis antepasados cuando construyeron ese viejo montón de escombros tan lejos de todo. En las cercanías no se ve nada más que niebla y ovejas. De todos modos, como ha estado siglos en la familia, bien podría mantenerla.

—Qué bien —musitó la dama—. Pero ¿por qué le encontramos a sólo media milla de aquí, si nunca ha estado por estos lados?

Lista, ¿eh? Y no se dejaba distraer por su cháchara. Una lata las mujeres inteligentes. Y justamente por eso no debería sentirse fascinado por ella.

—No tengo la menor idea —contestó. Agrandó los ojos—. Tal vez tuve la buena suerte de ser atacado por unos ladrones eficientes. No conformes con dejarme donde caí, me trajeron aquí para que viera más mundo.

—Bah. Dudo mucho que quisieran que volviera a ver algo alguna vez —rebatió ella.

—Mmm, ¿y no habría sido una lástima eso? —preguntó, fingiendo inocencia—. Porque entonces no la habría conocido.

La dama arqueó una ceja y abrió la boca, sin duda para poner en práctica sus dotes inquisidoras, pero él se le adelantó:

—¿Dijo que hay té? Hace un momento me referí al té de modo desdeñoso, pero en realidad me vendrían bien unas gotitas.

Su ángel se ruborizó; un rosado claro cubrió sus blancas mejillas. Ah, una debilidad.

—Perdone. Venga, permítame que le ayude a sentarse.

Colocó sus frescas y pequeñas manos en sus brazos, un contacto inquietantemente erótico, y con la colaboración de él, logró dejarlo sentado; aunque cuando terminó la operación él estaba jadeante, y no sólo por la cercanía de ella. Sentía el hombro como si unos diablillos, o tal vez santos, en su caso, se lo estuvieran pinchando con hierros calientes. Cerró los ojos, y cuando, pasado un momento, los abrió, vio una taza de té bajo sus narices, sobre una bandeja. Alargó la mano derecha para cogerla y de pronto detuvo el movimiento al mirarse el dedo. Le faltaba el anillo de sello. Se lo habían robado.

Ella interpretó mal su vacilación.

—El té es fresco, se lo aseguro.

—Muy amable. —La voz le salió vergonzosamente débil. Le tembló la mano al coger la taza, y notó la ausencia del conocido tintineo cuando su anillo tocaba la porcelana. No se lo había quitado desde la muerte de Ethan—. Condenación.

—No se preocupe. Yo se la sostendré.

Su voz era suave, baja, íntima, aunque tal vez ella no lo sabía. Podría reposar en esa voz, alejarse flotando sobre ella y poner fin a todos sus problemas.

Peligrosa mujer.

Bebió un poco del té tibio.

—¿Le importaría mucho escribir una carta en mi nombre?

—No, claro que no. —Dejó la taza en la bandeja y se retiró a la seguridad de su sillón—. ¿A quién quiere escribirle?

—A mi ayuda de cámara, supongo. Seguro que se va a molestar si aviso a cualquiera de mis conocidos.

—Y eso no nos conviene, lógicamente —dijo ella.

Él detectó risa en su voz. La miró severo, pero ella tenía los ojos grandes e inocentes.

—Me alegra que comprenda el problema —dijo irónico. En realidad, lo que lo preocupaba más era que sus enemigos se enteraran de que seguía vivo—. Mi ayuda de cámara puede traerme diversas cosas, como ropa limpia, un caballo y dinero.

Ella apartó un poco la libreta todavía abierta para apoyar un papel de cartas.

—¿Su nombre?

Él ladeó la cabeza, pero no logró ver la página desde ese ángulo.

—Henry. Cross Road, dos cero siete, Londres. ¿Qué estaba escribiendo antes?

—¿Perdón? —preguntó ella, sin levantar la vista.

Irritante.

—En su libreta. ¿Qué estaba escribiendo?

Ella titubeó, con el lápiz inmóvil sobre el papel de cartas, sin levantar la cabeza.

Él mantuvo la expresión indolente, aunque su interés había aumentado infinitamente.

Ella guardó silencio mientras terminaba de escribir la dirección; después dejó a un lado el papel y lo miró.

—En realidad estaba dibujando.

Cogió el bloc abierto y se lo puso en el regazo.

En la página izquierda había diversos dibujos en viñetas, algunos grandes otros pequeños. Un hombre bajito encorvado llevando una cesta. Un árbol sin hojas. Una puerta con un gozne roto. En la página derecha había un solo dibujo de un hombre dormido. Él. Y no en su mejor aspecto, con la venda en la cabeza y todo. Le produjo una sensación extraña saber que ella lo había estado observando mientras dormía.

—Espero que no le importe —dijo ella.

—No, no, en absoluto. Me alegra ser de cierta utilidad. —Volvió la página. Ahí algunos dibujos estaban embellecidos con acuarelas—. Estos son muy buenos.

—Gracias.

A él se le curvaron solos los labios ante esa confiada respuesta. La mayoría de las damas fingían modestia cuando se les hacía un elogio por algo. La señorita Craddock-Hayes estaba segura de su talento.

Volvió otra página.

—¿Qué es esto?

Los dibujos eran de un árbol en diferentes estaciones del año: invierno, primavera, verano y otoño.

A ella se le tiñeron de rosa las mejillas otra vez.

—Son sólo esbozos, para un pequeño libro de oraciones que deseo regalarle a la señora Hardy, del pueblo. Será un regalo para su cumpleaños.

—¿Hace esto con frecuencia? —Volvió otra página, fascinado; esos no eran los dibujos insípidos de una dama aburrida; tenían una especie de vida vigorosa—. Ilustrar libros, quiero decir —añadió, haciendo trabajar la cabeza.

Ella se encogió de hombros.

—No, no con frecuencia. Sólo lo hago para personas amigas y de ese tipo.

—Entonces tal vez yo le encargue un trabajo. —Levantó la vista a tiempo para verla boquiabierta. Se apresuró a continuar antes que ella le dijera que no entraba en la categoría de «personas amigas»—. Un libro para mi sobrina.

Ella cerró la boca y arqueó las cejas, esperando en silencio que él continuara.

—Si no le importa consentir a un hombre herido, por supuesto.

Desvergonzado. No sabía por qué encontraba importante conseguir comprometerla a hacer algo para él.

—¿Qué tipo de libro?

—Ah, un cuento, supongo, ¿no le parece?

Ella cogió su bloc, se lo acomodó en la falda y lentamente volvió las páginas hasta encontrar una limpia.

—¿Sí?

Vaya, pardiez, estaba en un aprieto, pero al mismo tiempo sentía unas ganas locas de reírse a carcajadas. No se sentía tan alegre desde hacía siglos. Pasó rápidamente la mirada por la pequeña habitación y vio un mapa enmarcado en la pared de enfrente. En los márgenes de la reproducción retozaban serpientes marinas.

Le sonrió, mirándola a los ojos.

—El cuento del príncipe Serpiente.

Ella bajó la mirada a sus labios y se apresuró a levantar la vista. A él se le ensanchó la sonrisa. Ah, incluso un ángel podía ser tentado.

Pero ella se limitó a arquear una ceja.

—Nunca lo he oído.

—Me sorprende —mintió él descaradamente—. Era uno de mis favoritos de pequeño. Me trae agradables recuerdos de cuando saltaba sobre las rodillas de mi vieja niñera junto al hogar mientras ella nos embelesaba con ese relato.

Preso por un penique, preso por una libra.

Ella lo miró con una expresión claramente escéptica.

—Déjeme ver. —Sofocó un bostezo. El dolor del hombro había remitido, ya sólo era una especie de punzada suave, pero le había aumentado el dolor de cabeza, para compensar—. Érase una vez..., así se comienza, según está prescrito, ¿verdad?

Ella no colaboró. Simplemente se apoyó en el respaldo del sillón y esperó a que él hiciera el tonto.

—... una muchacha muy pobre que se ganaba a duras penas la vida cuidando de las cabras del rey. Era huérfana y estaba sola, no tenía a nadie en el mundo, aparte de la compañía de las cabras, claro, que eran bastante hediondas.

—¿Cabras?

—Cabras. Al rey le gustaba el queso de cabra. Ahora silencio, niña, si quieres oír el resto. —Echó atrás la cabeza, le dolía terriblemente—. Creo que se llamaba Angélica, si eso es de algún interés, la chica cabrera, quiero decir.

Ella se limitó a asentir. Había cogido un lápiz y comenzado a dibujar, aunque él no veía la página, así que no sabía si estaba ilustrando el cuento o no.

—Angélica trabajaba todos y cada uno de los días, desde las primeras luces del alba hasta mucho después de la puesta del sol, y sólo tenía por compañía a las cabras. El castillo del rey estaba construido en lo alto de un acantilado, y ella vivía al pie de ese acantilado, en una pequeña cabaña hecha de ramas. Si miraba hacia arriba, lejos, lejos, más allá de las rocas, más allá de las murallas blancas del castillo, hasta los torreones, a veces alcanzaba a divisar a personas del castillo, con sus joyas y finas vestimentas. Y muy, muy de vez en cuando, veía al príncipe.

—¿Al príncipe Serpiente?

—No.

Ella ladeó la cabeza, sin apartar la mirada de su dibujo.

—¿Por qué, entonces, el cuento se llama *El Príncipe Serpiente* si él no es el príncipe Serpiente?

—Él aparece después. ¿Siempre es tan impaciente? —le preguntó, severo.

Entonces ella lo miró curvando lentamente los labios en una sonrisa. Simon la miró pasmado, aturdido; todos los pensamientos salieron volando de su cabeza. En las comisuras de sus hermosos ojos color ámbar se le formaban finas arruguitas y había aparecido un hoyuelo en su tersa mejilla izquierda. Estaba francamente radiante. Sí, la señorita Craddock-Hayes era realmente un ángel. Sintió el fuerte deseo, casi violento, de alisarle el hoyuelo con el pulgar, de levantarle la cara y saborear su sonrisa.

Cerró los ojos. No deseaba sentir eso.

—Lo siento —la oyó decir—. No volveré a interrumpir.

—Ah, no, eso no tiene importancia. Lo que pasa es que me duele la cabeza, sin duda por habérmela golpeado el otro día. —Se interrumpió al pasarle un pensamiento por la cabeza—. Por cierto, ¿cuándo me encontraron?

—Hace dos días. —Se levantó y cogió su bloc y lápices—. Le dejaré para que descanse. Mientras tanto puedo escribirle a su ayuda de cámara y enviar la carta al correo. ¿A no ser que quiera leerla antes?

—No, no, seguro que lo hará muy bien. —Hundió la cabeza en la almohada con la mano sin anillo relajada sobre las mantas; intentó hablar con despreocupación—. ¿Dónde está mi ropa?

Ella se detuvo en el umbral de la puerta y le dirigió una enigmática mirada por encima del hombro.

—No llevaba nada puesto cuando le encontré —dijo, y cerró suavemente la puerta.

Simon pestañeó. Normalmente no perdía la ropa hasta al menos el segundo encuentro con una dama.

A la mañana siguiente la señora Brodie asomó la cabeza por la puerta de la sala de estar.

—Ha venido a verla el párroco, señorita.

Lucy estaba sentada en el sofá de damasco azul zurciendo uno de los calcetines de su padre. Suspirando miró hacia el cielo raso, pensando si el vizconde habría oído la llegada de su visitante por la ventana. No sabía si ya estaría despierto; no había pasado a verlo esa mañana. La tarde anterior la había puesto nerviosa algo que vio en sus traviesos ojos grises, tan alertas, tan vivos. No estaba acostumbrada a ponerse nerviosa o sentirse confundida. A eso se debía que hubiera evitado cobardemente volver a ver al convaleciente después de salir para escribirle la carta.

Dejó a un lado el calcetín.

—Gracias, señora Brodie.

El ama de llaves le hizo un guiño y se marchó a toda prisa en dirección a la cocina, y Lucy se levantó a saludar a Eustace.

—Buenos días.

Eustace Penweeble, el párroco de la pequeña iglesia de Maiden Hill, la saludó inclinando la cabeza, como hacía todos los martes, salvo festivos y los días de mal tiempo, en los tres últimos años. Sonrió tímidamente, pasando sus grandes manos cuadradas por alrededor del ala del tricornio que sostenía.

—Hace un día precioso. ¿Le apetecería acompañarme mientras hago mis rondas?

—Encantada.

—Estupendo, estupendo.

Un mechón de pelo castaño se le escapó de la coleta y le cayó sobre la frente, haciéndolo parecer un inmenso niñito. Nuevamente se había olvidado de ponerse la peluca de pelo corto que debía usar por su rango. Estupendo. Secretamente ella encontraba que se veía mejor sin la peluca. Le sonrió afectuosa, cogió la capa que la estaba esperando y salió delante de él por la puerta.

Y sí que estaba precioso el día. El sol estaba tan brillante que casi la cegó cuando se detuvo en el peldaño de granito de la escalinata de entrada. Los viejos ladrillos color naranja de la casa Craddock-Hayes se veían dorados y la luz se reflejaba en los cristales de las ventanas con parteluz de la fachada. Viejos robles bordeaban el camino de entrada de gravilla. Ya se les habían caído las hojas, pero sus ramas torcidas formaban interesantes dibujos contra el azulísimo cielo. El tílburi de Eustace esperaba cerca de la puerta, y Hedge estaba junto a la cabeza del caballo.

—¿Me permite ayudarla a subir? —le preguntó Eustace amablemente, como si ella pudiera rechazar el ofrecimiento.

Colocó la mano en la de él.

Hedge puso en blanco los ojos, y masculló en voz baja:

—Todos los malditos martes. ¿Por qué no un jueves o un viernes, por el amor de Jesucristo?

Eustace frunció el ceño.

—Gracias —dijo Lucy, en voz muy alta, apagando la voz del criado y desviando la atención de Eustace de él.

Subió y se acomodó en el asiento con mucho aspaviento, haciendo toda una representación teatral.

El cura subió, se sentó a su lado y cogió las riendas. Hedge se dirigió de vuelta a la casa, moviendo la cabeza.

Eustace agitó las riendas y el caballo se puso en marcha.

—He pensado que podríamos ir a dar una vuelta a la iglesia, si eso encuentra su aprobación. El sacristán me ha avisado que podría haber grietas en el techo sobre la sacristía. Así podrá usted darme su opinión.

Lucy se refrenó justo a tiempo de musitar automáticamente «qué delicioso». Se limitó a sonreír. Salieron del camino de entrada al camino donde encontrara al vizconde. A la luz del día este se veía bastante inofensivo; los árboles sin hojas ya no se veían amenazadores. Subieron una elevación. En la distancia, áridos muros de piedra subían y bajaban por las colinas de creta.

Eustace se aclaró la garganta.

—¿Fue a visitar a la señora Hardy recientemente, tengo entendido?

Ella se giró amablemente hacia él.

—Sí. Le llevé gelatina de pie de ternero.

—¿Y cómo la encontró? ¿Le ha mejorado el tobillo del golpe que se dio?

—Todavía tiene el pie en alto, pero estaba lo bastante animada para quejarse de que la gelatina no estaba tan sabrosa como la que hace ella.

—Ah, estupendo. Debe de estar mejor, si es capaz de quejarse.

—Eso fue lo que pensé.

Eustace le sonrió, formando arruguitas en las comisuras de sus ojos castaño oscuro.

—Es usted una ayuda maravillosa para mí, al mantenerse al corriente del estado de los aldeanos.

Ella sonrió y ladeó la cara hacia el aire. Eustace hacía con frecuencia ese tipo de comentarios. Antes los encontraba consoladores, aunque aburridos. Pero hoy le resultó ligeramente irritante la expresión de su satisfacción.

—Ojalá otras damas del pueblo fueran tan caritativas —estaba diciendo él.

—¿Qué quiere decir?

A él se le tiñeron de rojo los pómulos.

—Su amiga la señorita McCullough, por ejemplo. Me parece que se pasa la mayor parte del tiempo cotilleando.

Lucy arqueó las cejas.

—A Patricia le encanta un buen cotilleo, cierto, pero en el fondo es muy buena.

Él pareció escéptico.

—Aceptaré su palabra en ese punto.

Un rebaño de vacas estaba atravesando el camino y un grupo se había detenido tontamente ahí. Eustace detuvo el coche y esperó hasta que apareció el pastor y las hizo avanzar hacia el campo sacándolas de la vía pública.

Entonces agitó las riendas, para reanudar la marcha y le hizo un gesto de saludo al hombre al pasar.

—Me han dicho que se vio envuelta en una aventura el otro día.

Lucy no se sorprendió. Posiblemente toda la gente del pueblo se enteró de su hallazgo a los pocos minutos de que Hedge fuera a buscar al doctor Fremont.

—Ah, pues sí. Encontramos al hombre... justo ahí.

Apuntó y sintió subir un estremecimiento por el espinazo al ver el lugar donde encontró al vizconde cercano a la muerte.

Eustace miró hacia la cuneta.

—Debería tener más cuidado en el futuro. Ese hombre podría haber tenido malas intenciones.

—Estaba inconsciente —dijo ella, mansamente.

—De todos modos. Es mejor que no ande por ahí sola. —Le sonrió—. Sería un desastre que la perdiéramos.

¿Es que Eustace la creía tonta? Intentó no dejar ver su fastidio.

—Me acompañaba el señor Hedge.

—Claro. Claro. Pero Hedge es un hombre pequeño y bastante entrado en años.

Lucy lo miró.

—Bien —dijo él—. Simplemente téngalo presente en el futuro.

—Volvió a aclararse la garganta—. ¿Tiene idea de quién es el hombre que encontró?

—Se despertó ayer —dijo ella, buscando con cuidado las palabras—. Dice que se llama Simon Iddesleigh. Es vizconde.

Eustace dio un tirón a las riendas. El caballo, un rucio viejo, agitó la cabeza.

—¿Vizconde? ¿De veras? Supongo que es un viejo gotoso.

Ella recordó sus vivos ojos y su lengua rápida. Y el ancho pecho desnudo que vio cuando se le deslizaron las mantas. Tenía la piel suave y tersa, cubriendo unos largos y ondulantes músculos. El color castaño oscuro de sus tetillas formaban un claro contraste con la piel blanca que las rodeaban. Francamente, no debería haberse fijado en eso.

Se aclaró la garganta y desvió la mirada hacia el camino.

—No creo que tenga más de treinta.

Sintió la mirada de Eustace.

—Treinta. O menos. Vizconde. Algo muy exquisito para la sangre de Maiden Hill, ¿no le parece?

¡Qué idea más deprimente!

—Tal vez.

—Me gustaría saber qué andaba haciendo por aquí.

Ya habían entrado en el pueblo y ella saludó con la cabeza a dos señoras mayores que estaban regateando con el panadero.

—No lo sé.

Las dos señoras sonrieron y agitaron las manos, saludándolos. Después que ellos pasaron, juntaron sus cabezas grises.

—Mmm. Bueno, hemos llegado —dijo Eustace.

Detuvo el coche a un lado de la pequeña iglesia normanda y bajó de un salto. Dio la vuelta hasta el otro lado y la ayudó a bajar, con sumo cuidado.

—Ahora bien, el sacristán dijo que la gotera estaba en la nave...

Echó a andar hacia la parte de atrás de la iglesia, hablando de su estado general y de las reparaciones que era necesario hacer.

Ella ya había oído todo eso antes; durante los tres años que la llevaba cortejando. Él la traía con frecuencia a la iglesia, tal vez porque ahí se sentía más al mando. Caminando a su lado, sólo lo escuchaba a medias. No lograba imaginarse al sardónico vizconde hablando y hablando sobre un techo, y mucho menos sobre el techo de una iglesia. No pudo evitar hacer un mal gesto al pensar qué diría él sobre el asunto; algo agudo, sin duda. Claro que la probable reacción del vizconde no quitaba importancia a los techos de las iglesias. Alguien tenía que ocuparse de los detalles que mantenían en funcionamiento la vida, y en un pueblo pequeño, que hubiera goteras en la iglesia era bastante importante.

Lo más probable era que el vizconde pasara sus días, y sus noches, en compañía de damas parecidas a él; damas frívolas y divertidas, cuya única preocupación fueran los adornos de sus vestidos y el estilo de sus peinados. Esas personas tenían muy poca utilidad en su mundo. De todos modos, la divertían las chanzas del vizconde. De repente se sintió más despierta, más viva, cuando él comenzó a gastarle bromas, como si su mente hubiera cogido una chispa, encendiéndose.

—Echemos una mirada al interior —dijo Eustace—. Quiero ver si las goteras no han empeorado el moho de las paredes. —Entró en la iglesia y al instante se giró a asomar la cabeza—. Es decir, si no le importa.

—No, claro que no —dijo ella.

Él sonrió de oreja a oreja.

—Buena chica —dijo, y desapareció en el interior.

Lo siguió lentamente, pasando las manos por las erosionadas lápidas del camposanto. La iglesia de Maiden Hill estaba ahí desde poco después de la conquista normanda. Sus antepasados llegaron ahí bastante después, pero muchos huesos Craddock-Hayes honraban el pequeño mausoleo de la familia en la esquina del camposanto. Cuando era niña jugaba ahí después del servicio religioso de los domingos. Sus padres se conocieron y se casaron en Maiden Hill, y habían pasado toda su vida allí, bueno, al menos su madre. Su padre era capitán de barco y había navegado alrededor del mundo, como le gustaba decirle a todo el que quisiera escuchar. David era marino también; en esos momentos estaba en el mar, tal vez acercándose a algún exótico puerto para hacer una escala. Sintió una punzada de envidia. Qué maravilloso sería elegir el propio destino, decidir ser médico, pintor o marino para navegar en alta mar. Tenía la idea de que no se sentiría mal como marinera. Había estado en la cubierta de popa, sintiendo el viento en el pelo, las velas crujiendo arriba y...

—¿Viene?

Eustace estaba en la puerta de la iglesia, mirándola.

Pestañeó y se las arregló para esbozar una sonrisa.

—Sí, por supuesto.

Simon extendió el brazo derecho a la altura del hombro y lo levantó lentamente, con mucho cuidado. Llamaradas de dolor se lo atravesaron y le subieron por el brazo. Condenación. Era el día siguiente al que despertó y se encontró con la señorita Craddock-Hayes sentada al lado de la cama; no la había visto desde entonces. Eso lo irritaba. ¿Es que lo evitaba? O, peor aún, ¿no se sentía inclinada a visitarlo otra vez? Tal vez la había aburrido.

Hizo un mal gesto al pasar ese deprimente pensamiento por su cabeza. Ya no le dolía, y le habían quitado la ridícula venda, pero seguía sintiendo la espalda como si se la estuvieran quemando. Bajó el brazo e hizo varias respiraciones profundas; el dolor agudo fue remitiendo hasta quedar en un dolor sordo. Se miró el brazo. La manga de la camisa le quedaba corta, le faltaban unas seis pulgadas para llegarle a la muñeca. Eso se debía a que pertenecía a David, el hermano ausente de la joven ángel. A juzgar por el largo de la prenda, que hacía que sintiera vergüenza de bajarse de la cama, el hermano era un enano.

Suspirando paseó la mirada por la pequeña habitación. La única ventana ya comenzaba a oscurecerse, con la noche. La estancia era lo bastante grande para contener la cama, que era algo estrecha para su gusto, un ropero y una cómoda, una sola mesilla de noche al lado de la cama, y dos sillones. Eso era todo. Espartana según su criterio, pero no un mal lugar para convalecer, dado sobre todo que no tenía otra opción. En ese momento el fuego del hogar estaba moribundo, y sentía la habitación fría. Pero el frío era el menor de sus problemas. Necesitaba su brazo derecho para sostener una espada. No sólo para sostenerla sino para blandirla, para parar golpes, dar estocadas y repeler ataques. Y para matar.

Siempre para matar.

Sus enemigos no habían logrado asesinarlo, pero sí incapacitarle el brazo derecho, al menos por un tiempo, tal vez para siempre. Eso no le impediría cumplir con su deber. Al fin y al cabo habían matado a su hermano. Nada que no fuera la muerte le impediría llevar a cabo la venganza. De todos modos, debía ser capaz de defenderse la próxima vez que lo atacaran. Apretando los dientes para resistir el dolor volvió a levantar el brazo. Esa noche había vuelto a soñar con unos dedos; unos dedos brillantes de sangre, como pétalos rojos de ranúnculo en la hierba verde a los pies de Peller. En el sueño Peller intentaba recoger sus dedos cortados rebuscando horriblemente por entre la hierba con la mano mutilada.

Se abrió la puerta y entró el ángel con una bandeja entre sus manos. La miró agradecido, contento de poder expulsar esa locura de su mente. Tal como la otra vez que la vio, llevaba un vestido gris de monja y el pelo recogido en un sencillo moño sobre la nuca. Seguro que no tenía idea de lo erótica que se ve la nuca de una mujer así expuesta a la vista. Veía pequeñas guedejas de pelo enroscado aquí y allá en las delicadas curvas de los inicios de sus blancos hombros. Debía tener la piel suave, delicada, y si le deslizara los labios por ése ángulo entre el hombro y el cuello, seguro que se estremecería. No pudo evitar sonreír ante ese pensamiento, como un bobo al que le ofrecen un pastel de cerezas.

Ella lo miró severa, ceñuda.

—¿Debería hacer eso?

Lo más seguro se refería al ejercicio con el brazo, no a la tonta expresión de su cara.

—Sin duda, no.

Bajó el brazo. Esta vez sólo lo sintió como si mil abejas se lo estuvieran picando.

—Entonces le sugiero que coma algo.

Dejó la bandeja en la mesilla de noche y se dirigió al hogar a atizar el fuego, y luego volvió con una vela encendida para encender las otras.

Él levantó el brazo.

—Ah, ¿qué platos deliciosos tiene ahí? ¿Papilla caliente de avena con leche? ¿Una taza de caldo de carne?

Ese había sido el menú esos dos días. Un trozo de pan duro y seco empezaba a parecerle francamente delicioso.

—No. Una porción del pastel de carne y riñones de la señora Brodie.

Él bajó el brazo con demasiada rapidez y tuvo que tragarse un gemido.

—¿De veras?

—Sí. Y deje de hacer eso.

Él inclinó la cabeza en una media venia de broma.

—Como ordene mi dama.

Ella lo miró con una ceja arqueada y, sin hacer ningún comentario, quitó la tapa de la fuente. Alabados todos los santos que quisieran escuchar, la dama no había mentido. En la fuente reposaba una gruesa tajada de pastel de carne.

—Bendita, bendita dama. —Rompió la corteza con los dedos y casi lloró cuando le tocó la lengua—. Sabe a ambrosía de dioses. Debe decirle a la cocinera que estoy avasallado por la adoración, y que me moriré si no se fuga conmigo al instante.

Ella colocó un trozo de pastel en un plato y se lo pasó.

—Le diré que ha encontrado muy bueno el pastel.

Él se acomodó el plato en el regazo.

—¿Se niega a transmitirle mi proposición de matrimonio?

—No ha dicho nada de proponerle matrimonio. Sólo se ha ofrecido a deshonrar a la pobre señora Brodie.

—¿El amor de mi vida se llama señora Brodie?

—Sí, y eso se debe a que está casada con el señor Brodie, que en estos momentos está en la mar. —Se sentó en el sillón junto a la cama y lo miró—. Podría interesarle saber que está considerado el hombre más fuerte de Maiden Hill.

—¿Sí? ¿Y con ese comentario pretende difamar mis fuerzas, supongo?

Ella le recorrió el cuerpo con la mirada y a él se le aceleró la respiración.

—Está en la cama recuperándose de una paliza casi mortal.

—Un simple tecnicismo —contestó él alegremente.

—Pero decisivo.

—Mmm. —Cogió un trozo de pastel con el tenedor—. ¿He de suponer que hay vino tinto también?

Ella lo fulminó con la mirada.

—Agua, por ahora.

—Era esperar demasiado, de acuerdo. —Tragó el bocado—. Sin embargo, los sabios nos aconsejan conformarnos con lo que tenemos, así que eso haré.

—Eso es una muy grata noticia —dijo ella, irónica—. ¿Tiene algún motivo para torturarse ejercitando el brazo?

Él evitó mirar esos ojos ambarinos.

—Aburrimiento, simple aburrimiento.

—¿Sí?

Había olvidado lo lista que era. Esbozó una encantadora sonrisa.

—Anoche no llegué muy lejos con mi cuento.

—¿De verdad tiene una sobrina?

—Por supuesto. ¿Acaso le mentiría?

—Creo que sí. Y no me parece el tipo de hombre que sea un tío cariñoso.

—Ah, ¿qué tipo de hombre le parezco? —preguntó sin pensar.

Ella ladeó la cabeza.

—Uno que se esfuerza muchísimo en ocultar su alma.

Buen Dios. Por su vida que no sabía qué contestar a eso.

Ella curvó los labios en una de esas sonrisas tan cautivadoras.

—¿Milord?

Él se aclaró la garganta.

—Sí. Ahora bien, en cuanto a mi historia, ¿dónde estaba? —Qué burro más débil era; lo único que le faltaba era comenzar a ahuyentar a niños pequeños con un palo—. La pobre Angélica, la doncella cabrera, el elevado y enorme castillo blanco y...

—El príncipe que no era el príncipe Serpiente —concluyó ella.

Dándose por vencida, cogió un trozo de carboncillo. Había traído otro bloc de dibujo, este encuadernado en color azul zafiro. Lo abrió, presumiblemente para dibujar su cuento.

Lo invadió una agradable sensación de alivio porque ella no continuaría haciéndole preguntas y por lo tanto no lo descubriría, al menos no todavía. Tal vez nunca, si tenía suerte.

Enterró el tenedor en el pastel y continuó hablando entre bocado y bocado.

—Exactamente. El príncipe que no era el príncipe Serpiente. ¿Hace falta que diga que este príncipe era un joven magnífico, guapo, de pelo rubio rizado y ojos azules como el cielo? De hecho, era casi tan hermoso como la propia Angélica, que rivalizaba con el brillo de las estrellas con su cabellera negra como la medianoche y sus ojos color melaza.

—Melaza —repitió ella.

Lo dijo en tono seco, de incredulidad, pero con los labios fruncidos como para reprimir una sonrisa.

Cómo deseaba hacerla sonreír.

—Mmm, melaza. ¿Se ha fijado en lo bonita que es la melaza cuando se refleja la luz en ella?

—Sólo me he fijado en lo pegajosa que es.

Él pasó eso por alto.

—Ahora bien, aunque la pobre Angélica era tan hermosa como una órbita celeste, no había nadie que lo notara. Sólo tenía a las cabras por compañía. Así que imagínese su emoción cuando divisaba al príncipe. Él era una persona que estaba muy, muy por encima de ella, tanto en sentido literal como figurado, y ansiaba conocerlo. Ansiaba mirarle los ojos y ver la expresión de su cara. Simplemente eso, porque no se atrevía siquiera a esperar a hablar con él.

—¿Por qué no? —preguntó la señorita Craddock-Hayes.

—Para ser franco, por las cabras —dijo él, solemnemente—. Angélica era muy consciente del mal olor que había cogido de las cabras.

—Claro —dijo ella, curvando los labios en una sonrisa de mala gana.

Entonces le ocurrió algo de lo más extraño. Se le movió la polla, aunque decididamente no formó una curva, ni una sonrisa, si es por eso. Buen Dios, qué torpeza excitarse por la sonrisa de una moza. Emitió una tos.

A ella se le desvaneció la sonrisa, menos mal, pero lo estaba mirando con preocupación, que no era una emoción que inspirara normalmente al bello sexo.

—¿Se siente mal?

Su orgullo no se recuperaría jamás de eso.

—Me siento bien. —Bebió un poco de agua—. ¿Dónde estaba? Ah, sí. Pues parecía que Angélica se pasaría el resto de su vida suspirando por el príncipe de pelo dorado, condenada a no estar nunca al mismo nivel que él. Pero un día ocurrió algo.

—Era de esperar, si no este sería un cuento terriblemente corto —dijo la señorita Craddock-Hayes, y volvió la atención a su bloc de dibujo.

Él decidió no hacer caso de esa interrupción.

—Una tarde, ya al anochecer, Angélica reunió a sus cabras para guardarlas y, como hacía siempre, las contó. Resultó que esa noche faltaba una. Faltaba la más pequeña de sus cabras, una negra con una pata blanca. En ese mismo instante sintió un balido bastante débil que venía del acantilado sobre el que estaba construido el castillo. Miró hacia arriba, pero no vio nada. Nuevamente oyó el balido. Así pues, comenzó a trepar, afirmándose en las rocas como podía, siguiendo los sonidos de los balidos. Imagínese su sorpresa cuando descubrió una abertura en la roca.

Hizo una pausa para beber agua. Ella no levantó la vista. Su cara se veía muy serena a la luz del fuego del hogar, y aunque movía rápidamente la mano sobre la página, parecía tener una especie de quietud interior. Cayó en la cuenta de que se sentía cómodo con esa mujer a la que prácticamente no conocía:

Pestañeó y reanudó la historia.

—Le pareció ver parpadear una luz en el interior de la roca. Aunque la abertura era muy estrecha, vio que si se ponía de lado podría entrar, y cuando entró vio algo asombroso. Había allí un hombre muy raro, al menos le pareció que era un hombre; era alto y delgado, de pelo plateado muy largo y estaba totalmente desnudo. Estaba de pie, iluminado por el fuego de llamas azules que ardía en un brasero.

Ella arqueó las cejas.

—Pero lo más raro de todo fue que mientras ella miraba, él desapareció. Entonces se acercó a mirar el lugar donde había estado el hombre y vio una gigantesca serpiente plateada enroscada a la base del brasero.

Distraídamente se frotó el índice, pasando el pulgar por el lugar donde debería estar el anillo. De repente se sentía muy cansado.

—Ah, por fin llegamos al infame príncipe Serpiente —dijo ella, levantando la vista. Entonces debió captar el cansancio en su expresión, porque se puso seria—. ¿Cómo siente la espalda?

Horrorosa.

—Punzadas, sólo punzadas. Creo que la herida del cuchillo quizás esté mejorando.

Ella lo observó en silencio, y por su vida que ni con todos los años que había pasado estudiando a las mujeres logró hacerse una idea de lo que estaba pensando.

—¿Alguna vez habla en serio? —preguntó ella, entonces.

—No. Nunca.

—Eso me ha parecido. —Lo miró fijamente—. ¿Por qué?

Él desvió la vista. No era capaz de sostener esa mirada tan intensa, tan perspicaz.

—No lo sé. ¿Importa?

—Yo creo que sí lo sabe. En cuanto a si importa o no, bueno, eso no me toca a mí decirlo.

—¿No?

Le tocó a él mirarla fijamente, presionándola para que reconociera... ¿qué? No lo sabía.

—No —musitó ella.

Él abrió la boca para alegar algo más, pero un retrasado instinto de conservación se lo impidió.

Ella hizo una inspiración profunda.

—Debe descansar y yo le he mantenido despierto. —Cerró su bloc y se levantó—. Ayer le envié la carta a su ayuda de cámara. Debería recibirla pronto.

Él apoyó bien la cabeza en la almohada y la observó mientras ella recogía los platos vacíos.

—Gracias, hermosa dama.

Ella se detuvo en la puerta y se giró a mirarlo. La luz de la vela parpadeó en su cara, convirtiéndola en un cuadro renacentista, muy adecuado para un ángel.

—¿Está seguro aquí?

Habló en voz baja, y él había comenzado a quedarse dormido, así que no supo si las palabras las había dicho ella o las había oído en su sueño.

—No lo sé.

Capítulo 3

*E*l capitán frunció el ceño, masticando su bocado de jamón ahumado, subiendo y bajando el mentón.

—Iddesleigh, Iddesleigh. Conocí a un Iddesleigh en la Armada, cuando navegaba en *The Islander*, hace veinticinco años. Era alférez de fragata. Se mareaba terriblemente cuando salíamos del puerto. Se pasaba colgado sobre la baranda de media cubierta arrojando las tripas, con la cara verde. ¿Algún parentesco?

Lucy reprimió un suspiro. Su padre había estado tomándole el pelo al vizconde durante toda la cena. Normalmente le gustaba conversar con los extraños. Eran público nuevo para sus manidas historias marinas, que había contado una y otra vez a sus hijos, vecinos, criados y a cualquiera que se quedara el tiempo suficiente para oírlas. Pero algo de lord Iddesleigh lo mosqueaba. Esa era la primera comida que hacía el pobre hombre abajo, levantado, después de pasar cuatro días enteros en cama. Estaba sentado en actitud cortés y relajada. Sólo había que mirarlo con atención para ver que seguía protegiendo su brazo derecho.

Lo comprendería muy bien si a partir de esa noche decidía mantenerse escondido en su habitación. Y eso la decepcionaría terriblemente. Aunque en el fondo del alma sabía que debía mantenerse alejada del vizconde, no podía evitar pensar en él. Siempre, todo el rato. Era algo verdaderamente irritante. Tal vez se debiera simplemente a la novedad de tener a una persona distinta en su estrecho círculo de conocidos. Al fin y al cabo, desde que era un bebé conocía a las personas que veía cada día. Por otro lado, tal vez se debía a él personalmente, y eso era un pensamiento muy incómodo, desde luego.

—No, no lo creo —contestó lord Iddesleigh a la pregunta de su padre, sirviéndose más patatas hervidas en el plato—. Por norma, los miembros de mi familia evitan cualquier cosa que se parezca a trabajar. Es una carga muy pesada y tiene la desafortunada tendencia a hacer sudar. Preferimos con mucho pasar nuestros días en la ociosidad, comiendo pasteles con nata y comentando los últimos chismes.

Nuevamente el joven parecía querer mantenerse firme ante su padre, pensó ella.

Este entrecerró los ojos con expresión ominosa.

Ella cogió la panera y se la puso bajo las narices.

—¿Más pan? Es fresco, la señora Brodie lo horneó esta mañana.

Él no hizo caso de su estratagema.

—Antigua aristocracia terrateniente, ¿eh? —dijo, moviendo vigorosamente el cuchillo para cortar la gruesa rodaja de jamón—. Que los demás trabajen la tierra, ¿eh? ¿Se pasan todo su tiempo en los pecaminosos antros de libertinaje de Londres?

¡Vamos por el amor de Dios! Renunciando, Lucy dejó la panera en la mesa. Disfrutaría de la comida aunque ellos no lo hicieran. El comedor estaba anticuado sin remedio, pero era acogedor. Intentó centrar la atención en su entorno, para desviarla de la molesta conversación. Miró hacia la izquierda y observó aprobadora el fuego que ardía alegremente.

—Pues, sí, me gusta ir a un antro de libertinaje de vez en cuando —dijo lord Iddesleigh, sonriendo benévolo—. Es decir, cuando encuentro la energía para salir de la cama. Eso me ha costado siempre, desde que era un niño pequeño y caminaba con andadores acompañado por mi niñera.

—Desde luego... —alcanzó a decir ella, antes que la interrumpiera un bufido de su padre.

Suspirando miró hacia el otro extremo de la sala, donde una misma puerta llevaba al comedor y luego a la cocina. Qué agradable que el comedor no estuviera maldecido por corrientes de aire.

—Aunque debo confesar —continuó el vizconde—, que tengo muy poco claro qué es exactamente un antro de libertinaje.

Lucy bajó los ojos y los clavó en la mesa, lo único que podía mirar sin riesgo en ese momento. La vieja mesa de nogal no era larga, pero eso hacía más íntimas las comidas. Su madre había elegido el papel a rayas burdeos y crema para las paredes antes que ella naciera, y estaban adornadas por una colección de grabados de veleros.

—Es decir —explicó el vizconde—, antro y libertinaje. Supongo que no estaremos refiriéndonos a cavernas o a faltas de respeto hacia la religión.

¡Terreno peligroso! Sonriendo resuelta, Lucy decidió interrumpir a ese hombre terrible.

—La señora Hardy me dijo el otro día que alguien dejó salir a los cerdos de la granja de Hope. Se dispersaron hasta casi media milla. A Hope y a sus hombres les llevó todo el día traerlos de vuelta.

Nadie le hizo caso.

—Ja. Viene de la Biblia, antro de libertinaje —dijo su padre, inclinándose, como si se hubiera anotado un punto—. Del Éxodo. Ha leído la Biblia, ¿verdad?

Ay, Dios.

—Todos pensaron que podrían haber sido los chicos Jones los que los dejaron salir. A los cerdos, quiero decir. Sabes que los Jones siempre están haciendo travesuras. Pero cuando el granjero Hope fue a la casa de los Jones, ¿qué crees que vio? Pues que los dos chicos estaban en la cama con fiebre.

Ninguno de los dos la miró; continuaron mirándose entre ellos.

—No últimamente, lo confieso —dijo el vizconde, y en sus ojos de color hielo plateado brillaron chispitas de inocencia—. He estado muy ocupado con mi vida ociosa, ¿sabe? ¿Y antro de libertinaje significa...?

El capitán se aclaró la garganta.

—Antro de libertinaje —dijo, moviendo el tenedor y casi enterrándoselo a la señora Brodie que traía más patatas—. Todo el mundo sabe lo que significa. Significa antro de libertinaje.

La señora Brodie puso en blanco los ojos y colocó la fuente con patatas junto al codo del capitán, con determinación.

A lord Iddesleigh se le curvaron los labios. Se llevó la copa a los labios y bebió, mirándola a ella por encima.

Lucy sintió subir calor a la cara. ¿Debía mirarla así? La hacía sentirse incómoda, y seguro que eso no era educado. Le ardió más la cara aún cuando él dejó la copa en la mesa y se lamió los labios, sin dejar de mirarla a los ojos. ¡Granuja!

Desvió resueltamente la vista.

—Papá, ¿te acuerdas de una historia divertida que nos contaste una vez acerca de un cerdo en tu barco? ¿De cuando se escapó del corral y anduvo corriendo por la cubierta y ninguno de los hombres lograba cogerlo?

Su padre estaba mirando al vizconde con expresión adusta.

—Sí, tengo una historia que contar. Podría ser educativa para algunos. De una rana y una serpiente.

—Pero...

—Qué interesante —dijo lord Iddesleigh arrastrando la voz—. Cuéntenosla.

Se apoyó en el respaldo y dejó la mano en el pie de la copa.

Vestía ropa vieja de David, que no era en absoluto de su talla, ya que su hermano era más bajo y más ancho. De las mangas de la chaqueta sobresalían sus huesudas muñecas y al mismo tiempo la chaqueta parecía colgarle alrededor del cuello. En esos días su cara había recuperado cierto color, reemplazando esa horrorosa palidez cadavérica que tenía cuando lo encontró, aunque al parecer ya era naturalmente pálida. Debería verse ridículo y sin embargo no se veía ridículo.

—Érase una vez una ranita y una enorme serpiente —comenzó

su padre—. La serpiente deseaba cruzar un río; pero las serpientes no saben nadar.

—¿Está seguro? —musitó el vizconde—. ¿No hay ciertos tipos de víboras que se arrojan al agua para coger a sus presas?

—Esta serpiente no sabía nadar —enmendó el capitán—. Así que le pide a la rana: «¿Me haces el favor de llevarme al otro lado?»

Lucy había dejado incluso de simular que comía. Movía los ojos del uno al otro. Estaban enzarzados en una pelea con muchas capas, en la que ella no podía influir.

Su padre se inclinó, con la cara roja bajo la peluca blanca, muy concentrado. El vizconde no llevaba peluca y su pelo claro brillaba a la luz de las velas. Por fuera se veía relajado y sereno, tal vez parecía incluso algo aburrido, pero ella sabía que por dentro estaba tan concentrado como su padre.

—Y la rana dice «No soy tonta, las serpientes se comen a las ranas. Me comerás, estoy tan segura de eso como de que estoy aquí sentada».

Hizo una pausa para beber un poco de vino. Todo era silencio en el comedor, sólo interrumpido por el crepitar del fuego.

Dejó la copa en la mesa.

—Pero esta era una serpiente astuta. Le dijo a la ranita: «No temas, me ahogaría si te comiera al cruzar ese ancho río». Así pues, la rana se lo pensó y llegó a la conclusión de que la serpiente tenía razón; estaría segura mientras estuviera en el agua.

Lord Iddesleigh bebió un poco de vino, con los ojos alertas y divertidos. Betsy comenzó a retirar las fuentes, con sus gordas y enrojecidas manos, ágiles y rápidas.

—La serpiente se sube a la espalda de la rana y comienzan a cruzar el río. Y cuando están a medio camino —miró fijamente a su huésped—, ¿sabe lo que ocurre?

El vizconde negó lentamente con la cabeza.

—La serpiente entierra sus colmillos en la rana. —Dio una palmada en la mesa para subrayar ese punto—. Y la rana, con su último aliento, dice: «¿Por qué lo has hecho? Vamos a morir las dos». Y la serpiente dice: «Porque está en la naturaleza de las serpientes comerse a las ranas».

La voz de lord Iddesleigh se mezcló con la de su padre en esa última frase.

Los dos se miraron fijamente. A Lucy se le tensaron todos los músculos del cuerpo.

—Perdone —dijo el vizconde, rompiendo la tensión—. Esa historia se contaba en todas partes hace unos años. No he podido resistirme. —Apuró su copa y la dejó con sumo cuidado junto a su plato—. Tal vez está en mi naturaleza estropearle la historia a otro hombre.

Lucy dejó salir el aliento, que había retenido sin darse cuenta.

—Bueno, sé que la señora Brodie ha preparado una tarta de manzana para postre y tiene un exquisito queso cheddar para acompañarla. ¿Le apetece un poco, lord Iddesleigh?

Él la miró y sonrió, curvando sensualmente su ancha boca.

—Me tienta, señorita Craddock-Hayes.

El capitán dio un puñetazo en la mesa, haciendo tintinear los platos.

Lucy pegó un salto.

—Pero cuando era un muchacho —continuó el vizconde—, me advirtieron muchas veces en contra de las tentaciones. Y aunque, lamentablemente, me he pasado la vida haciendo caso omiso de las advertencias, creo que esta noche seré prudente. —Se levantó—. Si me disculpan, señorita Craddock-Hayes, capitán Craddock-Hayes.

Diciendo eso hizo una venia y salió del comedor antes que ella pudiera hablar.

—Granuja descarado —gruñó el capitán, retirando su silla de la mesa—. ¿Has visto la mirada insolente que me ha dirigido antes de salir? Malditos sus ojos. Y los antros de libertinaje. Ja. Antros de libertinaje de Londres. No me gusta ese hombre, cielo, por muy vizconde que sea.

—Eso lo sé, papá.

Cerró los ojos y apoyó cansinamente la cabeza en las manos. Sentía el comienzo de una jaqueca.

—Toda la casa lo sabe —declaró la señora Brodie, entrando en la sala.

El capitán Craddock-Hayes, el viejo pelmazo pomposo, tenía razón, estaba pensando Simon esa noche. Cualquier hombre, en particular un padre perspicaz, de ojos de águila, haría bien en proteger a un ángel tan bueno como la señorita Lucinda Craddock-Hayes de los demonios del mundo.

De los demonios como él.

Estaba apoyado en el marco de la ventana de su dormitorio prestado, contemplando la noche. Ella estaba en el jardín oscuro, al parecer caminando al aire frío después de esa cena deliciosa aunque socialmente desastrosa. Veía que se movía sólo por el óvalo blanco de su cara, pues el resto de su cuerpo lo ocultaba la oscuridad. No sabía por qué lo fascinaba tanto esa joven del campo. Tal vez era simplemente la atracción de la oscuridad por la luz, el deseo del demonio de despojar al ángel, pero le parecía que no. Veía algo en ella, algo serio e inteligente y que le torturaba el alma. Lo tentaba con el perfume del cielo, con la esperanza de redención, por insostenible que fuera esa esperanza. Debería dejarla en paz, dejar a su ángel sepultado en el campo. Ella se adormecía inocentemente ahí, haciendo buenas obras y llevando con mano firme la casa de su padre. Sin duda tenía un caballero adecuado que la visitaba; lo había visto alejarse en el tílburi el otro día. Un hombre que respetara su posición y no pusiera a prueba el hierro que percibía bajo su fachada. Un caballero totalmente distinto a él.

Suspirando se apartó de la ventana. Nunca se las había arreglado muy bien con los debes y no debes de su vida. Salió de su habitación prestada y bajó sigiloso la escalera, avanzando con ridículo cuidado. Al llegar al oscuro rellano se le quedó cogido el hombro en un ángulo y soltó una maldición. Usaba el brazo derecho todo lo que podía, para ejercitarlo, pero el muy condenado seguía doliéndole infernalmente. El ama de llaves y la criada estaban trabajando en la cocina cuando pasó. Les sonrió y apresuró el paso.

Ya había pasado por la puerta de atrás cuando oyó la voz de la señora Brodie:

—Señor...

Cerró suavemente la puerta.

La señorita Craddock-Hayes debió oír el clic de la puerta. Crujió la gravilla bajo sus pies cuando se giró a mirarlo.

—Hace frío aquí.

Sólo era una figura clara en la oscuridad, pero sus palabras llegaron a él flotando en la brisa nocturna.

El jardín tendría alrededor de un cuarto de acre. Las partes que había visto a la luz del día desde su ventana estaban muy bien definidas. Una huerta rodeada por un muro bajo, una pequeña extensión de césped con árboles frutales y, más allá, un jardín de flores. Senderos de gravilla conectaban las diferentes partes, todas adecuadamente protegidas para el invierno, sin duda el trabajo de las manos de ella también.

Pero a la tenue luz de una rajita de luna le resultaba difícil orientarse. Otra vez la perdió de vista en la oscuridad, y eso lo fastidió extraordinariamente.

—¿Encuentra que hace frío? En realidad no lo había notado. —Metió las manos en los bolsillos de la chaqueta; hacía un frío de mil demonios en ese jardín, como para congelarse—. Está simplemente fresco.

—No debería salir tan pronto después de haber estado enfermo.

Pasó eso por alto.

—¿Qué hace usted aquí una fría noche de invierno?

—Mirando las estrellas. —Su voz le llegó como si se fuera alejando—. Nunca se ven tan brillantes como en invierno.

A él todas le parecían iguales, en la estación que fuera.

—¿Sí?

—Mmm. ¿Ve Orión ahí? Esta noche está brillante. Pero debería entrar —añadió en voz baja—, hace demasiado frío.

—Me irá bien el ejercicio, como sin duda señalaría su padre, y el aire de invierno es bueno para un hombre decrépito como yo.

Ella guardó silencio.

Él creía que iba avanzando en su dirección pero ya no estaba seguro. No debería haber mencionado a su padre.

—Lamento lo de mi padre durante la cena.

Ah, más a la derecha.

—¿Por qué? Encontré muy ingeniosa su historia. Algo larga, sí, pero en realidad...

—Normalmente no es tan severo.

Estaba tan cerca que olía su aroma, a almidón y a rosas, un aroma curiosamente agradable, simple, aunque excitante al mismo tiempo. Qué burro era; el golpe en la cabeza debía haberle debilitado el cerebro.

—Ah, eso. Sí, me fijé en que el viejo estaba algo irritado, pero lo atribuí a que estoy durmiendo en su casa, usando la ropa de su hijo y comiendo su muy buena comida sin haber recibido una verdadera invitación.

Ella se giró y entonces le vio la cara, fantasmal a la luz blanca de la luna.

—No, es usted. —Le pareció sentir el roce de su aliento en la mejilla—. Aunque también podría haberse mostrado más simpático.

Él se echó a reír. O reía o lloraba.

Negó con la cabeza, aunque ella no lo veía.

—No lo creo. No, estoy seguro. De ninguna manera puedo ser más simpático. Eso no está en mí, sencillamente. Soy como esa serpiente de la historia de su padre: golpeo cuando no debo. Aunque, en mi caso, es más bromear cuando no debo.

Las copas de los árboles se movieron con una ráfaga de viento, pasando dedos artríticos por el cielo nocturno.

—¿Así fue como acabó medio muerto en la cuneta en las afueras de Maiden Hill? ¿Insultó a alguien?

Se había acercado más. ¿Atraída por su estudiada franqueza? Retuvo el aliento.

—Vamos, ¿por qué cree que yo tuve la culpa del ataque?

—No lo sé. ¿La tuvo?

Él instaló el trasero sobre el muro de la huerta, donde inmediatamente comenzó a congelársele, y se cruzó de brazos.

—Sea usted mi juez, bella dama. Le expondré mi caso y así podrá dictar sentencia.

—No estoy cualificada para juzgar a nadie.

¿Frunció el ceño?

—Ah, sí que lo está, dulce ángel.

—No...

—Chss. Escuche. Esa mañana me levanté a una hora horriblemente pasada de moda, me vestí, después de una corta discusión con mi ayuda de cámara acerca de lo conveniente de llevar zapatos con tacones rojos, discusión que ganó él. Henry me aterroriza absolutamente...

—No sé por qué eso lo dudo mucho.

Él se llevó la mano al corazón, aun cuando el movimiento era inútil en la oscuridad.

—Se lo aseguro. Entonces bajé la escalinata de mi casa, magníficamente ataviado con una gallarda capa de terciopelo azul, peluca rizada y empolvada, y los susodichos zapatos de tacón rojo...

Ella emitió un bufido.

—Llevaba menos de un cuarto de milla caminando por la calle cuando me asaltaron tres rufianes.

Ella hizo una rápida inspiración y retuvo el aliento.

—¿Tres?

Gratificante.

—Tres —repitió, intentando sacar una voz alegre—. A dos podría haberles ganado. A uno, seguro. Pero tres resultaron ser mi perdición. Me despojaron de todo lo que llevaba puesto, incluidos los zapatos, lo cual me puso en la vergonzosa situación de tener que encontrarme con usted por primera vez desnudo y, más horroroso aún, inconsciente. No sé si nuestra relación se podrá recuperar de ese trauma inicial.

Ella no cayó en la trampa.

—¿No conocía a sus atacantes?

Él comenzó a levantar los brazos, hizo un gesto de dolor y los bajó.

—Por mi honor. Ahora bien, a menos que considere que los zapatos con tacón rojo son una tentación insuperable para los ladrones de Londres, en cuyo caso yo me buscaba la paliza a plena luz del día llevándolos, creo que tendrá que perdonarme.

—¿Y si no le perdono?

La suave brisa casi se llevó sus palabras.

Un coqueteo muy cauteloso. De todos modos, esa leve insinuación de risa le tensó las ingles.

—Entonces, señora, será mejor que no vuelva a pronunciar mi nombre. Porque Simon Iddesleigh no será otra cosa que una voluta, una exhalación. Expiraré y desapareceré absolutamente si me condena.

Silencio. Tal vez «exhalación» fue exagerado.

Entonces ella se echó a reír; una risa fuerte, alegre, que le hizo saltar algo dentro del pecho.

—¿Les dice estas paparruchas a las damas de Londres? —preguntó ella, con dificultad para respirar por la risa—. Si lo hace, creo que todas deben hacer muecas con sus caras empolvadas para reprimir la risa.

Él se sintió inexplicablemente molesto.

—Ha de saber que en la sociedad de Londres se me considera muy ingenioso. —Buen Dios, hablaba como un tonto pomposo—. Las principales anfitrionas rivalizan por tenerme en sus listas de invitados.

—¿De veras?

—Pues sí. —No pudo evitarlo, las palabras le salieron algo contrariadas. Ah, eso la impresionaría—: Una cena se puede proclamar un éxito cuando asisto. El año pasado una duquesa cayó desmayada cuando se enteró de que yo no podía ir.

—Pobres, pobres damas de Londres. ¡Qué tristes deben de estar en estos momentos!

Él hizo un mal gesto. Tocado.

—En realidad...

—Y sin embargo sobreviven sin usted. —Seguía la risa en su tono—. O tal vez no. Tal vez su ausencia ha provocado una oleada de desmayos de anfitrionas.

—O, cruel ángel.

—¿Por qué me llama así? ¿Llama así a muchas de sus damas de Londres?

—¿Cómo?, ¿ángel?

—Sí.

De repente notó que ella estaba más cerca de lo que había creído. A su alcance, en realidad.

—No, sólo a usted.

Le tocó la mejilla con la yema de un dedo. Tenía la piel cálida, aun al aire nocturno, y suave, suavísima.

Ella retrocedió un paso.

—No le creo.

¿Se lo había imaginado o le había hablado como si le faltara el aire? Sonrió como un demonio en la oscuridad, y no dijo nada. Buen Dios, cómo deseaba poder cogerla en sus brazos, abrirle los dulces labios con los suyos, sentir su aliento en la boca y sus pechos aplastados contra su pecho.

—¿Por qué ángel? —preguntó entonces ella—. No soy particularmente angelical.

—Ah, ahí se equivoca. Sus cejas son de lo más severas, su boca se curva como la de una santa del Renacimiento. Su ojos son maravillosos. Y su mente...

Se bajó del muro y se aventuró a dar un paso hacia ella, hasta que casi se tocaron y Lucy tuvo que levantar su blanca cara hacia la de él.

—¿Mi mente?

Él creyó sentir el cálido soplido de su aliento.

—Su mente es una campana de hierro cuyo sonido es hermoso, terrible y afinado.

Su voz sonó ronca a sus oídos, y comprendió que había revelado demasiado.

Un mechón de pelo de ella atravesó las pocas pulgadas que los separaban y le acarició el cuello. Se le levantó el miembro, dolorosamente erecto, sus latidos iguales a los de su corazón.

—No tengo ni idea de qué significa eso —musitó ella.

—Tal vez sea mejor así.

Ella levantó la mano, titubeó y luego le tocó suavemente la mejilla con la yema de un dedo. El contacto le hizo pasar una especie de electricidad por todo el cuerpo; le llegó hasta los dedos de los pies.

—A veces creo que le conozco —dijo ella, en voz tan baja que apenas la oyó—. A veces creo que siempre le he conocido, desde el momento en que abrió los ojos por primera vez, y que, en el fondo de su alma, usted también me conoce. Pero entonces usted hace una broma, hace el tonto o el libertino y se gira hacia un lado. ¿Por qué hace eso?

Él abrió la boca para gritar su miedo o decir algo, pero justo entonces se abrió la puerta de la cocina, arrojando un arco de luz en el jardín.

—¿Cielo?

El padre guardián.

Ella se giró y a la luz de la cocina quedó destacado el perfil de su cara.

—Debo entrar. Buenas noches.

Retiró la mano y esta le rozó los labios al alejarse.

Él tuvo que esforzarse en serenarse para poder hablar con voz normal.

—Buenas noches.

Ella caminó hacia la puerta de la cocina y entró en la luz. Su padre la cogió del codo y antes de cerrar la puerta miró hacia el jardín en sombras por encima de su cabeza.

Él simplemente se quedó observándola, prefiriendo continuar en la oscuridad antes que enfrentarse al capitán Craddock-Hayes. Le dolía el hombro, le zumbaba la cabeza y tenía congelados los dedos de los pies.

Y estaba metido en un juego que no podría ganar de ninguna manera.

Quincy James comenzó a pasearse por el despacho de sir Rupert, yendo hasta la ventana y volviendo, con pasos rápidos y nerviosos.

—N-no te creo. M-me di-dijeron que estaba sangrando en la cabeza. Lo ap-apuñalaron en la es-espalda y lo de-dejaron desnudo ex-expuesto a un aire frío como el hielo. ¿C-cómo p-puede sobrevivir a eso un hombre?

Sir Rupert exhaló un suspiro y se sirvió un segundo whisky.

—No sé cómo lo ha hecho, pero está vivo. Mi información es correcta.

El otro hombre que estaba en el despacho, lord Gavin Walker, se movió nervioso en su sillón junto al hogar. Walker tenía la constitución de un peón caminero, corpulento, ancho, las manos del tamaño de jamones, los rasgos toscos. Si no fuera por la ropa cara y la peluca que llevaba, nadie supondría que era un aristócrata. En realidad, el linaje de su familia se remontaba a los normandos. Sacó una cajita de rapé enjoyada del bolsillo de la chaqueta, puso una pulgarada en el dorso de la mano e inhaló. Pasado un momento, estornudó fuertemente y se cubrió la nariz con un pañuelo.

Sir Rupert hizo un mal gesto y desvió la mirada. Asqueroso ese hábito de inhalar rapé.

—No comprendo, James —dijo Walker—. Primero dices que Iddesleigh ha muerto y que ya no tenemos que preocuparnos más, y luego va y resucita. ¿Estás seguro de que tus hombres no se equivocaron de caballero?

Sir Rupert se apoyó en el respaldo de su sillón ante el escritorio y miró hacia el cielo raso, esperando el inevitable estallido de James. Las paredes de su despacho estaban pintadas en el masculino color marrón oscuro, interrumpido a la altura de la cintura por un riel color crema para apoyar los sillones. El suelo estaba cubierto por una mullida alfombra en colores negro y carmesí, y una cortina de terciopelo color oro viejo apagaba los ruidos del tráfico de la calle. De las paredes colgaban grabados de plantas de su colección. La comenzó con un pequeño esbozo de un *Chrisanthemum parthenium*, o matricaria, que encontró en una librería ya hacía más de treinta años. La impresión no era buena; tenía una mancha de agua en una esquina y el nombre en latín de la planta estaba manchado, pero la composición era agradable, y la compró en una época en que eso significaba pasarse sin un buen té durante un mes. Estaba colgado entre dos mucho más grandes y más caros. Un *Morus nigra*, o moral negro, y un *Cynara cardunculus*, o cardo silvestre, bastante elegante.

Su mujer, sus hijos y criados sabían que jamás debían molestarlo cuando estaba en su despacho, a no ser que se tratara de una urgencia de lo más terrible, y eso le hacía aún más fastidioso abrir su dominio personal a James y a lord Walker y a los problemas que traían con ellos.

—¿Seguro? —dijo James—. C-claro que estoy seguro. —Se giró y le lanzó algo a Walker; el objeto brilló al volar por el aire—. Me trajeron esto.

Walker, normalmente pesado, lento, era capaz de moverse con rapidez cuando quería. Cogió al vuelo el objeto, lo examinó y arqueó las cejas.

—El anillo de sello de Iddesleigh.

A sir Rupert se le erizó el vello de la nuca. Estaba trabajando con idiotas peligrosos.

—Maldita sea, James, ¿para qué diablos has guardado esto?

—N-no importaba, ¿verdad?, estando muerto Iddesleigh —repuso James, malhumorado.

Sir Rupert bebió otro saludable trago de whisky.

—Sólo que ya no está muerto. Gracias a la incompetencia de tus hombres—. Dádmelo. Yo me desharé de él.

—O-oye, q-que, que...

—Tiene razón —interrumpió Walker—. Es una prueba que no necesitamos.

Atravesó la sala y dejó el anillo en el escritorio.

Sir Rupert lo miró detenidamente. El blasón Iddesleigh ya tenía poco relieve, por el desgaste del oro con el tiempo. ¿Cuántas generaciones de aristócratas habrían usado ese anillo? Lo cubrió con la palma, lo cogió y lo puso en el bolsillo de su chaleco.

Disimuladamente se friccionó la pierna derecha por debajo de la mesa del escritorio. Su padre era mercader en la ciudad, comerciaba con productos de importación. Cuando era niño él había trabajado en el enorme almacén que tenía su padre, acarreando sacos de grano y pesadas cajas con mercancías. No recordaba el accidente que le aplastó la pierna, al menos no del todo. Sólo recordaba el olor a bacalao en salazón que se derramó del barril roto, y claro, el dolor del hueso aplastado. Incluso ahora con sólo sentir el olor a pescado salado se le revolvía el estómago.

Miró a sus socios, pensando si habrían trabajado un solo día de sus vidas.

—¿Qué sabes tú? —estaba diciendo James mirando a Walker—. Hasta el momento no has ayudado en nada. Yo fui el que apadrinó a Peller.

—Y tonto que fuiste —dijo Walker, sacando nuevamente su cajita de rapé—. No deberías haber inducido a Peller a batirse con Ethan Iddesleigh para matarlo. Yo voté en contra.

James parecía estar a punto de echarse a llorar.

—¡N-no es cierto!

El corpulento hombre se mantuvo imperturbable mientras hacía el rito de poner la pulgarada de rapé sobre el dorso de la mano.

—Voté en contra. Opinaba que deberíamos haberlo hecho de modo más encubierto.

—Te gustó el plan desde el principio, malditos sean tus ojos.

—No —estornudó Walker, y negando lentamente con la cabeza volvió a sacarse el pañuelo de un bolsillo del chaleco—. Lo encontré tonto. Una lástima que no me hicieras caso.

—¡Imbécil! —exclamó James, abalanzándose hacia él.

El corpulento Walker se hizo a un lado y James pasó de largo en un cómico tambaleo. Se le enrojeció la cara y volvió a girarse hacia Walker.

—¡Caballeros! —exclamó sir Rupert, golpeando el escritorio con su bastón para atraerles la atención—. Por favor. Nos hemos desviado del asunto. ¿Qué hacemos con Iddesleigh?

—¿Estamos seguros de que está vivo? —insistió Walker.

El hombre era lento, pero tenaz.

Sir Rupert continuaba friccionándose la dolorida pierna. Tendría que ponerla en alto después de esa reunión, y no le serviría de mucho el resto del día.

—Sí —dijo—. Está en Maiden Hill, un pequeño pueblo de Kent.

James frunció el ceño.

—¿Cómo lo sabes?

—Eso no importa. —No le convenía que ellos metieran sus narices en eso—. Lo importante es que Iddesleigh está lo bastante bien como para enviar a llamar a su ayuda de cámara. Una vez que esté suficientemente recuperado, sin duda volverá a Londres. Y todos sabemos lo que hará entonces.

Miró a James, que se estaba rascando el cuero cabelludo con

tanta fuerza que seguro que sangraría bajo su brillante pelo rubio, y luego miró a Walker, que lo estaba observando pensativo.

Entonces fue Walker el que puso en palabras la conclusión obvia.

—Entonces será mejor que nos aseguremos de que Iddesleigh no vuelva, ¿verdad?

Capítulo 4

«*A* veces creo que le conozco.» Esas palabras parecían haberse grabado en su cerebro. Palabras sencillas, palabras francas. Palabras que lo asustaban de muerte. Se movió inquieto en el sillón. Estaba en su habitación, reposando junto al pequeño fuego del hogar y pensando dónde estaría la señorita Craddock-Hayes. No estuvo presente en la comida de mediodía y el capitán sólo le dirigió monosílabos, si es que llegó a hablar. Maldita fuera. ¿Acaso no sabía que esa sencilla franqueza era vergonzosamente desmañada? ¿No sabía que ante un caballero una dama debía agitar las pestañas y decir cosas sin sentido? ¿Coquetear y bromear y siempre, siempre, ocultar sus verdaderos pensamientos? ¿No decir en voz alta palabras que tenían el poder de desgarrarle el alma a un hombre?

«A veces creo que le conozco.» Qué horrorosa la idea de que ella pudiera conocerlo de verdad. Él era un hombre que había pasado los últimos meses dando caza sin piedad a los asesinos de Ethan. Los buscaba uno a uno, hasta encontrarlos, entonces los retaba a duelo y luego los mataba con su espada. ¿Qué pensaría un ángel de un hombre así? Se encogería de horror si realmente lo conociera, se apartaría y echaría a correr chillando.

Rogaba que nunca le viera el alma.

Captó los ruidos de una conmoción abajo. A sus oídos llegó la voz retumbante del capitán, la voz más aguda de la señora Brodie y, en tono más bajo, el constante murmullo de ese extraño criado llamado Hedge. Se levantó del sillón, salió al corredor y llegó cojeando a la escalera. Ese era el precio de su incursión en el frío jardín la noche pasada en busca de su ángel. Se le habían rebelado los músculos de la espalda, por haberlos usado demasiado pronto, y durante la noche se le habían puesto rígidos. En consecuencia, caminaba como un viejo, un viejo recientemente golpeado y apuñalado.

Mientras se acercaba a la planta baja, distinguió las voces con más claridad.

—... coche del tamaño de la mitad de un ballenero. Ostentoso, eso es lo que es, pura ostentación.

La voz de barítono del capitán.

—Querrán tomar el té, ¿no le parece, señor? Tengo que ir a ver mis bollos. Los que he hecho alcanzarán para todos.

La señora Brodie.

Y finalmente:

—... tengo fastidiada la espalda, de verdad. Cuatro caballos, y son grandes los animales también. Me estoy haciendo viejo. Podrían matarme. ¿Y a alguien le importa? No, claro que no les importa. Sólo otro par de manos, eso es lo que soy para ellos.

Hedge, naturalmente.

Sonriendo, llegó al pie de la escalera y se dirigió a la puerta principal, donde estaban reunidos los demás. Curioso cómo el ritmo y tono de esa casa se le había metido en los huesos con tanta facilidad.

—Buenas tardes, capitán —dijo—. ¿A qué se debe este alboroto?

—¿Alboroto? Ja. Un inmenso vehículo. No sé si podrá virar hacia el camino de entrada. Por qué alguien tiene necesidad de algo así, no lo sé. Cuando yo era joven...

Simon vio aparecer el coche por la puerta abierta y dejó de oír la protesta del capitán. Era su coche de viaje, por fin, con su blasón en dorado en las puertas. Pero en lugar de Henry, su ayuda de cámara desde ya hacía cinco años, bajó otro joven, que casi tuvo que doblarse para pasar por la puerta. El joven ya tenía edad para haber alcanzado toda su altura, menos mal, porque si no, acabaría siendo un gigante. Aun así, su cuerpo todavía no había llenado del todo su impresionante armazón. Por lo tanto, sus manos eran excesivamente grandes, con los nudillos sobresalientes más arriba; sus pies parecían los de un cachorro, demasiado grandes para sus delgadas piernas, y sus hombros anchos pero huesudos.

Christian se enderezó, con su pelo rojo anaranjado como una llama al sol de la tarde, y sonrió de oreja a oreja cuando lo vio.

—Dice el rumor que o estás cerca de la muerte o ya muerto.

Simon bajó calmadamente la escalinata.

—El rumor, como siempre, se las arregla para exagerar las cosas. ¿Has venido a asistir a mi funeral o simplemente ibas de paso?

—Me pareció apropiado venir a ver si de verdad te habías muerto. Al fin y al cabo podrías haberme dejado tu espada con su vaina.

Simon sonrió.

—Poco probable. Creo que mi testamento te deja un orinal esmaltado. Me han dicho que es una antigüedad.

Henry salió de detrás del joven aristócrata. Con una exquisita peluca blanca de dos coletas, chaqueta violeta y plata y medias negras con escudetes plateados bordados, estaba muchísimo mejor vestido que Christian, cuya ropa era toda de un soso marrón. Pero claro, Henry siempre estaba mucho más elegante que casi cualquier hombre que estuviera cerca de él, fuera criado o aristócrata. A veces a él le resultaba difícil no quedar eclipsado por su ayuda de cámara. Si sumaba a eso que tenía la cara de un Eros disoluto, todo pelo dorado y labios rojos llenos, era un absoluto peligro en lo que se refería al bello sexo. Le resultaba francamente asombroso que continuara teniéndolo a su servicio.

—En ese caso me alegra muchísimo que el rumor fuera exagerado —dijo Christian. Le cogió la mano entre las dos suyas, casi lo abrazó, mirándole a la cara preocupado—. ¿De verdad estás bien?

Simon se sintió inexplicablemente azorado. No estaba acostumbrado a que los demás se preocuparan por él.

—Bastante bien.

—¿Y quién es este, si se puede saber? —preguntó el capitán, que ya había llegado hasta ahí.

Simon se giró a mirarlo.

—¿Me permite que le presente a Christian Fletcher, señor? Es un amigo y formamos pareja en la práctica de la esgrima. Christian, te presento al capitán Craddock-Hayes, mi anfitrión, que me ha ofrecido todo tipo de hospitalidad. Me ha cedido generosamente el dormitorio no usado de su hijo, la excelente comida de su ama de llaves y la exquisita compañía de su hija.

Christian se inclinó.

—Capitán, es un honor conocerle, señor.

El capitán, que había estado mirando a Simon, por si le encontraba un doble sentido a la palabra «compañía», pasó su penetrante mirada a Christian.

—Supongo que va a necesitar una habitación también, joven.

Christian lo miró sorprendido. Miró a Simon, como pidiéndole ayuda, y contestó:

—No, no, de ninguna manera. Estaba pensando en alojarme en la posada por la que pasamos en el pueblo. —Hizo un gesto vago por encima del hombro, supuestamente en la dirección de la posada.

—Ja. —El capitán pareció algo confundido. Entonces volvió la atención a Simon—. Pero sus criados, lord Iddesleigh, ¿se alojarán todos en mi casa, tengamos habitación o no?

—Por supuesto, capitán Craddock-Hayes —contestó Simon, alegremente—. Había pensado alojarlos en la posada también, pero comprendí que esa idea insultaría su fino sentido de la hospitalidad. Por lo tanto, en lugar de enzarzarme en un embarazoso tira y afloja por la corrección, me di por vencido antes de luchar la batalla, y decidí tener a mis hombres aquí.

Puso fin a ese descarado montón de mentiras con una venia.

El capitán se quedó sin habla un momento. Frunció el entrecejo como buscando las palabras para protestar, pero Simon sabía que se había anotado un punto.

—Ja, bueno, ja. —Se meció sobre los talones, mirando el coche—. Justo lo que habría esperado de unos encopetados de la ciudad. Ja. Tengo que decírselo a la señora Brodie, entonces.

Se giró y estuvo a punto de chocar con Hedge. El criado había salido de la casa y se había parado en seco mirando boquiabierto al cochero y a los lacayos con librea.

—Córcholis, hay que ver —dijo Hedge, y Simon creyó detectar, por primera vez, un asomo de reverencia en su voz—. Bueno, esa es la manera como se debe vestir a un hombre, con galones plateados y chaqueta púrpura. Claro que los galones quedarían mejor dorados, pero de todos modos, es mucho mejor que como «algunos» visten a su personal.

—¿Personal? —repitió el capitan, ofendido—. Tú no eres personal. Eres el hombre para todo, el manitas. Ahora ve a ayudarlos a entrar los baúles. Buen Dios, «personal».

Y acto seguido, entró en la casa pisando fuerte, sin dejar de mascullar.

Hedge echó a andar en la dirección opuesta, también mascullando.

—Creo que no le caigo bien —susurró Christian.

Simon echó a andar hacia la casa, con el joven.

—¿Al capitán? No, no. Está claro que te adora. Simplemente es su manera de ser, de verdad. ¿No viste el guiño travieso en sus ojos?

Christian sonrió a medias, como si no supiera si tomarse en serio esas palabras o no.

Simon sintió una punzada. Ser tan joven en el mundo, como un polluelo recién salido del cascarón, con las plumas todavía mojadas, rodeado de pollos más grandes y menos benignos, y la amenaza de los zorros al acecho fuera de la vista.

Entonces le vino un pensamiento y frunció el ceño.

—¿Dónde oíste esos rumores de mi inminente muerte?

—Hubo comentarios en el baile de los Harrington la otra noche y volví a oírlos por la tarde al día siguiente en la cafetería a la que suelo ir. Pero no me lo tomé en serio hasta que lo oí en el salón de Angelo. —Se encogió de hombros—. Y, claro, tú no te presentaste para nuestro asalto habitual.

Simon asintió. Dominico Angelo Malevolti Tremamondo, simplemente Angelo para sus clientes, era el maestro de esgrima de moda del momento. Muchos aristócratas asistían a las clases del italiano o iban a su escuela de armas en Soho simplemente para practicar y ejercitarse. En realidad, ahí fue donde conoció a Christian hacía unos meses. El joven había manifestado una clara admiración por su técnica, y debido a esa admiración nació el asalto semanal de esgrima con el joven, en que él le daba consejos sobre los diversos movimientos y estilo.

Entraron en el vestíbulo, que se veía oscuro por haber estado fuera a la luz del sol. Los pasos de Christian eran largos y rápidos, mientras hablaba, y Simon tenía que esforzarse por ir a su paso sin mostrar debilidad.

—¿Qué te pasó? Henry no lo sabía.

—Me apuñalaron.

El capitán ya estaba en la sala de estar, y debió oír la pregunta cuando entraron.

—Al vizconde lo apuñalaron en la espalda. Lo hirieron a la altura del omóplato. Si le hubieran dado un poco a la izquierda, el cuchillo le habría perforado el pulmón.

—Entonces creo que tuvo suerte —dijo Christian, deteniéndose y mirando como si no supiera qué hacer.

Él capitán no hizo ningún gesto de bienvenida al joven, ni lo invitó a sentarse.

—Exactamente, tuvo suerte. ¿Ha visto morir a un hombre de una herida en el pulmón, eh? No puede respirar. Se sofoca con su propia sangre. Fea manera de acabar.

Simon se sentó en un sillón y cruzó las piernas, sin hacer caso del dolor en la espalda.

—Su descripción me fascina curiosamente, capitán.

El capitán lo miró con una implacable sonrisa en la cara y se sentó en un sofá.

—Ja. Lo que me fascina a mí es por qué lo atacaron, en primer lugar. ¿Eh? ¿Un marido celoso? ¿Insultó a alguien?

Christian, al que habían dejado de pie y solo, miró alrededor y vio un sillón de madera junto al sofá. Se sentó, y al instante se quedó inmóvil porque éste crujió ominosamente.

Simon miró al capitán, sonriéndole. No debía infravalorar la percepción del viejo.

—He insultado a muchos, muchos hombres en el curso de mi vida, seguro. En cuanto a maridos celosos, bueno, la discreción me prohíbe decir algo.

—¡Ja! La discreción...

Se interrumpió porque en ese momento entró su hija, seguida por la señora Brodie con la bandeja del té.

Simon y Christian se levantaron. El capitán logró ponerse de pie y casi al instante volvió a sentarse.

—Mi queridísima señora —dijo Simon, inclinándose sobre su mano—. Me siento avasallado por el resplandor de su presencia.

Se enderezó y la miró a los ojos, con el fin de discernir si ella lo había evitado ese día, pero ella tenía los ojos velados y no logró captar sus pensamientos. Sintió una oleada de frustración.

El ángel curvó los labios.

—Será mejor que tenga cuidado, lord Iddesleigh. Algún día se me podría trastornar la cabeza por sus floridos cumplidos.

Simon se cogió las manos en el pecho y retrocedió tambaleante.

—Un golpe. Un golpe directo.

Ella sonrió por su travesura, pero volvió sus dorados ojos hacia Christian.

—¿Quién es su invitado?

—Sólo es el pobre hijo de un baronet, y pelirrojo por añadidura. No es digno de su divina atención.

—Qué pena. —Le dirigió una mirada reprensiva, extrañamente eficaz, y le tendió la mano a Christian—. Me gusta el pelo rojo. ¿Y cómo se llama, pobre hijo de un baronet?

El joven sonrió encantadoramente y se inclinó en una venia.

—Christian Fletcher, ¿señorita...?

Ella hizo su reverencia.

—Craddock-Hayes. Veo que ya conoce a mi padre.

—Sí.

Entonces Christian le levantó la mano hasta sus labios, y Simon se vio obligado a resistirse al deseo de estrangularlo.

—¿Es amigo de lord Iddesleigh?

—Soy...

—Christian es todo lo que yo aprecio en un compañero —interrumpió Simon, harto de que la atención de ella estuviera puesta en otro.

Y por una vez no supo si decía la verdad o mentía.

—¿Sí? —preguntó ella, con su cara solemne otra vez.

Maldita fuera por tomarlo tan en serio; nadie lo tomaba en serio jamás, ni siquiera él.

Ella se sentó elegantemente en el sofá y comenzó a servir el té.

—¿Conoce de mucho tiempo a lord Iddesleigh, señor Fletcher?

El joven sonrió, cogiendo la taza que ella le ofrecía.

—Sólo desde hace unos meses.

—Entonces, ¿no sabe por qué lo atacaron?

—No, señora.

—Ah.

Miró a Simon a los ojos pasándole una taza.

Él sonrió y adrede le deslizó un dedo por la mano al coger la taza. Ella pestañeó pero no bajó la mirada. Valiente angelito.

—Ojalá pudiera satisfacer su curiosidad, señorita Craddock-Hayes.

—¡Jum! —carraspeó fuertemente el capitán al lado de su hija.

Christian cogió un bollo de la bandeja y enderezó la espalda.

—Bueno, sean quienes sean los que lo atacaron, Simon tiene que conocerlos.

Simon se quedó inmóvil.

—¿Por qué dices eso?

El joven se encogió de hombros.

—Fueron tres hombres, ¿verdad? Eso fue lo que oí.

—¿Sí?

—Por lo tanto sabían que eras, que eres, un espadachín experto.

Diciendo eso se apoyó en el respaldo y masticó su bollo con la cara más franca e inocente que nunca.

—¿Un espadachín experto? —repitió la señorita Craddock-Hayes, paseando la mirada entre él y Christian—. No tenía ni idea.

Detuvo la mirada en él, y a Simon le pareció que sus ojos exploraban los suyos.

Condenación. Sonrió, con la esperanza de que sus ojos no revelaran nada.

—Christian exagera...

—¡Ah, vamos! No eres precisamente modesto, Iddesleigh —dijo el joven, prácticamente riéndose en su cara—. Le aseguro, señora, que hombres más corpulentos se echan a temblar cuando pasa él, y ninguno se atreve a desafiarlo. Vamos, sólo el otoño pasado...

Buen Dios, pensó Simon.

—Me parece que esa historia no es apta para los oídos de una dama —siseó.

Christian se ruborizó y agrandó los ojos.

—Sólo quería...

—Pero a mí me gusta oír cosas no destinadas a mis delicados oídos —dijo dulcemente la señorita Craddock-Hayes; su mirada lo desafió hasta que él casi oyó su seductor canto de sirena: «Dímelo, dímelo. Dime quién eres realmente»—. ¿No va a dejar continuar al señor Fletcher?

Entonces pareció despertar el protector papá, salvándolo de más tonterías.

—Creo que no, cielo. Deja en paz al pobre hombre.

Su ángel se ruborizó, pero no desvió la mirada, y él comprendió que si continuaba más tiempo ahí se ahogaría en esos ojos color ámbar y bendeciría a los dioses por su suerte, aun cuando estuviera hundiéndose por tercera vez.

Patricia McCullough se inclinó en el antiquísimo sofá, casi volcando el plato con galletas de limón que tenía en la falda.

—¿Desnudo? ¿Totalmente desnudo?

Su redonda cara de piel melocotón con nata, sus gruesos labios de rubí y sus rizos dorados le daban el aspecto de una dulce pastora en un cuadro bucólico. Imagen que en realidad estaba reñida con su personalidad, que se parecía más a la de un ama de casa empeñada en regatear en la carnicería.

Lucy se echó una galleta a la boca y le sonrió serenamente a su amiga de la infancia.

—Totalmente.

Estaban sentadas en el cuarto de estar de atrás de la casa Craddock-Hayes. Las paredes, pintadas en un alegre color rosa con ribetes verde manzana, evocaban un jardín en verano. El cuarto no era grande ni estaba bien amueblado como la sala de estar principal, pero había sido el favorito de su madre, y era cómodo y acogedor para recibir a una amiga tan querida como Patricia. Y las ventanas daban al jardín de atrás, con lo que tenían una buena visión de los caballeros que estaban ahí.

Patricia enderezó la espalda y con el entrecejo fruncido observó atentamente al vizconde y a su amigo por la ventana. El amigo estaba en mangas de camisa, a pesar del frío de noviembre. Tenía una espada en la mano y daba estocadas, sin duda practicando pases de esgrima de manera seria, aunque a Lucy se le antojaban tontos sus pasos y movimientos. Lord Iddesleigh estaba sentado cerca, o bien dándole aliento o, lo más probable, pinchándolo con críticas.

¿Qué historia sería esa que el señor Fletcher estuvo a punto de relatar el día anterior? ¿Y por qué el vizconde se había mostrado tan resuelto a que ella no la oyera? La respuesta obvia era que se trataba de alguna aventura amorosa escandalosa. Ese era el tipo de cosas que se consideraban demasiado sórdidas para los oídos de una chica soltera. Sin embargo, ella tenía la impresión de que a lord Iddesleigh no le importaría mucho escandalizarla, y escandalizar a su padre, con sus proezas de alcoba. Tenía que ser algo peor; algo de lo que se avergonzaba.

—A mí nunca me ocurre nada así —dijo Patricia, volviéndola al presente.

—¿Así cómo?

—Encontrar a un caballero desnudo en la cuneta cuando voy de camino a casa. —Hincó el diente en una galleta, pensativa—. Tengo más posibilidades de encontrarme a uno de los Jones borracho en la cuneta. Totalmente vestido.

Lucy se estremeció.

—Me parece que eso es mejor.

—Sin duda. De todos modos, eso le da a una algo que contar a los nietos una fría noche de invierno.

—Esta ha sido la primera vez que me ha ocurrido a mí.

—Mmm. ¿Estaba de espaldas o boca abajo?

—Boca abajo.

—Una lástima.

Las dos volvieron a mirar por la ventana. El vizconde estaba repantigado en el banco de piedra bajo uno de los manzanos, con las largas piernas estiradas, su pelo corto brillando al sol. Curvó su ancha boca en una sonrisa por algo que acababa de decir el señor Fletcher. Parecía un dios Pan rubio; lo único que le faltaba eran los cuernos y las pezuñas en los pies.

Una lástima.

—¿Qué crees que andaba haciendo en Maiden Hill? —preguntó Patricia—. Aquí está tan fuera de lugar como una azucena dorada en un montón de estiércol.

Lucy frunció el ceño.

—Yo no llamaría montón de estiércol a Maiden Hill.

—Yo sí —repuso Patricia, impertérrita.

—Dice que lo atacaron y lo trajeron aquí.

Patricia agrandó los ojos con exagerada incredulidad.

—¿A Maiden Hill?

—Sí.

—No logro imaginarme por qué. A no ser que lo atacaran unos ladrones particularmente tímidos.

—Mmm —musitó Lucy; secretamente había pensado lo mismo—. El señor Fletcher parece un caballero bastante simpático.

—Sí, hace pensar cómo llegó a hacerse amigo de lord Iddesleigh. Se complementan como el terciopelo arrugado y la arpillera.

Lucy intentó reprimir un bufido y no lo consiguió del todo.

Patricia arrugó la nariz cubierta de pecas, lo que le dio un aspecto más adorable que de costumbre.

—Y el pelo rojo nunca es totalmente satisfactorio en un hombre, ¿verdad?

—Vamos, no seas cruel.

—Y tú eres excesivamente bondadosa.

El señor Fletcher hizo un pase especialmente ostentoso.

Patricia lo miró fijamente.

—Aunque he de reconocer que es alto.

Lucy le puso más té en la taza.

—¿Alto? ¿Eso es lo único positivo que se te ocurre decir de él? Patricia cogió la taza.

—Gracias. No hay que menospreciar la altura.

—Eres más baja que yo, y yo no soy ninguna amazona.

Patricia agitó la mano con la galleta casi enredándosela entre los rizos dorados.

—Lo sé. Es lamentable, pero ya ves. Curiosamente me siento atraída por hombres que parecen gigantes a mi lado.

—Si ese es tu criterio, el señor Fletcher es tal vez el hombre más alto que vas a encontrar.

—Cierto.

—Tal vez debería invitarte a comer con nosotros para que lo conozcas.

—Deberías, ¿sabes? Después de todo tú te has conquistado al único soltero cotizable de Maiden Hill que no es un Jones o un mentecato sin remedio. —Hizo una pausa para beber té—. Hablando de lo cual...

—Debería llamar para que traigan más agua caliente —se apresuró a decir Lucy.

—Hablando de lo cual —insistió Patricia, antes que Lucy terminara la frase—, el otro día te vi con Eustace en su tílburi. ¿Y bien?

—¿Y bien qué?

—No te hagas la estúpida conmigo —dijo Patricia, con la expresión de una gata melada furiosa—. ¿Te dijo algo?

—Claro que dijo algo —suspiró Lucy—. Habló extensamente sobre las reparaciones que hay que hacer en el techo de la iglesia, del tobillo de la señora Hardy, y de si podría nevar o no.

Patricia entrecerró los ojos.

Lucy renunció.

—Pero no dijo nada de matrimonio.

—Retiro lo dicho.

Lucy arqueó las cejas.

—Creo que tendremos que poner a Eustace en la categoría de mentecato sin remedio.

—Vamos, Patricia...

—¡Tres años! —exclamó Patricia, dando un golpe en el cojín del sofá—. Tres años llevándole en coche de arriba para abajo y por todo Maiden Hill. Su caballo ya sabe encontrar el camino dormido. Ha dejado verdaderos surcos en los caminos que toma.

—Sí, pero...

—¿Y te ha propuesto matrimonio?

Lucy hizo un mal gesto.

—No —se contestó Patricia—. ¿Y por qué no?

Lucy se encogió de hombros. Sinceramente eso era un misterio para ella también.

—No lo sé.

Patricia se levantó de un salto y comenzó a pasearse al trote por la sala.

—Ese hombre necesita un buen empujón. Por muy párroco que sea, estarás canosa cuando se decida a ir al grano. ¿Y cuál es el bien de eso, te pregunto? Que no podrás tener hijos.

—Tal vez no lo deseo.

Le pareció que había dicho eso en voz muy baja y Patricia no la habría oido en medio de su diatriba, pero su amiga se paró en seco y la miró fijamente.

—¿No deseas tener hijos?

—No —dijo Lucy, pasado un momento—. No sé si sigo deseando casarme con Eustace.

Y cayó en la cuenta de que eso era cierto. Lo que unos días atrás le había parecido inevitable y, en cierta manera, previsible, ya le parecía viejo y rancio y casi imposible. ¿Sería capaz de pasar el resto de su vida instalada con lo mejor que tenía Maiden Hill para ofrecer? ¿No había mucho más en el mundo? Casi involuntariamente, sus ojos se dirigieron de nuevo a la ventana.

—Pero eso sólo deja a los hombres Jones y, la verdad... —En ese momento Patricia se giró y siguió su mirada—. Ay, Dios mío.

Volvió a sentarse.

Lucy sintió subir el rubor a la cara. Se apresuró a desviar la mirada.

—Lo siento, sé que te cae bien Eustace, a pesar de...

Patricia negó con la cabeza, haciendo saltar los rizos.

—No. Esto no va de Eustace, y lo sabes. Se trata de «él».

En el jardín, el vizconde se había levantado para hacer una demostración, y estaba con el brazo extendido y una mano colocada elegantemente en la cadera.

Lucy exhaló un suspiro.

—¿Dónde tienes la cabeza? —dijo Patricia—. Sé que es guapo, y esos ojos grises bastan para hacer desmayarse a una virgen normal, por no hablar de ese cuerpo, que al parecer viste desnudo.

—Esto...

—Pero es un caballero de Londres. No me cabe duda de que es como uno de esos cocodrilos que tienen en África, que espera a que la persona se acerque bastante al agua y entonces se la come. ¡Ñam, ñam!

—No me va a comer —dijo Lucy, cogiendo nuevamente su taza—. No está interesado en mí.

—¿Cómo...?

—Y yo no estoy interesada en él.

Patricia arqueó una ceja, dudosa.

Lucy no le hizo caso.

—Además, está fuera de mi esfera. Es uno de esos caballeros mundanos que viven en Londres y tienen romances con damas elegantes, y yo... —se encogió de hombros—, yo soy un ratón de campo.

Patricia le dio una palmadita en el muslo cerca de la rodilla.

—No saldría bien, querida.

Lucy cogió otra galleta de limón.

—Lo sé. Y algún día Eustace me va a proponer matrimonio y lo voy a aceptar.

Lo dijo con firmeza, con una sonrisa fijada en la cara, aunque por ahí, en algún lugar de su interior, sintió una fuerte opresión.

Y sus ojos seguían desviándosele hacia la ventana.

Ese atardecer se asomó a la puerta.

—¿No la molesto, espero?

Había decidido entrar en el cuarto de estar de atrás donde se escondía la señorita Craddock-Hayes. Se sentía curiosamente inquieto. Christian ya se había marchado a su posada, el capitán había salido a hacer algún recado, Henry estaba ordenando meticulosamente sus ropas y él debería tal vez haberse acostado, para continuar su recuperación. Pero en lugar de acostarse cogió una de sus chaquetas y escabulléndose de Henry, que quería acicalarlo bien, salió en busca de su ángel.

—No, no —dijo ella—, tome asiento por favor. —Lo miró recelosa—. Empezaba a pensar que me evitaba.

Él hizo un mal gesto. Sí que la había estado evitando, pero al mismo tiempo no podía mantenerse alejado de ella. Dicha fuera la verdad, se sentía lo bastante bien para viajar, aun cuando no estuviera totalmente recuperado. Debería coger sus bártulos y marcharse de esa casa con dignidad.

—¿Qué está dibujando?

Se sentó a su lado, demasiado cerca. Captó un olorcillo a almidón.

Sin decir nada, ella ladeó el enorme bloc para que lo viera. Un Christian en carboncillo bailaba por la página dando estocadas y parando golpes de un enemigo imaginario.

—Son muy buenos —comentó.

Al instante se sintió tonto por hacer ese elogio tan prosaico. Pero ella sonrió, y su sonrisa tuvo su efecto ya previsible en él. Enderezó la espalda y con el faldón de la chaqueta se cubrió la pelvis, y luego estiró las piernas. Con sumo cuidado.

Ella frunció el ceño, juntando terriblemente sus cejas rectas.

—Se ha hecho daño en la espalda.

—No debe fijarse en los achaques de un caballero. Nuestro orgullo masculino podría quedar dañado irreparablemente.

—Tonto. —Se levantó y fue a coger un cojín para ponérselo—. Échese hacia delante.

Él obedeció.

—Tampoco debería llamarnos tontos.

—¿Aunque lo sean? —preguntó ella, acomodándole el cojín en la espalda.

—En especial si lo somos. Eso es absolutamente aniquilador para el orgullo masculino. Aahh, eso está mejor.

—Jm.

Retiró la mano pasándola ligeramente por su hombro y luego fue hasta la puerta a llamar al ama de llaves.

Después fue hasta el hogar y atizó las brasas hasta que salieron llamas.

—¿Qué hace?

—Pensé que podríamos cenar aquí, si eso le va bien.

—Lo que sea que le vaya bien a usted me va bien a mí, bellísima dama.

Ella lo miró arrugando la nariz.

—Interpretaré eso como un sí.

Apareció la señora Brodie, hablaron un momento y luego esta se marchó a toda prisa hacia la cocina.

—Mi padre va a cenar con el doctor Fremont esta noche. Les gusta discutir de política.

—¿Sí? ¿Ese es el doctor que vino a verme la herida?

El buen doctor tenía que ser un polemista formidable si le gustaba discutir con el capitán. Le envió sus mejores deseos.

—Mmm.

Entró la señora Brodie con la criada, las dos con bandejas cargadas. Se tomaron su tiempo disponiendo la comida en la mesa lateral, y luego salieron.

Ella comenzó a cortar un trozo del pastel de carne de caza.

—Mi padre mantenía discusiones maravillosas con David. Creo que lo echa de menos.

A él le pasó un pensamiento horroroso por la cabeza.

—¿Está de duelo?

Ella lo miró sin entender, con la mano detenida sobre el pastel; entonces se echó a reír.

—Ah, no. David está navegando. —Le puso un trozo de pastel en el plato—. Es marino, como mi padre. Es teniente en el *New Hope*.

—Perdone. De repente caí en la cuenta de que no sé nada de su hermano, aun cuando ocupo su habitación.

Ella bajó la vista y cogió una manzana para ella.

—David tiene veintidós años, es dos años menor que yo. Lleva un buen tiempo en el mar, van a ser once meses. Escribe con frecuencia, aunque recibimos varias cartas juntas en un paquete. Sólo puede echarlas al correo cuando llegan a puerto. —Se acomodó el plato en la falda y levantó la vista—. Mi padre las lee todas de una vez cuando nos llega un paquete, pero a mí me gusta reservarlas para leer una o dos por semana. Así me duran más.

Sonrió, casi como si se sintiera culpable por eso.

Simon sintió el urgente deseo de encontrar a ese David y obligarlo a escribir cien cartas más a su hermana. Cartas que podría entregarle él para poder sentarse a sus pies y ver esa sonrisa en sus labios. Más tonto él.

—¿Tiene hermanos, o hermanas? —le preguntó ella.

Él bajó la vista a su pastel. Eso le pasaba por sentirse cautivado por una mirada franca, unas cejas oscuras y una boca seria. Bajaba la guardia.

—No tengo hermanas, ay de mí. —Cortó la corteza y se desmenuzó—. Siempre he pensado que sería agradable tener una hermanita para tomarle el pelo, aunque tienen la tendencia a crecer y a tomar el pelo también, me han dicho.

—¿Y hermanos?

—Un hermano. —Cogió el tenedor y lo sorprendió comprobar que le temblaban los dedos, los muy malditos; les ordenó dejar de temblar—. Murió.

—Oh, lo siento —dijo ella, casi en un susurro.

—Inesperado, y menos mal. —Cogió su copa de vino—. Él era el mayor, así que yo no habría heredado el título si no hubiera considerado oportuno desprenderse de su envoltura mortal.

Bebió un larguísimo trago de vino tinto, que le pasó por la garganta quemándosela. Dejó la copa en la mesa y se frotó el índice de la mano derecha.

Ella guardó silencio, mirándolo con esos intensos ojos color ámbar.

—Aparte de eso —continuó—, Ethan era bastante tonto. Vivía preocupado por lo que es correcto y por si yo me comportaba de acuerdo al honor de la familia, cosa que jamás hice. Me llamaba una o dos veces al año a la propiedad de la famila, y me miraba con unos ojos lúgubres enumerándome mis muchos pecados y el exceso de las facturas de mi sastre.

Se calló, porque estaba parloteando. La miró para ver si finalmente la había horrorizado tanto que lo echara de su presencia. Pero ella simplemente lo estaba mirando con expresión compasiva. Terrible, terrible ángel.

Volvió la atención al pastel, aunque se le había acabado el apetito.

—Creo que la otra noche no terminé mi cuento. El de la pobre Angélica y el príncipe Serpiente.

Afortunadamente ella asintió.

—Llegó hasta la cueva mágica y la serpiente plateada.

—Exacto. —Hizo una inspiración profunda, a ver si eso le aliviaba la opresión en el pecho. Bebió otro trago de vino y ordenó sus pensamientos—. La serpiente plateada era mucho más grande que las que había visto Angélica; sólo la cabeza era del tamaño de su antebrazo. Cuando ella la estaba mirando, la serpiente se desenroscó y se tragó entera a la pobre cabra. Y después se alejó reptando lentamente hasta perderse de vista en la oscuridad.

—Qué horroroso —dijo la señorita Craddock-Hayes, estremeciéndose.

—Horroroso, sí. —Hizo una pausa para tomar un bocado del pastel—. Angélica salió por la estrecha abertura de la cueva con el mayor sigilo posible y volvió a su pequeña cabaña de ramas a pensar las cosas, porque estaba muy asustada. ¿Y si la gigantesca serpiente continuaba comiéndose las cabras? ¿Y si decidía probar una carne más tierna y se la comía a ella?

—Qué absolutamente repugnante —musitó ella.

—Sí.

—¿Qué hizo?

—Nada. ¿Qué podía hacer al fin y al cabo contra una serpiente gigante?

—Bueno, supongo que...

Él la miró con una ceja arqueada.

—¿Va a continuar interrumpiéndome?

Ella apretó los labios como para reprimir una sonrisa y comenzó a pelar su manzana. Él sintió pasar un calorcillo por todo su cuerpo. Qué agradable era estar ahí con ella y gastarle bromas; un hombre podía relajarse hasta el punto de olvidar todas sus preocupaciones, todos sus pecados, todas las matanzas que aún debía hacer.

Hizo una honda inspiración y expulsó esos pensamientos.

—Las cabras del rebaño comenzaron a desaparecer una a una y ella estaba desesperada, sin saber qué hacer. Cierto que vivía sola, pero tarde o temprano el administrador del rey vendría a contar las cabras y entonces, ¿cómo le explicaría que había tan pocas?

Se interrumpió para beber un poco de vino.

Concentrada en pelar la manzana con el cuchillo y tenedor de postre, ella tenía fruncidas sus rectas y solemnes cejas; ese ceño le indicó a él que deseaba protestar por la falta de valor Angélica.

Ocultó su sonrisa detrás de la copa.

—Entonces, una noche, pasó una vendedora ambulante muy pobre y golpeó la puerta de la cabaña. Le enseñó su mercancía: unas cuantas cintas, un poco de encaje y una bufanda desteñida. Compadecida de la mujer Angélica le dijo: «No tengo ni una sola moneda,

pero, ¿aceptaría esta jarra con leche de cabra a cambio de una cinta?»
Bueno, la anciana se alegró tanto que aceptó el trueque, y le dijo:
«Puesto que tienes buen corazón, te daré un consejo. Si capturas la
piel de una serpiente, tendrás poder sobre ese animal. Tendrás su
vida en tus manos». Y diciendo eso, la anciana se marchó, antes que
Angélica pudiera hacerle más preguntas.

La dama había dejado de pelar la manzana y lo estaba mirando
escéptica. Él arqueó las cejas, bebió un trago de vino y esperó.

—¿La anciana vendedora apareció así como así, como salida de la
nada?

—Sí.

—¿Y ya está?

—¿Por qué no?

—A veces tengo la impresión de que se va inventando la historia
a medida que la cuenta. —Exhaló un suspiro y movió la cabeza—.
Continúe.

—¿Sí?

Ella lo miró por debajo de unas aterradoras cejas.

Él se aclaró la garganta para disimular una risa.

—Esa misma noche Angélica subió a la cueva. Cuando llegó, la
serpiente estaba saliendo del oscuro fondo de la cueva. La vio dar una
lenta vuelta alrededor del brasero, y entonces apareció un hombre de
pelo plateado desnudo. Ella se acercó sigilosa y vio que a los pies del
hombre había una enorme piel de serpiente. Antes que la abandonara
el valor, de un salto llegó hasta la piel y la cogió en los brazos.

Tomó un bocado de pastel y lo masticó lentamente, para saborearlo.

Cuando levantó la vista, ella lo estaba mirando incrédula.

—¿Y bien?

Él pestañeó, como si no entendiera.

—Y bien ¿qué?

—Deje de atormentarme —dijo ella, pronunciando bien cada
sílaba—. ¿Qué ocurrió?

Ante la palabra «atormentarme», le saltó la polla, y en su cerebro diabólico se formó la imagen de la señorita Craddock-Hayes tendida desnuda en una cama, y él atormentándole los pezones con la lengua.

Pestañeó para ahuyentar la imagen y se obligó a esbozar una sonrisa.

—Angélica tenía al príncipe Serpiente en su poder, lógicamente. Se acercó al brasero con la intención de echar al fuego la piel de la serpiente y así matarla, pero las palabras de él la detuvieron. «Por favor, bella doncella, perdóname la vida.» Y sólo entonces ella se fijó en que él llevaba una cadenilla...

Ella emitió un bufido.

—... con una pequeña corona de zafiro colgada de ella —terminó él a toda prisa—. ¿Qué?

—El hombre era una serpiente antes —dijo ella, en tono de exagerada paciencia—. No tenía hombros. ¿Cómo podría haber llevado un collar?

—Una cadenilla. Los hombres no usan collares.

Ella se limitó a mirarlo visiblemente incrédula.

—Estaba hechizado —explicó él—. Conservaba la cadenilla.

Ella comenzó a poner los ojos en blanco y detuvo el gesto.

—¿Y Angélica le perdonó la vida?

—Por supuesto —dijo él, sonriendo tristemente—. Los seres celestes siempre perdonan, lo merezca o no la criatura.

Ella dejó a un lado el plato con lo que quedaba de la manzana y se limpió las manos en la servilleta.

—Pero ¿por qué no iba a merecer la salvación la serpiente?

—Porque era una serpiente. Un ser de tinieblas y maldad.

—Eso no lo creo.

Él se rió; la risa le salió como un ladrido, demasiado aguda y fuerte.

—Vamos, señorita Craddock-Hayes, me imagino que ha leído la Biblia y sabe lo de la serpiente que engañó a Adán y Eva.

Ella ladeó la cabeza, burlona.

—Vamos, milord. Me imagino que sabe que el mundo no es así de sencillo.

Él arqueó una ceja.

—Me sorprende.

—¿Por qué? —Bueno, inexplicablemente estaba irritada con él—. ¿Porque vivo en el campo? ¿Porque en mi círculo de amistades no hay personas con título y sofisticadas? ¿Cree que sólo quienes viven en Londres son lo bastante intelectuales para explorar más allá de lo obvio en nuestro mundo?

¿Cómo se produjo esa discusión?

—Esto...

—Creo que usted es el provinciano —interrumpió ella enérgicamente, inclinándose hacia él—, porque me juzga sin conocerme. O más bien, «cree» que me conoce, cuando en realidad no me conoce en absoluto.

Estuvo un momento mirando fijamente su asombrada cara y luego se levantó y salió casi corriendo de la sala.

Dejándolo con el miembro tan duro y erecto que le dolía.

Capítulo 5

¡Se ha retrasado! —exclamó el capitán a la noche siguiente. Miró furioso el reloj de la repisa del hogar y luego volvió la mirada a los demás—. No saben ver la hora en Londres, ¿eh? ¿Andan vagando por ahí y sólo se aparecen cuando les da la gana?

Eustace chasqueó suavemente la lengua y movió la cabeza de un lado a otro en solidaridad con el capitán, gesto bastante hipócrita por lo demás, porque tenía fama de perder la noción del tiempo de tanto en tanto.

Lucy exhaló un suspiro y puso en blanco los ojos. Estaban todos reunidos en la sala de estar principal esperando a lord Iddesleigh para poder pasar al comedor a cenar. En realidad, no tenía muchos deseos de volver a ver al vizconde. La noche anterior había hecho el ridículo. Todavía no sabía por qué de repente hirvió de rabia; fue muy repentino. Pero fue muy real. Ella era mucho más que una hija y cuidadora; eso lo sabía muy bien en el fondo. Sin embargo, en el pequeñísimo pueblo Maiden Hill nunca podría llegar a ser lo que deseaba ser. Sólo tenía una vaguísima idea de lo que podría ser, pero estaba segura de que clavada ahí no lo descubriría jamás.

—Bajará enseguida, señor, no me cabe duda —dijo el señor Fletcher; por desgracia, su voz no sonó nada segura—. Tal vez debería ir a...

—Qué exquisita compañía —dijo lord Iddesleigh desde el umbral de la puerta.

Todos se giraron a mirarlo y Lucy estuvo a punto de quedarse boquiabierta. El vizconde estaba magnífico. Esa era la única palabra para describirlo: «magnífico». Vestía una chaqueta de brocado con bordados en plata y negro en las vueltas de las mangas, todo el borde de los faldones y del frente. Debajo llevaba un chaleco azul zafiro todo bordado con hojas de parra y flores multicolores. La camisa estaba adornada por volantes de encaje en el cuello, la pechera y los puños. Y el pelo cubierto por una peluca blanca como la nieve.

—No me digan que me estaban esperando —dijo, entrando.

—Retrasado —explotó el capitán—. ¡Tarde para mi cena! En esta casa nos sentamos a la mesa a las siete en punto, señor, y si no puede... —Se le cortó la voz, y se quedó mirando fijamente los pies del vizconde.

Lucy le siguió la mirada. El vizconde llevaba unos elegantes zapatos con...

—¡Tacones rojos! —gritó el capitán—. Buen Dios, señor, ¿se cree que esto es un burdel?

El vizconde ya estaba al lado de Lucy, y lánguidamente le levantó la mano y se la llevó a los labios mientras su padre despotricaba. Con la cabeza todavía inclinada la miró y ella vio que sus ojos eran sólo unos pocos matices más oscuros que su nívea peluca. Mientras lo miraba fascinada, él le hizo un guiño, y entonces sintió el calor de su lengua entre los dedos.

Hizo una inspiración brusca, pero él le soltó la mano y se giró a mirar a su padre como si no hubiera ocurrido nada. Ella escondió la mano en los pliegues de la falda mientras él hablaba.

—¿Un burdel, señor? No, confieso que nunca he confundido su casa con un burdel. Ahora bien, si tuviera decoradas las paredes con unos cuantos cuadros que representaran...

—¿Pasamos al comedor? —graznó Lucy.

No esperó el consentimiento de nadie; tal como se estaba desarrollando la conversación, habría una guerra antes que pudieran comenzar a cenar. Le cogió el brazo al vizconde y echó a andar, llevándolo al comedor. Claro que jamás podría obligar físicamente a lord Iddesleigh a ir donde no quisiera ir. Menos mal que él parecía contento con dejarse llevar por ella.

Cuando entraron en el comedor, él acercó la cabeza a la suya.

—Si hubiera sabido, encanto, que deseaba tan ardientemente mi compañía, me habría desembarazado de Henry y bajado con mi ropa interior.

—Burro —masculló ella, sentándose.

Él ensanchó la sonrisa.

—Mi ángel.

Entonces tuvo que rodear la mesa para sentarse frente a ella. Mientras cada uno ocupaba su lugar, Lucy exhaló un suave suspiro. Tal vez ahora podrían ser corteses.

—Muchas veces he deseado visitar la abadía de Westminster en Londres —dijo Eustace, en tono bastante pomposo, cuando Betsy comenzó a servir la sopa de patatas con puerros—. Para ver las tumbas de los poetas y grandes hombres de letra, como se comprenderá. Pero por desgracia nunca he tenido el tiempo cuando he viajado a nuestra maravillosa capital. Siempre he estado ocupado con los asuntos de la parroquia. ¿Tal vez usted podría decirnos sus impresiones sobre esa magnífica abadía, lord Iddesleigh?

Todas las cabezas se volvieron hacia el vizconde.

A él se le profundizaron las arruguitas en las comisuras de sus ojos plateados.

—Lo siento. Nunca he tenido un motivo para entrar en ese viejo y polvoriento mausoleo. No es santo de mi devoción, en realidad. Tal vez es un terrible fallo moral por mi parte.

Lucy casi oyó a su padre y a Eustace manifestando mentalmente su acuerdo con eso; el señor Fletcher tosió y ocultó la cara en su copa de vino.

Suspiró. Cuando su padre invitaba a Eustace a cenar con ellos, agradecía la distracción que ofrecería otro comensal en la mesa. El señor Fletcher, si bien agradable, no había sido capaz de soportar el interrogatorio de su padre durante la comida de mediodía del día anterior, y se veía bastante indispuesto al final. Y el vizconde, si bien era capaz de aguantar sus pinchazos, lo hacía demasiado bien; provocaba a su padre hasta volverlo incoherente de furia. Había esperado que Eustace actuara a modo de amortiguador; era evidente que no servía para eso. Para empeorar las cosas, se sentía absolutamente apagada con ese vestido gris oscuro; era de buen corte, pero tan sencillo que casi parecía un harapo al lado del elegante atuendo del vizconde. Claro que nadie que conociera se vestía con tanta ostentación en el campo, y en realidad lord Iddesleigh debería sentirse cohibido por estar tan fuera de lugar ahí.

Pensando eso levantó su copa de vino en gesto desafiante y miró al vizconde, que estaba sentado enfrente. Por la cara de él pasó una expresión de perplejidad, que enseguida reemplazó por la habitual de hastío.

—Podría hacerles una colorida descripción de los jardines de recreo de Vaux Hall —musitó lord Iddesleigh, continuando el tema sacado por Eustace—. He estado ahí tantas noches que ya no recuerdo, con muchas personas que prefiero no recordar, haciendo tantas cosas... bueno, se hacen el cuadro. Pero no sé si será una descripción conveniente en presencia de una dama.

—Ja, entonces le sugiero que no la haga —dijo el capitán con su voz retumbante—. En todo caso, no me interesan las vistas de Londres. El buen campo inglés es el mejor lugar del mundo. Y supongo que lo sé; viajé por el mundo en mis tiempos.

—Estoy totalmente de acuerdo, capitán —dijo Eustace—. Nada es tan hermoso como el paisaje rural inglés.

—Ja, toma. —Se inclinó sobre la mesa y fijó una penetrante mirada en los ojos de su huésped—. ¿Se siente mejor esta noche, Iddesleigh?

Lord Iddesleigh sirvió más vino en su copa.

—Gracias por preguntarlo, señor. Aparte del dolor punzante de la espalda, la lamentable pérdida de sensación en el brazo derecho y una especie de nauseabundo mareo cuando me pongo de pie, estoy en tan buena forma como un violín.

—Estupendo. Se ve bastante bien. Supongo que nos dejará pronto, ¿eh? —Lo miró con las gruesas cejas fruncidas—. ¿Tal vez mañana?

—¡Papá! —exclamó Lucy, no fuera que su padre hiciera salir por la puerta al huésped esa misma noche—. Lord Iddesleigh acaba de decir que no está totalmente recuperado.

Entraron la señora Brodie y Betsy a retirar los platos de la sopa y a servir el siguiente plato. El ama de llaves echó una mirada a las caras inquietas y exhaló un suspiro. Antes de salir captó la mirada de Lucy y movió la cabeza compasiva.

Todos comenzaron a comer el pollo asado con guisantes.

—Una vez visité la abadía de Westminster —dijo el señor Fletcher.

—¿Te habías perdido? —preguntó lord Iddesleigh amablemente.

—No, nada de eso. Mi madre y mis hermanas estaban dándose un atracón de arquitectura.

—No sabía que tenías hermanas.

—Pues sí. Tres.

—Buen Dios. Con su perdón, reverendo.

—Dos mayores y una menor —dijo el señor Fletcher locuazmente.

—Mis felicitaciones.

—Gracias. En todo caso, visitamos la abadía hará unos diez años ya, entre la catedral de San Pablo y la Torre.

—Y tú un muchacho joven e impresionable —dijo el vizconde, moviendo la cabeza apenado—. Es triste oír sobre ese tipo de corrupción a manos de los mayores. Uno se pregunta adónde va a ir a parar Inglaterra.

El capitán, que estaba a un lado de Lucy, emitió un sonido explosivo, y lord Iddesleigh la miró haciéndole un guiño. Ella levantó su copa intentando reprenderlo con un entrecejo, pero por mal que se portara, le resultaba difícil censurarlo.

Al lado de la magnificencia del vizconde, Eustace era un gorrión grisáceo, con sus habituales chaqueta, chaleco y pantalones marrones. Claro que el marrón le sentaba bastante bien, y nadie esperaría que un párroco rural vistiera brocado plateado. Sería indecoroso, y seguro que se vería simplemente tonto con ese esplendor. Y eso hacía preguntarse por qué el vizconde, en lugar de verse tonto se veía francamente peligroso con esas galas.

—¿Sabían que si uno se sitúa en el medio de la nave de Westminster y silba se escucha un bonito eco? —dijo el señor Fletcher, paseando la vista por los comensales.

—Absolutamente fascinante —comentó el vizconde—. Tendré eso presente si alguna vez tengo ocasión de visitar ese lugar y siento el deseo de silbar.

—Sí, bueno, procura no hacerlo a la vista de tus parientas. Yo me llevé un buen tirón de orejas.

Mientras daba ese consejo, el señor Fletcher se frotó un lado de la cabeza.

—Ah, las señoras nos meten en cintura —dijo Eustace. Levantó su copa en gesto de brindis y miró a Lucy—. No sé qué haríamos sin sus manos orientadoras.

Lucy arqueó las cejas. No sabía si alguna vez había orientado a Eustace en algo, pero eso no venía al caso.

Lord Iddesleigh también hizo un brindis por ella.

—Eso, eso. Mi mayor deseo es yacer postrado y humilde bajo la mano férrea de mi dama. Su severo ceño me vuelve rígido y me estremece de éxtasis.

A Lucy se le agrandaron los ojos y sintió que se le endurecían los pezones. ¡El muy granuja!

Al señor Fletcher le vino el ataque de tos otra vez.

Su padre y Eustace fruncieron el entrecejo, pero fue el joven el que consiguió hablar primero:

—Oye, eso ha sido algo atrevido.

—No pasa nada... —alcanzó a decir Lucy, pero los hombres no la estaban escuchando, a pesar de sus floridas palabras.

—¿Atrevido? —preguntó el vizconde, bajando su copa—. ¿En qué sentido?

—Bueno, lo de «rígido» —dijo el cura, sonrojándose.

¡Vamos, por el amor de Dios! Lucy abrió la boca, pero la silenciaron antes que lograra decir una palabra.

—¿Rígido? ¿Rígido? ¿Rígido? —repitió el vizconde, en un tono que lo hacía parecer insólitamente tonto—. Una palabra perfectamente acertada. Descriptiva y sencilla. Se emplea en las mejores casas. He oído al propio rey emplearla. De hecho, describe exactamente la posición en que está usted ahora, señor Penweeble.

Al señor Fletcher se le dobló el cuerpo y se cubrió la cara enrojecida con las dos manos. Era de esperar que no se atragantara de muerte con tanta risa.

A Eustace le aumentó el rubor a un alarmante colorado.

—¿Y lo del «éxtasis», entonces? Me gustaría oírlo defender eso, señor.

El vizconde irguió la cabeza y lo miró altivo por encima de su larga nariz.

—Yo diría que usted, justamente, reverendo, soldado del ejército de la Iglesia de Su Majestad, hombre de saber y exquisito raciocinio, alma que busca la salvación sólo posible gracias a Jesucristo, Nuestro Señor, entendería que «éxtasis» es una palabra muy religiosa y recta. —Hizo una pausa para comer un bocado de pollo—. ¿Qué otra cosa pensó que significaba?

Los caballeros lo miraron con los ojos desorbitados. Lucy miró de uno a otro, exasperada. Esa guerra nocturna de palabras se estaba poniendo francamente pesada.

—Creo que eso podría ser una blasfemia —dijo entonces el capitán, y se echó a reír.

El señor Fletcher dejó de atragantarse y se unió a la risa. Eustace hizo una mueca y también se rió suavemente, aunque parecía seguir sintiéndose incómodo.

Lord Iddesleigh sonrió, levantó su copa y miró a Lucy por encima del borde con sus ojos plateados.

Había sido blasfemo e indecoroso, pensó Lucy, y a ella no le importaba. Le temblaron los labios y se le agitó la respiración con sólo mirarlo.

Le correspondió la sonrisa, sin poder evitarlo.

A la mañana siguiente Simon bajó corriendo la escalinata, sin hacer caso del dolor de espalda.

—¡Espere! —gritó. El tílburi de la señorita Craddock-Hayes estaba a punto de perderse de vista por el camino de entrada—. ¡Oiga, espere!

No pudo continuar corriendo, el dolor en la espalda era infernal. Se agachó hasta afirmar las manos en las rodillas, jadeante, con la cabeza colgando. Hace una semana ni siquiera se habría quedado sin aliento.

Detrás de él oyó mascullar a Hedge, que estaba cerca de la puerta de la casa.

—Muchacho tonto, por muy lord que sea. Tonto por dejarse apuñalar, y tonto por correr detrás de una muchacha. Aun cuando sea como la señorita Lucy.

Estaba totalmente de acuerdo. Su urgencia era ridícula. ¿Cuándo en su vida había corrido detrás de una mujer? Pero tenía una terrible necesidad de hablar con ella, de explicarle su nada caballerosa conducta de esa pasada noche. O tal vez eso era un pretexto. Tal vez simplemente necesitaba estar con ella. Tenía conciencia de cómo se deslizaban por entre sus dedos las arenas del tiempo. Pronto se le acabarían los pretextos para continuar en el apacible Maiden Hill. Muy pronto ya no volvería a ver a su ángel.

Afortunadamente la señorita Craddock-Hayes había oído su

grito. Detuvo el caballo justo antes que el camino se perdiera de vista en un bosquecillo y se giró en el asiento a mirarlo. Entonces hizo girar al animal y volvió.

—¿Qué hace, corriendo así detrás de mí? —le preguntó cuando detuvo el coche a su lado. No parecía en absoluto impresionada—. Se le va a reabrir la herida.

Él se enderezó, intentando no parecer un carcamal.

—Eso es un pequeño precio por un momento de su precioso tiempo, oh, bella dama.

Hedge emitió un fuerte bufido, entró en la casa y cerró la puerta de un golpe. Pero ella le sonrió.

—¿Va al pueblo? —le preguntó.

Ella ladeó la cabeza.

—Sí, pero el pueblo es pequeño. No se me ocurre qué podría encontrar en él de interés para usted.

—Ah, se sorprendería. La ferretería, la cruz en el centro de la plaza, la iglesia antigua, todos son lugares interesantes.

Subió para sentarse al lado de ella, haciendo mecerse el coche.

—¿Quiere que conduzca yo?

—No, sé llevar a *Kate*.

Con un gorgeo azuzó a la robusta y pequeña yegua, llamada *Kate*, y emprendieron la marcha.

—¿Le he dado las gracias por su caridad al rescatarme de una cuneta?

—Creo que sí. —Giró la cara para mirarlo y enseguida volvió la vista al camino, por lo que él ya no pudo verle la cara oculta por el ala del sombrero—. ¿Le dije que al verlo ahí pensamos que estaba muerto?

—No. Lamento haberle causado esa angustia.

—Me alegro de que no estuviera muerto.

Él deseó verle la cara.

—Yo también.

—Pensé... —No terminó la frase, y volvió a comenzar—: Me

pareció muy extraño encontrarle. Había tenido un día muy normal, y de repente miré hacia abajo y le vi. Al principio no podía dar crédito a mis ojos. Usted estaba muy fuera de lugar en mi mundo.

Y sigo estándolo, pensó él, pero no lo dijo.

—Fue como descubrir a un ser mágico —añadió ella, en voz baja.

—Entonces su decepción tiene que haber sido grande.

—¿En qué sentido?

—Descubrir que soy un hombre de arcilla y nada mágico.

—¡Ajá! Tendré que anotar este día en mi diario.

El coche dio un salto sobre un bache y a él se le fue el cuerpo y chocó con ella.

—¿Por qué?

—Diecisiete de noviembre —entonó ella con voz seria—, justo después del desayuno. El vizconde Iddesleigh hace una afirmación humilde respecto a sí mismo.

Él le sonrió como un idiota.

—Tocado.

Ella no giró la cabeza, pero en el movimiento de su mejilla vio que una sonrisa le curvaba los labios. Sintió el repentino deseo de arrebatarle las riendas, llevar al caballo hacia el lado del camino y coger a su ángel en sus brazos de arcilla. Tal vez ella poseía el hechizo capaz de convertir a un monstruo deformado en algo humano.

Ah, pero eso implicaría degradar al ángel.

Así pues, levantó la cara hacia el sol de invierno, por débil que fuera. Era agradable estar al aire libre, por frío que estuviera. Era agradable estar sentado al lado de ella. Había tenido suerte y no se le reabrió la herida después de todo. La observó. Su ángel iba sentada con la espalda recta y manejaba bien las riendas, sin alarde, a diferencia de las damas que conocía, que eran propensas a convertirse en actrices dramáticas cuando llevaban en coche a un caballero. Su sombrero era de paja, muy sencillo, y lo llevaba atado bajo la oreja derecha. Una capa gris cubría su vestido gris más claro, y de repente cayó en la cuenta de que nunca la había visto vestida de otro color.

—¿Hay algún motivo para que siempre vista de gris? —le preguntó.

—¿Qué?

—Su vestido. —Lo señaló con la mano—. Siempre viste de gris. Más o menos como una bonita paloma. Si no está de luto, ¿por qué lo lleva?

Ella frunció el ceño.

—Creía que no era correcto que un caballero comente el atuendo de una dama. ¿Son diferentes las convenciones sociales en Londres?

Ay, su ángel estaba en excelente forma esa mañana.

Apoyó la espalda y afirmó el codo sobre el respaldo, justo detrás de la espalda de ella. Estaba tan cerca que sentía su calor en el pecho.

—Sí, lo son. Por ejemplo, se considera de rigor que una dama que conduce a un caballero en un tílburi coquetee con él escandalosamente.

Ella frunció los labios, pero no lo miró. Eso lo incitó.

—Se desaprueba severamente a las damas que no siguen esa costumbre. Con mucha frecuencia se ve a miembros ancianos de la alta sociedad mover las cabezas condenando a esas pobres almas perdidas.

—Es usted terrible.

—Eso me parece —suspiró él—. Pero le doy permiso para no hacer caso de esa regla puesto que estamos en el ignorante campo.

Ella agitó las riendas y Kate agitó la cabeza ofendida.

—¿Ignorante?

—Insisto en lo de ignorante.

Ella lo miró enfurruñada.

Él bajó un dedo por su columna recta como una vara. Ella se puso rígida, pero no dijo nada. Él recordó el sabor de sus dedos en la lengua cuando le besó el dorso de la mano la noche anterior, y una parte menos educada de su anatomía se puso rígida también. Su aceptación del contacto era tan erótica como una descarada exhibición en cualquier otra mujer.

—Tiene que comprenderme, puesto que si estuviéramos en la ciudad, se vería obligada a decirme cosas sugerentes a mi ruborizado oído.

Ella exhaló un suspiro.

—Ya no recuerdo qué me estaba preguntando.

Él sonrió de oreja a oreja, aun cuando eso era una torpeza. No recordaba cuándo fue la última vez que se divirtió tanto.

—¿Por qué sólo viste de gris? No es que yo tenga nada en contra del gris, y además le da un interesante aire eclesiástico.

Ella frunció su aterrador ceño.

—¿Parezco una monja?

El coche pegó un salto sobre otro bache y le golpeó el hombro con el suyo.

—No, querida muchacha. Quiero decir, si bien con circunloquios y de una manera algo oscura, que usted es un ángel enviado del cielo a juzgarme por mis pecados.

—Voy de gris porque es un color en que no se nota el polvo. —Lo miró—. ¿Qué tipo de pecados ha cometido?

Él se le acercó más, como si fuera a hacerle una confidencia, y captó olor a rosas.

—Impugno el empleo de la palabra «color» para referirse al gris, y me permito sugerir que el gris no es un color sino una falta de color.

Ella entrecerró los ojos, ominosamente.

Él se echó atrás, suspirando.

—En cuanto a mis pecados, mi querida señora, no son del tipo de los que se pueda hablar en presencia de un ángel.

—Entonces, ¿cómo voy a juzgarlos? Y el gris es un color.

Él se rió. Sentía ganas de abrir los brazos y tal vez entonar una canción. Debía ser el aire de campo.

—Señora, me rindo ante el poder de su bien razonado argumento, el cual, creo, habría hecho caer de rodillas incluso a Sófocles. El gris, por lo tanto, es un color.

—¿Y sus pecados?

—Mis pecados son numerosos e irredimibles. —Como un relámpago pasó por su mente la imagen de Peller agitando la mano desesperado y la espada de él rebanándosela, y luego la sangre y los dedos volando por el aire. Cerró brevemente los ojos y se obligó a esbozar una sonrisa—. Todos los que tienen conocimiento de mis pecados —dijo alegremente— se encogen de horror al verme, como si yo fuera un leproso y se me estuviera cayendo a trozos la nariz y las orejas se me estuvieran pudriendo.

Ella lo miró, muy seria, muy inocente. Valiente angelito, indemne a la fetidez de los hombres. No pudo evitar acariciarle la espalda otra vez, cautelosa, furtivamente. Ella agrandó los ojos.

—Y es lo que deben hacer —continuó—. Por ejemplo, ha habido ocasiones en que he salido de mi casa sin sombrero.

Ella frunció el ceño. En ese momento no llevaba sombrero.

—En Londres —aclaró.

Pero ella no estaba pensando en sombreros.

—¿Por qué piensa que es irredimible? Todos podemos encontrar la gracia si nos arrepentimos de nuestros pecados.

—Así habla el ángel del Señor. —Se inclinó y acercó la cara por debajo del ala plana del sombrero y sintió nuevamente el olor a rosas en su pelo. Se le movió la polla—. Pero ¿y si soy un demonio del infierno y no de su mundo, ángel?

Ella levantó más la cara.

—No soy un ángel.

—Ah, sí que lo es.

Le rozó el pelo con los labios y por un loco momento pensó que podría besarla, podría seducir a esa dama con su sucia boca. Pero el coche se sacudió al virar por una curva, ella volvió la atención al caballo y el momento pasó.

—Qué independiente es —comentó.

—Las damas de campo tenemos que serlo, si queremos llegar a alguna parte —dijo ella, algo sarcástica—. ¿Creía que me paso todo el día sentada en casa zurciendo?

Ah, ese era terreno peligroso. Ya lo habían pisado dos noches atrás cuando ella se enfadó con él.

—No. Sé de sus muchos deberes y talentos, de los que no es el menos importante ayudar a los menos afortunados del pueblo. No me cabe duda de que sería una admirable lady Alcaldesa de Londres, pero eso significaría dejar este hermoso villorrio, y sus habitantes no sobrevivirían sin usted, estoy seguro.

—¿Sí?

—Sí —respondió sinceramente—. ¿Usted no lo está?

—Creo que todos sobrevivirían muy bien sin mí —dijo ella, con bastante indiferencia—. Muy pronto alguna otra señora ocuparía mi lugar a la perfección.

Él frunció el entrecejo.

—¿Tan poco se valora?

—No es eso. Simplemente se trata de que las obras de caridad que hago aquí las podría hacer cualquiera.

Él contempló su hermoso perfil.

—Mmm. Y si abandonara a todos los que dependen de usted aquí en Maiden Hill, ¿qué haría?

Ella entreabrió ligeramente los labios, reflexionando acerca de la pregunta. Ay, cómo deseaba tentar a esa inocente.

—¿Bailaría sobre los escenarios de Londres con zapatillas rojas? ¿Navegaría hasta Arabia en un barco con velas de seda? ¿Se convertiría en una dama famosa en la sociedad por su ingenio y belleza?

—Sería yo misma.

Él pestañeó.

—Ya es usted misma, hermosa y severa.

—¿Sí? Nadie más lo nota aparte de usted.

Entonces él la miró a los ojos color ámbar y deseó decir algo. Lo tenía en la punta de la lengua pero, inexplicablemente, no logró hablar.

Ella desvió la vista.

—Ya casi hemos llegado a Maiden Hill —apuntó—. ¿Ve ahí la torre de la iglesia?

Él miró, obediente, intentando calmarse. Ya era hora de que se marchara. Si continuaba ahí sólo se sentiría más tentado de seducir a esa doncella, y, como lo había demostrado toda su vida, no era capaz de resistirse a la tentación; demonios, corría hacia ella. Pero esta vez no; no con esa mujer.

Volvió a mirarla, observando su ceño fruncido al hacer las maniobras para entrar con el pequeño coche en el pueblo. Se le había soltado un mechón de pelo oscuro, que le acariciaba la mejilla como la mano de un amante. Con esa mujer, si cedía a la tentación, destruiría algo honrado y bueno. Algo que jamás había encontrado en nadie más en ese miserable mundo.

Y no se creía capaz de sobrevir a esa devastación.

Suspirando, Lucy se sumergió en el agua caliente de la bañera; claro que no podía sumergirse mucho porque sólo era una bañera de asiento, pero de todos modos lo sentía como un lujo. Estaba en el cuarto pequeño de la parte de atrás de la casa, el cuarto de estar de su madre. Hedge ya se quejaba bastante por tener que llevarle agua para su baño «antinatural», así que mejor no hacerle subir la escalera. El cuarto sólo estaba a unos pasos de distancia de la cocina, lo que lo hacía muy cómodo para bañarse ahí. Claro que cuando terminara tendrían que llevarse la bañera con el agua, pero les había dicho a Hedge y a Betsy que dejaran esa tarea para el día siguiente. Así podrían irse a acostar y ella disfrutar tranquilamente de su baño caliente sin que hubiera criados esperando impacientes.

Apoyó la nuca en el respaldo alto de la bañera y contempló el cielo raso. La parpadeante luz del fuego del hogar formaba tenues sombras móviles en las viejas paredes, y eso le producía una agradable sensación de comodidad e intimidad. Esa noche su padre había ido a cenar con el doctor Fremont, y era probable que todavía estuvieran discutiendo de política e historia. Lord Iddesleigh había ido a ver al señor Fletcher a la posada. Tenía la casa para ella sola; sólo estaban los criados, que ya se habían retirado a sus dormitorios a acostarse.

La envolvían los aromas a rosas y lavanda que flotaban por el aire a su alrededor. Levantó una mano y observó caer el agua desde las yemas de sus dedos. Qué extraña había sido esa semana, desde que encontró a lord Iddesleigh. Esos últimos días había pasado más tiempo que en todos los años anteriores pensando en su vida, en cómo la vivía y en qué haría finalmente con ella. Nunca antes se le había ocurrido pensar que en su existencia podría haber algo más que llevar la casa de su padre, hacer obras de caridad aquí y allá y ser cortejada por Eustace. ¿Por qué nunca se le había ocurrido aspirar a nada más que a ser la esposa de un párroco? Ni siquiera había tomado conciencia de que anhelaba más. Era casi como despertar de un sueño. De repente apareció ese hombre extravagante, vistoso, diferente a todos los que había conocido. Casi agotado como estaba, y con sus aires y bonitas ropas, se veía, sin embargo, muy masculino en sus movimientos y en su manera de mirarla.

La pinchaba y provocaba; le exigía algo más que simple conformidad o sometimiento; deseaba ver su reacción. La hacía sentirse viva de una manera que nunca había creído posible; como si antes de su llegada hubiera simplemente caminado sonámbula por la vida. Por la mañana despertaba deseando hablar con él, deseando oír su voz profunda, diciendo tonterías que la hacían sonreír o enfadarse. Deseaba saber cosas de él, descubrir qué ponía esa tristeza en sus ojos plateados a veces, qué ocultaba detrás de su palabrería, cómo hacerlo reír.

Y todo no acababa ahí. Anhelaba su contacto, sus caricias. Por las noches, en su estrecha cama, cuando estaba conciliando el sueño, no totalmente dormida aún, soñaba que él la acariciaba, que deslizaba sus largos dedos por sus mejillas, que su ancha boca cubría la de ella.

Hizo una honda y temblorosa inspiración. No debía pensar esas cosas, lo sabía, pero no podía evitarlo. Cerró los ojos y se imaginó cómo sería si él estuviera ahí en ese momento. Lord Iddesleigh.

Simon.

Sacó las manos del agua, observando caer las gotas en el agua, salpicando, y se las pasó por la clavícula, imaginándose que eran las manos de él. Se estremeció. Le pasó un hormigueo por el cuello, poniéndole la carne de gallina. Se le endurecieron los pezones, que asomaban justo fuera del agua, y se pusieron puntiagudos. Deslizó las manos hacia abajo, notando lo suave que tenía la piel, fresca y mojada. Deslizó los dedos del corazón por debajo de los pechos, que estaban llenos y pesados, y luego los pasó en círculo sobre las pequeñísimas protuberancias de las aréolas.

Suspiró y movió las piernas, agitada. Si Simon la estuviera observando en ese momento notaría su excitación, la vería en su piel, que estaba como humedecida. Le vería los pechos desnudos y los pezones endurecidos. La sola idea de estar expuesta a sus ojos, la hizo morderse el labio. Lentamente pasó las uñas por encima de los pezones, moviéndolos, y la sensación la hizo apretar los muslos. Si él estuviera mirando... Se cogió los pezones entre los pulgares y los índices y apretó, pellizcándoselos. Se le escapó un gemido.

Y de repente lo percibió. Se quedó inmóvil un segundo eterno y finalmente abrió los ojos.

Él estaba de pie dentro del cuarto, cerca de la puerta, mirándola, sosteniéndole la mirada, sus ojos ardientes, ávidos y muy, muy masculinos. Entonces bajó la vista, examinándola detenidamente, desde sus sonrojadas mejillas a sus pechos desnudos, que todavía tenía cogidos entre las manos, como una ofrenda. Casi sentía su mirada en la piel. Vio que se le agitaban las ventanillas de la nariz y se le coloreaban los pómulos. Volvió a levantar la vista hacia sus ojos, y en su mirada ella vio salvación y condenación. En ese momento no le importó. Lo deseaba.

Él se dio media vuelta y salió por la puerta.

Simon subió la escalera corriendo, los peldaños de tres en tres, con el corazón retumbándole, la respiración agitada, y la polla tan dura y erecta que le dolía. ¡Condenación! No se había sentido tan excitado desde aquella vez cuando, siendo un muchacho, observó a escondidas a un lacayo manoseando a la risueña y bien dispuesta camarera de abajo. Catorce años tenía, y era tal su lujuria que no pudo pensar en otra cosa por la mañana, mediodía y noche: un coño, y qué podría hacer para conseguirlo.

Entró corriendo en su habitación, cerró la puerta y apoyó la cabeza en ella, tratando de recuperar el aliento y calmar el pecho agitado. Desde ese día, hacía ya tanto tiempo, se había acostado con muchas mujeres, de alcurnia y humildes, con algunas sólo un simple y rápido revolcón, con otras habían mantenido aventuras más largas. Había aprendido a ver cuándo los ojos de una mujer indican que está disponible. Se había convertido en algo así como un conocedor del cuerpo femenino y sus reacciones. O al menos, eso había creído. En ese momento se sentía como ese niño de catorce años otra vez, igualmente excitado y temeroso.

Cerró los ojos, recordando. Después de una cena casi incomible con Christian en la posada, había vuelto a la casa para encontrarla toda silenciosa. Supuso que todos ya se habían ido a acostar. Ni siquiera Hedge había esperado para saludarlo, aunque, conociéndolo, eso no fue una sorpresa. Ya tenía el pie en el primer peldaño de la escalera cuando titubeó. No sabía qué lo impulsó a ir a ese pequeño cuarto; tal vez un sentido masculino animal le dijo lo que encontraría ahí, lo que vería. Pero de todos modos, se quedó pasmado, aturdido. Como la mujer de Lot, se convirtió en un pilar de sal.

O, en su caso, en un pilar de pura lujuria.

Lucy en su bañera, el vapor mojándole con gotitas su blanca piel y enroscándole guedejas de pelo en las sienes. Su cabeza echada hacia atrás, los labios mojados, entreabiertos...

Gimiendo, se desabotonó la bragueta, sin abrir los ojos.

Tenía el cuello arqueado, y creyó verle latir el pulso en la garganta, tan blanca y suave. En la depresión entre las clavículas, una gota de agua brillaba como una perla en una concha de una ostra.

Se rodeó el duro pene con la mano, la apretó y la movió, arrugando la piel entre los dedos.

Sus gloriosos pechos desnudos, blancos, en forma de campana, sosteniéndolos entre sus pequeñas manos.

Movió la mano más rápido, y se le mojó con gotitas de semen.

Con los dedos se frotaba en círculo los pezones rojos y en punta, como si estuviera jugando con ellos, excitándose en su solitario baño.

Se cogió los testículos con la mano izquierda y los movió mientras se frotaba el pene con la derecha apretada.

Y mientras él la miraba, se cogió los pezones entre los pulgares e índices, pellizcando y tironeando esas pobres, dulces protuberancias hasta...

Se sacudió, embistiendo con las caderas, mecánicamente, desesperado.

—¡Aaah, aahh!

Ella había gemido de placer.

Suspirando movió la cabeza de un lado a otro sobre la madera de la puerta. Nuevamente intentó recuperar el aliento. Finalmente sacó un pañuelo y se secó la mano, tratando de no ahogar su alma en odio por sí mismo. Después fue hasta la pequeña cómoda tocador y vertió agua en la jofaina.

Se echó agua en la cara y el cuello y dejó la cabeza gacha, chorreando el agua sobre la jofaina.

Se estaba descontrolando.

Se le escapó una risa, que sonó fuerte en el silencioso dormitorio. Ya había perdido el control. A saber qué le diría por la mañana a su ángel, a la que se había comido con los ojos en su bañera, invadiendo su intimidad. Se enderezó penosamente, se secó la cara y se metió en la cama sin tomarse el trabajo de desvestirse.

Ya era hora de que se marchara.

Capítulo 6

*L*ucy se arrebujó la capa de lana gris afirmándosela mejor alrededor de los hombros. El viento soplaba frío esa mañana, introduciendo dedos de hielo bajo sus faldas y enroscándosele en los huesos. Normalmente no habría salido un día como ese, y mucho menos a pie, pero necesitaba un tiempo a solas para pensar y la casa estaba llena de hombres. Claro que los hombres sólo eran su padre, Hedge y Simon, pero con dos de ellos no quería hablar y Hedge siempre era irritante, incluso en las mejores circunstancias. De ahí que le pareció que lo mejor sería dar una caminata por el campo.

Le soltó un puntapié a una piedra. ¿Qué hace una mujer cuando en el desayuno tiene enfrente a un caballero que la ha visto desnuda y acariciándose los pechos? Si no le diera tanta vergüenza se lo preguntaría a Patricia. Seguro que su amiga encontraría alguna respuesta, aun cuando no fuera la correcta. Y tal vez la ayudaría a superar ese espantoso azoramiento. Fue horroroso que él la viera así. Horroroso, pero también maravilloso, en cierto modo un secreto, perverso. Le gustó que él la mirara. Si era sincera consigo misma reconocería que deseó que se quedara. Se quedara y...

Oyó detrás unos pasos rápidos y pesados.

Repentinamente cayó en la cuenta de que estaba sola en el camino, y no había ninguna casa a la vista. Normalmente Maiden Hill era un pueblo tranquilo, pero de todos modos... Se giró para enfrentar a quienquiera que deseara pillarla desprevenida.

No era un bandolero.

Era mucho peor. Era Simon. Estuvo a punto de girarse para alejarse.

—Espere —dijo él.

Su voz sonó suave, apagada. Abrió la boca y volvió a cerrarla, como si no supiera qué más decir.

Ante esa insólita mudez, ella se sintió algo mejor. ¿Sería posible que él se sintiera tan azorado como ella? No llevaba sombrero ni peluca, y la miraba fijamente en silencio, sus ojos grises anhelosos, casi como si necesitara algo de ella.

Tanteando el terreno, dijo:

—Voy a ir a caminar por las colinas de creta. ¿Le apetece acompañarme?

—Sí, por favor, mi muy compasivo ángel.

Y de repente todo cambió. Reanudó la marcha y él acomodó su paso al de ella.

—En primavera este bosque está lleno de jacintos y campanillas azules —dijo, haciendo un gesto hacia los árboles—. Es una verdadera lástima que haya venido en esta época del año cuando todo está tan triste.

—La próxima vez que me ataquen intentaré que lo programen en verano —musitó él.

—En primavera, en realidad.

Él la miró.

Ella sonrió irónica.

—Entonces es cuando florecen las campanillas.

—Ah.

—Cuando éramos niños, mi madre nos traía aquí a merendar en primavera, después de haber estado encerrados en casa todo el invierno. Naturalmente mi padre estaba lejos, en el mar, la mayor parte del tiempo. David y yo recogíamos todas las campanillas que nos cabían en los brazos y se las poníamos en la falda.

—Da la impresión de que era una madre con mucha paciencia.

—Lo era.

—¿Cuándo murió? —preguntó él, en tono dulce, íntimo.

Ella volvió a recordar que la había visto desnuda, en su estado más vulnerable. Miró al frente.

—Hace once años. Yo tenía trece.

—Terrible perder a un progenitor a esa edad.

Ella lo miró. El único familiar que había mencionado era a su hermano; parecía más interesado en oír la exigua historia de ella que en revelar la suya.

—¿Su madre está viva?

Era evidente que su padre había muerto, pues había heredado el título.

—No. Murió hace unos años, antes que...

—¿Antes que...?

—Antes que muriera mi hermano, Ethan. Gracias a Dios. —Echó atrás la cabeza, como para contemplar las ramas sin hojas de los árboles, aunque igual podría estar mirando otra cosa—. Ethan era la brillante niña de los ojos de mi madre. Era su única gran consecución, la persona a la que amaba más en el mundo. Él sabía encantar, a jóvenes y a viejos, y era capaz de dirigir a hombres. Los granjeros de la localidad acudían a él con sus pleitos. Nunca conoció a nadie que no lo quisiera.

Lucy lo observó. Su voz sonaba monótona, sin expresión, al hablar de su hermano, pero retorcía lentamente las manos a la altura de la cintura. Tal vez no se daba cuenta de ese movimiento.

—Lo hace parecer un dechado de perfección.

—Lo era. Pero también era algo más. Mucho más. Ethan sabía discernir entre el bien y el mal sin tener que pensarlo, sin dudar. Muy pocas personas saben hacer eso.

Bajó la cabeza y pareció notar que se estaba tironeando el índice de la mano derecha. Se cogió las manos a la espalda.

Ella debió emitir algún sonido, porque él la miró de reojo.

—Mi hermano mayor era la persona más moral que he conocido.

Ella frunció el ceño, pensando en ese perfecto hermano difunto.

—¿Se parecía a usted?

Él pareció sorprendido.

Ella arqueó las cejas y esperó.

—En realidad, sí, un poco. —Sonrió a medias—. Era un poco más bajo que yo, no más de uno o dos dedos, pero era más ancho y fornido.

Ella le miró el pelo casi sin color.

—¿Y su pelo? ¿Era rubio también?

—Mmm. —Se pasó la palma por el pelo—. Pero de un color más dorado, y rizado. Se lo dejaba largo y no se ponía peluca ni polvos. —Le sonrió travieso—. Yo creo que se envanecía un poco de su pelo.

Ella le correspondió la sonrisa. Le gustaba así, travieso y despreocupado, y de repente cayó en la cuenta de que a pesar de sus modales desenfadados, muy rara vez estaba relajado.

—Sus ojos eran azul claro —continuó él—. Madre solía decir que eran de su color favorito.

—Yo los prefiero grises.

Él se inclinó en una ostentosa reverencia.

—Mi señora me honra.

Ella le correspondió la reverencia, pero enseguida se puso seria.

—¿Cómo murió Ethan?

Él se detuvo, con lo que ella tuvo que detenerse también.

Lo miró a la cara. Vio que parecía estar debatiéndose consigo mismo; tenía el ceño fruncido sobre esos hermosos ojos de color gris hielo.

—Mmm, esto...

Ella sintió pasar un insecto zumbando junto a su cabeza y al instante sonó un fuerte disparo. Simon le cogió bruscamente un brazo y de un empujón la hizo caer en la cuneta. Cayó de costado, golpeándose la cadera, y mientras pasaba por toda ella el dolor y el asombro, él se le tiró encima, aplastándola contra el barro y las hojas secas. Giró la cabeza, a ver si lograba hacer una respiración completa; la sensación era como tener un caballo sentado en la espalda.

—No se mueva, maldita sea —dijo él, poniéndole una mano en la cabeza y bajándosela—. Alguien nos ha disparado.

Ella escupió una hoja.

—Eso lo sé.

Curiosamente, él se rió, con la boca junto a su oreja.

—Ángel maravilloso.

Su aliento olía a té y menta.

Sonó otro disparo. Ella vio saltar hojas a unos cuantos palmos de su hombro.

Él soltó unas cuantas maldiciones subidas de tono.

—Está recargando.

—¿Sabe dónde está? —preguntó ella en un susurro.

—En alguna parte al otro lado del camino. No logro determinar el lugar exacto. Chss.

Lucy cayó en la cuenta de que, aparte de la dificultad para respirar y de que podría morir violentamente en cualquier instante, era bastante agradable tener a Simon encima de ella. Su contacto era maravillosamente cálido. Y olía muy bien, no a tabaco, como la mayoría de los hombres, sino a un aroma exótico. ¿Sándalo tal vez? Sentía confortantes sus brazos apretados a su cuerpo.

—Escuche. —Colocó la boca junto a su oído, acariciándola con cada palabra—. Al siguiente disparo echamos a correr. Tiene un solo rifle, y tiene que volverlo a cargar. Cuando...

Una bala se enterró en la tierra a unas pulgadas de la cara de ella.

—¡Ahora!

La levantó de un tirón y echó a correr antes que ella tuviera tiempo de registrar su orden. Jadeante corrió para mantener la velocidad de él, esperando que en cualquier momento se le enterrara una bala entre los omóplatos. ¿Cuánto tiempo se tarda en recargar un arma? Sólo unos minutos, seguro. Le dolía el pecho con cada resuello.

Y de pronto Simon la puso delante de él, empujándola.

—¡Siga corriendo! ¡Entre en el bosque! ¡Corra, corra!

¿Él quería que lo abandonara? Buen Dios, moriría. Se detuvo.

—Pero...

—Quiere matarme a mí. —La miró feroz a los ojos—. No puedo defenderme estando usted aquí. ¡Corra!

La última palabra coincidió con el sonido de otro disparo. Lucy echó a correr, y corrió, corrió, sin atreverse a mirar atrás, sin atreverse a parar. Se le escapó un sollozo y entonces el bosque la envolvió en su fría oscuridad. Continuó corriendo, con todas sus fuerzas, tropezándose, sorteando los matorrales, desprendiendo la capa de las ramas en que se quedaba cogida, y las lágrimas de miedo y angustia le corrían por la cara. Simon se había quedado atrás, sin arma, enfrentándose a un hombre con un rifle. ¡Ay, Dios! Deseaba volver, pero no debía; sin el estorbo de ella por lo menos tendría una posibilidad de defenderse de su atacante.

Sintió unos pasos pesados detrás.

El corazón le dio un vuelco y subió a alojársele en la garganta. Se giró a enfrentar al atacante con los puños levantados, en un endeble desafío.

—Chss, soy yo —dijo Simon, jadeante, cogiéndola en sus brazos y apretándola contra su pecho, echándole el aliento en la cara—. Chss, todo está bien. Es usted muy valiente, mi señora.

Ella apoyó la cara en su pecho y oyó los retumbos de su corazón. Le cogió la chaqueta con las dos manos.

—Está vivo.

—Sí, por supuesto. Creo que los hombres como yo nunca...

Se interrumpió, porque ella no pudo reprimir un sollozo ahogado.

—Lo siento —susurró él, con la voz más ronca. Le apartó la cara de su pecho, se la levantó y le secó las lágrimas con la palma—. No llore, cariño. Yo no soy digno de sus lágrimas, de verdad no lo soy.

Lucy frunció el ceño y trató de contener las lágrimas que continuaban pugnando por salir.

—¿Por qué siempre dice eso?

—Porque es cierto.

Ella negó con la cabeza.

—Usted es muy, muy importante para mí, y lloraré por usted si quiero.

A él se le curvó la comisura de la boca en una tierna sonrisa, pero no se burló de sus tontas palabras.

—Sus lágrimas me hacen sentirme humilde.

Ella desvió la vista; no pudo sostenerle la mirada.

—El tirador, ¿está...?

—Creo que se ha marchado —musitó Simon—. Por el camino venía la carreta de un granjero, bastante destartalada, tirada por un rucio con el lomo hundido. En ella había varios labradores. Ha debido asustarse y huir.

Lucy se rió.

—Los chicos Jones. Han sido útiles por una vez en su vida. —Entonces le vino un pensamiento y volvió a mirarlo—. ¿Está herido?

—No. —Le sonrió, pero en sus ojos ella vio que estaba pensando en otra cosa—. Será mejor que volvamos a su casa y después...

Ella esperó, pero él no continuó, seguía pensando.

—¿Después qué?

Él giró la cabeza y le rozó la mejilla con los labios, y ella casi no oyó sus palabras:

—Después tengo que marcharme de aquí. Para protegerla.

—¡Le han disparado! —rugió el capitán Craddock-Hayes una hora después.

En ese rugido Simon vio claramente la mano de hierro que había comandado un barco y tripulantes durante treinta años. Medio esperó a ver salir volando los vidrios oblicuos de las ventanas, separados de sus marcos de plomo. Se encontraban en la sala de estar formal de la casa Craddock-Hayes. Estaba bellamente decorada, con cortinas a rayas marrón rojizo y crema, sofás y sillones aquí y allá tapizados en colores similares, y un reloj de porcelana bastante bonito en la repisa del hogar; pero él prefería el pequeño cuarto de estar de Lucy en la parte de atrás de la casa.

Claro que a él no le habían dado a elegir.

El capitán se paseaba a lo largo de la sala, gesticulando con los brazos para dar énfasis, moviendo las piernas arqueadas como si quisiera patear el suelo.

—Mi hija, flor de la feminidad, chica mansa y sumisa. Inocente de los usos del mundo, protegida toda su vida, asaltada a menos de media milla de su hogar de la infancia. ¡Ja! No ha habido ni un solo asesinato en Maiden Hill en un cuarto de siglo. ¡Veinticinco años! Entonces, viene y se presenta usted. —Se detuvo a la mitad de un paso, entre el hogar y una mesa en que se exhibían objetos navales. Inspiró una inmensa cantidad de aire—. ¡Sinvergüenza! —exclamó, casi haciéndole volar las cejas a Simon—. ¡Rufián! ¡Canalla! Ruin provocador de peligro para las... eh..., esto... —Movió los labios, buscando la palabra.

—Muchachas —suplió Hedge.

El criado había traído la bandeja del té, en lugar de Betsy o la señora Brodie, al parecer para negarle a Simon el consuelo de la compasión femenina. Y se había quedado ahí, moviendo los cubiertos como pretexto, escuchando atentamente.

El capitán lo miró furioso.

—Damas inglesas. —Trasladó su mirada furiosa a Simon—. ¡Nunca había sabido de una villanía igual, señor! ¿Qué puede decir en su defensa? ¿Eh? ¿Eh?

—Digo que tiene toda la razón, capitán —dijo Simon, reclinado cansinamente en el sofá—. A excepción de la parte «mansa y sumisa». Con todo el debido respeto, señor, he observado que la señorita Craddock-Hayes no es ninguna de las dos cosas.

El anciano movió un puño hacia él, con la cara morada.

—Cómo se atreve, señor, después de casi causar la muerte de mi hija. Ja. Le pondré fuera de esta casa con sus bártulos antes que pase una hora. No lo toleraré. Lucy es el corazón y el alma de esta comunidad. La quieren muchas personas, no sólo yo. Lo haré salir huyendo del pueblo sobre una garza y emplumado si es necesario.

—¡Caramba! —exclamó Hedge, despertadas sus emociones por la arenga del capitán, aunque era difícil saber si por su cariño a Lucy o por la perspectiva de ver a un miembro de la nobleza montado sobre una garza.

Simon exhaló un suspiro. Comenzaba a dolerle la cabeza. Esa mañana había experimentado el miedo más escalofriante de su vida, ante la situación de que una bala pudiera matar a la preciosa criatura que estaba debajo de él, consciente de que se volvería loco si eso ocurría, y aterrado ante la posibilidad de que fuera incapaz de salvarla. No deseaba volver a sentir nunca más en su vida ese impotente miedo por la vida de otra persona. Claro que en realidad él no había tenido mucho contacto con el suelo, teniendo el blando cuerpo de Lucy interpuesto entre el suyo y la tierra. ¿Y no le pareció eso algo maravilloso, en cierto modo pasmoso y terrible? ¿Sentir lo que había jurado no sentir jamás, su cara junto a la de él, su trasero apretado a sus ingles? Incluso en medio de ese horror, que fue todo por su culpa, pues su presencia fue la que puso la vida de ella en peligro, incluso con capa tras capa de buena tela inglesa entre ellos, había reaccionado a ella. Pero ya sabía que su ángel era capaz de suscitarle una elevación aun cuando llevara diez días muerto, y que esa elevación no sería de tipo religioso.

—Expreso mis más sentidas disculpas por poner en peligro a la señorita Craddock-Hayes, capitán —dijo—. Aunque sé que decirlo ya no sirve de nada, le aseguro que si hubiera tenido la más leve sospecha de que ella iba a estar en peligro me habría cortado las muñecas antes que consentir que ella sufriera algún daño.

Hedge emitió un «ffffss» muy despectivo, que fue curiosamente eficaz aunque no contuviera palabras.

Por su parte el capitán lo miró durante todo un minuto muy largo y finalmente dijo:

—Ja. Bonitas palabras, aunque creo que las dice en serio.

Hedge pareció tan sorprendido como Simon.

—De todos modos lo quiero fuera de mi casa —gruñó el capitán.

Simon asintió.

—Ya he ordenado a Henry que haga mi equipaje y he enviado recado al señor Fletcher a su posada. Dentro de una hora nos habremos marchado.

—Estupendo.

Diciendo eso el capitán se sentó y lo contempló.

Hedge se apresuró a llevarle una taza de té.

El anciano hizo un gesto despectivo hacia la taza.

—No de esa agua del pantoque. Trae el coñac, hombre.

Hedge fue reverente a abrir un armario y sacó un decantador de cristal tallado lleno hasta la mitad de un exquisito líquido ámbar. Sirvió dos copas y se las llevó, y luego se quedó ahí mirando tristemente el decantador.

—Vamos, adelante —dijo el capitán.

Hedge se sirvió apenas un dedo y levantó la copa, esperando.

—Por el bello sexo —propuso Simon.

—Ja —gruñó el anciano, pero bebió.

Hedge se echó atrás el coñac y se lo bebió de un trago, después cerró los ojos y se estremeció.

—Maravillosa bebida esta.

—Desde luego. Conozco a un contrabandista en la costa —masculló el capitán—. ¿Seguirá en peligro ella después que usted se haya marchado?

—No. —Apoyó la cabeza en el respaldo del sofá. El coñac era bueno pero sencillamente le empeoraba el dolor de cabeza—. Me buscan a mí y, como los chacales que son, se alejarán de aquí siguiendo mi rastro una vez que me marche.

—¿Reconoce que sabe quiénes son esos asesinos?

Simon asintió, con los ojos cerrados.

—¿Son los mismos que lo dejaron aquí dándolo por muerto?

—O sus matones contratados.

—De qué va esto, ¿eh? —gruñó el capitán—. Dígamelo.

Simon abrió los ojos.

—Venganza.

El anciano ni pestañeó.

—¿Suya o de ellos?

—Mía.

—¿Por qué?

Simon miró su copa, la movió y observó girar el coñac tiñendo con su color el interior.

—Mataron a mi hermano.

—Ja. Entonces le deseo suerte —dijo el anciano, bebiendo por eso—. En otra parte.

Simon bebió lo que le quedaba en la copa y se levantó.

—Gracias.

—Claro que ya sabe lo que dicen acerca de la venganza.

Simon se giró a mirarlo e hizo la pregunta porque era lo que se esperaba de él y porque el anciano había sido más indulgente de lo que tenía derecho a esperar.

—¿Qué?

El capitán sonrió como un malvado enano viejo:

—Ten cuidado con la venganza. A veces da un giro y te muerde el culo.

Lucy estaba ante la estrecha ventana de su dormitorio, que daba al camino de entrada, observando a Hedge y al ayuda de cámara de Simon cargar el imponente vehículo negro. Al parecer estaban discutiendo sobre dónde poner un baúl. El señor Hedge gesticulaba como loco, el ayuda de cámara tenía curvados sus labios insólitamente bellos en una sonrisa burlona, y el lacayo, que era el que sostenía el baúl, comenzaba a tambalearse. No daba la impresión de que fueran a terminar muy pronto la tarea, pero el hecho era que Simon se marchaba. Aunque ella ya sabía que llegaría ese día, por algún motivo no lo había esperado y, en ese momento, sentía... ¿qué?

Alguien golpeó la puerta, interrumpiendo sus confusos pensamientos.

Soltó la cortina semitransparente y se giró.

—Adelante.

Simon abrió la puerta, pero se quedó en el corredor.

—¿Podría hablar con usted un momento? Por favor.

Ella asintió, sin decir nada.

Él titubeó.

—Pensé que podríamos dar una vuelta por el jardín.

—Sí, claro.

No sería correcto que hablara con él ahí a solas. Cogió un chal de lana, salió al corredor, echó a andar delante de él y bajaron la escalera.

Él le sostuvo la puerta de atrás de la cocina, y salió a la fría luz del día. La huerta de la señora Brodie estaba en un lamentable estado en esa época del año. La dura tierra estaba cubierta por una delgada capa de asesina escarcha. Delgadísimos tallos de col verde se inclinaban sobre una melga como si estuvieran durmiendo una borrachera. En otra melga unas delgadas hojas de cebolla se veían pegadas al suelo, congeladas, negruzcas y frágiles. Unas pocas manzanas arrugadas, no recogidas en la temporada, se aferraban a las ramas desnudas de los manzanos podados. El manto del invierno recubría la huerta dormida en un sueño que imitaba la muerte.

Se rodeó con los brazos e hizo una honda inspiración para serenarse.

—Se marcha.

Él asintió.

—No puedo continuar aquí poniéndola a usted y a su familia en peligro. Esta mañana el aviso ha estado muy cerca, demasiado letal. Si el asesino no hubiera errado el primer tiro... —Hizo un gesto de pesar—. Fue mi egoísta vanidad la que me impulsó a quedarme tanto tiempo aquí. No debería haberme quedado toda la semana pasada, sabiendo a qué extremos son capaces de llegar.

Ella no podía mirarlo y mantener la serenidad, así que mantuvo la mirada en las agitadas ramas de los árboles.

—Así que se vuelve a Londres. ¿No lo encontrarán ahí?

Él se rió; la risa sonó dura, áspera.

—Ángel mío, de lo que se trata es de que yo los encuentre a ellos.

Entonces ella lo miró. Vio que su cara reflejaba amargura. Y soledad.

—¿Por qué dice eso?

Él titubeó, pareció debatir algo en su interior y finalmente negó con la cabeza.

—Es mucho lo que no sabe de mí, y que no sabrá nunca. Muy pocas personas lo saben y, en su caso, lo prefiero así.

No se lo iba a decir, comprendió ella, y sintió una irracional oleada de rabia. ¿Acaso la creía una figurita de cristal que había que tener envuelta en gasa? ¿O simplemente no la respetaba lo bastante para fiarse de ella?

—¿De verdad prefiere que no lo sepa? —Lo miró a la cara—. ¿O dice eso a todas las mujeres ingenuas que conoce para que lo consideren sofisticado?

Él frunció los labios.

—¿Que me crean? Me hiere hasta la médula.

—Me engatusa con palabrería.

Él pestañeó y echó atrás la cabeza como si ella lo hubiera abofeteado.

—Palabrería.

—Sí, palabrería. —Le tembló la voz de ira, pero no logró controlarla—. Hace el tonto para no tener que decirme la verdad.

—Sólo se la he dicho a usted.

Estaba irritado. Bueno, estupendo; ella también.

—¿Así es como desea vivir? ¿Totalmente solo? ¿Sin permitir la entrada a nadie?

No debía presionarlo, puesto que esa era la última vez que se verían.

—Es menos cuestión de desearlo que de... —Se encogió de hombros—. Algunas cosas no se pueden cambiar. Y eso me viene bien.

—A mí esa me parece una existencia muy solitaria y no totalmente satisfactoria —dijo ella. Continuó lentamente, eligiendo bien las palabras, ordenándolas como a soldados para entrar en la batalla—. Ir por la vida sin una persona en la que confiar. Una persona a la que se pueda revelar sin miedo. Una persona que conozca sus defectos y debilidades y le quiera de todos modos. Una persona con la que no tenga que representar un papel.

—A veces me asusta más de lo que sé decir —susurró él; le brillaron los ojos plateados y ella deseó poder leérselos—. No tiente a un hombre que lleva muchísimo tiempo sin sentir el placer de la compañía.

—Si se quedara... —Tuvo que interrumpirse para recuperar el aliento; sentía oprimido el pecho. Se jugaba mucho en esos pocos segundos y debía hablar con elocuencia—: Si se quedara, tal vez podríamos llegar a conocernos más. Tal vez yo podría convertirme en esa persona confidente. En esa compañía.

—No quiero ponerla más en peligro —dijo él.

Pero ella creyó ver vacilación en sus ojos.

—Yo...

—Y eso que busca —añadió él, desviando la mirada—, creo que no está en mí darlo.

—Comprendo —dijo ella y se miró las manos.

Así que eso era la derrota.

—Si alguien... —Se interrumpió y se apresuró a continuar, en voz alta, para no oírlo expresar su lástima—: Usted es de la ciudad, de costumbres disipadas y yo soy una simple dama de buena familia que vive en el campo. Entiendo que...

—No. —Se giró del todo hacia ella y avanzó un paso, con lo que quedaron separados sólo por una mano de distancia—. No reduzca lo que hay entre nosotros a un conflicto entre costumbres y usos rurales y urbanos.

Sopló una ráfaga de viento y ella se estremeció.

Él cambió de posición para protegerla del viento.

—En la semana y media pasada he sentido más de lo que había sentido nunca en mi vida. Usted despierta algo en mí. Mmm...

Miró hacia el cielo nublado.

Ella esperó.

—No sé expresarme. No sé decir lo que siento. —La miró y sonrió levemente—. Y eso es muy extraño en mí, como ya sabe. Sólo puedo decir que me alegra haberla conocido, Lucy Craddock-Hayes.

Ella sintió el escozor de las lágrimas en las comisuras de los ojos.

—Y yo a usted.

Él le cogió la mano y le abrió suavemente los dedos hasta dejar la palma abierta sobre la mano de él como una flor anidada entre hojas.

—La recordaré todos los días de mi vida —dijo, en voz tan baja que ella casi no lo oyó—. Y no sé si eso es una bendición o una maldición.

Se inclinó sobre su mano y ella sintió el cálido roce de sus labios en la fría palma. Le miró la cabeza y una de sus lágrimas le cayó en el pelo.

Él se enderezó.

—Adiós —dijo, sin mirarla, y se alejó.

A Lucy se le escapó un sollozo pero se obligó a dominarse y

contener el llanto. Se quedó en el jardín a esperar hasta que dejara de oírse el ruido de las ruedas del coche al alejarse.

Simon subió al coche y se acomodó en el mullido asiento tapizado en piel. Dio un golpe en el techo y volvió a reclinarse para poder mirar la casa Craddock-Hayes hasta que desapareciera de su vista. No podría ver a Lucy, pues se había quedado en el jardín, tan inmóvil como una estatua de alabastro, cuando él se alejó, pero sí podía por lo menos mirar la casa. El coche emprendió la marcha con una sacudida.

—No puedo creer que te quedaras tanto tiempo en este pueblo rural —suspiró Christian, que iba sentado enfrente—. Habría pensado que lo encontrarías terriblemente aburrido. ¿Qué hacías todo el día? ¿Leer?

John el cochero fustigó a los caballos poniéndolos al trote por el camino de entrada. El coche se zarandeó. Henry, que compartía el asiento con Christian, se aclaró la garganta y miró hacia el techo.

Christian lo miró inquieto.

—Claro que los Craddock-Hayes han sido muy hospitalarios y todo eso. Son buenas personas. La señorita Craddock-Hayes se ha mostrado muy simpática y solícita conmigo durante esas espantosas comidas. Me imagino que pensaba que así me protegía de su padre, el viejo fanfarrón. Muy amable. Será una buena esposa cuando se case con ese individuo, Penweeble, el párroco.

Simon estuvo a punto de hacer un mal gesto, pero alcanzó a contenerse. Henry carraspeó con tanta fuerza que temió que se le desprendiera algún órgano vital.

—¿Qué te pasa, hombre? —le preguntó Christian, mirándolo ceñudo—. ¿Estás acatarrado? Te pareces a mi padre cuando está en su humor más desaprobador.

—Estoy muy bien de salud, señor —contestó Henry glacialmente—. Gracias por preguntarlo. ¿Ha pensado en lo que va a hacer a nuestro regreso a Londres, lord Iddesleigh?

—Mmm.

Dieron la vuelta a un recodo y la casa se perdió de vista. Continuó mirando un rato más, pero ese capítulo de su vida estaba terminado. Ella ya no estaba. En realidad, mejor olvidarlo todo.

Si podía.

—Seguro que deseará hacer las rondas —parloteó Christian alegremente—. Ponerse al día de los chismes en el salón de Angelo, en los antros de juego y con las palomas sucias de las casas más notorias.

Simon enderezó la espalda y cerró la cortina de la ventanilla.

—En realidad, voy a emprender una cacería. Arrastraré la nariz por el suelo, con las orejas aleteando, corriendo como un sabueso para encontrar a mis atacantes.

Christian lo miró perplejo.

—Pero ¿no eran bandoleros? Es decir, es muy difícil seguirles el rastro a un par de matones de Londres. Abundan en la ciudad.

—Tengo bastante buena idea de quiénes son. —Frotó el índice de la mano derecha en la otra mano—. De hecho, estoy casi seguro de que ya los conozco. O al menos conozco a sus amos.

—Vaya —dijo Christian, mirándolo fijamente, tal vez comprendiendo que había algo que no entendía—. ¿Y qué harás cuando los tengas acorralados?

Simon enseñó los dientes.

—Pues, retarlos a duelo. Desafiarlos y matarlos.

Capítulo 7

... *Y* de verdad creo que esta vez las reparaciones en el techo de la sacristía serán duraderas. Thomas Jones me aseguró que haría el trabajo él personalmente y no enviaría a sus muchachos a hacer chapuzas.

Eustace interrumpió su disertación sobre las mejoras en la iglesia para guiar con sumo cuidado el caballo para que pasara sobre un surco en el camino.

—Qué bien —dijo Lucy, aprovechando la pausa.

El día estaba soleado, tal como lo estuviera el martes anterior. Entraron en Maiden Hill por la calle que tomaba siempre Eustace, dejando atrás la panadería y a las mismas dos ancianas que estaban ahí la semana anterior y agitaron las manos. No había cambiado nada. Igual Simon Iddesleigh podría no haber aterrizado nunca en su vida para luego echar a volar otra vez.

Sintió un feroz deseo de chillar.

—Sí, pero no estoy tan seguro con lo de la nave —contestó Eustace.

Eso era nuevo en el catálogo de los problemas de la iglesia.

—¿Qué le pasa a la nave?

Él frunció el ceño y se le marcaron unos surcos en su frente normalmente tersa.

—Han comenzado a caer goteras del techo también. De momento no es mucho, sólo lo bastante para manchar el cielo raso, pero

133

será más difícil llegar a las grietas debido a la bóveda. Es posible que ni siquiera al hijo mayor de Tom le guste ese trabajo. Tal vez tendremos que pagarle más dinero.

Lucy no pudo evitarlo. Echó atrás la cabeza y se rió a carcajadas, unas tontas carcajadas que sonaron demasiado fuertes y parecieron resonar en el límpido aire de invierno. Eustace medio sonrió, de esa manera azorada como sonríe una persona que no está segura de haber entendido el chiste. Las dos ancianas trotaron por el prado verde para ver de qué iba la conmoción, y el herrero y su hijo salieron de su taller.

Lucy intentó controlarse.

—Lo siento.

Eustace la miró, con sus tímidos ojos color café.

—No, no pida disculpas. Me alegra oír su risa. No ríe con frecuencia.

Y eso sólo la hizo sentirse peor, lógicamente.

Cerró los ojos. De repente comprendió que debería haber puesto fin a ese galanteo hacía años.

—Eustace...

—Deseaba... —dijo él al mismo tiempo y sus palabras chocaron. Se interrumpió y le hizo un gesto indicándole que continuara—. Por favor.

Pero ella ya se sentía mal y no deseaba comenzar una discusión que sin duda sería desagradable.

—No, perdone. ¿Qué iba a decir?

Él hizo una inspiración profunda, y se le expandió el pecho bajo la tosca lana marrón de su chaqueta.

—Desde hace un tiempo he estado deseando hablar con usted de un asunto importante.

Hizo virar el coche por la parte de atrás de la iglesia y de pronto se quedaron solos.

Lucy tuvo un terrible presentimiento.

—Creo que...

Pero por una vez Eustace no le cedió la palabra; continuó hablando, interrumpiéndola:

—Deseaba decirle lo mucho que la admiro. Lo mucho que disfruto de este tiempo que paso con usted. Son agradables nuestros paseos en coche, ¿no le parece?

Ella volvió a intentarlo.

—Eustace...

—No, no me interrumpa. Permítame decir esto. Cualquiera diría que no me pondría tan nervioso, dado que la conozco tan bien. —Hizo otra inspiración y soltó el aire en un soplido—. Lucy Craddock-Hayes, ¿me haría el honor de ser mi esposa? Ya está. Está dicho.

—Esto...

Él la atrajo bruscamente hacia así, y la palabra le salió en un graznido. La apretó suavemente a su enorme pecho, y fue como estar envuelta por un gigante, una almohada que la sofocaba, no desagradable, pero no del todo agradable tampoco. Él bajó la cara sobre la de ella y se apoderó de su boca con un beso.

Vamos, por el amor de Dios. Una ola de exasperación rompió sobre su cabeza. No, estaba segura de lo que la mujer debe sentir cuando la besa un joven guapo. Y, para ser justa, el beso de Eustace era bastante... simpático. Sus labios eran cálidos y los movía sobre los de ella de una manera bastante agradable. Olía a menta piperita; debió prepararse para ese beso masticando algunas hojas, y al pensar eso su impaciencia se trocó en afectuosa compasión.

Él apartó la cara, con la expresión de estar muy complacido consigo mismo.

—¿Se lo decimos a su padre?

—Eustace...

—¡Córcholis! Debería haberle pedido permiso primero.

Sumido en sus pensamientos, se le arrugó la frente.

—Eustace...

—Bueno, para él no va a ser una gran sorpresa, ¿verdad? Llevamos largo tiempo cortejando. Supongo que en el pueblo nos consideran ya casados.

—¡Eustace!

Él se sobresaltó levemente por el volumen de su voz.

—¿Querida mía?

Lucy cerró los ojos. No había sido su intención gritar, pero él seguía y seguía hablando. Movió la cabeza. Haría bien en concentrarse si quería salir bien de eso.

—Si bien agradezco profundamente el honor que me hace, Eustace, no...

Cometió el error de mirarlo. Él estaba sentado ahí con un mechón de pelo agitándosele sobre la mejilla, con expresión de perfecta inocencia.

—¿Sí?

Ella hizo un gesto de pesar.

—No me puedo casar con usted.

—Pues claro que puede. De verdad no creo que el capitán ponga objeción alguna. Ya me habría ahuyentado hace mucho tiempo si no lo aprobara. Y usted puede decidir por sí misma, ya es mayor de edad desde hace unos años.

—Gracias.

Él se ruborizó.

—Quise decir...

—Sé lo que quiso decir —suspiró ella—. Pero..., de verdad que no puedo casarme con usted, Eustace.

—¿Por qué no?

Ella no quería herirlo.

—¿Podemos dejarlo así?

Él se irguió en una actitud curiosamente solemne.

—No. Lo siento, pero si me rechaza creo que por lo menos me merezco conocer el motivo.

—No, soy yo la que lo siente. No ha sido mi intención darle esperanzas. Lo que pasa es que... —se miró las manos, ceñuda, intentando encontrar las palabras—, con los años hemos caído en una especie de hábito, un hábito que nunca puse en duda, y debería haberlo puesto.

El caballo agitó la cabeza, haciendo tintinear los arneses.

—¿Soy un «hábito»?

Ella hizo un mal gesto.

—No quise decir eso.

Él se colocó sus grandes manos sobre las rodillas y las apretó.

—Todo este tiempo he supuesto que nos casaríamos. —Flexionó las manos—. Y usted también ha tenido la expectativa de matrimonio, no me diga que no.

—Lo siento...

—¿Y ahora espera que yo renuncie a esto por un capricho suyo?

—No es un capricho. —Hizo una honda inspiración para serenarse. Llorar sería una manera cobarde de apelar a su compasión; él se merecía más—. Estos últimos días me los he pasado pensando y pensando. Me he atormentado pensando en lo que somos el uno para el otro. Simplemente no es suficiente.

—¿Por qué? —preguntó él, tranquilo—. ¿Por qué debería poner en duda lo que tenemos, lo que somos juntos? Yo lo encuentro agradable.

—Justamente de eso se trata. —Lo miró a los ojos—. Agradable no es suficiente para mí. Deseo, necesito, más.

Él estuvo en silencio un momento, mientras el viento arrastraba hojas secas acumulándolas en el puerta de la iglesia.

—¿Se debe a ese individuo Iddesleigh?

Ella desvió la vista, hizo otra inspiración profunda y dejó salir el aire en un suspiro.

—Supongo que sí. Sí.

—Sabe que no va a volver.

—Sí.

—Entonces, ¿por qué? —Se golpeó el muslo—. ¿Por qué no puede casarse conmigo?

—No sería justo para usted. Debe saberlo.

—Creo que debe dejar que eso lo juzgue yo.

—Tal vez —concedió ella—, pero entonces debe dejarme ser yo quien juzgue lo que es justo para mí. Y vivir mi vida en un convenio, en un matrimonio «agradable» ya no es válido para mí.

—¿Por qué? —insistió él.

La voz le sonó ronca. Parecía a punto de echarse a llorar.

Ella sintió escozor de lágrimas en los ojos. ¿Cómo había podido hacer deprimirse así a ese hombre tan bueno?

—¿Cree que ama a ese hombre?

—No lo sé. —Cerró los ojos para contener las lágrimas, pero estas cayeron de todas maneras—. Sólo sé que él me abrió una puerta a todo un mundo nuevo que ni siquiera sabía que existía. He cruzado el umbral de esa puerta y no puedo volver atrás.

—Pero...

—Lo sé. —Movió la mano en gesto de hacer un tajo—. Sé que no volverá, que nunca volveré a verlo ni a hablar con él. Pero eso no importa, ¿no lo entiende?

Él negó con la cabeza y continuó moviéndola como si no pudiera parar. La movía hacia atrás y adelante, en un movimiento obstinado, como un oso.

—Es como... —levantó las manos en gesto de súplica intentando aclarar la analogía—: Es como ser ciega de nacimiento y un día, de repente, ver. Y no sólo ver sino también presenciar la salida del sol en toda su gloria y majestad en el cielo azul, ver aclararse los oscuros lavandas y azules hasta llegar a rosas y rojos, extendiéndose por el horizonte hasta que toda la Tierra está iluminada. Hasta que uno tiene que cerrar los ojos y arrodillarse, reverente, ante la luz.

Él se quedó inmóvil y la miró como si estuviera pasmado.

—¿No lo entiende? —musitó ella—. Aunque al instante siguiente volviera la ceguera, después uno siempre recordaría y sabría lo que se pierde. Lo que podría ser.

—Así que no se casará conmigo —dijo él en voz baja.

—No —dijo ella, bajando las manos, sintiéndose desinflada y cansada—. No me casaré con usted.

—¡Condenación! —rugió Edward de Raaf, quinto conde de Swartingham, cuando el chico pasó como un rayo por su lado.

El chico se las arreglaba para no ver el enorme brazo que agitaba.

Simon ahogó un suspiro. Estaba en su cafetería londinense favorita, con los pies calzados con unos nuevos zapatos de tacón rojo, cómodamente sentado a la mesa a un lado de De Raaf, y sin embargo no podía apartar de su mente el pequeño pueblo del que se marchara hacía una semana.

—¿No encuentras que ha empeorado el servicio? —le preguntó su amigo cuando volvió a pasar el chico sin hacerle caso.

El chico debía ser ciego. O no quería verlo. De Raaf medía sus buenos seis pies, más algunas pulgadas, tenía la piel de la cara algo cetrina, con marcas de viruela y un pasmoso pelo negro como la medianoche, que llevaba recogido en una enredada coleta. En ese momento su expresión era como para cortar la leche. No armonizaba muy bien en medio de una multitud.

Simon bebió un poco de café, pensativo. Él había llegado antes que su amigo y por lo tanto ya lo habían atendido.

—No —contestó—. Siempre ha sido horrendo.

—Entonces, ¿por qué venimos aquí?

—Bueno, yo vengo por el excelente café. —Paseó la mirada por la lóbrega cafetería de cielo bajo. La Sociedad Agraria, club ecléctico, de miembros no particularmente unidos, se reunía allí. El único requisito para pertenecer al club era tener interés por la agricultura—. Y, claro, su sofisticada atmósfera.

De Raaf le dirigió una mirada ridículamente ofendida.

En un rincón comenzó una pelea entre un dandi que lucía una deplorable peluca de tres coletas y empolvada en rosa, y un terrateniente rural que llevaba botas de montar embarradas. El chico volvió a pasar junto a la mesa y esta vez De Raaf no alcanzó ni a levantar la mano. En ese momento entró Harry Pye en la cafetería; avanzaba como un gato a la caza, ágil y sin hacer el menor ruido. Si se sumaba a eso su apariencia mediocre, de altura y facciones corrientes y su preferencia por la ropa sosa marrón, era una maravilla que alguien se fijara en él alguna vez. Simon entrecerró los ojos; con su capacidad física, Pye habría sido un formidable espadachín. Pero puesto que era plebeyo, sin duda no había blandido jamás una espada; sólo los nobles podían llevarla. Lo que no impedía que Pye llevara un cuchillo de feo aspecto en la bota izquierda.

—Mis señores —dijo, sentándose a la mesa en la silla que quedaba desocupada.

De Raaf exhaló un largo y sufriente suspiro.

—¿Cuántas veces te he dicho que me llames Edward o De Raaf?

Pye esbozó una media sonrisa reconociendo que había oído esas palabras, pero le habló a Simon.

—Me alegra verle bien, milord. Nos enteramos de su cuasi asesinato.

Simon se encogió de hombros, relajado.

—Una nimiedad, te lo aseguro.

—Eso no es lo que oí yo —dijo De Raaf, ceñudo.

El chico puso una taza grande llena de café delante de Pye.

De Raaf lo miró boquiabierto.

—¿Cómo lo has hecho?

Pye bajó la mirada al espacio vacío en la mesa delante del conde.

—¿Qué? ¿Hoy no va a tomar nada?

—No quieren...

—Ha decidido renunciar al café —interrumpió Simon—. Se ha enterado de que no es bueno para la libido. Huntington escribió un tratado sobre eso no hace mucho. ¿No lo sabías? Afecta especialmente a aquellos que se acercan a la edad madura.

Pye pestañeó.

—Vaya.

La cara blanca y picada de viruelas de De Raaf se tornó colorada.

—¡Qué sarta de tonterías!

—No puedo decir que a mí me afecte —continuó Simon, sonriendo y bebiendo café—. Pero claro, De Raaf es considerablemente mayor que yo.

—Mientes...

—Y se ha casado hace poco. Seguro que eso va a tener consecuencias, en la lentitud.

—Oye, vamos a ver...

Pye curvó los labios. Si Simon no lo hubiera estado mirando, no se habría fijado.

—Pero yo también estoy recién casado —terció Pye amablemente—, y no puedo decir que haya notado..., esto, ningún problema. Debe de ser la edad.

Simon sintió una extraña punzada al caer en la cuenta de que era el único soltero ahí. Él y Pye miraron al conde, que masculló:

—Detestable, mentiroso canall...

El chico volvió a pasar. De Raaf agitó la mano, desesperado.

—Aaahh, condenación.

Y desapareció en la cocina sin siquiera volver la cabeza.

—Buena cosa que hayas renunciado al brebaje sagrado —dijo Simon, sonriendo satisfecho.

Llegó un ruido procedente de la pelea del rincón. Todas las cabezas se giraron. El terrateniente rural tenía al dandi, sin peluca, aplastado contra la mesa. En el suelo, a un lado, había dos sillas rotas.

Pye frunció el ceño.

—¿No es Arlington ese?

—Sí —contestó Simon—. Es difícil reconocerlo sin esa atroz peluca, ¿no? No logro imaginar por qué elige el color rosa. Sin duda ese es el motivo de que el muchacho del campo lo esté golpeando. Tal vez descontrolado por su odio a la peluca.

De Raaf negó con la cabeza.

—Estaban discutiendo sobre la crianza de cerdos. Siempre ha sido algo irracional acerca de los corrales para la lechigada de puercos. Le viene de familia.

—¿Cree que deberíamos ayudarlo? —preguntó Pye.

—No —dijo De Raaf, mirando alrededor por si veía al chico, con un destello feroz en los ojos—. Arlington podría beneficiarse de una paliza. Igual le entra algo de sensatez.

—Lo dudo —dijo Simon.

Levantó la taza para beber y volvió a dejarla en la mesa al ver a un personaje bajito y desaliñado en la puerta, vacilante.

El hombre paseó la mirada por la sala y lo vio. Echó a andar hacia él.

—¡Condenación! —exclamó De Raaf a su lado—. Me ignoran adrede.

—¿Quiere que le vaya a buscar un café?

—No, lo conseguiré yo o moriré en el intento.

El hombre se detuvo ante Simon.

—Me llevó la mayor parte del día, jefe, pero lo encontré.

Le pasó un sucio trozo de papel.

Simon le entregó una moneda de oro.

—Gracias.

—Ta.

El hombrecillo se tironeó un mechón y desapareció.

Simon abrió el papel y leyó: «The Devil's Playground después de las once». Arrugó el papel y se lo metió en el bolsillo. Y sólo entonces observó que los otros dos lo estaban mirando. Arqueó las cejas.

—¿Qué es eso? —preguntó De Raaf con su retumbante voz—. ¿Has encontrado a otro para batirte en duelo?

Simon pestañeó, sorprendido. Creía que había ocultado bien el secreto de sus duelos a De Raaf y Pye. No quería ni su intervención ni sus consejos morales.

—¿Te sorprende que lo sepamos? —dijo De Raaf, echándose hacia atrás y poniendo en peligro la silla de madera en que estaba sentado—. No ha sido muy difícil descubrir cómo has pasado los dos últimos meses, sobre todo después de que te batieras a espada con Hartwell.

¿Qué pretendía ese grandullón?

—No es asunto tuyo.

—Lo es si arriesga su vida con cada duelo —contestó Pye por los dos.

Simon los miró fijamente.

Ninguno de los dos pestañeó.

Malditos. Desvió la vista.

—Mataron a Ethan.

—John Peller mató a tu hermano, y ya esta muerto —dijo De Raaf, dando golpecitos en la mesa con un enorme dedo, para recalcar el punto—. Lo atravesaste con la espada hace más de dos años. ¿Con qué fin comenzar otra vez?

—Peller formaba parte de una conspiración. Una maldita conspiración del infierno. De eso sólo me enteré hace unos meses, cuando estaba revisando ciertos papeles de Ethan.

De Raaf enderezó la espalda y se cruzó de brazos.

Simon se frotó el índice de la mano derecha.

—Descubrí eso justo antes de retar a duelo a Hartwell. Eran cuatro los metidos en la conspiración. Ahora quedan dos, y los dos son culpables. ¿Qué harías si se tratara de tu hermano?

—Probablemente lo mismo que estás haciendo tú.

—Ahí tienes.

De Raaf hizo un gesto de pena.

—Las posibilidades de que te maten aumentan con cada duelo.

—He ganado en dos hasta el momento. —Desvió la vista—. ¿Qué te hace pensar que no ganaré el próximo?

—Incluso el mejor espadachín puede cometer un error o distraerse un momento —dijo De Raaf, irritado—. Un momento, eso es lo que se tarda. Esas son palabras tuyas.

Simon se encogió de hombros.

Pye se inclinó y dijo en voz baja:

—Por lo menos permita que le acompañemos. Que seamos sus padrinos.

—No, ya tengo pensado otro.

—¿Ese muchacho con el que practicas en el Angelo? —preguntó De Raaf.

Simon asintió.

—Christian Fletcher.

Pye agudizó la mirada.

—¿Le conoce bien? ¿Puede fiarse de él?

Simon se rió.

—¿De Christian? Es joven, de acuerdo, pero bastante bueno con una espada. Casi tan bueno como yo en realidad. Me ha derrotado una o dos veces en las prácticas.

De Raaf movió la cabeza de un lado a otro.

—Pero ¿te protegerá la espalda en un momento crítico? ¿Sabría siquiera observar para detectar una trampa o un truco?

—No llegará a eso.

—Condenación...

—Además —interrumpió Simon, mirando del uno al otro—, los dos os encontráis en un estado de dicha conyugal. ¿Creéis que me gustaría presentar a una u otra de vuestras esposas un marido muerto antes del primer aniversario de bodas?

—Simón...

—No. Déjalo.

De Raaf se levantó y casi tiró la silla al suelo.

—El diablo te lleve. Será mejor que no estés muerto la próxima vez que te vea —dijo, y salió pisando fuerte de la cafetería.

Simon frunció el ceño.

Pye apuró el resto de su café en silencio.

—Puesto que me ha recordado a mi señora, será mejor que me vaya también —dijo, levantándose—. Si tiene necesidad de mí, lord Iddesleigh, sólo tiene que enviarme recado.

Simon asintió.

—La amabilidad de la amistad es lo único que pido.

Pye le tocó el hombro y se marchó.

Simon miró su café. Estaba frío y en la superficie flotaba un círculo de espuma grasienta, pero no pidió otra taza. Esa noche a las once encontraría a otro de los asesinos de su hermano y lo retaría a duelo. Mientras tanto no tenía nada que hacer en particular. Nadie esperaba su regreso a casa. Nadie se pondría nervioso o nerviosa con el paso de las horas. Nadie lloraría por él si no volvía.

Bebió un poco del sucio café e hizo un mal gesto. Nada es tan patético como un hombre que se miente a sí mismo. No era cierto que nadie lamentaría su muerte; Pye y De Raaf acababan de indicar que ellos la lamentarían, pero que ninguna mujer la lamentaría. No, seguía mintiéndose. Lucy. Lucy lloraría su muerte. Modulando su nombre dio unos golpecitos en la taza con los dedos. ¿Cuándo perdió la posibilidad de llevar una vida normal, una vida que incluyera esposa y familia? ¿Fue a raíz de la muerte de Ethan, cuando de repente le cayó encima el título con todas las responsabilidades y preocupaciones anejas? ¿O fue después, cuando mató al primero, John Peller? Se estremeció. En sus sueños seguían apareciendo los dedos de Peller, cayendo segados de la mano sobre la hierba cubierta de rocío, como espantosas flores recién florecidas.

Pardiez.

Y pudo vivir con eso, con esas macabras pesadillas. Al fin y al cabo, el hombre había matado a su único hermano; tenía que morir. Y las pesadillas habían comenzado a disminuir incluso; hasta que descubrió que había más hombres a los que debía matar.

Se llevó la taza a los labios y sólo entonces recordó que estaba vacía. Incluso después del duelo con Hartwell era con Peller y sus dedos con los que seguía soñando por las noches. Curioso. Eso tenía que ser una rareza de la mente. No una rareza normal, claro, porque su mente ya no era normal. Algunos hombres pueden matar sin cambiar, pero él no se encontraba entre ellos. Y ese pensamiento lo llevó nuevamente a lo principal. Hizo bien en dejar a Lucy en paz, decidir no atarse a una esposa, por fuerte que fuera la tentación de dejarlo estar y vivir como un hombre corriente. Ya no podía hacer eso.

Perdió esa posibilidad cuando tomó el camino de la venganza.

Matilda miró fijamente a su hijo único al pasarle la panera.

—Creo que ese caballero Iddesleigh no puede ser una buena amistad para ti, Christian, por muy vizconde que sea —dijo.

Sir Rupert hizo un mal gesto. El pelo rojo de su mujer había perdido viveza a lo largo de los años de matrimonio, aclarándose con las canas, pero su temperamento, no. Matilda era hija única de un baronet, de una familia antigua ya empobrecida. Antes de conocerla, él pensaba que todas las mujeres aristocráticas eran poco más que azucenas débiles que se marchitarían pronto. Ella no; había descubierto una voluntad férrea bajo su delicado exterior.

Se llevó la copa a los labios, atento para ver cómo se desarrollaría ese enfrentamiento durante la comida. Normalmente Matilda era una madre muy indulgente y dejaba que sus hijos eligieran sus amistades e intereses. Pero últimamente se le había metido entre ceja y ceja la relación de amistad entre Iddesleigh y Christian.

Christian miró a su madre con una alegre y encantadora sonrisa; su pelo era del mismo rojo que el de ella veinte años atrás.

—Vamos, madre, ¿qué tienes en contra de él?

—Es un libertino, y ni siquiera un libertino simpático —dijo Matilda, mirándolo por encima de sus anteojos en forma de media luna que sólo usaba en la casa cuando estaba con la familia—. Se dice que mató a dos hombres en distintos duelos.

Christian soltó la panera.

Pobre muchacho, pensó sir Rupert, moviendo la cabeza para su coleto. Aun no estaba acostumbrado a salir del paso con evasivas. Afortunadamente lo salvó su hermana mayor, Rebecca.

—Yo encuentro que lord Iddesleigh es un hombre absolutamente delicioso —dijo, con un brillo de desafío en sus ojos azul oscuro—. Los rumores sólo aumentan su atractivo.

Sir Rupert exhaló un suspiro. Becca, su segunda hija, se llevaba a matar con su madre desde que cumplió los catorce años, de eso hacía diez. Había esperado que ya hubiera superado ese rencor.

—Sí, querida, lo sé —dijo Matilda, tan acostumbrada a las tácticas de su hija que no se molestó en caer en la trampa—. Aunque me gustaría que no lo expresaras de esa forma tan grosera. «Delicioso» lo hace parecer un trozo de beicon.

—Uy, mamá...

—No veo qué le encuentras para que te guste, Becca —dijo Julia, la mayor, mirando ceñuda su pollo asado.

Desde hacía tiempo sir Rupert pensaba si Julia no habría heredado la miopía de su madre; pero pese a que se consideraba práctica, tenía una vena vanidosa y se habría horrorizado ante la sugerencia de que usara anteojos.

—Su humor no suele ser amable —continuó Julia—, y tiene esa forma tan rara de mirar.

Christian se echó a reír.

—Vamos, Julia.

—Nunca he visto al vizconde Iddesleigh —dijo Sarah, la menor y la más parecida a su padre; miró a sus hermanos con sus analíticos ojos castaños—. Supongo que no lo invitan a los mismos bailes que a mí. ¿Cómo es?

—Es un tipo estupendo —contestó Christian—. Es muy divertido, y es soberbio con la espada. Me ha enseñado unos cuantos pases...

Al captar la mirada de su madre se interrumpió y le entró un repentino interés por sus guisantes.

—Lord Iddesleigh es más alto de lo normal —dijo Julia—, pero no tanto como nuestro hermano. Es guapo de cuerpo y de cara, y está considerado un excelente bailarín.

—Baila divinamente —terció Becca.

—Exacto —dijo Julia, cortando su pieza de pollo en dados exactos—. Pero rara vez baila con damas solteras, aun cuando él es soltero y por lo tanto debería buscarse una esposa conveniente.

—No creo que puedas acusarlo de falta de interés en el matrimonio —protestó Christian.

—Tiene unos ojos de un gris claro antinatural, y los usa para mirar a las personas de una manera horrible.

—Julia...

—No logro entender por qué podría caerle bien a alguien —continuó Julia.

Se echó un dado de pollo en la boca y miró a su hermano con las cejas arqueadas.

—Bueno, a mí me cae bien a pesar de sus ojos antinaturales —dijo Christian, mirando fijamente a su hermana mayor.

—Mmm —musitó Matilda, mirando atentamente a su hijo; parecía inconmovible—. Aún no hemos oído la opinión de tu padre sobre lord Iddesleigh.

Todos los ojos se volvieron hacia él, el cabeza de esa pequeña familia. Qué cerca había estado de perder esa posición; de acabar en la cárcel como deudor, de ver a su familia repartida entre los parientes, dependiendo de su poca compasión. Ethan Iddesleigh no se mostró comprensivo en lo más mínimo hacía dos años. Recitaba trivialidades morales como si las palabras pudieran alimentar y vestir a una familia o mantener un techo decente sobre las cabezas de sus hijos y asegurarles buenos matrimonios a sus hijas. Por eso tuvieron que eliminarlo.

Pero eso ya había quedado atrás. O debería.

—Creo que Christian ya tiene edad para juzgar el carácter de un hombre —dijo.

Matilda abrió la boca y volvió a cerrarla. Era una buena esposa y sabía respetar sus conclusiones aun cuando no coincidieran con las de ella.

Miró a Christian sonriéndole.

—¿Cómo le va a lord Iddesleigh? —Se sirvió otra pieza de pollo de la fuente que le presentaba el lacayo—. Cuando te marchaste tan repentinamente a Kent dijiste que estaba herido.

—Le dieron una paliza —dijo Christian—. Casi lo mataron, aunque a él no le gusta decirlo, por supuesto.

—¡Dios mío! —exclamó Becca.

—Y conoce a sus atacantes, parece —añadió Christian, ceñudo—. Es un asunto extraño.

—Tal vez perdió dinero en las mesas de juego —dijo Sarah.

Matilda miró severamente a su hija menor.

—Buen Dios. ¿Qué sabes tú de esas cosas, hija?

Sarah se encogió de hombros.

—Sólo lo que oigo, por desgracia.

Matilda frunció el ceño y se le formaron arruguitas en la fina piel de las comisuras de los ojos. Abrió la boca.

—Sí, bueno, ya está mejor —se apresuró a decir Christian—. En realidad, dijo que tiene un asunto que atender esta noche.

Sir Rupert se atragantó y bebió un trago de vino para disimularlo.

—¿Sí? Por lo que has explicado pensé que su recuperación llevaría más tiempo.

Por lo menos una semana, al menos eso había esperado. ¿Y dónde estaban James y Walker esa noche? Malditos fueran, también; James por fastidiar el primer ataque a Iddesleigh y Walker por no lograr ni siquiera tocarle un brazo con los disparos de su arma. Miró a su mujer y vio que ella lo estaba mirando preocupada. Bendita Matilda, no se le escapaba nada, pero en ese momento le iría muy bien sin esa perspicacia.

—No, Iddesleigh ya está bastante bien —dijo Christian pasado un momento; lo miraba con expresión desconcertada—. No envidio a quien sea el hombre al que le va detrás.

«Yo tampoco —pensó sir Rupert, palpando el anillo de sello que llevaba en el bolsillo del chaleco, sólido y pesado—. Yo tampoco.»

Capítulo 8

*E*stás loca —declaró Patricia.

Lucy cogió otra gominola rosada. Esas golosinas daban la impresión de no ser comestibles, con ese color tan antinatural, pero le gustaban de todas maneras.

—Loca, te lo digo —repitió Patricia, en voz tan alta que despertó al gato gris atigrado que reposaba en su falda.

Minino bajó de un salto y se marchó bufando.

Mientras tomaban el té, Patricia intercalaba exclamaciones sobre su fracasado romance. Y bien que podía. A excepción de su padre, todos la miraban apenados esos días. Incluso a Hedge le había dado por suspirar cuando ella pasaba por su lado.

La sala de estar principal de la pequeña casa de dos pisos que Patricia compartía con su madre viuda estaba soleada esa tarde. Ella sabía de cierto que las finanzas no iban nada bien desde la muerte del señor McCullough, pero eso no se adivinaría jamás mirando la sala de estar. Simpáticas acuarelas adornaban la pared, pintadas hábilmente por Patricia. Y si había trozos más claros en el papel a rayas amarillas de las paredes, pocas personas recordarían los óleos que en otro tiempo colgaban en ellas. Sobre los dos sofás había cojines en negro y amarillo, dispuestos de una manera al mismo tiempo descuidada y elegante. No era probable que alguien se diera cuenta de que debajo de ellos la tapicería estaba algo raída.

Patricia no hizo el menor caso del abandono del gato.

—Ese hombre llevaba tres años cortejándote. Cinco, si tomamos en cuenta el tiempo que le llevó armarse de valor para hablarte.

Lucy cogió otra gominola.

—Lo sé.

—Tooodos los martes sin falta. —Ceñuda, Patricia frunció los labios en un adorable morro—. ¿Sabías que algunas personas del pueblo ponían a la hora sus relojes guiándose por el coche del párroco cuando pasaba de camino a tu casa?

Lucy negó con la cabeza. Tenía la boca llena de ese pegajoso azúcar.

—Bueno, es cierto. Y ahora, ¿cómo va a saber la hora la señora Hardy?

Lucy se encogió de hombros.

—Tres. Laargos. Años. —Un rizo dorado se le había soltado del moño y saltó con cada palabra, como para darles énfasis—. Y entonces Eustace, por fin, pooor fin, logra pedirte la mano en santo matrimonio y ¿qué haces tú?

Lucy tragó.

—Lo rechazo.

—Lo rechazas —dijo Patricia, como si no la hubiera oído—. ¿Por qué? ¿Cómo se te pudo ocurrir?

—Lo que se me ocurrió fue que no soportaría cincuenta años más oyéndolo hablar de las reparaciones del techo de la iglesia.

Y que no soportaba la idea de vivir en relación íntima con un hombre que no fuera Simon.

Patricia se echó hacia atrás como si ella le hubiera puesto una araña viva ante la nariz sugiriéndole que se la comiera.

—¿Reparaciones en el techo de la iglesia? ¿Es que no has prestado atención estos últimos tres años? Siempre parlotea sobre las reparaciones del techo de la iglesia, escándalos en la iglesia...

—La campana de la iglesia.

Patricia frunció el ceño.

—El camposanto.

—Las tumbas del camposanto.

—El sacristán de la iglesia, los bancos de la iglesia y los tés de la iglesia —añadió Patricia, superándola. Se inclinó, con los ojos azul porcelana muy abiertos—. Es el párroco. Se supone que tiene que aburrir a todo el mundo dando la lata con la maldita iglesia.

—Estoy segura de que no se debe usar ese adjetivo en relación a la iglesia, y yo ya no lo soportaba.

Patricia la miró con la expresión de un herrerillo ofendido.

—¿Después de todo este tiempo? ¿Por qué no haces lo que hago yo y piensas en sombreros o zapatos mientras habla? Es muy feliz mientras intercales de vez en cuando un «Sí, desde luego».

Lucy cogió otra gominola y la partió con los dientes.

—¿Por qué no te casas tú con Eustace, entonces?

Patricia se cruzó de brazos y desvió la mirada.

—No seas tonta. Yo necesito casarme por dinero y él es tan pobre como..., bueno, como un ratón de iglesia.

Lucy detuvo la mano con la otra mitad de la golosina ante la boca. Nunca se le había ocurrido pensar en Eustace y Patricia. ¿Seguro que Patricia no tenía sentimientos tiernos por el párroco?

—Pero...

—No estamos hablando de mí —dijo su amiga firmemente—. Estamos hablando de tus pésimas posibilidades de matrimonio.

—¿Por qué?

—Ya has desperdiciado tus mejores años con él —repuso Patricia al instante—. Cumpliste, ¿cuántos, en tu último cumpleaños? ¿Veinticinco?

—Veinticuatro.

—Es lo mismo. —Descartó un año completo con un movimiento de su mano con hoyuelos en los nudillos—. Ahora no puedes comenzar de nuevo.

—No...

—Sólo tienes que decirle que has cometido un terrible error —interrumpió Patricia en voz más alta—. El único otro casadero de Maiden Hill es Thomas Jones, y estoy casi segura de que deja entrar a sus cerdos en la casa por la noche.

—Eso te lo has inventado —dijo Lucy, con la voz casi ininteligible porque estaba masticando. Tragó—. ¿Y con quién piensas casarte tú?

—Con el señor Benning.

Menos mal que ya se había tragado la gominola, porque se habría atorado. Soltó una risotada muy impropia de una dama y cuando miró a su amiga vio que estaba muy seria.

—Eres tú la que estás loca —resolló—. Fácilmente tiene edad para ser tu padre. Ha enterrado a tres esposas. El señor Benning tiene ¡nietos!

—Sí. También tiene... —Extendió los dedos y comenzó a contar—, una hermosa casa solariega, dos coches, seis caballos, dos camareras de arriba y tres de abajo, y noventa acres cultivables, la mayor parte trabajados por inquilinos.

Bajó las manos y se sirvió más té.

Lucy la miraba boquiabierta.

Patricia enderezó la espalda, se acomodó en el sofá y arqueó las cejas, como si estuvieran hablando de papalinas.

—¿Bien?

—A veces me asustas, de verdad.

—¿Sí? —preguntó Patricia, con expresión complacida.

—Sí —dijo Lucy, alargando la mano para coger otra gominola.

Patricia se la apartó de una palmada.

—No vas a caber en tu vestido de novia si sigues tragando estos dulces.

Lucy se hundió entre los bonitos cojines.

—Uy, Patricia, no me voy a casar, ni con Eustace ni con nadie. Voy a convertirme en una solterona excéntrica, y voy a cuidar de todos los hijos que tendréis tú y el señor Benning en su maravillosa casa solariega con las tres camareras de abajo.

—Y dos de arriba.

—Y dos de arriba.

Igual podría comenzar a usar ya una cofia de solterona.

Patricia cogió una de las gominolas prohibidas y la mordisqueó distraída.

—Es ese vizconde, ¿verdad? Supe que sería un problema en el momento en que lo vi mirándote como mira *Minino* a los pájaros en la ventana. Es un predador.

—Una serpiente —dijo Lucy en voz baja, recordando cómo sonreía Simon sólo con los ojos mirándola por encima de su copa.

—¿Qué?

—O una sierpe, si prefieres esa palabra.

—¿De qué hablas?

—De lord Iddesleigh. —Cogió otra gominola. No se iba a casar así que no importaba si no cabía en ninguno de sus vestidos—. Me hacía pensar en una inmensa serpiente plateada. Es algo así como brillante y bastante peligroso. Creo que son sus ojos. Incluso mi padre lo veía, aunque lo consideraba de una manera menos halagadora. Para lord Iddesleigh, quiero decir.

Patricia la miró detenidamente.

—Interesante. Extraño, sin duda, pero interesante de todos modos.

—Eso creo yo también —dijo Lucy. Ladeó la cabeza—. Y no hace falta que me digas que no va a volver porque ya tuve esa conversación con Eustace.

Patricia cerró los ojos.

—Noo.

—Pues sí. Eustace sacó el tema.

—¿Por qué no se lo ocultaste?

—Porque Eustace se merece saberlo. —Exhaló un suspiro—. Se merece una mujer que pueda amarlo, y yo, sencillamente, no puedo.

Sintió algo revuelto el estómago. Tal vez no le había sentado bien ese último trozo de golosina. O tal vez finalmente había comprendido que se pasaría los años que le quedaban de vida sin volver a ver a Simon.

—Bueno —dijo Patricia. Dejó la taza en el platillo y se quitó una migaja invisible de la falda—. Puede que Eustace se merezca amor, pero tú también, querida mía. Tú también.

Simon se detuvo en lo alto de la escalera del antro y paseó la mirada por la multitud de juerguistas.

The Devil's Playground era el palacio del juego más nuevo de Londres y estaba de moda; sólo hacía dos semanas que había abierto. Las arañas del techo resplandecían, la pintura de las columnas dóricas estaba recién secada y el suelo de mármol todavía conservaba su brillo. Dentro de un año las lámparas estarían ennegrecidas por el humo y el polvo, las columnas tendrían las manchas de miles de hombros grasientos y el suelo estaría opaco con la mugre acumulada. Pero esa noche, las chicas se mostraban alegres y hermosas, y los caballeros que rodeaban las mesas tenían expresiones casi idénticas de entusiasmo. De tanto en tanto un grito de triunfo o una carcajada casi maniaca se elevaba por encima del bullicio general de las voces de muchos hombres hablando al mismo tiempo. El aire era una densa miasma de olores; olores a sudor, a cera de velas quemada, a perfumes rancios y al olor que secretan los hombres cuando están al borde de o bien ganar una fortuna o ponerse una pistola en la sien antes que acabe la noche.

Acababan de dar las once, y en alguna parte de esa masa de humanidad se escondía su presa. Bajó la escalera y entró en la sala principal. Un lacayo que pasaba por ahí le presentó una bandeja con copas de vino aguado. Las libaciones eran gratis. Cuanto más bebe un hombre más propenso está a apostar y a continuar apostando. Negó con la cabeza y el lacayo continuó su camino.

En el rincón del extremo derecho, un caballero de pelo dorado estaba inclinado sobre la mesa, dando la espalda al resto de la sala. Simon alargó el cuello para mirarlo, pero una seda amarilla le obstaculizaba la visión. Un blando cuerpo femenino chocó con él y le golpeó el codo.

—*Pardon moi.*

El acento francés de la mujer era bastante bueno; casi parecía francés de verdad.

La miró.

Tenía unas mejillas regordetas rosadas, la piel húmeda y unos ojos azules que prometían cosas de las que no debería tener conocimiento. Llevaba una pluma verde prendida del pelo y en la cara una sonrisa ladina.

—Le traeré una copa de champán como disculpa, ¿sí?

No podía tener más de dieciséis años, y tenía el aspecto de pertenecer a una granja de Yorkshire, donde ordeñaría vacas.

—No, gracias —musitó.

La expresión de ella fue de decepción, pero claro, estaba formada para expresar en la cara lo que deseaban ver los hombres. Se alejó antes que ella pudiera responder y volvió a mirar hacia el rincón. El hombre de pelo dorado ya no estaba ahí.

Se sintió cansado.

Eso le pareció irónico, sólo eran pasadas las once y deseaba estar en su cama, durmiendo y solo. ¿Desde cuándo se había transformado en un anciano al que le doliera el hombro por haberse quedado despierto hasta tarde? Diez años atrás la noche estaría recién comenzando para él. Habría aceptado el ofrecimiento de la ramera y no se habría ni fijado en su edad. Habría perdido la mitad de su asignación en el juego y sin arredrarse. Claro que hace diez años tenía veinte, estaba por fin instalado por su cuenta y muchísimo más cerca de la edad de la ramera. Diez años antes no tenía la suficiente sensatez como para sentir miedo. Hace diez años no sentía ni miedo ni soledad. En ese tiempo se sentía inmortal.

Vio una cabeza dorada a la izquierda. La cabeza se giró y

quedó a la vista la cara arrugada de un viejo con peluca. Avanzó lentamente por en medio de la multitud, en dirección a la sala de atrás. Ahí era donde se congregaban los jugadores realmente temerarios.

De Raaf y Pye parecían creer que él no tenía miedo, que seguía pensando y actuando como ese mozuelo de hace diez años. Pero la realidad era todo lo contrario. El miedo era más intenso con cada duelo y más real el conocimiento de que podría morir, y de que probablemente moriría. Y en cierto modo el miedo lo impulsaba a continuar. ¿Qué tipo de hombre sería si renunciaba y dejaba vivos a los asesinos de su hermano? No, cada vez que sentía subir por el espinazo los fríos dedos del miedo, cada vez que oía el toque de la sirena del miedo llamándolo a renunciar, a dejarlo estar, se reforzaba su resolución.

Ahí.

Pelo Dorado inclinó la cabeza para pasar por las puertas forradas de terciopelo negro. El hombre vestía de satén púrpura. Echó a andar hacia él, ya seguro del rastro.

—Pensé que te encontraría aquí —dijo Christian a su lado.

Se giró bruscamente, al tiempo que el corazón le daba un vuelco tan fuerte que casi se le salió del pecho. Horroroso ser sorprendido así, sin esperárselo. El joven podría haberle enterrado un estilete entre las costillas y habría muerto sin enterarse. Otro problema de la edad: los reflejos son más lentos.

—¿Cómo?

—¿Qué? —preguntó Christian, agitando las pestañas acabadas en puntas rojas.

Simon hizo una inspiración para controlar la voz. No tenía ningún sentido descargar su mal humor en él.

—¿Cómo supiste que yo estaría aquí?

—Ah. Bueno, pasé por tu casa, le pregunté a Henry y, *voilá*.

Abrió los brazos, como un bufón al realizar un truco.

—Comprendo.

Notó que el tono le salió irritado. A Christian ya se le estaba convirtiendo en hábito aparecer inesperadamente, más o menos como la gonorrea. Hizo una inspiración profunda, para serenarse. En realidad, ahora que lo pensaba, no le iría nada mal tener la compañía del joven. Por lo menos se sentiría menos solo. Y era bastante consolador ser idolatrado.

—¿Viste a esa chica? —le preguntó Christian—. La de la pluma verde.

—Es demasiado joven.

—Tal vez para ti.

Simon lo miró indignado.

—¿Vienes conmigo o no?

—Claro, claro, viejo.

La sonrisa de Christian fue débil; tal vez se estaba repensando la conveniencia de haberlo seguido hasta ahí.

—No me llames así —dijo, echando a andar hacia las puertas de terciopelo negro.

—Perdona —masculló Christian, a su espalda—. ¿Adónde vamos?

—A cazar.

Ya habían llegado a la puerta y Simon aminoró el paso para adaptar los ojos a la penumbra. En esa sala sólo había tres mesas, con cuatro hombres sentados alrededor de cada una. Ninguno giró la cabeza para mirar a los recién llegados.

Pelo Dorado estaba sentado a la mesa más alejada, de espaldas a la puerta.

Simon se detuvo para hacer una respiración. Se sentía como si sus pulmones no pudieran ensancharse para dejar entrar el aire. Sintió brotar un sudor pegajoso en la espalda y en las axilas. De repente pensó en Lucy, en sus blancos pechos y en sus serios ojos color ámbar. Qué tonto había sido al abandonarla.

—Por lo menos debería haberla besado —masculló.

Christian tenía buen oído.

—¿A la chica de la pluma verde? Creí que era demasiado joven.

—No a ella. No te preocupes.

Observó a Pelo Dorado. Desde ese ángulo no lograba...

—¿A quién buscas? —preguntó Christian, y por lo menos tuvo la sensatez de hacerlo en un susurro.

—A Quincy James —susurró, y echó a andar.

—¿Para qué?

—Para retarlo a duelo.

Sintió la mirada de Christian.

—¿Por qué? ¿Qué te ha hecho?

—¿No lo sabes?

Giró la cabeza y miró sus transparentes ojos.

Esos ojos castaños se veían sinceramente perplejos. De todos modos, le quedó la duda. Christian lo conoció en un momento decisivo de su vida. El joven se volvió muy amistoso en un corto periodo de tiempo y al parecer no tenía nada mejor que hacer que seguirlo a todas partes. Pero tal vez exageraba en sus miedos, viendo enemigos en cada rincón oscuro.

Llegaron a la mesa y Simon se colocó detrás del hombre de pelo dorado. El miedo lo tenía abrazado como una mujer, succionándole la boca con sus labios de escarcha, frotando sus pechos fríos contra su pecho. Si llegaba a sobrevivir a la siguiente aurora, volvería a Maiden Hill a buscar a Lucy. ¿Qué sentido tenía jugar al caballero galante si moría a la salida del sol sin haber probado los labios de la doncella? Acababa de comprender que ya no podría hacer solo lo que estaba haciendo. La necesitaba de un modo elemental, para que reafirmara y mantuviera su humanidad, incluso cuando recurriera a la parte más animal de él. Necesitaba a Lucy para que lo mantuviera cuerdo.

Esbozó una sonrisa, se la fijó en la cara y le dio una palmadita en el hombro. A su lado, Christian hizo una brusca inspiración.

El hombre giró la cabeza. Simon lo miró fijamente durante un segundo, estúpidamente, hasta que su cerebro registró lo que ya le habían dicho sus ojos.

Ese hombre era para él un desconocido.

Lucy ladeó la cabeza, contemplando el dibujo que acababa de comenzar en su bloc. La nariz estaba un poco torcida.

—No se mueva.

No necesitó mirar para percibir que Hedge, su tema, estaba intentando escabullirse otra vez. Detestaba posar para ella.

—Aaay, tengo cosas que hacer, señorita Lucy.

—¿Como qué?

Eso, eso estaba mejor. Hedge tenía realmente una nariz muy extraordinaria.

Estaban en el pequeño cuarto de estar de atrás. La luz era mejor ahí durante la tarde, entraba sin obstáculo por las altas ventanas con parteluz. Hedge estaba sentado en una banqueta delante del hogar. Vestía sus habituales chaqueta y pantalón arrugados, con el añadido de una corbata púrpura curiosamente moteada. De dónde la había sacado, no lograba imaginárselo. Su padre se habría muerto antes que ponerse algo así.

—Tengo que darle de comer y almohazar a la vieja *Kate* —gimió el criado.

—Mi padre ya lo ha hecho esta mañana.

—Bueno entonces, debería limpiar su corral.

Lucy negó con la cabeza.

—Sólo ayer la señora Brodie le pagó a uno de los chicos Jones para que le limpiara el corral. Se cansó de esperar a que lo hiciera usted.

—¡Qué cara tiene! —exclamó Hedge indignado, como si no hubiera tenido descuidada a la yegua días y días—. Sabía que pensaba hacerlo hoy.

—Mmm. —Sombreó el pelo, con sumo esmero—. Eso es lo que

ha dicho toda la semana pasada. La señora Brodie dice que olía el establo desde la puerta de atrás.

—Eso sólo porque tiene esa enorme nariz.

Ella cambió de lápiz.

—En las casas de cristal las personas no se arrojan piedras.

Hedge arrugó la frente.

—¿Qué quiere decir con casas de cristal? Estoy hablando de su nariz.

Lucy exhaló un suspiro.

—No tiene importancia.

—Jum.

Pasó un momento de agradable silencio, mientras Hedge recobraba sus fuerzas. Comenzó a dibujar el brazo derecho. La casa estaba silenciosa ese día; su padre había salido y la señora Brodie estaba haciendo pan en la cocina. Claro que siempre estaba silenciosa después que se marchó Simon. La casa parecía casi muerta. Él había traído agitación y un tipo de compañía que ella ni sabía que echaba en falta hasta que él se marchó. Ahora sus pasos resonaban en las habitaciones cuando entraba. Se sorprendía pasando inquieta de habitación en habitación como si inconscientemente buscara algo.

O a alguien.

—¿Qué hago con esa carta para el señor David, entonces? —dijo Hedge, interrumpiendo sus pensamientos—. El capitán me pidió que la llevara hoy al correo.

Se levantó.

—Vuelva a sentarse. Mi padre se la llevó para echarla de camino a la casa del doctor Fremont.

—Uuuy.

Se oyó un fuerte golpe en la puerta de la calle.

Hedge se levantó de un salto.

Lucy levantó la vista y con la mirada lo dejó clavado donde estaba antes que echara a andar. El criado volvió a sentarse, abatido. Ella terminó el brazo derecho y comenzó el izquierdo. Se oyeron los rápidos pasos de la señora Brodie, luego un murmullo de voces, y entonces se reanudaron los pasos en dirección a ese cuarto. Porras. Ya le faltaba muy poco para terminar el dibujo.

El ama de llaves abrió la puerta. Se veía nerviosa.

—Ah, señorita, no adivinará jamás quién ha...

Simon pasó por el lado de la señora Brodie y entró.

A Lucy se le cayó el lápiz al suelo.

Él lo recogió y se lo puso delante, con sus ojos color hielo vacilantes.

—¿Podría hablar con usted?

No llevaba sombrero, su chaqueta estaba arrugada y sus botas embarradas, como si hubiera venido cabalgando. No se había puesto peluca, y tenía el pelo un poquitín más largo. Estaba ojeroso y las arruguitas de los lados de la boca se veían más profundas. ¿Qué habría estado haciendo en Londres esa semana para verse tan cansado otra vez?

Cogió el lápiz, deseando que él no se fijara en cómo le temblaba la mano.

—Por supuesto.

—¿A solas?

Hedge se levantó de un salto.

—Muy bien, entonces, me marcho.

Diciendo eso, se apresuró a salir.

La señora Brodie la miró un momento interrogante y luego siguió al criado, cerrando la puerta. Entonces Lucy se encontró a solas con el vizconde. Juntó las manos en la falda y lo observó.

Él caminó hasta la ventana y se quedó mirando hacia fuera como si no viera el jardín.

—He tenido... esta semana he tenido que atender a un asunto en Londres. Algo importante. Algo que me ha tenido obsesionado desde hace un tiempo. Pero no podía concentrarme, no lograba centrar la atención en lo que era necesario hacer. Vivía pensando en usted. Por eso he venido, a pesar de haber jurado que no volvería a molestarla.

La miró por encima del hombro y ella vio en su mirada una mezcla de frustración, desconcierto y de algo que no se atrevió a interpretar, pero que le hizo revolotear el corazón, que ya estaba acelerado desde el momento en que él entró.

Hizo una inspiración para que la voz le saliera calmada.

—¿Haría el favor de sentarse?

Él vaciló, como si se lo estuviera pensando.

—Gracias.

Se sentó frente a ella, se pasó la mano por el pelo y volvió a ponerse de pie.

—Debería marcharme, simplemente salir por esa puerta y continuar caminando hasta haber puesto cien millas entre nosotros, o tal vez un océano entero. Aunque no sé si eso sería suficiente. Me prometí que la dejaría en paz. —Se rió sin humor—. Y sin embargo aquí estoy nuevamente para ponerme a sus pies, haciendo el tonto.

—Me alegra verle —musitó ella.

Eso era como un sueño. Nunca se imaginó que volvería a verlo, y ahí estaba, en su salita de estar, paseándose agitado por delante de ella. No se atrevía a elucubrar sobre a qué había venido.

De pronto él se giró y se quedó inmóvil.

—¿Sí? ¿De verdad?

¿Qué le preguntaba? No lo sabía, pero asintió de todos modos.

—No soy conveniente para usted. Es usted demasiado pura; ve demasiado. Le haré daño finalmente, si no... —Negó con la cabeza—. Usted necesita a un hombre sencillo y bueno, y yo no soy ninguna de las dos cosas. ¿Por qué no se ha casado con ese párroco?

La miraba ceñudo, y esas palabras parecían una acusación.

Negó con la cabeza, sin saber qué decir.

—No quiere hablar, no quiere decírmelo —dijo él con la voz ronca—. ¿Quiere atormentarme? A veces me atormenta en mis sueños, mi dulce ángel, cuando no estoy soñando con... —Se puso de rodillas ante ella—. No me conoce, no sabe quién soy. Sálvese. Écheme de su casa. Ahora, mientras puede, porque he perdido mi resolución, mi voluntad, y hasta mi honor, lo poco que me quedaba de honor. No puedo alejarme de su presencia.

Eso era un aviso, comprendió ella, pero de ninguna manera podía decirle que se fuera.

—No lo echaré de aquí. No puede pedirme eso.

Él tenía apoyadas las manos en el sofá, una a cada lado de ella. La tenía encerrada, pero no la tocaba. Bajó la cabeza, hasta que ella sólo le vio la coronilla de su pelo claro y cortado.

—Soy vizconde, eso lo sabe. Los Iddesleigh nos remontamos hasta muy atrás, pero sólo conseguimos embolsarnos el título hace cinco generaciones. Tenemos la tendencia a elegir el lado inconveniente en las guerras reales. Tengo tres casas, una en Londres, una en Bath y la propiedad en Northumberland, aquella de la que le hablé cuando desperté ese primer día. Le dije que era un lugar inhóspito y lo es, pero también es hermoso a su manera salvaje, y la tierra produce, es lucrativa, pero no tenemos por qué ir allí si no lo desea. Tengo un administrador y muchísimos criados.

Lucy tenía los ojos empañados por las lágrimas. Ahogó un sollozo. Hablaba como si...

—Y hay unas minas, de cobre o de estaño —continuó él, con los ojos bajos, mirándole el regazo. ¿Tenía miedo de mirarla a los ojos?—. No recuerdo si de cobre o de estaño, aunque eso no importa, porque tengo un hombre encargado del asunto, pero rinden muy buenos beneficios. Hay tres coches, pero uno era de mi abuelo y está algo mohoso. Puedo mandar hacer uno nuevo si desea uno de...

Ella le cogió el mentón con las manos temblorosas y le levantó la cara para poder ver sus ojos gris claro, que se veían tan preocupados, que expresaban tanta soledad. Le colocó el pulgar sobre los labios, para detener esa riada de palabras, y trató de sonreír, en medio de las lágrimas que le bajaban por las mejillas.

—Chss. Sí. Sí, me casaré con usted.

Sintió sus latidos en el pulso del cuello, cálidos, vivos, y parecían hacerse eco de los locos latidos de su corazón. Jamás había sentido una dicha como esa, y de repente le vino el pensamiento: «Haz que dure, Señor. No me permitas olvidar este momento».

Pero él le miraba los ojos, explorándoselos, ni en actitud triunfante ni feliz, sino sólo esperando.

—¿Está segura? —le preguntó, acariciándole el pulgar con las palabras.

Ella asintió.

—Sí.

Él cerró los ojos, como si estuviera tremendamente aliviado.

—Gracias a Dios.

Ella se inclinó y le besó suavemente la mejillas, y justo cuando iba a apartar la cara, él movió la cabeza y su boca conectó con la de ella.

La besó.

Movió los labios sobre los suyos, rozándoselos, atormentándola, tentándola, hasta que finalmente ella los entreabrió para entregarse al beso. Entonces él emitió un gemido y le lamió el interior del labio inferior; al mismo tiempo ella avanzó la lengua y la enredó con la de él. No sabía si lo hacía bien; jamás en su vida la habían besado así y el corazón le latía fuerte en los oídos, y no lograba controlar los temblores de las piernas y los brazos. Él le cogió la cabeza entre las manos, afirmándosela, y ladeó la cara para poner la boca atravesada sobre la suya y profundizar el beso. Ese beso no era como el caballeroso de Eustace; era profundo, ávido, desconocido para ella, y casi la asustaba. Se sentía como si estuviera a punto de caerse, o de romperse en tantos pedazos que nunca podría volver a armarlos. Él le cogió el labio inferior entre los dientes y se lo mordisqueó. Lo que tendría que producirle dolor, o por lo menos molestia, le produjo un placer que le llegó hasta el fondo de su ser. Gimiendo, se inclinó más hacia él.

¡Cataplaf!

Lucy pegó un salto y enderezó la espalda. Simon miró atrás por encima del hombro, con la cara tensa y la frente brillante por una capita de humedad.

—¡Ay, Dios mío! —exclamó la señora Brodie, mirando los platos y las tazas de porcelana rotos, el pastel y el charco de té a sus pies—. ¿Qué va a decir el capitán?

Buena pregunta, pensó Lucy.

Capítulo 9

No es mi intención fisgonear, señorita Craddock-Hayes —dijo Rosalind Iddesleigh casi dos semanas después—, pero he estado pensando cómo conoció a mi cuñado.

Lucy arrugó la nariz.

—Tutéeme, por favor, llámeme Lucy.

La joven le sonrió, casi tímida.

—Muy amable. Y claro, entonces debes tutearme y llamarme Rosalind.

Lucy le correspondió la sonrisa, pensando si a Simon le importaría que le explicara a esa delicada mujer que lo había encontrado desnudo y medio muerto en una cuneta. Estaban en el elegante coche de Rosalind, que iba traqueteando por las calles de Londres. Y resultaba que Simon sí tenía una sobrina. Theodora iba en el coche también.

La cuñada de Simon, viuda de su hermano mayor Ethan, daba la impresión de estar contemplando el paisaje desde una torre de piedra, a la espera de que un valiente caballero llegara a rescatarla. Tenía el pelo rubio, brillante y liso, recogido en un sencillo moño en la coronilla de la cabeza, la cara estrecha, de piel blanca como alabastro y unos grandes ojos azul claro.

Si la prueba viviente no estuviera sentada a su lado, Lucy no habría creído jamás que Rosalind tuviera edad para tener una hija de ocho años.

Llevaba una semana alojada con su futura cuñada, preparándose para su boda con Simon. A su padre no le hizo ninguna gracia la noticia del matrimonio, pero después de gruñir y gritar un rato, dio a regañadientes su bendición. Durante ese tiempo en Londres había visitado una desconcertante variedad de tiendas con Rosalind. Simon insistía en que debía tener un ajuar totalmente nuevo. Si bien, naturalmente, la complacía tener tanta ropa fina, por otro lado la obsesionaba el temor de no ser una esposa adecuada para él. Venía del campo, e incluso vestida de seda bordada y encajes, seguía siendo una mujer sencilla.

Decidió contestar con una evasiva.

—Nos conocimos en Kent, en el camino que pasa por mi casa. Había tenido un accidente y yo lo llevé a mi casa para que se recuperara.

—Qué romántico —musitó Rosalind.

—¿Estaba piripi el tío Suspiro? —preguntó Theodora.

La niñita tenía el pelo más oscuro que el de su madre, más dorado, y rizado. Lucy recordó la descripción que le hiciera Simon del pelo rizado de su hermano. Era evidente que en eso Theodora se parecía a su padre, aunque sus ojos eran grandes y azules, iguales a los de su madre.

—Theodora, por favor —dijo Rosalind, ceñuda, formando dos arruguitas perfectas en su frente lisa—. Ya hemos hablado del empleo correcto del lenguaje. ¿Qué va a pensar de ti la señorita Craddock-Hayes?

La niña se hundió en el asiento.

—Ha dicho que podemos llamarla Lucy.

—No, cariño. Me dio permiso a mí para llamarla por su nombre de pila. No sería correcto que una niña la tuteara. —Miró a Lucy—. Lo siento mucho.

Lucy le sonrió a la niña; no deseaba ofender a su futura cuñada, pero sentía compasión por la hija.

—Tal vez, puesto que pronto seré su tía, ¿podría llamarme tía Lucy?

Rosalind se mordió la comisura del labio.

—¿Estás segura?

—Sí.

Theodora dio unos saltitos en el asiento.

—Y usted me puede llamar Bolsillo, porque así es como me llama el tío Suspiro. Yo lo llamo tío Suspiro porque todas las damas suspiran por él.

—¡Theodora!

—Eso es lo que dice la Nana —se defendió la niña.

—Es difícil impedir que los criados cotilleen —explicó Rosalind—, y que los niños repitan lo que oyen.

Lucy sonrió.

—¿Y por qué tu tío Suspiro te llama Bolsillo? ¿Porque cabes en uno?

—Sí. —La niña sonrió de oreja a oreja y de repente se pareció a Simon. Miró de reojo a su madre—. Y porque le miro los bolsillos cuando viene a visitarnos.

—La malcría terriblemente —suspiró Rosalind.

—A veces tiene dulces en el bolsillo y me deja que los coja —explicó la niña—. Y una vez tenía unos soldaditos de plomo muy bonitos, y mi mamá dijo que las niñas no juegan con soldados, y el tío Suspiro dijo que por suerte yo era un bolsillo y no una niña. —Hizo una inspiración y volvió a mirar a su madre—. Pero era una broma, porque sabe que soy una niña.

Lucy le sonrió.

—Ah, comprendo. Tal vez son cosas como esas las que hacen suspirar a las damas por él.

Bolsillo volvió a dar saltitos. Su madre le puso una mano en el muslo y se quedó quieta.

—Sí. ¿Usted suspiraba por mi tío Suspiro?

—¡Theodora!

—¿Qué, mamá?

—Hemos llegado —dijo Lucy.

El coche se había detenido en medio de la calzada, sin poder hacerlo junto al bordillo de la acera debido a la aglomeración de coches, carros pesados, jinetes, vendedores ambulantes y peatones. La primera vez que vio una escena de esas, se quedó sin aliento. ¡Tanta gente! Todo el mundo gritando, corriendo, «viviendo». Los que llevaban carros pesados gritaban insultos a los peatones que les estorbaban el paso; los vendedores ambulantes voceaban sus mercancías, los pilluelos corrían escabulléndose y casi se metían bajo los cascos de los caballos. Esa vez no logró asimilarlo todo; rebasaba a sus sentidos. Después de la semana pasada allí, ya estaba algo acostumbrada a la ciudad, pero aún así, cada vez que se encontraba ante ese constante ajetreo y bullicio lo encontraba estimulante. Tal vez siempre sería así. ¿Podía alguien encontrar aburrido Londres?

Uno de los lacayos abrió la portezuela, bajó los peldaños y ayudó a bajar a las damas. Caminando hacia la tienda Lucy se recogió las faldas manteniendo las orillas bien alejadas del suelo. Un fuerte lacayo joven caminaba delante, tanto para ofrecer protección como para llevar los paquetes después. El coche emprendió la marcha una vez que bajaron. El cochero tendría que encontrar un lugar para aparcar más allá o dar una vuelta y volver.

—Esta es una sombrerería bastante buena —dijo Rosalind cuando entraron en la tienda—. Creo que te gustarán los adornos que tienen aquí.

Lucy pestañeó mirando los estantes que cubrían las paredes desde el suelo hasta el cielo raso, con multicolores encajes, trencillas, sombreros y adornos. Intentó no parecer tan abrumada como se sentía. Eso distaba muchísimo de la única tienda de Maiden Hill, que sólo tenía un estante con adornos. Habiendo vivido años con unos pocos vestidos grises, la variedad de colores la deslumbraba, casi hacía que le dolieran los ojos.

Bolsillo cogió un largo de trencilla dorada y comenzó a enrollársela en la mano.

—¿Me compras esto, mamá?

—No, cariño, aunque tal vez le iría bien a la tía Lucy.

Lucy se mordió el labio. Francamente no lograba verse con nada dorado.

—Tal vez ese encaje —dijo, apuntando.

Rosalind entrecerró los ojos para examinar un bonito encaje belga.

—Sí, creo que sí. Le irá maravillosamente a ese vestido rosa estampado con frunces en la espalda que encargamos esta mañana.

Treinta minutos después, Lucy salió de la tienda contenta de tener a Rosalind de guía. La joven podía parecer delicada, pero sabía de moda y regateaba como una ama de casa veterana. Encontraron el coche esperando en la calzada; el conductor de una carreta estaba gritando furioso al cochero porque no lo dejaba pasar. Se apresuraron a subir.

Rosalind se dio unos golpecitos en la cara con un pañuelo de blonda.

—Caramba. —Miró a su hija, que estaba tendida en el asiento, agotada—. Tal vez deberíamos volver a la casa para tomar algún refrigerio y un poco de té.

—Sí —exclamó Bolsillo, entusiasmada.

Se acomodó en el asiento, acurrucada, y no tardó en quedarse dormida, a pesar de las sacudidas del coche y los ruidos de fuera. Lucy la contempló sonriendo. La niña debía estar acostumbrada a la ciudad, a toda esa actividad y al bullicio.

—No eres lo que me imaginé cuando Simon dijo que se iba a casar —dijo Rosalind en voz baja.

Lucy arqueó las cejas, interrogante.

Rosalind se mordió el labio inferior.

—No ha sido mi intención insultarte.

—No me siento insultada.

—Lo que pasa es que Simon siempre buscaba la compañía de cierto tipo de damas. —Arrugó la nariz—. No siempre respetables, pero normalmente muy sofisticadas.

—Y yo soy del campo —dijo Lucy, pesarosa.

—Sí —sonrió Rosalind—. Me sorprendió su elección, pero agradablemente.

—Gracias.

El coche se detuvo. Al parecer había un atasco. Se oían furibundos gritos masculinos.

—A veces creo que sería más fácil ir a pie —musitó Rosalind.

—Más rápido, sin duda —dijo Lucy, sonriéndole.

Continuaron sentadas, escuchando la conmoción. Bolsillo roncaba suavemente, imperturbable.

—En realidad... —comenzó Rosalind, y titubeó—. No debería decírtelo, pero cuando los conocí, a Ethan y a Simon, al principio me sentí atraída por Simon.

Lucy se esforzó en mantener una expresión neutra. ¿Qué intentaba decirle Rosalind?

—¿Sí?

—Sí. Tenía ese lado oscuro, sombrío, incluso antes de la muerte de Ethan, que yo creo que muchas mujeres encuentran fascinante. Y su forma de hablar, su humor e ingenio. A veces es bastante cautivador. Yo estaba fascinada, aun cuando Ethan era el hermano más guapo.

¿Simon se sentiría igualmente fascinado por esa delicada mujer?, pensó Lucy. Sintió una punzada de celos.

—¿Qué ocurrió?

Rosalind desvió la cara hacia la ventanilla.

—Me asustó.

Lucy retuvo el aliento.

—¿Cómo?

—Una noche, en un baile, lo encontré en una sala de atrás. Era un despacho o una sala de estar, una habitación bastante pequeña, decorada con mucha sencillez, aparte de un ornamentado espejo en una pared. Él estaba solo ahí, de pie, simplemente mirando.

—¿Qué?

Rosalind se giró a mirarla.

—A sí mismo. En el espejo. Mirándose. Pero no se estaba mirando la peluca ni la ropa, como podría haber estado mirándose otro hombre. Se estaba mirando los ojos.

—Eso es curioso —dijo Lucy, ceñuda.

Rosalind asintió.

—Y entonces lo comprendí. No era feliz. Su actitud sombría no es una representación, es real. Hay algo que impulsa a Simon, y no sé si alguna vez lo dejará en paz. Vi claramente que yo no podía ayudarlo.

Lucy se sintió inundada de inquietud.

—Por lo tanto te casaste con Ethan.

—Sí, y nunca lo lamenté. Fue un marido maravilloso, amable y bueno. —Miró a su hija dormida—. Y me dio a Theodora.

—¿Por qué me has dicho esto? —le preguntó Lucy en voz baja.

Aunque habló calmadamente, sentía rabia. Rosalind no tenía ningún derecho a hacerla dudar de su decisión.

—No para asustarte, desde luego. Simplemente pensé que haría falta una mujer fuerte para casarse con Simon, y eso lo admiro.

Le tocó a Lucy desviar la cara hacia la ventanilla. El coche acababa de reanudar la marcha. No tardarían en llegar a la casa de ciudad, donde habría un surtido de alimentos exóticos para almorzar. Estaba muerta de hambre, pero su mente volvía una y otra vez a las palabras de Rosalind: «una mujer fuerte». Había vivido toda su vida en el mismo lugar provinciano, donde jamás se le había presentado una dificultad o desafío. Rosalind había visto lo que era Simon y prudentemente se hizo a un lado. ¿Había un orgullo desmesurado en su deseo de casarse con él? ¿Era ella más fuerte que Rosalind?

Lucy estaba con una doncella en la escalinata de entrada de la casa de ciudad de Simon. Esta se elevaba cinco plantas, y la piedra blanca brillaba al sol de la tarde. La casa estaba situada en la parte más elegante de Londres, por lo que tenía plena conciencia de que debía parecer una tonta de pie ahí vacilante. Pero hacía mucho que no veía a Simon a solas y sentía una desesperada necesidad de estar con él. De hablar con él y descubrir... Nerviosa, se rió suavemente. Bueno, tenía que descubrir si era el mismo hombre que había conocido en Maiden Hill.

—¿Llamo a la puerta, señora? —preguntó la doncella.

Lucy se pasó la mano por el vestido nuevo, alisándolo, y asintió.

—Sí, por favor. Adelante, llama.

La doncella levantó la pesada aldaba y la dejó caer. Lucy miró la puerta, expectante. En realidad no era que no hubiera visto a Simon, él iba a comer por lo menos una vez al día a casa de Rosalind, pero nunca tenían ni un solo momento a solas. Si fuera posible...

Se abrió la puerta y un mayordomo muy alto las miró altivo por encima de una larga nariz.

—¿Sí?

Lucy se aclaró la garganta.

—¿Está en casa lord Iddesleigh?

Él arqueó una gruesa y tupida ceja de una manera increíblemente altiva; debía practicar todas las noches ante el espejo.

—El vizconde no recibe visitas hoy. Si hace el favor de dejar su tarjeta...

Sonriendo Lucy avanzó y el hombre tuvo que retroceder, para que ella no chocara con su tripa.

—Soy la señorita Lucinda Craddock-Hayes, y he venido a ver a mi novio.

El mayordomo pestañeó. Sin duda se encontraba en un apuro; ahí estaba su futura señora pidiéndole acceso a la casa, aunque seguro que él tenía órdenes de que no lo molestaran. El hombre decidió inclinarse ante el problema que tenía delante.

—Por supuesto, señorita.

Lucy le sonrió aprobadora.

Entraron en un magnífico vestíbulo. Lucy se tomó un momento para mirarlo todo, curiosa. Nunca había estado en el interior de la casa de Simon. El suelo era de mármol negro, y brillaba como un espejo. Las paredes también eran de mármol, en paneles negros y blancos alternados y ribeteados por florituras y ramitas doradas. Y el cielo raso...; soltó el aliento en un soplido. El cielo raso era todo dorado y blanco, y en él habían pintado unas nubes y unos querubines que parecían sostener la araña de cristal que colgaba del centro. Aquí y allá había mesas y estatuas, todas en mármoles y maderas exóticos, todas decoradas con dorados. Cerca de ella, a la derecha, se encontraba Mercurio, tallado en mármol negro; las alas de sus talones, su yelmo y sus ojos eran dorados. En realidad, «magnífico» no describía bien el vestíbulo; «ostentoso» era un adjetivo mejor.

—El vizconde está en el invernadero, señorita —dijo el mayordomo.

—Entonces le veré ahí —dijo ella—. ¿Hay algún lugar donde pueda esperar mi doncella?

—Le ordenaré a un lacayo que la acompañe a la cocina.

Chasqueó los dedos haciendo un gesto a uno de los lacayos que estaban en posición de firmes en el vestíbulo. El hombre inclinó la cabeza y se llevó a la doncella. Entonces el mayordomo la miró a ella.

—Por aquí, por favor.

Lucy asintió. Lo siguió por el vestíbulo y luego por un corredor hacia la parte de atrás de la casa. El corredor se estrechó, bajaron un tramo de escalera y finalmente llegaron a una puerta grande. El mayordomo la abrió y estaba a punto de pasar cuando ella lo detuvo, diciendo:

—Entraré sola, si no le importa.

El mayordomo inclinó la cabeza.

—Como quiera, señorita.

Lucy ladeó la cabeza.

—No sé su nombre.

—Newton, señorita.

—Gracias, Newton —dijo ella sonriendo.

Él le sostuvo la puerta abierta.

—Si necesita alguna otra cosa, señorita, simplemente llámeme —dijo, y se alejó.

Lucy se asomó al enorme invernadero.

—¿Simon?

Si no la estuviera viendo en ese momento no habría creído que pudiera existir esa construcción de cristal oculta en medio de la ciudad. Las hileras de mesas alargadas desaparecían de la vista en la parte oscurecida del fondo. Todas las superficies estaban ocupadas por plantas verdes o macetas con tierra. El pasillo en que estaba era de ladrillo, y se sentía bastante caliente. La condensación del aire húmedo formaba gotitas en el cristal a la altura de sus hombros. El cristal comenzaba a la altura de la cintura y formaba una bóveda. Al mirarla vio que el cielo comenzaba a oscurecer.

Avanzó unos pasos y entró. El aire estaba húmedo. No se veía a nadie.

—¿Simon?

Puso atención pero no oyó nada. Pero claro, el invernadero era tremendamente grande. Tal vez no la había oído. Suponiendo que ahí dentro se necesitaba mantener el aire caliente y húmedo, tiró de la maciza puerta de madera, la cerró y comenzó a explorar. El pasillo era estrecho y muchas hojas colgaban hacia fuera, por lo que tuvo que abrise paso a través de una verdadera cortina verde. Oía caer de las hojas las gotas de agua del aire condensado. La atmósfera era pesada, quieta, encerrando los olores de musgo y tierra.

—¿Simon?

—Aquí.

Por fin. Su voz venía de más allá, frente a ella, pero no lograba verlo en esa jungla oscurecida. Apartó una hoja más grande que su cabeza y de repente salió a un espacio abierto iluminado por decenas de velas.

Se detuvo.

El espacio era circular. Las paredes de cristal se elevaban hasta formar una cúpula en miniatura, semejante a las que había visto en imágenes de Rusia. En el centro había una fuente de mármol de la que salían suaves chorritos de agua, y alrededor había más mesas con rosales. Rosales florecidos en invierno. Se echó a reír. Había rosas rojas, rosas crema y rosas blanquísimas, y su embriagador perfume impregnaba el aire, completando su sensación de maravilla y placer. Simon tenía un país de ensueño en su casa.

—Me has encontrado.

Sobresaltada miró en dirección a la voz y le revoloteó el corazón al verlo. Estaba junto a una mesa, en mangas de camisa. Llevaba un delantal verde sobre el chaleco para protegerlo y estaba arremangado, dejando a la vista los antebrazos, cubiertos por una finísima capa de vello rubio.

La idea de Simon en ropa de trabajo la hizo sonreír. Ese era un aspecto de él que nunca había visto, y le inspiraba curiosidad. Desde que llegaran a Londres siempre lo había visto muy bien arreglado, muy hombre de mundo.

—Espero que no te importe. Newton me hizo pasar.

—No, por supuesto que no. ¿Dónde está Rosalind?

—He venido sola.

Él se quedó inmóvil y la miró de una manera que ella encontró difícil de interpretar.

—¿Totalmente sola?

Así que eso era lo que lo preocupaba. Cuando llegaron a Londres le dejó muy claro que no debía salir nunca sola. A lo largo de la semana casi se había olvidado de ese mandamiento porque hasta el momento no podía decir que hubiera ocurrido nada. Evidentemente, él seguía preocupado por sus enemigos.

—Bueno, sola aparte del cochero, los lacayos y la doncella. —Le sonrió tranquilamente—. Le pedí prestado el coche a Rosalind.

A él se le relajaron los hombros y comenzó a quitarse el delantal.

—Ah. En ese caso, ¿puedo ofrecerte un té?

—No tienes por qué interrumpir tu trabajo por mí. Es decir, si no te perturbo.

Él se ató el delantal y volvió a la mesa de trabajo.

—Siempre me perturbas, dulce ángel.

Ella veía que estaba ocupado, pero faltaba menos de una semana para la boda. Un pensamiento le susurraba en un recoveco de la mente, el molesto miedo de que él ya se hubiera aburrido de ella o, peor aún, que estuviera pensándolo mejor. Fue a ponerse a su lado.

—¿Qué estás haciendo?

Él parecía tenso, pero su voz sonó normal.

—Injertando rosales. No es un trabajo muy interesante, pero puedes observar si quieres.

—¿Estás seguro de que no te molesto?

—Pues claro que no me molestas.

Estaba inclinado sobre la mesa, sin mirarla. Delante tenía una rama con espinas, tal vez de un rosal, y estaba cortando con sumo cuidado un extremo, para dejarlo en punta.

—No hemos estado solos desde hace varios días y me pareció que sería agradable... simplemente conversar.

Le resultaba difícil hablarle estando él medio dándole la espalda. Tenía la espalda rígida, como si mentalmente la estuviera empujando para apartarla, aunque sin hacer ningún movimiento.

—¿Sí?

Lucy se mordió el labio.

—Sé que no debería haber venido a visitarte tan tarde, pero Rosalind me tuvo todo el día ocupada comprando y buscando telas, vestidos y cosas de esas. No creerías lo atestadas que estaban las calles esta tarde. Nos llevó una hora llegar a casa. —Bueno, estaba parloteando. Se sentó en un taburete e hizo una inspiración—. Simon, ¿has cambiado de decisión?

Eso captó su atención. Levantó la cabeza y la miró ceñudo.

—¿Qué?

Ella hizo un brusco gesto de frustración.

—Te veo preocupado todo el tiempo, y no me has besado desde que me hiciste la proposición de matrimonio. He estado pensando si tal vez has tenido tiempo para pensártelo mejor y cambiar tu decisión de casarte conmigo.

—¡Noo! —Soltó el cuchillo y se apoyó en la mesa con los brazos rectos, la cabeza gacha—. No, lo siento mucho. Deseo casarme contigo, ansío casarme contigo, ahora más que nunca, te lo aseguro. Cuento los días que faltan para que estemos por fin casados. Sueño con tenerte en mis brazos, como esposa, pero debo distraer la mente, o, me volveré loco esperando el día. El problema es mío.

Lucy se sintió aliviada, pero francamente desconcertada.

—¿Qué problema? Dímelo, para que podamos solucionarlo juntos.

Él exhaló un suspiro, negó con la cabeza y giró la cara hacia ella.

—Creo que no. Este problema es responsabilidad solamente mía; arreglármelas con él debe ser la cruz que debo llevar. Gracias a Dios desaparecerá dentro de una semana, cuando estemos unidos por los sagrados sacramentos del matrimonio.

—Hablas adrede con acertijos.

—Qué agresiva —canturreó él—. Te imagino con una fiera espada en la mano castigando a hebreos recalcitrantes y a samaritanos incrédulos. Se arredrarían ante tu severo ceño y tus terribles cejas. —Se rió suavemente—. Digamos que tengo dificultades para estar cerca de ti sin acariciarte.

Ella sonrió.

—Estamos comprometidos. Puedes acariciarme.

—Pues no, no puedo. —Se enderezó y cogió el cuchillo para podar—. Si te acaricio, no sé si seré capaz de parar. —Se inclinó y miró el rosal, haciendo otro corte en el tallo—. En realidad, estoy seguro de que no podré parar. Estaría embriagado por tu aroma y el tacto de tu blanquísima piel.

Lucy sintió arder las mejillas. Dudaba mucho que su piel estuviera muy blanca en ese momento. Pero él casi no la acarició en Maiden Hill. Seguro que si entonces fue capaz de refrenarse podría ahora.

—Pensé...

—No. —Hizo una inspiración y movió la cabeza como si quisiera despejársela—. Antes de pensarlo te tendría tendida de espaldas con las faldas subidas hasta los hombros, y como un vulgar canalla estaría dentro de ti sin ni siquiera reflexionar, y una vez comenzado, estoy segurísimo de que no pararía hasta que los dos llegáramos al mismo cielo. Tal vez incluso ni entonces.

Lucy abrió la boca pero no le salió ningún sonido. «Al mismo cielo...»

Él cerró los ojos y emitió un gemido.

—Buen Dios. No puedo creer que te haya dicho eso.

—Bueno. —Se aclaró la garganta. Estaba temblorosa y excitada a causa de las palabras que le acababa de decir—. Bueno. Eso es halagador, ciertamente.

—¿Sí? —La miró. Tenía manchas rojas en lo alto de los pómulos—. Me alegra que te tomes tan bien la falta de dominio de tu novio sobre su naturaleza animal.

Ay, Dios. Comenzó a levantarse.

—Tal vez debería irme.

—No, quédate conmigo, por favor. Sólo que... sólo que no te acerques.

—De acuerdo.

Volvió a sentarse, con la espalda recta, y juntó las manos en la falda.

Él curvó una comisura de la boca.

—Te he echado de menos.

—Y yo a ti.

Se sonrieron y él se apresuró a girarse otra vez, pero esta vez ella sabía la causa y eso no la inquietó. Lo observó trabajar. Él dejó a un lado el tallo y cogió una maceta que contenía algo parecido a un pequeño tocón. Al fondo la fuente reía, y las estrellas comenzaban a llenar el cielo sobre la cúpula.

—Al final no terminaste de contarme ese cuento —dijo—. El del príncipe Serpiente. No podré concluir las ilustraciones si no me cuentas el resto.

—¿Has hecho las ilustraciones?

—Por supuesto.

—No recuerdo dónde me quedé. —Frunció el ceño mirando el feo tocón—. Hace mucho tiempo.

Ella acomodó mejor el trasero en el taburete.

—Yo lo recuerdo. Angélica había robado la piel del príncipe Serpiente y tenía la intención de echarla al fuego para destruirla, pero al final se ablandó y le perdonó la vida.

—Ah, sí. —Hizo un corte en forma de uve en la parte superior del tocón—. El príncipe Serpiente le dijo a Angélica: «Bella doncella, puesto que tienes mi piel, tienes mi vida en tus manos. Sólo debes decirlo y te concederé un deseo».

—Me parece que no era muy listo —dijo Lucy, ceñuda—. ¿Por qué no le pedía simplemente que le devolviera la piel sin decirle lo del poder que tiene sobre él?

Él la miró con las cejas bajas.

—¿Tal vez estaba embelesado por su belleza?

Ella emitió un bufido.

—No, a menos que fuera muy tonto.

—Tu alma romántica me arrolla. ¿Me permites continuar?

Ella cerró la boca y asintió.

—Estupendo. A Angélica se le ocurrió que ahí tenía algo muy afortunado. Tal vez podría conocer al príncipe de esa tierra al fin. Así que le dijo al príncipe Serpiente: «Esta noche se celebra un baile real. ¿Me puedes llevar a las murallas del castillo para poder ver pasar al príncipe y su séquito?» Bueno, el príncipe Serpiente la miró con sus brillantes ojos plateados, y dijo: «Puedo hacer algo mejor, te lo aseguro».

—Pero espera —interrumpió Lucy—. ¿No es el príncipe Serpiente el héroe de la historia?

—¿Un hombre serpiente? —Insertó el extremo en punta del tallo en el corte que había hecho en el tocón y comenzó a envolverlos con una estrecha tira de tela—. ¿Qué te dio la idea de que sería un buen héroe?

—Bueno, es todo plateado, ¿no?

—Sí, pero también está totalmente desnudo, y normalmente el héroe de la historia tiene algo más.

—Pero...

Él la miró ceñudo, crítico.

—¿Quieres que continúe?

—Sí —dijo ella, mansamente.

—Muy bien. El príncipe Serpiente movió una blanca mano y al instante los feos harapos marrones de Angélica se convirtieron en un brillante vestido de cobre. En el pelo tenía joyas de cobre y rubíes, y en los pies, zapatos bordados con hilos de cobre. Angélica se dio una vuelta completa, encantada por su transformación, y exclamó: «¡Espera a que me vea el príncipe Rutherford!»

—¿Rutherford? —repitió Lucy, con una ceja arqueada.

Él la miró severamente.

—Perdona.

—El príncipe Rutherford, el del pelo dorado rizado. Pero el príncipe Serpiente no contestó, y sólo entonces ella se fijó en que estaba arrodillado al lado del brasero y que las llamas azules estaban más bajas. Porque al concederle el deseo a la chica cabrera, se le había agotado su poder.

—Hombre tonto.

Él levantó la vista y le sonrió, y entonces pareció ver el cielo oscuro por primera vez.

—Buen Dios, ¿tan tarde es? ¿Por qué no me lo has dicho? Debes volver a casa de Rosalind inmediatamente.

Ella exhaló un suspiro. Para ser un sofisticado londinense, su novio estaba muy pesado últimamente.

—De acuerdo. —Se levantó y se pasó la mano por la falda como para quitarse el polvo—. ¿Cuándo volveré a verte?

—Iré a desayunar.

Por ella pasó una oleada de desilusión.

—No, Rosalind ha dicho que debemos salir temprano para ir a la tienda de guantes, y estaremos ausentes para el almuerzo también. Ha organizado las cosas para presentarme a algunas de sus amigas.

Simon frunció el ceño.

—¿Sabes cabalgar?

—Sí, pero no tengo caballo.

—Yo tengo varios. Iré a la casa de Rosalind antes del desayuno, e iremos a cabalgar por el parque. Volveremos a tiempo para que Rosalind te lleve a la tienda de guantes.

—Eso me gustaría —dijo ella, mirándolo.

Él la miró también.

—Buen Dios, y ni siquiera puedo besarte. Vete, entonces.

Ella le sonrió y echó a andar por el pasillo.

—Buenas noches.

A su espalda lo oyó maldecir.

Esa noche, Simon arqueó una ceja mirando a los hombres que estaban jugando a las cartas.

—¿Me permitís jugar con vosotros?

Quincy James, que estaba sentado de espaldas a él, se giró y lo miró. Comenzó a movérsele un músculo debajo del ojo, en un tic nervioso. Vestía chaqueta y pantalón de terciopelo rojo oscuro y chaleco blanco del tono de cáscara de huevo, con bordados en rojo para hacer juego con la chaqueta. Si se tenía en cuenta su tupido pelo del color de las guineas de oro, era una bonita vista.

Simon no pudo evitar que se le curvaran los labios en una sonrisa de satisfacción.

—Por supuesto —dijo un caballero con una anticuada peluca de melena larga, asintiendo.

Tenía la cara ajada de un jugador disoluto que se ha pasado toda la vida sentado ante una mesa de juego. No se lo habían presentado, pero lo había visto antes. Lord Kyle. Los otros tres eran desconocidos. Dos eran de edad madura, casi idénticos, con pelucas empolvadas en blanco y las caras enrojecidas por la bebida. El tercero era sólo un muchacho, con las mejillas todavía llenas de granos; un palomo en la cueva de zorros. Su madre debería mantenerlo seguro en casa.

Pero eso no era problema suyo.

Retiró la silla desocupada al lado de James y se sentó. Pobre cabrón. No podía hacer nada para impedírselo. Poner objeciones a que un caballero se uniera al juego simplemente no se hacía. Lo tenía cogido. Se tomó un momento para felicitarse. Después de pasar la mayor parte de la semana visitando el Devil's Playground, rechazando las insinuaciones de las prostitutas menores de edad, bebiendo un champán asqueroso y aburriéndose hasta quedarse tieso pasando de una mesa de juego a otra, James había aparecido por fin. Había comenzado a temer que le hubiera perdido la pista; había aplazado la caza mientras se ocupaba de los preparativos para su boda, pero ahora ya lo tenía.

Sintió el intenso deseo de apresurar el asunto, acabar con eso para poder irse a la cama y tal vez poder saludar a Lucy cuando salieran a cabalgar con la apariencia de estar despierto. Pero eso no le resultaría. Su cautelosa presa se había aventurado por fin a salir de su escondite y debía ir con tiento, despacio, pausado. Era esencial que todas las piezas estuvieran en su lugar, que no hubiera ninguna posibilidad de escape cuando hiciera saltar la trampa. Llegado a ese momento no debía arriesgarse a que la presa se le escabullera por algún agujero que hubiera en la red.

Lord Kyle puso una carta ante cada jugador para ver quién daría. El hombre que estaba a la derecha de Simon sacó la jota y reunió las cartas para barajar y dar. James fue cogiendo cada carta a medida que se las daban, golpeteando nervioso el borde de la mesa. Simon esperó hasta que le dieron las cinco (jugaban al loo, con cinco cartas) y sólo entonces las cogió. Las miró; no estaba mal la mano que le tocó, pero en realidad eso no importaba. Puso su apuesta e hizo la primera jugada, un ocho de corazones. James vaciló un instante y luego tiró un diez. Hicieron juego los demás jugadores y el palomo se llevó la baza. El joven inició la segunda ronda con un tres de picas.

Entró un lacayo con una bandeja con bebidas. Estaban jugando en la sala de atrás del Devil's Playground. La estancia estaba poco iluminada y las paredes y la puerta revestidas con terciopelo negro, para amortiguar el ruido de los juerguistas que se divertían en la sala principal. Los hombres que jugaban en esa estancia se mostraban serios, apostaban fuerte y pocas veces hablaban, a no ser de algo que exigiera el juego. Para esos caballeros esa no era una reunión social; era la vida o la muerte por las cartas. Sólo unas noches atrás Simon vio a un barón perder primero todo el dinero que llevaba encima, luego una propiedad no vinculada al título y después las dotes de sus hijas. A la mañana siguiente el hombre estaba muerto; se había suicidado.

James cogió una copa de la bandeja, la apuró y cogió otra. Captó la mirada de Simon. Este sonrió. James agrandó los ojos, bebió de su segunda copa y la dejó en la mesa junto a su codo, mirándolo desafiante. Continuó el juego. A Simon le quedaba una carta y tuvo que tirarla. James sonrió satisfecho; jugó el Pam, la jota de tréboles, la carta más alta del loo de cinco cartas, y se llevó otra baza.

Las velas comenzaron a chisporrotear y entraron los lacayos a cambiarlas.

Quincy James iba ganando y el montón de monedas que tenía al lado de su copa iba creciendo. Estaba relajado en su silla y se le entornaban los ojos, adormilados. Al chico joven sólo le quedaban un par de peniques y parecía desesperado. No duraría otra ronda si tenía suerte. Si no la tenía, alguien le haría un préstamo para la siguiente ronda, y así iniciaría el camino hacia la cárcel. Entró Christian Fletcher en la sala. Simon no levantó la vista pero por el rabillo

187

del ojo lo vio sentarse en una silla de un lado de la sala, demasiado lejos para ver las cartas. Algo se relajó en su interior a la vista del joven. Ahora tenía un aliado a la espalda.

James ganó una baza. Se le curvó la boca en una sonrisa triunfal al coger el dinero.

Simon alargó el brazo y le cogió la mano.

James intentó soltársela.

—¿Qué...?

Simon dio un golpe en la mesa con el brazo. Del puño de encajes de James cayó una jota de tréboles. Los demás jugadores se quedaron inmóviles.

—El Pam —dijo lord Kyle, con la voz áspera por la falta de uso—. ¿Qué diablos pretendes, James?

—No-no e-es mi-mía.

Simon enderezó la espalda, se apoyó en el respaldo y se frotó indolentemente el índice de la mano derecha.

—¡Tú! —exclamó James, levantándose de un salto y tirando al suelo la silla.

Parecía a punto de golpear a Simon, pero lo pensó mejor.

Simon arqueó una ceja.

—T-tú me te-tendiste la tr-trampa, me pusiste el maldito Pa-pam.

—Yo iba perdiendo —suspiró Simon—. Me insultas, James.

—¡Noo!

—Lo dejo a las espadas al alba —continuó Simon, imperturbable.

—¡No! ¡Santo Dios, no!

—¿Cuento con tu aprobación?

James se cogió la cabeza, soltando los hermosos mechones de su cinta.

—¡Dios mío! Esto no está bien. Y-yo n-no te-tenía el maldito Pam.

Lord Kyle recogió las cartas.

—¿Otra mano, señores?

—Dios mío —susurró el chico; había palidecido y daba la impresión de que podría ponerse a vomitar.

—¡No pu-puedes ha-hacer esto! —gritó James.

Simon se levantó.

—Mañana, entonces. Será mejor que me vaya a dormir un poco, ¿no?

Lord Kyle asintió, con la atención ya puesta en la siguiente ronda.

—Buenas noches, Iddesleigh.

—Yo-yo he acabado también —dijo el joven—. ¿Si me disculpáis caballeros?

Diciendo eso el palomo salió casi corriendo de la sala.

—¡Nooo! ¡Soy inocente! —exclamó James, sollozando.

Simon hizo un mal gesto y salió de la sala.

Christian le dio alcance en la sala principal.

—¿Tú...?

—Calla —siseó Simon—. Aquí no, idiota.

Afortunadamente el joven guardó silencio hasta que llegaron a la calle. Simon le hizo una seña a su cochero.

Entonces Christian susurró:

—¿Tú...?

—Sí. —Buen Dios, sí que estaba cansado—. ¿Te llevo?

Christian pestañeó.

—Gracias.

Subieron y el coche emprendió la marcha.

—Sería conveniente que buscaras a sus padrinos para que organicéis el duelo —dijo Simon.

Se había apoderado de él un espantoso letargo. Sentía irritados los ojos y le temblaban las manos. No faltaba mucho para el amanecer. Cuando llegara, o mataría a James o moriría él.

—¿Qué? —preguntó Christian.

—Los padrinos de Quincy James. Tienes que descubrir quiénes

son y decidir con ellos el lugar del encuentro y la hora. Todo eso. Igual que las últimas veces. —Bostezó—. Vas a actuar de padrino mío, ¿verdad?

—Esto...

Simon cerró los ojos. Si perdía a Christian no sabía qué haría.

—Si no, tengo cuatro horas para encontrar otro.

—No. Es decir sí —dijo el joven—. Seré tu padrino. Por supuesto que seré tu padrino, Simon.

—Estupendo.

Se hizo el silencio y Simon se quedó dormido.

Lo despertó la voz de Christian.

—Fuiste ahí a buscarlo, ¿verdad?

—Sí —contestó sin molestarse en abrir los ojos.

—¿Es por una mujer? —El chico parecía verdaderamente perplejo—. ¿Te ha insultado?

Simon casi se rió. Había olvidado que muchos hombres se batían a duelo por cosas tan tontas.

—Por nada tan intrascendente.

—Pero ¿por qué? —continuó Christian, en tono urgente—. ¿Por qué hacerlo así?

¡Buen Dios! No supo si echarse a reír o a llorar. ¿Alguna vez en su vida había sido tan ingenuo? Intentó concentrarse para explicar la negrura que habita en las almas de los hombres.

—Porque el juego es su debilidad. Porque no podía dejar de jugar una vez que yo me uniera al juego. Porque de ninguna manera podía rechazarme o escapar. Porque es el hombre que es y yo soy el hombre que soy. —Miró a ese amigo tan tremendamente joven y suavizó la voz—: ¿Eso es lo que deseabas saber?

Christian tenía el ceño fruncido como si estuviera contendiendo con un difícil problema de matemáticas.

—No sabía... Es la primera vez que he estado presente en uno de tus desafíos a tus contrincantes. Lo encuentro muy injusto. Nada honorable.

Repentinamente agrandó los ojos como si acabara de caer en la cuenta del insulto.

Simon se echó a reír y no pudo parar. Se le llenaron los ojos de lágrimas por la risa. Ay, Dios, ¡qué mundo!

Finalmente logró resollar:

—¿Y qué te ha llevado a pensar que soy honorable?

Capítulo 10

*A*ún no se insinuaban las primeras luces del alba y la neblina de esa hora flotaba sobre el suelo cubriéndolo como una mortaja gris. Giraba en torno a las piernas de Simon, que iba de camino al lugar acordado para el duelo, y se filtraba por su ropa enfriándole hasta la médula de los huesos. Delante de él iba Henry con una linterna para iluminar el camino, pero la neblina velaba la luz, por lo que parecía que iban avanzando en un inquietante sueño. Christian caminaba a su lado, extrañamente silencioso. Había pasado la noche contactando y conferenciando con los padrinos de James y por lo tanto había dormido poco, si es que había dormido algo. Más adelante brilló otra luz y aparecieron las figuras de cuatro hombres, cada uno con una aureola de niebla en torno a la cabeza a modo de capucha.

—¿Lord Iddesleigh? —gritó uno de los hombres.

No era James, así que tenía que ser uno de los padrinos.

—Sí.

Vio salir flotando su aliento y luego disiparse en el aire del amanecer frío como el hielo.

El hombre echó a andar hacia ellos. Era de avanzada edad y llevaba anteojos y una desaliñada peluca. Chaqueta y pantalones, anticuados en varios años y visiblemente bien usados, completaban su desmañada apariencia. Detrás de él pareció titubear un hombre más bajo que estaba al lado de otro que debía ser el médico, a juzgar por la peluca corta de su profesión y el maletín negro que llevaba.

Habló el primer hombre:

—El señor James ofrece sus sinceras disculpas por cualquier insulto que le haya infligido. ¿Acepta su disculpa y renuncia al duelo?

Cobarde. ¿Tal vez James había enviado a sus padrinos, sin presentarse él?

—No.

—Mal-maldito seas, Iddesleigh.

Ah, estaba ahí.

—Buenos días, James —dijo, sonriendo levemente.

La respuesta fue otra maldición, no más original que la primera.

Le hizo un gesto a Christian. El joven y los padrinos de James fueron a delimitar el espacio para el duelo. Observó a Quincy James, que había comenzado a pasearse de aquí allá por el suelo escarchado, o bien para calentarse o por nerviosismo. Llevaba la misma chaqueta de terciopelo rojo oscuro que la noche pasada, aunque ya arrugada y sucia. Su pelo se veía grasiento, como si hubiera sudado. De pronto James se metió los dedos por el pelo y se rascó fuerte. Asquerosa costumbre. ¿Tendría piojos? Debía estar cansado por haber trasnochado, pero claro, era un jugador inveterado, acostumbrado a quedarse de pie hasta altas horas de la madrugada. Y era más joven. Lo contempló detenidamente. Nunca lo había visto batirse en duelo, pero según lo que se decía en la academia de Angelo era un experto espadachín. Eso no lo sorprendía. A pesar de sus tartamudeos y tics nerviosos, tenía la agilidad de un atleta. Además, era de su misma altura. Estarían igualados en el alcance de sus respectivos brazos.

Se le acercó otra vez el hombre de los anteojos.

—¿Podría ver su espada? —dijo, extendiendo la mano.

Llegó el otro padrino. Este era un joven más bajo ataviado con una chaqueta verde botella, que a cada momento miraba alrededor, nervioso. El duelo estaba prohibido por la ley, lógicamente, aunque en ese caso rara vez se hacía respetar la ley.

Simon desenvainó su espada y se la pasó a Anteojos. Varios pasos más allá, Christian cogió la espada de James. Entre él y los padrinos de este midieron esmeradamente las dos hojas, las examinaron y luego las devolvieron.

—Ábrase la camisa —dijo Anteojos.

Simon arqueó una ceja. Sin duda el hombre era un fanático del procedimiento correcto.

—¿De verdad cree que llevo una armadura debajo de la camisa?

—Por favor, milord.

Suspirando, Simon se quitó la chaqueta azul plateado y el chaleco, se sacó la corbata y se desabotonó hasta la mitad la camisa con pechera de encaje. Henry llegó corriendo a coger las prendas a medida que caían.

Al mismo tiempo, James se abrió la camisa para enseñarle el pecho a Christian.

—Condenación, esto está tan frío como una puta de Mayfair.

Simon se abrió la camisa. En el pecho desnudo se le puso la carne de gallina.

El padrino asintió, con la cara rígida, inexpresiva; un hombre sin humor al parecer.

—Gracias —dijo.

—De nada —contestó Simon, sonriendo con sorna—. ¿Podemos comenzar, entonces? Aún no he desayunado.

—Y no des-desayunarás —dijo James, avanzando con la espada lista.

A Simon se le desvaneció la sonrisa.

—Valientes palabras para un asesino.

Percibió la rápida mirada de Christian. ¿Lo sabría el chico? Él nunca le había contado lo de Ethan, el verdadero motivo de esos duelos. Levantó su espada y enfrentó a su contrincante. La neblina se les enroscaba en las piernas.

—*Allez!* —gritó Christian.

Simon dio una estocada, James la paró, y las hojas cantaron su letal canción. Se le estiró la cara en una sonrisa sin alegría. Vio una brecha y arremetió, pero James desvió el golpe en el último momento. Y entonces tuvo que defenderse, retrocediendo al tiempo que paraba y desviaba estocadas y tajos. Empezaron a dolerle los músculos de las pantorrillas, por el esfuerzo. James era rápido y fuerte, un contrincante al que había que tomar en serio, pero también estaba desesperado, atacando temerariamente. Sentía correr la sangre como fuego líquido por las venas, haciéndole chisporrotear los nervios. Nunca se sentía tan vivo, y al mismo tiempo, paradójicamente, tan cerca de la muerte, como cuando se batía a duelo.

—¡Ah!

James aprovechó un instante en que estaba con la guardia baja para dar una estocada apuntando a su pecho. Desvió la espada en el último momento y la suya se deslizó chirriando por la de James hasta que quedaron empuñadura con empuñadura, echándose mutuamente el aliento a las caras. James lo empujó con todas sus fuerzas. Simon sintió cómo se le hinchaba el brazo; se mantuvo firme, sin ceder. Veía la venillas rojas en los ojos de James y olía su aliento fétido, con el hedor del terror.

—¡Sangre! —gritó uno de los padrinos.

Sólo entonces sintió el dolor en el brazo.

—¿Lo dejas? —preguntó Christian.

—Diablos, no.

Tensando los hombros arrojó a James hacia atrás, siguiéndolo con la espada lista. En su interior algo negro y animal gritaba «¡Ahora! ¡Mátalo, ya!» Debía tener cuidado. Si sólo dejaba herido a su enemigo, este tendría el derecho a parar el duelo, y entonces él tendría que pasar por toda esa tontería otra vez.

—No hay ninguna necesidad de continuar —estaba gritando uno de los padrinos—. Señores, arrojad vuestras espadas. ¡El honor se ha satisfecho!

—¡A la mierda el honor!

Simon atacaba dando tajos y estocadas, mientras del hombro derecho le bajaban agujitas de dolor por el brazo.

Las espadas sonaban al chocar y los duelistas se movían por el espacio verde pisando fuerte.

Sentía bajar unas gotitas calientes por la espalda y no sabía si eran de sudor o de sangre. Vio que James tenía los ojos muy abiertos; se defendía con desesperación, tenía la cara roja y brillante. Su chaleco tenía manchas oscuras bajo las axilas.

Dio una estocada apuntando alto.

Y de repente James se giró y le golpeó detrás de las piernas. Sintió las punzadas de dolor en las corvas. Lo recorrió el horror como una ola. Si James conseguía cortarle los tendones de la parte de atrás de las piernas quedaría lisiado, incapaz de mantenerse en pie y de defenderse.

Pero al arremeter, James dejó expuesto el pecho; cuando retrocedió, preparándose para volver a golpearle las piernas por detrás, él hizo un giro y atacó, poniendo toda la fuerza del brazo en la estocada. Y la espada le atravesó el pecho a James. Sintió la sacudida cuando la hoja tocó y raspó hueso. Sintió el dolor del hombro, como fuego, justo más arriba de la axila. Vio a James abrir los ojos al comprender su mortalidad, oyó los gritos de los testigos y olió el hedor ácido de la orina cuando el hombre ya muerto perdió el control de la vejiga.

Su enemigo cayó al suelo.

Se agachó y estuvo así un momento, inspirando aire a bocanadas. Después colocó el pie sobre el pecho del cadáver y sacó su espada. Los ojos de James seguían abiertos, sin ver nada.

—Dios mío —musitó Christian, cubriéndose la boca, que tenía blanca.

Simon limpió la hoja de su espada. Le temblaban ligeramente las manos así que, ceñudo, intentó controlarlas.

—¿Podrían cerrarle los ojos?

—Dios mío, Dios mío, Dios mío —repetía el hombre bajo, casi dando saltos por lo agitado que estaba.

De repente se agachó y vomitó, ensuciándose los zapatos.

—¿Podrían cerrarle los ojos? —pidió Simon otra vez.

No sabía por qué eso lo preocupaba tanto. A James ya no le importaba tener los ojos abiertos.

El hombre bajo seguía haciendo bascas, pero Anteojos se inclinó a pasar la mano por los párpados de James, cerrándoselos.

Se acercó el médico y miró hacia abajo impasible.

—Está muerto. Lo ha matado.

—Sí, lo sé —dijo Simon, poniéndose la chaqueta.

—Dios santo —susurró Christian.

Simon le hizo un gesto a Henry y se giró para marcharse. Ya no necesitaban la linterna. Había salido el sol, evaporando la neblina y anunciando un nuevo día, que Quincy James no veía. Seguían temblándole las manos.

Lucy miró fijamente a Newton.

—¿No está en casa? ¿Cómo puede no estar en casa a estas horas?

En el cielo acababan de desaparecer los tonos rosa de la aurora. Los barrenderos empujaban sus carretas por los adoquines para volver a sus casas. En la casa vecina una criada cerró la puerta de un golpe y comenzó a fregar vigorosamente los peldaños de la escalinata de entrada.

Lucy había llegado a la casa de Simon preparada para la cabalgada con él por el parque. Debería haberlo esperado en la casa de Rosalind, como era el plan original. Pero esa noche durante la cena ella le anunció que se levantaría increíblemente temprano para acompañar a la nueva cocinera al mercado para comprar pescado. La cocinera les había servido pescado ligeramente pasado dos noches seguidas y a Rosalind le pareció que necesitaba consejos para elegir pagro fresco. Ella aprovechó la oportunidad y la acompañó en el coche hasta la casa de Simon para verlo temprano.

Y ahí estaba, en el pórtico, como una solicitante pobre ante el rey. En su caso el rey era Newton, el mayordomo. A pesar de la hora estaba espléndidamente ataviado, con su librea de colores plateado y negro y una exquisita peluca. La miraba con actitud altiva, por encima de su larga nariz, que habría enorgullecido cualquier romano antiguo.

—No sabría decirlo, señorita.

Dos manchas rojas cubrían las mejillas del mayordomo, por lo demás cadavérico.

Lucy le miró las mejillas desconfiada. Ya empezaba a arderle la cara a ella. ¿Simon no estaría con otra mujer? No, claro que no; se iban a casar dentro de unos días, faltaba menos de una semana. De todos modos estaba afectada. Prácticamente no le conocía; tal vez le entendió mal. Tal vez cuando él dijo «antes del desayuno» empleó una manera de hablar a la moda y quiso decir «a las diez», y ella interpretó «al alba». O tal vez entendió mal el día.

Un inmenso coche negro se detuvo con una sacudida, interrumpiendo sus pensamientos. Se giró a mirar. El coche llevaba el blasón de Simon. Un lacayo bajó de un salto y puso los peldaños. Bajaron Henry y el señor Fletcher. Frunció el ceño. ¿Por qué...? Entonces bajó Simon. Newton lanzó una exclamación detrás de ella. Simon estaba en mangas de camisa, a pesar del frío. Una manga estaba manchada con sangre y él se sostenía un paño empapado en el brazo. Salpicaduras de sangre formaban un delicado arco sobre su pecho. En extraño contraste con las manchas de sangre, llevaba una peluca blanca inmaculada.

Se sintió ahogada; los pulmones se le negaban a llenarse de aire. ¿Estaría muy mal herido? Bajó la escalinata, a trompicones.

—¿Qué ha ocurrido?

Simon se detuvo y la miró, con la cara blanca como el papel. Daba la impresión de que no la reconocía.

—Mierda.

Bueno, al menos era capaz de hablar, pensó ella.

—Newton, ¡envíe a alguien a buscar a un médico! —dijo.

No se molestó en mirar para ver si el mayordomo cumplía su orden. Temía que si apartaba la vista de Simon, él se desplomaría. Llegó hasta él y le tendió la mano, dudando de tocarlo, no fuera que le hiciera más daño.

—¿Dónde te has herido? —Le tembló la voz—. Dímelo.

Él le cogió la mano.

—Estoy bien...

—¡Estás sangrando!

—No hay ninguna necesidad de llamar al médico.

—Mató a James —dijo el señor Fletcher.

—¿Qué?

Miró al joven. Parecía aturdido, como si hubiera visto una trage-dia. ¿Qué pudo haber ocurrido?

—No en la calle, por favor, para que todos los píos vecinos escu-chen y empiecen a cotillear —dijo Simon. Las palabras le salieron lentas, arrastradas, como si estuviera cansado hasta el alma—. Lo hablaremos, si debemos hablarlo, en la sala de estar. —Los dedos con que le tenía cogida la muñeca estaban pegajosos de sangre—. Entra.

—Tu brazo...

—Estará muy bien tan pronto como lo medique con coñac, por la boca, de preferencia.

Subió la escalinata, llevándola.

—Me voy a casa —dijo el señor Fletcher detrás de ellos—. Ya he tenido bastante. Lo siento.

Simon se detuvo en el último peldaño y se giró a mirarlo.

—Ah, la dorada resistencia de la juventud.

El señor Fletcher se giró bruscamente.

—¡Lo mataste! ¿Por qué tenías que matarlo?

Lucy miró al joven amigo de Simon, muda. Ay, Dios. El miedo le inundaba el pecho, paralizándola.

—Fue un duelo, Christian —dijo Simon, sonriendo, pero la voz volvió a salirle áspera, cansada—. ¿Creíste que mi intención era bailar una bonita gavota?

—¡Dios mío! No te entiendo. Creo que ni siquiera te conozco.

Diciendo eso el señor Fletcher se alejó, moviendo la cabeza.

Lucy pensó si no debería sentir lo mismo. Simon acababa de reconocer que había matado a un hombre. Comprendió, de manera horrible, que las manchas en el pecho no eran de sangre suya. Pasó por ella una oleada de alivio, y de sentimiento de culpa, por alegrarse de que hubiera muerto otra persona.

Simon la hizo pasar al magnífico vestíbulo. En el cielo raso, a una altura de tres plantas, vio pintados los clásicos dioses retozando entre las nubes, sin inmutarse por el trastorno de abajo. La llevó por el vestíbulo, pasaron por una puerta de dos hojas y entraron en la sala de estar.

—No en el sofá blanco, milord —gimió Newton detrás de ellos.

—Al diablo el sofá —dijo él, sentándola a su lado en el inmaculado mueble—. ¿Dónde está ese coñac?

Newton sirvió coñac en una copa de cristal y se la llevó, mascullando:

—Sangre. Las manchas no saldrán jamás.

Simon se bebió la mitad de la copa, hizo un gesto de dolor y apoyó la cabeza en el respaldo.

—Lo haré tapizar de nuevo y con eso te sentirás mejor, Newton. Ahora, fuera de aquí.

Entró Henry, trayendo una jofaina con agua y paños de lino.

El mayordomo protestó:

—Pero, milord, su brazo...

—Fue-ra. —Cerró los ojos—. Tú también, Henry. Después podrás vendarme, medicarme y hacerme de madre.

Henry arqueó las cejas mirando a Lucy. En silencio dejó la jofaina y las vendas a un lado de ella y salió. Simon no le había soltado la muñeca. Alargó la mano libre por delante de él y con sumo cuidado le apartó la manga rota. Tenía una estrecha herida de la que manaba sangre.

—Déjala tranquila —musitó él—. Es un corte superficial. Se ve peor de lo que es, créeme. No me desangraré hasta morir, al menos no inmediatamente.

Ella frunció los labios.

—No soy tu mayordomo. Ni tu ayuda de cámara.

—No —suspiró él—. Lo olvidé.

—Bueno, en el futuro intenta recordar que tengo un papel totalmente distinto en tu...

—Eso no.

—¿Qué?

—Olvidé que íbamos a ir a cabalgar esta mañana. ¿Por eso estás aquí?

—Sí. Lo siento. Vine temprano, con Rosalind.

—¿Rosalind? ¿Dónde está?

Las palabras le salieron enredadas, como si estuviera tan agotado que no pudiera hablar.

—En el mercado comprando pescado. Calla. No importa.

Él no le hizo caso.

—Jamás podré perdonarme. ¿Crees que tú podrás?

Tonto. Se le llenaron los ojos de lágrimas. ¿Cómo se las arreglaba para disiparle la ira con esas palabras tan tontas?

—¿Perdonarte el qué? No te preocupes. Te perdono lo que sea. —Mojó un paño en la jofaina con la mano libre—. Esto sería más fácil si me permitieras marcharme.

—No. —Ella le limpió torpemente la sangre. En realidad debería cortar toda la manga. Se aclaró la garganta para que la voz le saliera bien y preguntó:

—¿De verdad mataste a un hombre?

Él seguía con los ojos cerrados.

—Sí, en un duelo.

—Y él te hirió. —Estrujó el paño para escurrir el agua—. ¿Cuál fue la causa del duelo? —preguntó, con la voz pareja, como si estuviera preguntando la hora.

Silencio.

Ella miró las vendas. De ninguna manera podría vendarle el brazo con una sola mano.

—Voy a necesitar las dos manos para vendarte.

—No.

Ella exhaló un suspiro.

—Simon, finalmente tendrás que dejar que me vaya. Y de verdad creo que es necesario limpiarte y vendarte el brazo.

Él abrió los ojos, grises como la escarcha, y la miró intensamente.

—Ángel severo. Prométemelo. Prométeme por la memoria de tu madre que no me dejarás si te devuelvo las alas.

Ella pestañeó, pensándolo, pero al final no vio otra respuesta.

—Te lo prometo.

Él acercó más la cara, hasta que ella vio las pintitas color hielo en sus ojos.

—Dilo.

—Prometo por la memoria de mi madre que no te abandonaré —musitó ella.

—Ay, Dios.

Ella no supo si eso era una blasfemia o una oración pero la boca de él se apoderó de la suya, en un beso fuerte, mordiendo, lamiendo, chupando, como si quisiera comérsela e introducirla dentro de él para que no pudiera abandonarlo nunca. Gimió ante el asalto, confundida y embelesada.

Él cambió la posición de la cara e introdujo la lengua en su boca. Le cogió los hombros y la empujó hasta dejarla de espaldas en el sofá, se montó encima y le abrió las piernas empujando con sus duros muslos. Se acomodó sobre Lucy y ella sintió el bulto de su duro miembro a través de las capas de falda y enaguas. Se arqueó apretándose a él. Se le agitó la respiración, le salía en cortos resuellos, como si no pudiera inspirar bastante aire. Él ahuecó la mano en un pecho; tenía la mano tan caliente que sintió el calor a través de la tela del corpiño, marcándola donde no la había acariciado ningún hombre.

Él interrumpió el beso para susurrarle junto a la mejilla:

—Deseo verte, acariciarte. —Deslizó los labios abiertos por su mejilla—. Déjame que te baje el vestido. Déjame verte. Por favor.

Ella se estremeció. La mano de él se amoldaba a la forma de su pecho, acariciando, friccionando. Sintió endurecerse e hincharse el pezón, y deseó, sintió la necesidad, de que se lo acariciara. Desnudos los dos, sin nada que los separara.

—Sí...

Alguien abrió la puerta.

Él se incorporó y miró por encima del respaldo del sofá.

—¡Fuera!

—Milord.

Era la voz de Newton. Lucy deseó disolverse en ese mismo instante y convertirse en un charco sobre el sofá.

—¡Fuera!

—Ha venido su cuñada, milord. Lady Iddesleigh vio su coche delante de la puerta y la preocupó el motivo de que aun no hubiera salido a cabalgar con la señorita Craddock-Hayes.

O igual podría simplemente morirse de humillación.

Simon se quedó inmóvil, jadeante.

—Maldita sea.

—Sí, milord —contestó el mayordomo tranquilamente—. ¿La llevo a la sala de estar azul?

—¡Malditos tus ojos, Newton! Llévala a cualquier parte que no sea aquí.

Se cerró la puerta.

Simon exhaló un suspiro y apoyó la frente en la de ella.

—Perdona por todo. —Le rozó los labios con los de él—. Será mejor que salga de aquí antes de que Rosalind me eche una mirada. Quédate donde estás; enviaré a Henry con un chal.

Se levantó y salió por la puerta.

Lucy se miró. Tenía una mancha de sangre en forma de mano en el corpiño.

Bolsillo se detuvo en la puerta del pequeño cuarto de estar del segundo piso de la casa.

—Oh. —Mirando a Lucy puso un pie encima del otro—. Está aquí.

Lucy levantó la cabeza que había tenido apoyada en un puño e intentó sonreír.

—Sí.

Había subido a ese cuarto después del almuerzo para pensar en todo lo ocurrido esa mañana. Rosalind se había ido a acostar, alegando dolor de cabeza, y ella la comprendía muy bien. Seguro que sospechó que algo no iba bien cuando Simon no fue a saludarla en su casa; se fue a esconder en sus aposentos para que no le viera la herida. Si sumaba a eso que ella se mantuvo casi en silencio durante todo el trayecto de vuelta a la casa, era probable que la pobre mujer creyera que iban a romper el compromiso y cancelar la boda. En total, había sido una mañana difícil.

—¿Todo bien? —le preguntó a Bolsillo.

La niña frunció el ceño, como si se lo estuviera pensando.

—Supongo.

Unas voces procedentes del otro extremo del corredor la impulsaron a mirar por encima del hombro, y luego entró en el cuarto. Dejó en el suelo la caja de madera que llevaba y cerró suavemente la puerta.

Lucy sospechó algo al instante.

—¿No deberías estar en el aula?

La niña llevaba un vestido azul celeste y el pelo arreglado en bucles perfectos, lo que le daba una apariencia angelical, que contradecían sus ojos calculadores.

—La Nana está haciendo la siesta.

Era evidente que había aprendido el truco de su tío de evadir las respuestas.

Suspiró, observándola. Bolsillo llevó la caja hasta la alfombra, se levantó las faldas y se sentó con las piernas cruzadas.

El pequeño cuarto tenía un aire de abandono, a pesar de la limpieza reciente. Era demasiado pequeño para recibir visitas y, además, estaba en el segundo piso, encima de los dormitorios y debajo de los cuartos destinados a los niños. De todos modos, la única ventana daba al jardín de atrás y por ella entraba el sol de la tarde. Los sillones, uno marrón y sin un brazo, el otro de terciopelo rosa desteñido, eran grandes y cómodos. Y los colores rosa desteñido, marrón, y el verde de la alfombra resultaban calmantes. A ella le pareció el lugar perfecto para ir a pensar y estar sola.

Bolsillo era de la misma opinión, evidentemente.

La niña abrió la caja. En el interior había hileras de soldaditos de plomo pintados, el regalo prohibido de Simon. Había soldados de pie, soldados arrodillados con el rifle al hombro, listos para disparar. Había otros a caballo, otros con cañones, otros con mochila y otros con bayonetas. Jamás había visto tal surtido de soldaditos de plomo. Evidentemente, era un ejército de juguete de orden superior.

Cogió uno. El soldadito estaba en posición de firmes, con el rifle al costado y un alto sombrero militar en la cabeza.

—Qué ingenioso.

Bolsillo la fulminó con la mirada.

—Ese es un franchute. El enemigo. Es azul.

—Ah —dijo Lucy, y le devolvió el soldado.

—Tengo veinticuatro —continuó la niña, ordenando los soldados del campo enemigo—. Tenía veinticinco, pero *Pinkie* cogió uno y le arrancó la cabeza de un mordisco.

—¿*Pinkie*?

—El perrito de mi mamá. No lo has visto porque vive principalmente en sus aposentos. —Arrugó la nariz—. Huele. Y hace ruido con la nariz cuando respira. Tiene la nariz hundida.

—No te gusta *Pinkie* —dijo Lucy.

Bolsillo negó enérgicamente con la cabeza.

—Así que ahora este —sacó un soldado sin cabeza que tenía temibles marcas de dientes en el resto del cuerpo—, es una Baja de la Batalla, dice tío Suspiro.

—Comprendo.

La niña puso el soldado mutilado sobre la alfombra y las dos lo contemplaron.

—Fuego de cañón —dijo Bolsillo.

—¿Perdón?

—Fuego de cañón. La bala le arrancó limpiamente la cabeza. El tío Suspiro dice que tal vez ni la vio venir.

Lucy arqueó las cejas.

—¿Quieres ser Inglaterra? —le preguntó Bolsillo.

—¿Perdón?

Bolsillo la miró apenada, y Lucy tuvo la deprimente sensación de que su valor podría haber bajado al nivel del de *Pinkie*, el canino devorador de soldados.

—¿Te gustaría ser Inglaterra? Yo seré Francia. ¿A no ser que desees ser franchute?

Esa pregunta se la hizo como si ella pudiera ser tan boba.

—No. Seré Inglaterra.

—Bueno. Te puedes sentar aquí.

Le señaló el espacio en la alfombra frente a donde estaba sentada ella. Lucy comprendió que para ese juego debía sentarse en el suelo.

Lo hizo en el lugar indicado y comenzó a ordenar sus hombrecitos de plomo rojos bajo la mirada crítica de la niña. En realidad la actividad era bastante calmante, y necesitaba descansar de sus pensamientos. Todo el día no había hecho otra cosa que cavilar sobre si debía casarse con Simon o no. El lado violento que le reveló esa mañana la había asustado. No porque creyera que pudiera hacerle daño, sabía muy bien que él jamás haría eso. No, lo que le daba miedo era que su atracción por él continuaba igual, a pesar de lo que había visto. Incluso se revolcó con él en ese sofá, estando aún cubierto de la sangre del hombre que había matado. No le importó. Seguía no importándole. Si en ese momento entrara en el cuarto, volvería a sucumbir. Tal vez lo que temía era lo que él era capaz de hacerle; la hacía arrojar bien lejos las lecciones sobre lo correcto y lo incorrecto con que se había criado; la hacía abandonarse, descarrilarse. Se estremeció.

—Ahí no.

Pestañeó.

—¿Qué?

La niña apuntó hacia un soldado que llevaba un sombrero alto y elegante.

—Tu capitán. Tiene que estar delante de sus hombres. El tío Suspiro dice que un buen capitán siempre entra en la batalla delante de sus hombres, dirigiéndolos.

—¿Sí?

—Sí. —Asintiendo enérgicamente, Bolsillo puso el soldado de Lucy delante—. Así. ¿Estás lista?

—Mmm. —¿Lista para qué?—. ¿Sí?

—Hombres, cargad los cañones —gruñó la niña. Movió un cañón hacia delante y dejó la mano cerrada en un puño al lado—. ¡Fuego!

Movió el pulgar y salió una canica volando por la alfombra y diezmó a los soldados de Lucy.

Bolsillo se desternilló de risa.

Lucy la miró boquiabierta.

—¿Puedes hacer eso?

—Es la guerra. ¡Aquí viene la caballería a rodear a tu ejército!

Y Lucy cayó en la cuenta de que los ingleses estaban a punto de perderla.

—¡Mi capitán ordena a sus hombres avanzar y atacar!

Dos minutos después el campo de batalla era un baño de sangre. No quedaba en pie ni un solo soldado.

—¿Qué hacemos ahora? —resolló Lucy.

Bolsillo comenzó a ordenar en hilera a sus soldados muertos.

—Los enterramos. Todos los hombres valientes se merecen buenos funerales.

Lucy pensó cuánto de ese juego estaría prescrito por el tío Suspiro.

La niña dio unas tiernas palmaditas a sus soldados.

—Rezamos el Padrenuestro y cantamos un himno. Eso fue lo que hicimos en el funeral de mi papá.

Lucy la miró.

—¿Sí?

Bolsillo asintió.

—Rezamos el Padrenuestro y arrojamos tierra sobre el ataúd. Pero mi papá no estaba ahí, así que no tenemos por qué preocuparnos de que se haya ahogado bajo la tierra. El tío Suspiro dice que está en el cielo y que desde ahí cuida de mí.

Lucy se quedó quieta y callada, imaginándose a Simon consolando a esa niñita junto a la tumba de su hermano, dejando a un lado su propia aflicción para explicarle con términos infantiles que su padre no se sofocaría ahí enterrado. Qué acto más tierno. ¿Y qué debía hacer ella con ese nuevo lado de Simon? Sería mucho más fácil decidir si él fuera sencillamente un hombre que mata, un hombre cruel y desconsiderado. Pero no lo era. Era un tío amoroso, un hombre que cultivaba rosas, solo en una catedral de cristal. Un hombre que actuaba como si la necesitara a ella y que la hizo prometerle que no lo abandonaría nunca.

Que no lo abandonaría nunca.

—¿Quieres jugar otra vez? —le preguntó Bolsillo.

La estaba mirando, esperando pacientemente.

—Sí. —Reunió sus soldados y comenzó a levantarlos.

—Estupendo —dijo Bolsillo, comenzando a trabajar con sus soldados—. Me alegra que vayas a ser mi tía. El tío Suspiro es la única persona a la que le gusta jugar con soldados.

—Siempre he deseado tener una sobrina que juegue a los soldados. —La miró y le sonrió—. Y cuando esté casada te invitaré a ir a jugar conmigo.

—¿Prometido?

Lucy asintió enérgicamente.

—Prometido.

Capítulo 11

¿*N*ervioso? —le preguntó De Raaf.

—No —contestó Simon.

Caminó hasta la baranda, se giró y volvió a su lugar.

—Porque pareces nervioso.

—No estoy nervioso.

Giró la cabeza y miró hacia la nave. ¿Dónde diablos estaba?

—Sí que parece nervioso —dijo Pye, mirándolo de modo raro.

Simon se obligó a quedarse quieto e hizo una respiración profunda. Sólo eran las diez pasadas de la mañana del día de su boda. Estaba en la santa iglesia designada, ataviado con una peluca formal, chaqueta de brocado negro, chaleco con bordados en hilo de plata y zapatos con tacones rojos. Rodeado de amigos y de una amorosa familia, bueno, de su cuñada y de su sobrina, en todo caso. Bolsillo se movía y daba saltos en el primer banco, mientras Rosalind intentaba tranquilizarla y mantenerla callada. En el banco de atrás estaba Christian, y parecía distraído. Lo contempló ceñudo; no había hablado con él desde el duelo; no había tenido tiempo; tendría que hablar con él después. El cura estaba ahí, un joven cuyo nombre ya había olvidado. Incluso habían venido De Raaf y Pye. De Raaf parecía un terrateniente provinciano con las botas embarradas, y a Pye se lo podría tomar por el sacristán, con su sosa ropa marrón.

Lo único que faltaba era la novia.

Aplastó el urgente deseo de echar a andar por el pasillo y asomarse a la puerta, como una cocinera nerviosa esperando la llegada del pescadero con sus anguilas. Ay, Dios, ¿dónde estaría? No había estado a solas con ella desde esa mañana cuando lo sorprendió llegando de vuelta del duelo con James, ya hacía casi una semana, y aunque parecía contenta y le sonreía cuando estaban en compañía de otros, no lograba quitarse de encima ese morboso temor. ¿Habría cambiado de decisión? ¿Le habría producido repugnancia al intentar hacerle el amor con el hombro sangrando y llevando en el pecho las manchas de sangre del muerto como insignia del deshonor? Movió la cabeza. Sí, seguro que sintió repugnancia su ángel de estricta moralidad. Debió sentirse horrorizada. ¿Habría sido eso causa suficiente para que rompiera su promesa? Ella le dio su palabra, por la memoria de su madre, de que nunca lo abandonaría.

¿Bastaba eso?

Caminó hasta la columna de granito que se elevaba hasta la bóveda a unas quince yardas de altura. Una doble hilera de columnas de granito rosa la sostenían; estaba decorada con un artesonado de casetones pintados. Cada cuadrado había sido ribeteado con pan de oro, como un recordatorio a los fieles de la dorada vida después de la muerte que supuestamente los esperaba. A un lado se veía una capilla de la Virgen Maria pubescente, mirándose serenamente las puntas de los pies. Era una iglesia guapa, sólo le faltaba una novia guapa.

—Vuelve a pasearse —dijo De Raaf, en un tono que tal vez creyó que era un susurro.

—Está nervioso —contestó Pye.

—No estoy nervioso —dijo, entre dientes.

Movió la mano para tocarse el anillo y sólo entonces recordó que no lo llevaba. Se giró para volver y alcanzó a ver a De Raaf y Pye intercambiando una significativa mirada. Maravilloso. Ahora sus amigos lo consideraban un loco al que debían llevar al manicomio.

Se oyó un chirrido, proveniente de las enormes puertas de roble que alguien estaba abriendo.

Se giró a mirar. Y entonces entró Lucy, acompañada por su padre. Llevaba un vestido en color rosa, con la delantera de la falda recogida hacia atrás para dejar a la vista otra falda en color verde claro. El color le hacía resplandecer la piel de la cara, formando un complemento perfecto para sus ojos, cejas y pelo oscuros, como una rosa rodeada por hojas oscuras. Ella le sonrió y estaba... hermosa.

Sencillamente hermosa.

Sintió el deseo de correr hasta ella y cogerla del brazo. Pero no lo hizo; se irguió bien y fue a colocarse a un lado de De Raaf. La observó mientras avanzaba por el pasillo, esperando pacientemente. Pronto. Pronto ella sería suya; no tendría necesidad de temer perderla, de temer su abandono. Entonces Lucy puso la mano en la curva de su codo. Se refrenó de afirmarle la mano ahí con la suya. El capitán lo miró enfurruñado y tardó un poco en soltarle el brazo a su hija. Al anciano no lo hacía nada feliz esa boda. Cuando le pidió la mano sabía que si Lucy hubiera sido más joven o menos amada, lo habría puesto de patitas fuera de la casa en un instante. Pero la voluntad de su ángel se impuso sobre la clara desaprobación de su padre. Le sonrió al anciano y cedió al deseo de cogerle la mano que ella tenía sobre su brazo. Ella ya era de él.

Al capitán no le pasó inadvertido el gesto. Se ensombreció su rubicunda cara.

Él acercó la cabeza a la de Lucy.

—Has venido.

Ella tenía la cara seria.

—Por supuesto.

—No estaba seguro de que lo hicieras, después de lo ocurrido la otra mañana.

Ella lo miró con ojos insondables.

—¿No?

—No.

—Te lo prometí.

—Sí. —Le escrutó la cara, pero no logró ver nada más en ella—. Gracias.

—¿Estamos listos? —preguntó el cura, sonriendo levemente.

Simon enderezó la espalda y asintió.

—Amadísima... —comenzó el cura.

Simon se concentró en las palabras que la unirían él. Tal vez ahora moriría por fin su miedo de perderla y podría enterrarlo. Descubriera lo que descubriera ella acerca de él, fueran cuales fueran los espantosos errores y graves pecados que cometiera en el futuro, su ángel tendría que continuar a su lado.

Ya era suya, ahora y para siempre.

—Le enviaré a una doncella para que la ayude, milady —entonó Newton detrás de ella esa noche.

Lucy pestañeó y lo miró por encima del hombro.

—Sí. Ah, gracias.

El mayordomo salió y cerró suavemente la puerta. Entonces ella reanudó su contemplación, boquiabierta, de la habitación. «Su» habitación. Y había encontrado imponentes los dormitorios de la casa de Rosalind. Las paredes estaban revestidas por damasco rosa, color cálido y relajante que le daba la sensación de estar envuelta en un abrazo. La alfombra con dibujos que cubría el suelo era tan mullida que se le hundían los tacones. En el cielo raso había pintados cupidos o ángeles; era difícil discernir qué a la tenue luz del anochecer, y todo el borde adornado con dorados. Cómo no.

En el centro de una pared, entre dos largas ventanas, se hallaba la cama.

Aunque en realidad, llamar cama a ese mueble era como llamar iglesia a la catedral de San Pablo. Esa era la cama más grande, más suntuosa y llamativa que había visto en toda su vida. El colchón estaba fácilmente a una yarda del suelo, y a un lado había peldaños, sin duda para subirse. En cada esquina se elevaba un macizo poste, tallado y dorado, y rodeado por cortinas de terciopelo color burdeos. Tirando de unos cordones dorados se abrían las cortinas burdeos y dejaban a la vista otras interiores de gasa rosa. Las sábanas y fundas eran de satén en color crudo. Vacilante las tocó con un dedo.

Sonó un golpe en la puerta.

Se giró a mirar. ¿Golpearía Simon antes de entrar?

—Adelante.

Asomó una cofia por la puerta.

—Nos envia el señor Newton, milady. A ayudarla a desvestirse.

—Gracias —dijo, asintiendo.

Entró la mujer bajita, seguida por una chica que era poco más que una niña.

La criada mayor se dirigió inmediatamente al ropero y comenzó a hurgar.

—Creo que va a querer el camisón de encaje, ¿verdad, milady? ¿Para su noche de bodas?

Lucy sintió un revoloteo en el estómago.

—Ah. Sí.

La criada llevó el camisón a la cama y comenzó a desabrocharle el vestido por la espalda.

—Abajo en la cocina todos están comentando el desayuno de bodas de esta mañana, milady. Qué elegante fue. Incluso ese Henry, el ayuda de cámara de milord, estaba impresionado.

—Sí, fue muy simpático.

Intentó relajarse. Aunque ya había estado dos semanas en Londres, todavía no se acostumbraba a que la sirvieran en cosas tan íntimas. No la ayudaban a desvestirse ni a vestirse desde que tenía cinco años. Rosalind había asignado a una de sus criadas el papel de doncella para que la atendiera, pero al parecer ahora que era la esposa de Simon, necesitaba dos.

—Lord Iddesleigh tiene estilo, un sentido tan maravilloso de la elegancia —comentó la criada y gruñó al agacharse a soltar los últimos broches—. Y dicen que después del desayuno de bodas las llevó a un recorrido por la ciudad. ¿Lo disfrutó?

—Sí —contestó Lucy, sacando los pies del vestido.

Había estado con Simon la mayor parte del día, pero nunca solos. Tal vez ahora que por fin se habían casado y acabado las ceremonias, podrían pasar más tiempo juntos, para conocerse.

La criada recogió rápidamente el vestido y se lo pasó a la chica.

—Pon cuidado en manejar bien eso. No conviene que se ensucie con algo que luego no salga.

—Sí, señora —graznó la chica.

No podía tener más de catorce años y era evidente que la otra mayor le inspiraba pavor, aun cuando era mucho más baja.

La criada comenzó a soltarle el corsé y Lucy hizo varias respiraciones profundas. Salieron las enaguas y la camisola, y le pasó el camisón de encaje por la cabeza. Después le cepilló el pelo hasta que ella ya no pudo soportarlo. Toda esa tontería le daba demasiado tiempo para pensar, para preocuparse por la inminente noche y lo que ocurriría.

—Gracias —dijo firmemente—. No necesito nada más por esta noche.

Las criadas hicieron sus reverencias y salieron, y entonces se encontró sola. Fue a sentarse en uno de los sillones junto al hogar. En la mesa lateral había un decantador de vino. Lo miró pensativa. El vino podría adormecerle los sentidos, pero no le calmaría los nervios, de eso estaba segura. Y no le convenía tener adormecidos los sentidos esa noche, por muy nerviosa que estuviera.

Sonó un suave golpe en la puerta, no la que daba al corredor sino la otra, la que tal vez comunicaba con el dormitorio de al lado.

Se aclaró la garganta.

—Adelante.

Simon abrió la puerta. Todavía llevaba las calzas, las medias y la camisa, pero se había quitado la chaqueta, el chaleco y la peluca. Se quedó detenido en la puerta. A ella le llevó un momento interpretar su expresión. Se sentía inseguro.

—¿Esa es tu habitación? —le preguntó.

Él frunció el ceño y miró hacia atrás, por encima del hombro.

—No, es una sala de estar. La tuya. ¿Quieres verla?

—Sí, por favor.

Se levantó, muy consciente de que debajo del holgado y vaporoso camisón de encaje estaba totalmente desnuda.

Él se hizo a un lado, retrocediendo, y ella vio una habitación decorada en rosa y blanco, con varios sofás y sillones dispersos. En la pared de enfrente había otra puerta.

—¿Y esa puerta comunica con tu habitación?

—No, ahí está mi sala de estar. Es bastante oscura. La decoró un antepasado de carácter melancólico que desaprobaba cualquier color que no fuera el marrón. La tuya es mucho más agradable. —Dio unos golpecitos en el marco de la puerta con los dedos—. Más allá de mi sala de estar está mi vestidor, igual de oscuro y triste, y más allá, mi dormitorio, el que, afortunadamente, he hecho redecorar con mis colores.

—Buen Dios —exclamó ella, con las cejas arqueadas—. Has tenido que hacer toda una excursión.

—Sí, eh... —Se echó a reír y se cubrió los ojos con una mano.

Ella medio sonrió, sin saber el chiste, en realidad sin saber cómo debía actuar con él, siendo los dos ya marido y mujer y estando solos en sus aposentos. Se sentía violenta, incómoda.

—¿De qué te ríes?

—Perdona. —Bajó la mano y ella vio que tenía rojas las mejillas—. Esta no es la conversación que esperaba tener en nuestra noche de bodas.

Estaba nervioso. Al comprender eso se le disipó parte del nerviosismo. Se giró y volvió a entrar en su dormitorio.

—¿De qué esperabas hablar?

Lo oyó cerrar la puerta.

—Te iba a impresionar con mi elocuencia romántica, lógicamente. Pensaba ponerme filosófico y explayarme sobre la belleza de tu frente.

—¿Mi frente?

Sintió su calor en la espalda, ya que él estaba detrás de ella, pero sin tocarla.

—Mmm. ¿Te he dicho que tu frente me intimida? Tan tersa, blanca y ancha, y acaba con tus cejas rectas y sagaces, como una estatua de Atenea dictando sentencia. Si la diosa guerrera tenía las cejas como las tuyas, no es de extrañar que los antiguos la veneraran y temieran.

—Palabrería —musitó ella.

—Palabrería, sí. Palabrería es todo lo que soy, al fin y al cabo.

Ella frunció el ceño y se giró para rebatir eso, pero él siguió su movimiento y continuó detrás, así que no pudo verle la cara.

—Soy el duque de la tontería —le susurró al oído—, el rey de la farsa, el emperador de la vacuidad.

¿Así se veía?

—Pero...

—Decir tonterías es lo que hago mejor —dijo él, sin dejarse ver—. Quiero parlotear sobre tus ojos dorados y tus labios de rubí.

—Simon...

—La curva perfecta de tu cuello —musitó él, más cerca.

Ella ahogó una exclamación al sentir su aliento moviéndole el vello de la nuca. Quería distraerla con galanteos. Y lo estaba consiguiendo.

—Mucho hablar.

—Sí que hablo demasiado. Es una debilidad que tendrás que soportar en tu marido. —Su voz sonó muy cerca de su oreja—. Pero tendría que dedicar bastante tiempo a esbozar la forma de tu boca, su suavidad y el calor que contiene dentro.

Lucy sintió una opresión en el vientre.

—¿Eso es todo?

La sorprendió la vibración ronca de su voz.

—Ah, no. Después pasaría a tu cuello. —Pasó la mano hacia delante y la bajó como una caricia a unos dedos de su garganta—. Lo grácil, lo elegante que es, y lo mucho que deseo lamerlo.

Ya era un penoso trabajo para sus pulmones llenarse de aire. Él la acariciaba sólo con su voz, y dudaba de ser capaz de soportarlo cuando la acariciara con las manos.

—Y tus hombros —continuó él, pasando la mano por encima, sin tocarla—, tan blancos y tiernos.

—¿Y después?

—Desearía describir tus pechos —dijo él, en voz más baja, ronca, áspera—. Pero antes tendría que verlos.

A ella se le quedó atrapado el aire en la garganta y la inspiración le salió corta y temblorosa. Su presencia le rodeaba el cuerpo, pero no hacía ningún ademán de tocarla. Levantó la mano y cogió la cinta que cerraba el cuello del camisón. Soltó lentamente el lazo y el frufrú de la seda al deslizarse sonó insoportablemente íntimo en el silencio del dormitorio.

Él retuvo el aliento cuando se abrió el cuello del camisón, desnudando las elevaciones de sus pechos.

—Qué bellos, qué blancos —musitó.

Ella tragó saliva y se bajó la prenda por los hombros. Le temblaban las manos. Jamás se había expuesto voluntariamente así ante nadie, pero el áspero sonido de su respiración la impulsó a continuar.

—Veo los turgentes montículos, el valle en sombra, pero no las dulces puntas. Déjame verlas, ángel. —Le tembló la voz.

Un algo femenino y primordial brincó dentro de ella ante la idea de que era capaz de hacer temblar a ese hombre. Deseó mostrarse, exponerse a él, a su marido. Cerró los ojos y en un solo movimiento se bajó la parte superior del camisón. Los pezones se le pusieron en punta con el aire frío.

Él retuvo el aliento.

—Ah, los recuerdo. ¿Sabes qué me supuso huir de ti esa noche?

Ella negó con la cabeza, con la garganta cerrada. Lo recordaba también, su ardiente mirada fija en sus pechos, y el lascivo deseo de ella.

—Casi la castración. —Pasó las manos muy cerca de sus pechos, siguiendo los contornos sin tocárselos—. Deseaba tanto, tanto, sentirte, palparte.

Tenía las palmas tan cerca de su piel que sentía su calor, pero no la tocaba. Todavía no. Se sorprendió adelantando los pechos hacia sus manos, esperando, deseando ese primer contacto. Sacó los brazos de las mangas del camisón, pero se sujetó la prenda a la altura de la cintura para que no se cayera.

—Recuerdo que te tocaste aquí. —Ahuecó las manos en el aire, sobre sus pezones—. ¿Me permites?

Ella se estremeció.

—Sí. Por favor.

Él acercó las manos y le acarició suavemente los pechos. Dobló los dedos, rodeándoselos. Ella se arqueó, enterrando los pechos en sus palmas.

—Oooh —suspiró él, acariciándole los contornos de los pechos, en círculo.

Ella se miró y vio sus grandes manos de dedos largos sobre su piel. Se veían insoportablemente masculinas, insoportablemente posesivas. Entonces él subió las manos hacia los pezones y suavemente, aunque con firmeza, se los apretó entre los índices y los pulgares. Ella emitió un suspiro ante la sorprendente sensación.

—¿Te gusta? —le preguntó él, con la boca en su pelo.

—Eeh... —Tragó saliva, incapaz de responder; era más que agradable.

Pero al parecer a él le bastó esa respuesta.

—Déjame ver el resto, por favor. —Le rozó la mejilla con los labios, con las palmas ahuecadas en sus pechos—. Muéstrate a mí, esposa mía.

Ella abrió las manos y el camisón cayó al suelo. Estaba desnuda. Él bajó suavemente una mano por su vientre y la apretó a él, con lo que las nalgas le quedaron tocando la tela de sus calzas. La tela estaba tibia, casi caliente, con el calor de su cuerpo. Se apretó más a ella, haciéndola sentir el bulto de su miembro, largo y duro. No pudo evitarlo; se echó a temblar.

Él se rió en su oído.

—Tenía más cosas que decirte, pero no puedo. —Volvió a apretarse a ella y gimió—. Te deseo tanto que me han abandonado las palabras.

De pronto la levantó en los brazos y ella vio sus ojos, plateados, brillantes; se le movió un músculo de la mandíbula. La depositó en la cama y apoyó una rodilla junto a ella, hundiendo el colchón.

Entonces pasó los dos brazos por los hombros y se sacó la camisa por la cabeza.

—Te dolerá la primera vez; eso lo sabes, ¿verdad?

Ella estaba tan absorta mirando su pecho desnudo que apenas oyó la pregunta.

Era delgado, y los músculos largos de sus brazos y hombros se movieron cuando se subió a la cama; sus tetillas se destacaban en contraste con su piel blanca, amarronadas y planas, y muy desnudas. El centro del pecho lo tenía cubierto por vello rubio, formando un rombo.

—Lo haré lo más lento que me sea posible. No quiero que me odies después.

Ella le tocó una tetilla. Él gimió y cerró los ojos.

—No te odiaré —susurró.

Entonces él estaba encima de ella, besándola como enloquecido, enmarcándole la cara entre las manos. Sintió deseos de reírse, y lo habría hecho si no hubiera tenido la lengua de él dentro de la boca. Qué maravilloso hacerlo desearla tanto. Ahuecó las manos en su cabeza y sintió en las palmas su pelo corto como un cepillo. Él bajó las caderas sobre las suyas y se le esfumaron todos los pensamientos. Estaba caliente; deslizó el pecho mojado de sudor sobre los pechos de ella. Sus duros muslos, todavía metidos en sus calzas, empujaron los de ella para separárselos. Abrió las piernas, acogiendo el peso de su cuerpo, acogiéndolo a él. Entonces se acomodó entre sus muslos, presionándole la parte más vulnerable, y la invadió la vergüenza. Tenía mojado ahí y eso le mancharía las calzas. ¿Le importaría? Entonces él le presionó ese lugar con el duro miembro y se sintió...

Maravillada.

Era absolutamente extraordinario, mejor aún que cuando se tocaba ella. ¿Siempre sería tan placentera esa sensación física? Creía que no. Debía ser él, su marido, y agradeció haberse casado con ese hombre. Él volvió a presionar, deslizándose, y a ella se le escapó un suspiro.

—Lo siento —dijo él, apartando la boca de la suya, con la cara tensa, sin humor.

Metió la mano entre ellos y ella comprendió que se estaba liberando el miembro. Ladeó la cabeza para mirar, pero él estaba encima de ella antes que alcanzara a ver.

—Lo siento —repitió él, en tono seco, abrupto—. Te lo compensaré, te lo prometo. Si ahora pudiera... —Ella sintió una presión ahí—. Después. Aaah.

Cerró los ojos como si sintiera un dolor.

Y la penetró. Empujando y ensanchando. Causándole dolor.

Se quedó inmóvil.

—Lo siento.

Ella se mordió el interior de la mejilla para no gritar. Al mismo tiempo se sentía extrañamente conmovida por su disculpa.

—Lo siento —repitió él.

Ella sintió claramente que algo se rompía, así que hizo una inspiración pero ningún sonido.

Él abrió los ojos y ella vio su expresión afligida, ardiente y salvaje a la vez.

—Ay, Dios, cariño. Te prometo que la próxima vez será mejor. —Le besó suavemente la comisura de la boca—. Te lo prometo.

Ella se concentró en respirar parejo, deseando que él acabara con eso muy pronto. No quería herir sus sentimientos, pero eso ya no era agradable para ella.

Él entreabrió la boca sobre la de ella y le lamió el labio inferior.

—Lo siento.

Bajó una mano por entre ellos y le acarició suavemente el lugar donde estaban unidos. Entonces Lucy se tensó, suponiendo que le iba a doler, pero fue agradable, placentero. Y luego lo fue más. La excitación comenzó a fluir desde su centro. Se le aflojaron los muslos, que se le habían tensado como un arco cuando él la penetró.

—Lo siento —musitó él otra vez, con la voz ronca, como adormilada.

Con el pulgar le frotó suavemente la pequeña protuberancia carnosa. Ella cerró los ojos y suspiró.

Él continuó acariciándole ahí, en círculos, y moviéndose lentamente dentro de ella, deslizándose. Era casi... agradable.

—Lo siento.

Le introdujo la lengua en la boca y ella se la succionó.

Abrió más las piernas, para facilitarle el acceso. Él gimió en su boca, algo incoherente, y de repente, volvió a ser hermoso. Arqueó las caderas, para apretarse a ese pulgar, para sentir más fuerte la presión y le enterró los dedos en los duros músculos de los hombros. La reacción de él fue moverse más rápido. Interrumpió el beso y ella le vio los ojos plateados, suplicando y poseyendo al mismo tiempo. Sonrió y le rodeó las caderas con las piernas. Él agrandó los ojos ante ese movimiento y gimió. Se le cerraron los párpados. Y entonces se arqueó hacia atrás y se le tensaron los tendones de los brazos y el cuello, como tratando de coger un objetivo invisible. Lanzó un grito, jadeando, y se desmoronó sobre ella. Y ella lo observó, observó a ese hombre potente, elocuente, llevado impotente a un placer indecible por su cuerpo; por ella.

Él rodó hacia un lado, todavía jadeante, con los ojos cerrados, y continuó así hasta que se le calmó la respiración. Ella creyó que se había quedado dormido, pero él alargó una mano y la acercó a él.

—Lo siento.

Las palabras le salieron tan enredadas que ella no las habría entendido si no las hubiera repetido ya tantas veces.

Le acarició el costado mojado y sonrió para sus adentros.

—Duérmete, mi amor.

Sir Rupert miró inquieto alrededor; era muy temprano y en el parque hacía un frío de los mil demonios. No se veía a nadie, pero eso no significaba que a Walker no lo hubieran seguido ni que algún noble elegante no saliera a cabalgar. Se bajó el ala del sombrero para estar seguro de que no le verían la cara.

—¿Para qué me has hecho venir aquí?

—No podemos esperar a que él dé el próximo paso —contestó lord Walker y su aliento se condensó en vapor.

Montaba su caballo como un hombre criado para estar sobre una silla, como en realidad lo estaba. Seis generaciones de Walker habían ido a la cabeza de las cacerías en su condado. Su establo era famoso por los caballos para la caza que salían de él. Era probable que hubiera aprendido a cabalgar antes de aprender a andar sujetándose al andador.

Sir Rupert cambió de postura sobre su caballo castrado. Sólo había aprendido a cabalgar de adulto, y se notaba. Tomando en cuenta su pierna lisiada también, se sentía condenadamente incómodo.

—¿Qué propones?

—Matarlo antes que nos mate él.

Sir Rupert hizo un mal gesto y volvió a mirar alrededor. Idiota.

Cualquiera que estuviera escuchando tendría como mínimo un motivo para hacerles chantaje. Por otro lado, si Walker le resolvía ese problema...

—Lo hemos intentado dos veces y fracasado.

—Por lo tanto volveremos a intentarlo. A la tercera va la vencida. —Lo miró con sus ojos de tonto, haciendo un guiño—. No voy a esperar como espera un pollo a que le corten el cuello para la olla de la cena.

Sir Rupert exhaló un suspiro. El equilibrio de la balanza era delicado. Por lo que sabía, Iddesleigh aun no se había enterado de que él tuvo parte en la conspiración. Lo más probable es que pensara que Walker era el último de los participantes. Y si era posible impedir que lo descubriera, si creía que con Walker concluía la venganza, bueno, pues bien. Al fin y al cabo, Walker no era una parte importante de su vida; no lo echaría de menos, ciertamente. Y desaparecido Walker, no quedaría nadie más vivo que lo conectara con la conspiración que llevó a la muerte de Ethan Iddesleigh. La idea era seductora. Él podría descansar, y Dios sabía que no veía la hora de eso.

Pero si Walker hablaba antes de que Iddesleigh lo cogiera o, peor aún, cuando lo encontrara, todo estaría perdido. Porque, claro, el vizconde le iba detrás aun cuando no lo supiera. De ahí su aceptación del melodrama de Walker en ese encuentro en el parque al alba. Walker debía creer que estaban juntos en el asunto.

Subió la mano hacia el bolsillo del chaleco donde todavía estaba el sello de Iddesleigh. Ya debería haberse librado de él; en realidad, en dos ocasiones había estado a punto de arrojarlo al Támesis; pero cada vez, algo se lo impidió. Era ilógico, pero tenía la sensación de que el anillo le daba poder sobre su contrincante.

—Se casó ayer.

Sir Rupert volvió la atención a la conversación.

—¿Qué?

—Simon Iddesleigh —dijo Walker pacientemente, como si no

fuera él el lerdo—. Se casó con una muchacha del campo. No tiene dinero ni apellido. Tal vez está loco.

Sir Rupert aplastó el deseo de friccionarse el muslo.

—No lo creo. Iddesleigh es muchas cosas, pero loco no es una de ellas.

Walker se encogió de hombros y sacó su cajita de rapé.

—Eso dices tú. En todo caso, ella podría servir.

Sir Rupert lo miró desconcertado.

Mientras tanto Walker inhaló una pizca de rapé y agitó la cabeza con un violento estornudo. Abrió su pañuelo y se sonó ruidosamente.

—Para matarla.

Diciendo eso sorbió por la nariz, se la limpió con el pañuelo y lo guardó en el bolsillo.

—¿Estás loco? —dijo sir Rupert, casi riéndose en su cara—. No olvides que fue la muerte de su hermano lo que motivó a Simon Iddesleigh a emprender la venganza. Matar a su flamante esposa no lo va a detener ahora, ¿verdad?

—De acuerdo, pero si la amenazamos, si le decimos a él que si no para la mataremos a ella... —Volvió a encogerse de hombros—. Yo creo que parará. Vale la pena intentarlo en todo caso.

A sir Rupert se le curvaron los labios.

—¿Sí? Yo creo que sería como encender la mecha en un barril de pólvora. Te encontrará más pronto aún.

—Pero no a ti, ¿eh?

—¿Qué quieres decir?

Lord Walker dio un capirotazo en su puño de encaje para quitar una mota de rapé.

—A ti no. Te has esmerado en mantenerte fuera de esto, ¿no, Fletcher?

Sir Rupert sostuvo tranquilamente la mirada del hombre más joven.

—Mi anonimato ha sido útil para nuestro caso.

Walker continuó mirándolo fijamente con sus ojos de párpados entornados.

—¿Sí?

Sir Rupert siempre había encontrado los ojos de Walker parecidos a los de un animal estúpido, pero ese era el problema, ¿no? Era muy fácil descartar la inteligencia de un animal grande de movimientos lentos. Sintió un sudor frío en la espalda.

Walker bajó los ojos.

—Eso es lo que pensé hacer, en todo caso, y espero que me respaldes, si hubiera necesidad.

—Por supuesto —dijo sir Rupert tranquilamente—. Somos socios.

Walker sonrió de oreja a oreja, hinchando sus rubicundas mejillas.

—Estupendo. Acabaré con ese cabrón sin dilación. Ahora tengo que irme. He dejado a una paloma toda calentita en su nido. No quiero que eche a volar antes que yo vuelva.

Haciendo un guiño lascivo, presionó las rodillas y puso al trote a su caballo.

Sir Rupert se quedó mirándolo hasta que se lo tragó la niebla y entonces puso a su castrado en marcha en dirección a su casa y su familia. La pierna le dolía como los mil demonios, y tendría que pagar esa cabalgada manteniéndola en alto el resto del día. Walker o Iddesleigh. Le daba igual.

Mientras uno de ellos muriera.

Capítulo 12

*U*n suave ronquido fue lo primero que oyó Lucy cuando despertó a la mañana siguiente de su día de bodas. Con los ojos cerrados, los sueños todavía revoloteando por su cabeza, pensó quién podría estar respirando tan sonoramente. Entonces sintió el peso de una mano sobre su pecho y se despertó del todo. Pero no abrió los ojos.

Calor. No recordaba haber sentido ese delicioso calorcillo en toda su vida, y mucho menos en invierno. Tenía enredadas las piernas con unas velludas masculinas, e incluso sentía calientes los pies, que nunca parecían descongelarse del todo entre octubre y marzo. Era como tener su propio fuego del hogar secreto, con el beneficio añadido de que venía con una piel suave tocándola por todo el costado derecho. El aire cálido que emanaba de las mantas tenía un olor sutil; reconoció el suyo propio mezclado con uno desconocido, que, como cayó en la cuenta, tenía que ser de él. Qué primitivo. Sus olores corporales se habían unido.

Suspirando, abrió los ojos.

Un rayito de sol entraba por una rendija entre las cortinas. ¿Tan tarde era? Pegado a los talones de ese pensamiento le vino otro. ¿Simon habría cerrado con llave la puerta? Durante su estancia en la ciudad se había acostumbrado a que por las mañanas entrara una criada a abrir las cortinas y a atizar el fuego del hogar. ¿Supondrían los criados que Simon había vuelto a su habitación esa noche? Giró la cabeza y miró hacia la puerta, ceñuda.

Simon le apretó el pecho reprendiéndola por ese movimiento.

—Chss. Duerme —musitó, y se le volvió a uniformar la respiración.

Lucy lo observó. Una incipiente barba rubia le brillaba en la mandíbula, tenía unas ojeras oscuras y su pelo corto estaba aplastado en un lado. Estaba tan guapo que casi se quedó sin aliento. Dobló el cuello hasta que pudo ver su mano rodeándole el pecho; el pezón asomaba por entre sus dedos índice y medio.

Se le acaloró la cara.

—Simon.

—Chss.

—Simon.

—Vuelve... a domirte.

Le dio un suave beso en el hombro desnudo sin abrir los ojos.

Ella apretó los labios, resuelta. Eso era un asunto serio.

—¿Está cerrada la puerta con llave?

—Mmm.

—Simon, ¿está cerrada la puerta con llave?

Él suspiró.

—Sí.

Lo miró con los ojos entrecerrados. Nuevamente estaba roncando.

—No te creo.

Se deslizó hacia la orilla de la cama para bajarse.

Simon se giró y de pronto estaba encima de ella. Y abrió los ojos, por fin.

—Debería haberme esperado esto cuando me casé con una señorita del campo.

Su voz sonó áspera, adormilada.

—¿Qué?

Lo miró pestañeando. Se sentía muy desnuda debajo de él. Su miembro le presionaba la blanda parte inferior del vientre.

—Madrugadora.

La miró con un ceño severo y se incorporó un poco quitándole el peso del pecho, con lo que presionó más fuerte con las caderas.

Ella trató de desentenderse de esa parte anatómica que le estaba dejando la marca en el vientre. No era fácil.

—Pero la criada...

—A cualquier criada que pase por esa puerta antes que salgamos de esta habitación, la despediré sin recomendaciones.

Ella intentó mirarlo severa, ceñuda, pero le pareció que sus labios podrían curvarse en una sonrisa. Se sentiría humillada.

—Dijiste que estaba cerrada con llave.

Él le acarició el pezón.

—¿Sí? Da igual. Nadie nos interrumpirá.

—Creo que no...

Él le cubrió la boca con la suya y ella se olvidó de lo que iba a decir. Sus labios eran cálidos y suaves, en contraste con la barba que le raspaba el mentón. De todos modos, los dos contactos distintos eran eróticos.

—¿Así que ahora que me has despertado —le susurró al oído, presionando con las caderas— vas a entretener a tu flamante marido, señora, mmm?

Lucy se movió y de pronto se quedó inmóvil, ahogando una exclamación; fue un sonido muy suave, pero él lo oyó.

—Perdona —dijo, rodando hacia su lado—. Debes creerme un animal hambriento. ¿Te duele mucho? Tal vez debería enviarte a una criada para que te atienda. O...

Ella le cubrió la boca con la mano; si no, no lograría intercalar ni una sola palabra.

—Calla, estoy muy bien.

—Pero seguro que tu...

—Pero bueno. —Cerró los ojos y consideró la posibilidad de subirse las mantas hasta cubrirse la cabeza. ¿Todos los hombres casados le hablaban con tanta franqueza a sus mujeres?—. Sólo lo tengo un poco irritado, nada más.

Él la miró desesperanzado.

—Fue muy agradable. —Se aclaró la garganta. ¿Cómo lograr que él volviera a acariciarla?—. Cuando estabas acostado a mi lado.

—Ven aquí, entonces.

Ella se deslizó por la cama, pero cuando iba a quedar de cara a él, Simon la hizo girar suavemente hasta que la espalda le quedó apoyada en su pecho. Entonces estiró el brazo y lo puso a modo de almohada.

—Apoya aquí la cabeza.

Se sintió más calentita que antes, acunada y sostenida por su cuerpo en un abrazo cómodo, agradable, sin riesgos. Él puso las piernas detrás de las suyas y gimió suavemente. El miembro erecto estaba apretado a su cintura, vibrante, insistente, caliente.

—¿Estás bien tú? —susurró.

Él emitió una risita ronca.

—No, pero sobreviviré.

—Simon...

Él le apretó un pecho.

—Sé que anoche te causé dolor. —Movió el pulgar por encima de su pezón—. Pero no volverá a dolerte.

—No pasa...

—Deseo demostrártelo.

Ella se tensó. ¿Qué entrañaba esa demostración?

—No te dolerá —le susurró él al oído—. Será agradable. Relájate. Déjame que te muestre el cielo; eres un ángel, después de todo.

Bajó suavemente la mano desde los pechos, le acarició suavemente el vientre, haciéndole cosquillas y llegó hasta el vello púbico.

—Simon, creo que no...

—Chss.

Hizo andar los dedos por entre el vello. Ella se estremeció y no supo hacia dónde mirar. Por suerte él no estaba de cara a ella. Finalmente cerró los ojos.

—Ábrete para mí, cariño —musitó él en su oído, con la voz ronca—. Está muy blandito aquí. Deseo mimarte.

Seguro que él no querría...

Él metió la rodilla por entre sus muslos y se los separó. Deslizó la mano por su entrepierna siguiendo los bordes de la hendidura. Ella retuvo el aliento, esperando.

Él acarició en el otro sentido.

—Te besaría ahí. Te lamería, te frotaría con la lengua, memorizaría tu sabor, pero creo que es demasiado pronto para eso.

A ella se le paralizó el cerebro tratando de imaginar eso. Apartó las caderas.

—Chss. Quédate quieta. No te dolerá. En realidad... —le tocó el comienzo de la hendidura—, te haré sentir muy, muy bien. —Le acarició en círculos la prominencia carnosa—. Mírame.

No podría. No debería permitirle hacer eso. Seguro que eso no era lo que hacían normalmente marido y mujer.

—Ángel, mírame —ronroneó él—. Quiero ver tus hermosos ojos.

A regañadientes, ella giró la cabeza. Abrió los ojos. Él la estaba mirando con los ojos plateados brillantes, al tiempo que le presionaba ahí con un dedo. Entreabrió los labios.

—Ooh —gimió él.

Y entonces la estaba besando, frotando la lengua en la de ella, y deslizando la mano más rápido. Ella deseó mover las caderas, pidiéndole más a ese dedo. Pero lo que hizo fue arquearse hacia atrás, apretando el trasero a él. Él musitó algo y se mordió el labio inferior. Ella ya se sentía mojada ahí, empapada, por lo que los dedos de él se resbalaban.

Él le presionó fuerte el trasero con el miembro duro.

Ella ya no podía respirar, no podía pensar. No debería permitir que le ocurriera eso, delante de él. Él le introdujo la lengua en la boca y continuó frotándole en círculos abajo, implacable. Era un brujo de ojos plateados que la tenía hechizada. Se estaba descontrolando. Le succionó la lengua, en todo su grosor, y de repente ocurrió. Se arqueó y sintió pasar el placer por toda ella, estremeciéndola. Él hizo más lentos los movimientos y levantó la cabeza para mirarla, pero a ella ya no le importó. El calor iba difundiéndose por toda ella, propagándose desde el centro de su cuerpo. Y sí que era placentero.

—Simon.

—¿Ángel?

—Gracias.

Sentía la lengua hinchada, estropajosa, como si estuviera drogada, así que la palabra le salió en un murmullo. Cerró los ojos y se adormiló, pero de pronto se le ocurrió una cosa. El miembro de él seguía duro apretado a su espalda. Meneó el trasero y él hizo una inspiración rápida. ¿Le causó dolor?

Bueno, seguro que sí.

—¿Puedo...? —Sintió arder la cara. ¿Cómo hacer la pregunta?—. ¿Puedo... echarte una mano?

—No pasa nada. Duérmete.

Pero su voz sonó abrupta, y su miembro masculino casi le estaba haciendo un agujero en la espalda. Sin duda eso no era bueno para su salud.

Se giró hasta que pudo verle la cara. Sabía que la de ella estaba roja, de timidez.

—Soy tu mujer. Quiero serte útil.

Manchas rojas le cubrieron los pómulos a él. Qué curioso, no era tan sofisticado cuando se trataba de sus necesidades. Ver eso le reforzó la resolución.

—Por favor.

Él la miró a los ojos, escrutándoselos y luego exhaló un suspiro.

—Voy a arder en el infierno por esto.

Ella arqueó las cejas y le acarició suavemente el hombro.

Él le cogió la mano, y ella creyó que se la iba a apartar, pero él se la guió por debajo de las mantas y se la acercó a su cuerpo. De repente, tenía su pene en la mano. Se le agrandaron los ojos. Era más grueso de lo que había imaginado. Estaba duro, duro, no se hundía la carne y, curiosamente, su piel era muy suave. Y estaba caliente. Sintió el fuerte deseo de mirárselo, pero no sabía si él aceptaría que lo hiciera en ese momento. Por lo tanto, se limitó a apretárselo, suavemente.

Él entornó los párpados, con una expresión como de aturdimiento.

—Aahhh.

Eso la hizo sentirse poderosa.

—¿Qué debo hacer?

—Espera. —Introdujo los dedos en su parte femenina y ella pegó un salto. Entonces se untó el pene con el líquido—. Sólo tienes que...

Le cubrió la mano con la de él y juntos las subieron y bajaron a lo largo de su pene. Y otra vez.

Y otra vez. Era absolutamente fascinante.

—¿Puedo?

—Ah. Sí.

Pestañeó y le soltó la mano.

Ella sonrió, secretamente complacida de que él estuviera reducido a decir sólo monosílabos. Observando su amada cara mantuvo el ritmo que él le había enseñado. Él cerró los ojos. Una fina arruguita se había insinuado entre sus cejas. Tenía el labio superior algo curvado, separado de sus dientes, y le brillaba la cara de sudor. Observándolo, sintió de nuevo excitación en la entrepierna. Pero más fuerte que eso era la sensación de estar al mando y, debajo de eso, la comprensión de la intimidad entre ellos, para que le permitiera hacerle eso. La comprensión de que él se había permitido ser vulnerable a ella.

—Más rápido —gruñó él.

Ella obedeció, deslizando la mano a todo lo largo de su pene, apretando, sintiendo su piel caliente y resbaladiza en la palma. Él levantaba las caderas, siguiendo el ritmo de su mano.

De repente abrió los ojos y ella los vio oscurecidos, hasta un gris acero.

—¡Aaah!

Parecía caviloso, o deprimido, casi como si sintiera dolor. Entonces hizo una mueca y se le estremeció todo el cuerpo. Saltó un chorro en su palma. Él volvió a agitarse, con los dientes apretados, sin dejar de mirarla a los ojos. Ella le sostuvo la mirada, apretando los muslos.

Él se desplomó en la cama como si estuviera terriblemente debilitado, pero ella ya sabía, por lo de esa noche, que eso era normal. Entonces sacó la mano de debajo de las mantas. Tenía en la palma una substancia blancuzca; la examinó con curiosidad. La simiente de Simon.

—Ay, Dios —suspiró él, a su lado—. Esto ha sido increíblemente grosero por mi parte.

—No, nada de eso. —Se inclinó a besarle la comisura de la boca—. Si tú puedes hacérmelo a mí yo puedo hacértelo a ti.

—Sabia esposa mía. —Giró la cabeza para tomar el mando del beso, su boca dura y posesiva—. Soy el más afortunado de los hombres.

Con un movimiento más lento que de costumbre, le cogió la mano y se la limpió con la punta de la sábana. Después la giró de forma que su espalda quedara apoyada en su pecho otra vez.

—Ahora —bostezó—, ahora nos dormimos.

La rodeó con los brazos y ella se durmió.

Simon miró ceñudo su bistec y cortó un trozo.

—¿Te apetecería dar un paseo en coche por la ciudad esta tarde? ¿O deambular por los senderos de Hyde Park? Parece aburrido, pero las damas y caballeros van ahí todos los días, así que deben de encontrarlo agradable. De vez en cuando hay un accidente de coche y eso siempre es interesante.

Eran sugerencias prosaicas, pero no sabía a qué otro lugar llevar a Lucy. La triste realidad era que nunca había pasado mucho tiempo con una dama. Hizo un mal gesto. Al menos fuera de la cama. ¿Adónde acompañaban a sus hermosas esposas los hombres casados? No a antros de juegos ni a casas de mala reputación. Y el club de la Sociedad Agraria era muy lúgubre para una dama. Eso le dejaba el parque. O tal vez un museo. La miró. No querría ir a hacer un recorrido a una iglesia, ¿verdad?

—Sería agradable —dijo ella, cogiendo un guisante con el tenedor—. O sencillamente podríamos quedarnos aquí.

—¿Aquí?

La miró fijamente. Era demasiado pronto para llevarla a la cama otra vez, aunque le gustó la idea.

—Sí. Podrías escribir o trabajar con tus rosales, y yo podría leer o dibujar.

Apartó los guisantes y tomó un bocado del puré de patatas.

Él se movió inquieto en la silla.

—¿No te aburrirás?

—No, claro que no. —Le sonrió—. No tienes por qué pensar que debes entretenerme. Al fin y al cabo, dudo que pasaras mucho tiempo conduciendo por los parques antes de casarte conmigo.

—Bueno, no. Pero estoy dispuesto a hacer cambios, ahora que tengo una esposa. He sentado la cabeza, ¿sabes?

Ella dejó a un lado el tenedor y se inclinó hacia él.

—¿Cambios? ¿Como renunciar a los tacones rojos?

Él abrió la boca y volvió a cerrarla. ¿Es que quería enredarlo?

—Tal vez eso no.

—¿O a los adornos de tus chaquetas? A veces me siento como una pava real a tu lado.

Él frunció el ceño.

—Bueno...

A ella se le curvó la comisura de la boca en una sonrisa traviesa.

—¿Todas tus medias tienen escudetes bordados sobre los tobillos? Seguro que tu factura en medias tiene que ser enorme.

—¿Has terminado?

Trató de mirarla severo, pero tuvo la idea de que había fracasado horriblemente. Lo alegraba verla alegre después de esa noche. Seguía encogiéndose al pensar en el dolor que debió causarle. Y todavía más, por haberle enseñado a hacerle una paja, como una puta borracha; eso no lo ponía bajo una luz muy favorable. Estaba corrompiendo a su joven e ingenua esposa. Y lo triste era que si tenía la oportunidad de volver a hacerlo, le pondría la mano en su polla otra vez. Estaba tan excitado, la tenía tan dura que le dolía. Y sólo pensar en la fresca mano de Lucy envolviéndole la polla erecta se la hacía doler otra vez. ¿Qué tipo de hombre se excitaba ante la idea de corromper a una inocente?

—Creo que no deseo que cambies nada.

Pestañeó e intentó concentrar su libidinosa mente en lo que le estaba diciendo su querida mujer.

Vio que ella se había puesto seria. Sus cejas estaban rectas, en expresión severa.

—Aparte de una cosa. No quiero que vuelvas a batirte a duelo.

Él hizo una inspiración y se llevó la copa de vino a los labios, para ganar tiempo. Maldición, maldición, maldición. Ella no se engañó, su ángel. Lo observaba tranquilamente sin el más mínimo asomo de piedad en sus ojos.

—Tu preocupación es encommiable, por cierto, pero...

Entró Newton en el comedor, llevando una bandeja de plata. Gracias a Dios.

—La correspondencia, milord.

Simon le dio las gracias, haciendo un gesto de asentimiento, y cogió las cartas.

—Ah, tal vez nos invitan a un fabuloso baile.

Sólo eran tres las cartas y estaba consciente de que Lucy continuaba observándolo. Miró la primera; una factura. Se le curvaron los labios.

—O tal vez no. Podrías tener razón respecto a mis zapatos con tacones rojos.

—Simon.

—¿Sí, querida mía?

Dejó a un lado la factura y abrió la siguiente. Carta de un colega entusiasta de las rosas: una nueva técnica para injertar, de España, etcétera. También la dejó a un lado. La tercera no tenía ningún blasón como sello en el lacre rojo, y no reconoció la letra. La abrió con el cuchillo para la mantequilla. Y se quedó pestañeando como un estúpido al leer las palabras:

Si le tienes algún cariño a tu flamante esposa, para. A cualquier reto a duelo o amenaza de duelo lo seguirá inmediatamente la muerte de ella.

Jamás se le había ocurrido pensar que podrían amenazar con atacarla a ella en lugar de a él. Había enfocado principalmente la atención en mantenerla segura cuando estuviera en su compañía. Pero si decidían atacarla cuando él no estuviera ahí...

—No puedes esconderte eternamente detrás de esa nota —dijo Lucy.

¿Y si la herían, o, no lo permitiera Dios, la mataban, por causa de él? ¿Podría vivir en un mundo sin ella y sus terribles cejas?

—Simon, ¿te sientes mal? ¿Qué te pasa?

Él levantó la vista, tardíamente.

—Nada. Perdona. No pasa nada.

Arrugó la nota en el puño y se levantó a tirarla al fuego.

—Simon...

—¿Sabes patinar sobre hielo?

La cogió con la guardia baja. Ella lo miró pestañeando confundida.

—¿Qué?

—Le he prometido a Bolsillo enseñarle a patinar en el Támesis congelado. —Se aclaró la garganta, nervioso. Qué idea más idiota—. ¿Te gustaría patinar sobre hielo?

Ella lo miró fijamente un momento y de pronto se levantó y fue hasta él. Le enmarcó la cara entre las manos.

—Sí, me encantaría patinar sobre hielo contigo y Bolsillo —dijo, y lo besó tiernamente.

Era el primer beso que ella le daba tomando la iniciativa, pensó de repente y sin ninguna lógica. Deseó cogerla por los hombros, envolverla en sus brazos y llevarla a alguna habitación interior de la casa para encerrarla ahí, de modo que estuviera siempre a salvo. Pero en lugar de eso le correspondió el beso, rozándole suavemente los labios.

Y pensando cómo podría protegerla.

—¿Podrías contarme más del príncipe Serpiente? —pidió Lucy a Simon ese anochecer.

Con el pulgar extendió pastel rojo sombreando la parte de abajo de su oreja.

Habían pasado una tarde maravillosa con Bolsillo. Simón había demostrado ser un experto patinador sobre hielo. Pero, por qué eso la había sorprendido, no lo sabía. Había dado vueltas y vueltas alrededor de ellas, riendo como un loco. Estuvieron patinando hasta que el día comenzó a oscurecer y Bolsillo tuvo la nariz muy rosada. En ese momento se sentía agradablemente cansada y feliz por estar con él sentados relajados mientras ella lo dibujaba. Así era como había deseado que fuera su vida juntos. Sonrió para sus adentros, mirándolo. Aunque podría ser mejor modelo.

Simon se movió en el sillón y cambió de pose. Otra vez. Se pilló exhalando un suspiro. No podía simplemente ordenarle a su marido que se quedara quieto, como si fuera Hedge, pero era más difícil dibujarlo cuando no paraba de moverse. Estaban en la sala de estar de ella, la contigua a su dormitorio. Era una sala hermosa, toda decorada en colores crema y rosa, con sillones dispersos. Y daba al sur, por lo que tenía buena luz por la tarde, perfecta para dibujar. Claro que ya estaba oscuro, pero Simon había encendido más de diez velas por lo menos, a pesar de las protestas de ella por el gasto.

—¿Qué?

No la había oído.

¿En qué estaría pensando? ¿Sería en la misteriosa carta que recibió durante el almuerzo o en su ultimátum sobre los duelos? Eso no había sido prudente, al haberse convertido en su mujer hacía poco. Pero su opinión sobre el tema era demasiado firme para ser prudente.

—Te pedí que continuaras con el cuento. —Terminó de esbozar el hombro—. El del príncipe Serpiente. Te quedaste en la parte sobre el príncipe Rutherford. De verdad creo que deberías reconsiderar ese nombre.

Él dejó de tamborilear los dedos sobre el muslo.

—No puedo. El nombre viene con el cuento. No querrás que juegue con la tradición, ¿verdad?

—Mmm.

Hacía un tiempo ya que pensaba que se iba inventando la historia a medida que la contaba.

—¿Has dibujado ilustraciones para el cuento?

—Sí.

Él arqueó las cejas.

—¿Puedo verlas?

—No. —Oscureció una sombra en la manga—. No hasta que las termine. Ahora la historia, por favor.

—Sí, muy bien. —Se aclaró la garganta—. El príncipe Serpiente había vestido a Angélica de reluciente cobre.

—¿No le pesaría mucho?

—Tan ligero como una pluma, te lo aseguro. Entonces el príncipe Serpiente agita la mano otra vez y de repente se encuentran él y Angélica en lo alto del castillo, mirando pasar a los invitados al grandioso baile. «Ten», le dice él, «ponte esto y no olvides volver con el primer canto del gallo», y le pasa un antifaz de cobre. Angélica le da las gracias, se pone el antifaz y echa a caminar hacia el salón de baile. «No lo olvides», le grita el príncipe Serpiente, «con el primer canto del gallo y no más tarde».

—¿Por qué? —preguntó Lucy, ceñuda, esbozando las orejas, que siempre eran muy difíciles—. ¿Qué ocurriría si ella no volviera a tiempo?

—Tendrás que esperar para saberlo.

—Detesto que me digan eso.

—¿Deseas oír esta historia o no?

La miró a lo largo de su nariz. Quería gastarle una broma, simulando altivez, y de pronto cayó en la cuenta de lo mucho que le gustaban esos momentos con él. Cuando hacía eso se sentía como si tuvieran un código secreto, que sólo entendían ellos dos. Era una tontería, claro, pero no podía evitar quererlo más aún por eso.

—Sí —contestó mansamente.

—Bueno, el baile del rey era una fiesta de lo más magnífica, como puedes imaginarte. Mil arañas de cristal iluminaban el inmenso salón y en los cuellos de todas las damas brillaban joyas de oro y piedras preciosas. Pero el príncipe Rutherford sólo tenía ojos para Angélica. Bailó con ella todos los bailes y le suplicó que le dijera su nombre.

—¿Y se lo dijo?

—No, porque justo cuando se lo iba a decir entraron las primeras luces del alba por las ventanas del palacio y comprendió que no tardaría en cantar el gallo. Salió corriendo del salón y en el momento en que traspasó la puerta se vio trasladada instantáneamente a la cueva del príncipe Serpiente.

—Quédate quieto —dijo ella, concentrada en captar bien la comisura de un ojo.

—Obedezco tu orden, milady.

—Jum.

Él sonrió de oreja a oreja.

—Angélica cuidó de las cabras todo ese día, echando una cabezada de tanto en tanto, porque estaba muy cansada después de bailar toda esa noche. Y al anochecer fue a visitar al príncipe Serpiente. «¿Qué puedo hacer por ti ahora?», le preguntó él, porque en realidad la había estado esperando. «Esta noche hay otro baile», contestó ella. «¿No me podrías hacer un vestido nuevo?»

—Creo que se ha vuelto codiciosa —masculló Lucy.

—El pelo dorado del príncipe Rutherford era de lo más atractivo —dijo él en tono muy inocente—. Y el príncipe Serpiente accedió a conjurarle un vestido nuevo. Pero para hacerlo debía cortarse la mano derecha.

—¿Cortársela? —exclamó Lucy, horrorizada—. Pero no tuvo necesidad de hacer eso para el primer vestido.

Él la miró casi con tristeza.

—Ah, pero es que sólo era un mortal. Para hacerle otro vestido a Angélica debía sacrificar algo.

Ella sintió bajar un estremecimiento de inquietud por el espinazo.

—No sé si sigue gustándome tu cuento.

Él se levantó del sillón y caminó hacia ella con una expresión increíblemente peligrosa.

—¿No te gusta?

Ella lo observó avanzar.

—No.

—Lo siento. Sólo deseo darte alegría. —Le sacó el lápiz pastel de la mano y lo dejó en la caja que ella tenía al lado—. Pero no puedo hacer caso omiso de las feas realidades de la vida. —Se inclinó a rozarle el cuello con los labios—. Me guste o no me guste.

—No deseo que hagas caso omiso de la realidad —dijo ella dulcemente. Tragó saliva al sentir su boca abierta en el hueco de la garganta—. Pero no creo necesario darle vueltas y vueltas a los horrores de la vida. Hay muchísimas cosas buenas también.

—Sí que las hay —susurró él.

Y de repente la levantó en los brazos, antes que ella alcanzara a pensar algo más. Se cogió de sus hombros. Y llevándola así, entró en el dormitorio contiguo y la depositó en la cama. Y al instante estaba encima de ella besándola casi con desesperación.

Cerró los ojos ante el asalto de sensaciones. No podía pensar mientras él la besaba así, profunda, ávidamente, como si quisiera devorarla.

—Simon...

—Chss, sé que tienes irritado ahí, sé que no debería hacer esto, que soy como un animal en celo por pensar siquiera en eso tan pronto. Pero, Dios mío, tengo que hacerte el amor. ¿Por favor?

Levantó la cabeza y ella vio sus ojos ardientes, tormentosos. ¿Cómo pudo pensar alguna vez que eran fríos? ¿Cómo podría una mujer resistirse a esa súplica? Se le calentó el corazón y su boca se curvó en una sensual sonrisa.

—Sí.

No tuvo tiempo para decir nada más. Al oír su consentimiento él ya le estaba quitando la ropa. Oyó el sonido de la tela al romperse. Sus pechos quedaron desnudos y él cogió uno en la boca y comenzó a succionar fuerte. Ella ahogó una exclamación y le cogió la cabeza, sintiendo las raspaduras de sus dientes. Él pasó la boca al otro pecho, pero con el pulgar continuó atormentándole el que le dejó libre, frotándoselo y pellizcándoselo. No lograba respirar bien, no lograba asimilar lo que él le estaba haciendo.

Él se incorporó y se quitó el chaleco. Un instante después cayó la camisa al suelo.

Ella le contempló el pecho desnudo, blanco y musculoso. Largos cordones de músculos ondulaban en sus brazos mientras se movía. Tenía la respiración agitada y el vello rubio de su pecho brillaba de sudor. Era un hombre hermosísimo, y suyo. Sintió pasar una oleada de excitación por todo su ser. Él se puso de pie y se quitó las calzas y las medias, y comenzó a desabrocharse la prenda interior.

Ella retuvo el aliento, observándolo con ávida curiosidad. Nunca había visto a un hombre totalmente desnudo, y ya era hora; estaba muy retrasada. Pero él se subió encima de ella ocultando la parte más interesante antes que pudiera vérsela. Y por su mente pasó un pensamiento raro: ¿Era tímido? ¿O simplemente tenía miedo de horrorizarla? Captó su mirada y abrió la boca para sacarlo de ese error; al fin y al cabo había pasado toda su vida en el campo, donde abundan los animales de granja, pero él se le adelantó:

—Me excitas más aún mirándome así. —La voz le salió ronca, áspera—. Y no es que necesite ayuda para que se me levante la polla cuando estoy contigo.

A ella se le entornaron los párpados al oír esas palabras. Deseaba saborearlo, hacerle cosas de las que apenas tenía un vaga idea. Más. Deseaba más.

—Deseo introducirme en ti —continuó él, con la voz gutural—. Deseo continuar dentro de ti toda la noche, despertar así, sintiéndome rodeado por ti, hacerte el amor antes de que abras los ojos. —Se arrodilló entre sus piernas; su expresión no era amable, y ella se deleitó en ese salvajismo—. Si pudiera, te sentaría en mis muslos, querido ángel, y te tendría abrazada durante toda la cena, con mi polla dentro de ti. Te daría a comer fresones con nata, sin moverme. Entrarían los lacayos a servirnos y ni se darían cuenta de que mi polla estaba dentro de tu dulce ensenada. Estaríamos encubiertos por tus faldas, pero tendrías que mantenerte muy quieta para que no lo adivinaran.

Lucy sintió la loca pulsación del deseo ante esas eróticas palabras. Sin poder hacer otra cosa, apretó fuertemente las piernas, escuchando las cosas escandalosas y prohibidas que él le decía.

—Y cuando hubiéramos terminado de comer —continuó él, en un susurro—, ordenaría a los lacayos que salieran. Te bajaría el corpiño y te chuparía los pezones hasta que te corrieras, mojándome toda la polla. Y continuaría así dentro de ti.

Ella se estremeció.

Él le besó suavemente el cuello, la caricia reñida con sus fuertes palabras.

—Te colocaría sobre la mesa, con mucho, mucho cuidado para no interrumpir el contacto, y te haría el amor hasta que los dos gritáramos de placer. —Al hablar, su aliento le acariciaba la piel—. No puedo dejar de pensarlo. No sé qué hacer con estos sentimientos. Deseo hacerte el amor en el coche, en la biblioteca, Dios mío, al aire libre bajo el sol, sobre la hierba verde. Ayer me pasé media hora calculando cuándo hará calor suficiente para poder hacer eso.

Sus palabras eran tan eróticas, tan nuevas para ella, que casi la asustaban. Nunca se había creído un ser sensual pero con él se le descontrolaba el cuerpo, incapaz de sentir otra cosa que placer. Inclinado sobre ella, le subió la falda y las enaguas hasta dejarla desnuda de la cintura para abajo, y contempló lo que había dejado expuesto.

Colocó la mano sobre el comienzo de la hendidura de la entrepierna.

—Deseo esto. Todo el tiempo. Deseo hacer esto —le separó las piernas y bajó el cuerpo hasta dejar acunado el pene erecto entre los mojados pliegues—, en todo momento.

Ella gimió. ¿Qué le hacía él?

—¿Tú lo deseas también?

Movió las caderas, sin penetrarla, pero presionándole ahí con el miembro duro; frotándole con él la pequeña protuberancia carnosa.

Ella se arqueó, gimiendo.

—¿Lo deseas? —le susurró él con la boca en su pelo, cerca de la sien, y volvió a presionar.

Placer.

—Eeh...

—¿Lo deseas? —repitió él, mordiéndole el lóbulo de la oreja.

—Ooooh.

No podía pensar, no podía formar las palabras que él deseaba oír. Sólo podía sentir.

Él ahuecó las manos en sus pechos, le pellizcó los pezones y volvió a embestir con las caderas.

Y ella sintió el orgasmo, moviendo las caderas, apretándose a él, viendo estrellas en la oscuridad de sus párpados, gimiendo sonidos incoherentes.

—Qué hermosa eres.

Se posicionó y embistió.

Ella sintió una punzada, un ligero dolor, pero ya no le importó. Lo deseaba dentro de ella, lo más unido a ella que fuera posible. Él le cogió una rodilla, le levantó la pierna y volvió a embestir. Ella sintió el ensanchamiento, aceptando su miembro. Gimió otra vez, oyendo su respiración agitada. Él volvió a embestir, la penetró hasta el fondo, y emitió un gemido.

—¿Te duele?

Ella negó con la cabeza. ¿Por qué no se movía?

Él tenía la cara tensa. Bajó la cabeza y la besó suavemente, apenas rozándole los labios.

—Esta vez no te causaré dolor.

Le levantó la otra rodilla y ella quedó totalmente abierta. Entonces volvió a penetrarla, hasta el fondo, moviendo las caderas, apretándose a ella. Lucy volvió a gemir. Él tenía la pelvis exactamente donde debía estar, y ella se sentía en el cielo.

Él movió las caderas en círculo.

—¿Te gusta? —gruñó.

—Mmm, sí.

Él sonrió, con la cara tensa. Y volvió a embestir. Entonces la besó, largo, largo, con deliciosas caricias de su lengua, su boca haciéndole el amor a la suya y sin dejar de embestir con las caderas, presionando, fuerte, exigente. Lucy vagaba en una niebla sensual y perdió la noción del tiempo, no sabía cuánto rato llevaba él haciéndole el amor; el tiempo parecía haberse detenido para que pudieran estar unidos así, envueltos en un capullo de placer físico y entendimiento emocional. Lo abrazó con fuerza, apretándolo. Era su marido. Era su amante.

De pronto a él se le tensó el cuerpo y sus movimientos se volvieron más bruscos, más rápidos.

Ella hizo una rápida inspiración y le cogió la cara entre las palmas, deseando estar conectada a él cuando ocurriera. Él embistió fuerte y ella sintió entrar el chorro de su semen, caliente, justo antes de que le comenzara a girar el mundo en otro orgasmo. A él se le aflojó la boca sobre la suya. Ella continuó besándolo, lamiéndole el labio inferior, saboreando su boca.

Él se incorporó para apartarse pero ella aumentó la fuerza de sus brazos, reteniéndolo.

—Quédate así.

Él la miró.

—Quédate conmigo. Toda la noche. Por favor.

A él se le curvaron los labios en una leve sonrisa y susurró:

—Siempre.

Capítulo 13

*N*o es un juego para ti, ¿verdad? —preguntó Christian esa noche, una semana después.

Habló en voz baja, pero de todos modos Simon miró alrededor inquieto.

El Teatro Drury Lane estaba tan a rebosar como un cadáver lleno de gusanos. Había conseguido un palco de bordes dorados en el primer piso, para Lucy, Rosalind, Christian y él. Estaba tan cerca del escenario que se le veía el blanco de los ojos a los actores, y lo bastante alto para que no les llegaran las verduras arrojadas con mala puntería si la obra se agriaba. La chusma congregada en el patio de butacas se comportaba relativamente bien; las prostitutas que hacían la ronda por ahí llevaban cubiertos los pezones, en su mayor parte. El ruido era lo bastante apagado para oír recitar sus versos a David Garrick en el papel de un Hamlet algo viejo. Claro que a eso contribuía a que el actor tuviera unos pulmones semejantes a los de una pescadera.

—«¡Vive Dios! —berreó Garrick—. ¿Pensáis que soy más fácil de pulsar que un caramillo?»

Brilló la baba a la luz de las candilejas.

Simon hizo un mal gesto. Prefería con mucho leer las obras de Shakespeare a verlas representadas, si es que tenía que ocupar su tiempo en el bardo. Miró a Lucy. Estaba embelesada su ángel, mirando el escenario, con los ojos medio entornados y los labios entreabiertos. Las cortinas de terciopelo carmesí que recubrían las paredes del palco le enmarcaban la cabeza destacando su blanco perfil y su pelo oscuro. Estaba tan hermosa que era casi insoportable.

Desvió la vista.

—¿De qué hablas?

—Lo sabes —contestó Christian, ceñudo—. De los duelos. ¿Por qué estás empeñado en matar a esos hombres?

Simon arqueó una ceja.

—¿Qué crees tú?

El joven negó con la cabeza.

—Al principio pensé que el motivo era algo relativo al honor, que habían insultado a una dama emparentada contigo. —Miró hacia Rosalind y volvió a mirarlo a él—. Oí rumores. Bueno los repetían en todas partes hace un par de años, antes que muriera tu hermano.

Simon esperó.

—Y después pensé que tal vez deseabas fama. La gloria de haberte batido a duelo y matado.

Simon reprimió un bufido. Gloria. Buen Dios, qué idea.

—Pero después de James... —lo miró perplejo—, con qué ferocidad, con qué crueldad luchaste. Tenía que ser algo personal. ¿Qué te hizo?

—Mató a mi hermano.

A Christian le bajó la mandíbula.

—¿A Ethan?

—Chss. —Miró hacia Rosalind. Aunque estaba visiblemente menos interesada en la obra que Lucy, seguía con los ojos fijos en el escenario. Se volvió hacia Christian—. Sí.

—¿Cómo...?

—No voy a hablar de eso aquí.

Frunció el ceño, impaciente. ¿Para qué tenía que molestarse en explicar sus motivos?

—Pero andas buscando a otro.

Simon apoyó el mentón en la palma abierta, medio cubriéndose la boca.

—¿Cómo lo sabes?

Christian se movió impaciente en su butaca dorada tapizada en terciopelo.

Simon miró hacia el escenario. Hamlet avanzaba lentamente hacia el rey, que estaba arrodillado. Levantó la espada, recitó su parlamento y envainó la espada. Otra oportunidad de venganza desperdiciada.

Exhaló un suspiro. Siempre había encontrado tediosa esa determinada obra. ¿Por qué el príncipe no mata a su tío de una vez por todas y ya está?

—No soy estúpido, ¿sabes? Te he seguido.

Simon volvió la atención al joven que estaba a su lado.

—¿Qué?

—Los últimos días. Al Devil's Playgroun y a otros lugares sórdidos. Entras, no bebes, das una vuelta por la sala, interrogas al personal...

—¿Por qué me has seguido? —le preguntó Simon, interrumpiendo la lista de sus actividades.

—Buscas a un hombre gordo —continuó Christian, como si no lo hubiera oído—, un aristócrata con título. Un hombre que juega pero no de modo tan compulsivo como James, si no ya lo habrías encontrado.

—¿Por qué me has seguido? —repitió Simon, entre dientes.

—¿Cómo pueden haber matado a tu hermano esos hombres de posición y buena familia?

Simon se le acercó hasta dejar su cara a unos pocos dedos de distancia de la de él. Por el rabillo del ojo vio que Lucy se giraba a mirarlos. No le importó.

—¿Por qué me has seguido?

Christian pestañeó rápidamente.

—Soy tu amigo y...

—¿Lo eres?

La pregunta pareció quedar suspendida en el aire, casi resonando.

En el escenario, Hamlet atravesó a Polonio con su espada. La actriz que representaba a la reina Gertrudis lanzó un agudo grito.

—«¡Oh, qué acción más loca y criminal!».

En el palco vecino alguien chilló de risa.

—¿De verdad eres mi amigo, Christian Fletcher? —susurró Simon—. ¿Me guardas la espalda con leal ojo de águila?

Christian bajó los ojos y luego volvió a mirarlo, con los labios apretados.

—Sí, soy tu amigo.

—¿Actuarás como mi padrino cuando lo encuentre?

—Sí, sabes que sí.

—Te lo agradezco.

El joven lo miró intensamente; se inclinó hacia él, atrayendo nuevamente la mirada de Lucy.

—Pero ¿cómo puedes seguir? ¿Cómo puedes seguir matando hombres?

Simon desvió la vista. Los ojos abiertos de James, mirando a la nada.

—El cómo puedo no importa. Lo único que importa es que se hace. Que mi hermano es vengado. ¿Entiendes?

—Esto... sí.

Simon asintió, enderezó la espalda y se apoyó en el respaldo. Sonrió, por Lucy.

—¿Estás disfrutando de la obra, milady?

—Muchísimo, milord.

No la había engañado. Ella miró de él a Christian y de Christian a él. Después suspiró y volvió la atención al escenario.

Simon paseó la mirada por el público. Frente a ellos una dama vestida de rojo bordado enfocó sus impertinentes en él, posando tímidamente. Él desvió la mirada. Abajo, un caballero de hombros anchos iba abriéndose paso por entre el gentío y le dio un empujón a una mujer. Esta chilló y lo devolvió. El hombre se giró. Él se inclinó por si alcanzaba a verle el perfil. Otro hombre se metió en la discusión y el primero se hizo a un lado.

Se relajó. No era Walker.

Desde que recibió la carta de amenaza se había dedicado a buscar al último hombre del grupo que conspiró para matar a Ethan. Christian podía haberlo seguido a los salones de juego por la noche, pero no lo había visto durante el día en las cafeterás, en las subastas de caballos ni recorriendo los talleres de sastres y otros establecimientos para caballeros. No encontró a Walker en ninguna parte, y, sin embargo, este no se había ido a esconder en su propiedad de Yorkshire. Había pagado a informantes de ese vecindario y no habían oído nada sobre él. Claro que podría haber huido a otro país o incluso al otro lado del océano, pero no lo creía. La familia de Walker seguía en su casa de Londres.

En el escenario, una Ofelia exageradamente gorda estaba cantando su desesperación por el abandono de su amado. Pardiez, detestaba esa obra. Se movió impaciente en la butaca. Si pudiera acabar de una vez por todas; batirse en duelo con Walker, matarlo, ponerlo en su tumba y lograr que su hermano descansara en paz por fin. Tal vez entonces podría mirar a Lucy a los ojos sin ver acusación en ellos, fuera imaginaria o real. Tal vez entonces podría dormir sin el miedo a despertar para ver la destrucción de todas sus esperanzas. Porque no podía dormir. Sabía que despertaba a Lucy por las noches con sus movimientos, pero no podía hacer nada a ese respecto. En sus sueños, tanto despierto como dormido, aparecían imágenes de ella. Lucy en peligro, o herida, o, buen Dios, muerta. Lucy descubriendo sus secretos y volviéndole la espalda con repugnancia; Lucy abandonándolo. Y cuando tenía un respiro de esas pesadillas, venían las otras más antiguas a atormentarlo. Ethan implorando; Ethan necesitándolo, Ethan muriendo. Se tocó el lugar donde debería estar el anillo de sello Iddesleigh. Lo había perdido. Otro fallo.

El público estalló en gritos. Levantó la vista a tiempo para ver la matanza con que termina la obra. La actuación de Laertes con la espada fue particularmente notable. Entonces el público aplaudió... y abucheó.

Se levantó y cogió la capa de Lucy para ponérsela.

—¿Estás bien? —le preguntó ella, aprovechando el ruido.

Sonrió, por ella.

—Sí. Espero que hayas disfrutado de la venida al teatro.

—Sabes que sí. —Le apretó la mano, en un contacto conyugal secreto que le hizo valer la pena toda esa tediosa velada—. Gracias por traerme.

—Ha sido un placer para mí. —Le levantó la mano y le besó la palma—. Te llevaré a todas las obras del bardo.

—Eres muy derrochador.

—Por ti.

A ella se le agrandaron los ojos, brillando acuosos, y a él le pareció que le escrutaba la cara. ¿No sabía a qué extremos llegaría por ella?

—Nunca he logrado entender a Hamlet —dijo Christian detrás de ellos.

Lucy desvió la mirada.

—Me encanta Shakespeare. Pero *Hamlet*... —se estremeció—, es muy aciago al final. Y creo que nunca entiende del todo el sufrimiento que ha causado a la pobre Ofelia.

—Esa escena cuando salta dentro de la tumba de Ofelia con Laertes —dijo Rosalind, moviendo la cabeza—. Yo creo que principalmente se compadecía a sí mismo.

—Tal vez los hombres nunca comprenden los agravios que han hecho a las mujeres de sus vidas —musitó Simon.

Lucy le puso la mano en el brazo y no tardaron en ir avanzando con la multitud en dirección a la salida. Cuando llegaron a la escalinata del vestíbulo, el aire frío lo golpeó en la cara. Los caballeros estaban en los anchos peldaños ordenando a gritos a los lacayos que fueran a buscar sus coches. Todos iban saliendo al mismo tiempo, por lo que naturalmente no había suficientes lacayos para obedecer las órdenes.

Lucy se estremeció ante el viento frío de invierno, que le agitaba las faldas, golpeándole las piernas. Simon la miró preocupado. Cogería un enfriamiento si continuaba mucho rato más ahí.

—Quédate aquí con las damas —le dijo a Christian—. Yo iré a buscar el coche.

Christian asintió.

Simon se abrió paso a codazos por en medio del gentío, avanzando muy lento. Sólo cuando salió a la calle recordó que no debía dejar sola a Lucy. Le dio un doloroso vuelco el corazón al pensarlo. Miró hacia atrás. Christian estaba entre Rosalind y ella en lo alto de la escalinata. El joven acababa de decirle algo a Lucy y ella se estaba riendo. Parecían estar bien. Todavía. Pero mejor ser prudente; regresó.

Entonces fue cuando Lucy desapareció de su vista.

Lucy se quedó observando a Simon abrirse paso entre la multitud aglomerada delante del teatro. Sabía que algo lo preocupaba.

—Uy, cómo detesto estos apretujamientos cuando todo el mundo sale del teatro —dijo Rosalind, estremeciéndose al otro lado del señor Fletcher.

El joven le sonrió.

—Simon volverá enseguida. Será más rápido que esperar a que uno de los lacayos vaya a buscar el coche.

Por ambos lados la multitud avanzaba y se agitaba como el mar encrespado. Una señora chocó con Lucy por detrás y musitó una disculpa. Ella asintió, aceptando la disculpa, sin dejar de mirar a Simon. Las dos últimas noches él había desaparecido y vuelto muy tarde. Cuando ella intentó interrogarlo él le gastó una broma diciendo que si le hacía más preguntas le haría el amor. Ahí mismo, urgentemente, sin piedad. Como si cada vez fuera la última.

Y esa noche, durante la representación, había estado hablando en voz baja con el señor Fletcher. Ella no captó las palabras, pero la expresión de su cara era adusta. ¿Por qué no le confiaba a ella lo que lo preocupaba? Eso era parte de la relación conyugal, que la esposa fuera una compañera para su marido y tomara sobre sus hombros algunas de sus preocupaciones, que se las aliviara. Cuando se casaron pensó que intimarían más, que llegarían a ese grado de armonía que había visto en parejas mayores. Pero tenía la impresión de que se iban distanciando más y más, y no sabía qué hacer. ¿Cómo cerrar esa brecha? ¿Sería posible hacerlo? Tal vez el matrimonio que ella consideraba ideal sólo era el sueño ingenuo de una soltera. Tal vez ese distanciamiento entre ellos era la realidad del matrimonio.

El señor Fletcher acercó la cabeza a la suya.

—Tal vez debería haberle dado una mejor propina a Simon.

Lucy sonrió ante esa broma tonta. Giró la cabeza para contestar y alguien le dio un empujón por el lado derecho. Cayó de rodillas en el peldaño de más abajo y aunque llevaba guantes de cabritilla el duro mármol le hizo escocer las palmas. Alguien la cogió del pelo y de un tirón le echó atrás la cabeza, causándole dolor. Oyó gritos. No logró ver a la persona; su campo de visión lo formaban faldas y más faldas y el sucio mármol donde tenía apoyadas las palmas. Sintió una patada en las costillas. Ahogó un gemido de dolor y en ese momento le soltaron el pelo. El señor Fletcher estaba luchando con un hombre justo arriba. Se protegió la cabeza lo mejor que pudo, temiendo que se la pisotearan o le ocurriera algo peor. Rosalind chillaba. Sintió otro golpe en el trasero y luego un peso encima de ella.

Pero ahí estaba Simon. Oyó sus furiosos gritos aún cuando estaba debajo de algo. Desapareció el peso de su espalda y él la puso de pie.

Simon estaba pálido como un muerto.

—¿Cómo te sientes?

Ella trató de hacer un gesto de asentimiento, para decir que estaba bien, pero él ya la había levantado en los brazos e iba bajando la escalinata.

—¿Viste hacia dónde fue? —resolló el señor Fletcher al lado de ellos.

—Simon, ¡quería matarla! —exclamó Rosalind, en tono horrorizado.

Ella estaba tiritando, le castañeteaban los dientes, y no lograba controlarlos. Alguien había intentado matarla. Simplemente estaba ahí en la escalinata del teatro y alguien había querido matarla. Se cogió de los hombros de Simon, tratando de aquietar las manos, que le temblaban violentamente.

—Lo sé —dijo Simon, lúgubremente. Dobló las manos apretándole el costado de la espalda y la pierna—. Christian, ¿me haces el favor de acompañar a Rosalind a su casa? Yo debo llevar a Lucy a un médico.

—Por supuesto —dijo el joven, asintiendo, sus pecas destacadas en la palidez de su cara—. Con gusto haré todo lo que pueda hacer.

—Estupendo. Ah, y ¿Christian?

—¿Sí?

—Gracias —dijo Simon en voz baja—. Le has salvado la vida.

Lucy estaba mirando por encima del hombro de Simon y vio cómo antes de volverse hacia Rosalind para alejarse con ella, al joven se le agrandaban los ojos y una tímida sonrisa le iluminaba la cara ¿Sabría Simon lo mucho que lo admiraba ese joven?

—No necesito un médico —protestó.

La voz le salió en un resuello, lo que no favoreció mucho la protesta.

Sin hacerle caso, Simon continuó bajando los peldaños, abriéndose paso con los hombros, con impaciente arrogancia. Cuando llegaron a la calle ya se había dispersado bastante la multitud.

—Simon.

Él aceleró el paso.

—Simon, ahora puedes dejarme en el suelo. Puedo caminar.

—Chss.

—Pero es que no es necesario que me lleves en brazos.

Él la miró y ella vio horrorizada que le brillaban los ojos.

—Es necesario. Yo lo necesito.

Ella dejó de protestar. Manteniendo el paso rápido, él cruzó varias travesías hasta que llegaron al coche. Subió con ella, la instaló en el asiento y golpeó el techo. El coche se puso en marcha.

Entonces Simon la sentó en sus muslos y le quitó el sombrero.

—Debería haberle dicho a Christian que enviara el médico a la casa. —Le quitó la capa—. Tendré que enviarlo a buscar cuando lleguemos.

La giró, lo suficiente para tener a la vista su espalda, y comenzó a desabotonarle el corpiño.

¿Acaso pretendía desvestirla dentro del coche en marcha? Pero él tenía la cara tan seria, tan grave, que no protestó y se limitó a preguntarle dulcemente:

—¿Qué vas a hacer?

—Quiero ver dónde estás herida.

—Ya te lo he dicho. Estoy muy bien.

Él simplemente continuó soltándole los botones sin contestar. Le bajó el vestido por los hombros, le desabrochó el corsé, y se quedó inmóvil, mirándole el costado. Ella siguió su mirada. En la camisola había una delgada línea de sangre, justo al lado del pecho. En la tela del corpiño estaba la rotura correspondiente. Suavemente él le soltó el lazo de la cinta que le cerraba la camisola y la abrió. Debajo había una herida. Al verla Lucy sintió repentinamente el ardor. Con toda la confusión, no había sentido el dolor antes. La habían herido con un cuchillo, pero no era profundo.

Simon pasó un dedo por debajo de la herida.

—Casi te mata. Unas pocas pulgadas más y te habría llegado al corazón.

Su voz sonó tranquila, pero a ella no le gustó cómo se le agitaron las ventanillas de la nariz, formándole unas arrugas blancas a los lados.

—Simon...

—Si no le hubiera fallado la puntería...

—Simon...

—Si Christian no hubiera estado ahí...

—No es culpa tuya.

La miró a los ojos, por fin, y ella vio que no había podido contener las lágrimas. Dos le bajaban por las mejillas. Al parecer él no se había dado cuenta.

—Sí, es culpa mía. Casi te matan esta noche, por mi culpa.

Ella frunció el ceño.

—¿Qué quieres decir?

Había supuesto que su atacante era un carterista u otro tipo de ladrón. Tal vez un loco. Pero Simon daba a entender que el atacante la había buscado a ella concretamente; que deseaba matarla a ella.

Simon le pasó el pulgar por los labios y la besó tiernamente. Ella acogió la lengua de él en la boca y saboreó la sal de sus lágrimas, pero no dejó de notar que él no le contestó la pregunta. Y eso la asustaba más que cualquier otra cosa ocurrida esa noche.

Sabía que no debía.

Cuando entró en la casa llevando a Lucy en los brazos, ya sabía que no debía. Con el hombro hizo a un lado a Newton, que lanzaba exclamaciones de preocupación, y subió la escalera con ella como un romano raptando a una doncella sabina. Para trasladarla a la casa le había subido la camisola y el corpiño, sin abotonárselo por detrás, y luego la envolvió en la capa. Durante el trayecto ella lo había convencido de que no necesitaba a un médico. Aparte de los moretones, el corte sobre las costillas fue la única herida que encontró. De todos modos, alguien había intentado matarla. Ella estaba afectada y herida. Sólo un canalla haría valer sus derechos de marido en esos momentos.

Por lo tanto, era un canalla.

De un puntapié abrió la puerta del dormitorio de él, atravesó la alfombra de colores plata y negro y la depositó en la cama. Quedó tendida sobre la colcha azul cobalto como una ofrenda; el pelo se le había soltado y estaba esparcido sobre la seda.

—Simon...

—Chss.

Ella lo miró con sus serenos ojos ambarinos mientras él se quitaba la chaqueta.

—Tenemos que hablar sobre lo ocurrido.

Con las puntas de los pies él se quitó los zapatos al tiempo que se sacaba el chaleco casi arrancando los botones.

—No puedo. Lo siento. Te necesito demasiado en este momento.

—¿Lo que yo siento no importa?

—¿En este momento? —Se quitó la camisa—. Francamente, no.

Buen Dios, ¿no podía dejar de hablar? Al parecer, había olvidado totalmente el arte de las evasivas. Toda su sutileza, todas sus palabras elegantes, lo habían abandonado, y lo que quedaba era primitivo y esencial.

Avanzó hasta la cama pero, haciendo un inmenso acto de autodominio, no la tocó.

—Si quieres que me vaya, me iré.

Ella estuvo todo un minuto escrutándole los ojos, y durante ese tiempo él murió varias veces, y su polla alcanzó proporciones monstruosas. Entonces, sin decir palabra, ella se soltó la cinta de la camisola. Eso era todo lo que necesitaba. Cayó sobre ella como un hombre hambriento a la vista de un pudín de Yorkshire. Pero pese a su urgencia, tuvo cuidado. Con las manos temblorosas le bajó el vestido por los hombros, lenta, tiernamente.

—Levanta el cuerpo —le dijo, y la voz le salió casi en un susurro.

Ella levantó las caderas, él terminó de bajar el vestido y lo tiró al suelo.

—¿Sabes cuánto me costó?

—No, pero puedo imaginarlo —dijo él aun cuando había detectado diversión en su voz—. Te compraré cien más, mil, en todos los tonos rosa. ¿Te he dicho cuánto te admiro vestida de color rosa?

Ella negó con la cabeza.

—Pues sí. Claro que te admiro más sin nada puesto. Tal vez te permita no llevar nada; eso solucionaría el problema de los vestidos caros.

—¿Y si yo me opongo a esa ley tan fría? —preguntó ella, con las cejas peligrosamente arquedas.

—Soy tu marido. —Le quitó la camisola, por fin, dejando desnudos sus blancos pechos. Sus ojos se posaron en el corte superficial en el costado, y nuevamente el miedo le enfrió hasta el alma. Pero entonces se le agitaron las ventanillas de la nariz a la vista de su desnudez. No consiguió evitar del todo que la voz le saliera posesiva—: Has prometido obedecerme en todo. Por ejemplo, si te ordeno que me beses, debes besarme.

Acercó la cara y le rozó la boca con los labios; ella respondió obedientemente, moviendo eróticamente los labios. Mientras la besaba estaba muy consciente de sus pechos, blancos, desnudos y desprotegidos debajo de él. Aumentó su lujuria, estremeciéndole los músculos, pero la dominó. Lo último que necesitaba era que ella viera lo descontrolado que estaba, lo vil que era en realidad.

—Te ordeno que la abras.

Su voz sonó casi ronca.

Ella abrió los labios y por lo menos tuvo eso, la cálida cavidad de su boca para darse el festín. De repente le temblaron los brazos. Se apartó y cerró los ojos.

—¿Qué te pasa? —susurró ella.

Él abrió los ojos y trató de sonreír, para ocultar a los demonios que rugían dentro.

—Te necesito terriblemente.

Por suerte ella no sonrió. Lo miró con sus ojos dorados solemnes.

—Entonces tómame.

Él hizo una inspiración ante ese explícito ofrecimiento.

—No deseo hacerte daño. —Desvió la vista; no podía mirarla a los ojos—. Ya has sufrido mucho esta noche.

Silencio.

—No me harás daño —dijo ella al fin, muy claramente.

Ah, qué confianza. Era aterradora. Ojalá él pudiera tener esa misma confianza. Rodó hacia el lado y quedó de espaldas.

—Ven aquí.

Se arquearon otra vez esas inteligentes cejas.

—¿No estás demasiado vestido?

Las calzas.

—Me las quitaré después. —«O simplemente me la desabotonaré», pensó.

Ella se incorporó, apoyada en el codo, y sus pechos se mecieron con el movimiento. La polla dio un salto. Entonces Lucy comenzó a desabotonarle la bragueta, delicadamente. Sentía cada movimiento de sus dedos. Cerró los ojos e intentó pensar en nieve, en escarcha, en hielo, en agua nieve.

Oyó un suave suspiro.

Abrió los ojos. Ella estaba inclinada sobre él, sus pechos blancos casi incandescentes a la luz de las velas. Tenía la mirada fija en su pene, que, con la punta rojiza, salía de sus calzas tontamente erecto. Era lo más erótico que había visto en su vida.

Ella no apartaba los ojos de sus ingles.

—Me preguntaba si alguna vez me dejarías verlo.

—¿Qué has dicho? —La última sílaba le salió casi en un chillido, porque ella le tocó la punta con el índice.

—Lo conozco, sí, pero nunca lo había visto. Es muy tímido este chico.

Diciendo eso, pasó el dedo por el borde del glande.

Él casi se cayó de la cama. Debería estar escandalizada; había sido una ingenua señorita del campo. Pero...

—Y mira —continuó ella, cogiéndole los testículos en la palma—, aquí están sus compañeros.

¡Por la sangre de Dios! Lo iba a matar.

—Levántate.

Él la miró pestañeando, confuso.

—Levanta las caderas para poder desvestirte —dijo su hurí en ciernes.

¿Qué podía hacer sino obedecer?

Ella le bajó las calzas y lo dejó tan desnudo como estaba ella.

—Ahora te toca a ti —dijo.

Menos mal que le había vuelto la voz; no podría soportar mucho más de eso.

—¿Qué quieres que haga? —preguntó ella.

—Te ordeno que vengas aquí.

Le abrió los brazos y tuvo que reprimir un gemido cuando el suave interior de su muslo le rozó el pene erecto.

Ella subió encima de él y se sentó a horcajadas con sumo cuidado. Su pene quedó vibrando delante de ella, tocándole el vientre con cada movimiento. No deseaba otra cosa que enterrarse en ella, pero tenía que ir lento.

—Te ordeno que me ofrezcas los pechos —musitó.

Ella agrandó los ojos. Estupendo. Al menos no era él el único afectado. Ella se rodeó los pechos, titubeó y luego se inclinó sobre él. Afrodita en persona no podría haber estado más seductora. Le cogió un pezón con la boca y se lo succionó, observándole la cara.

Ella cerró los ojos y se le entreabrieron los labios. La elevación de su pubis le presionaba el miembro, que seguía vibrando entre ellos. Ella se estremeció y la parte negra de él rugió triunfante.

Le soltó el pezón.

—Móntame.

Ella lo miró desconcertada.

—Por favor.

La súplica salió más como una orden, pero ya no le importaba. Necesitaba sentir su vagina rodeándole el miembro.

Ella levantó el trasero. Él la afirmó con una mano y sostuvo el pene con la otra. Ella bajó lentamente el cuerpo, y la penetró.

—Manténte abierta para mí —susurró.

Canalla. Eso le hacía más fácil el camino, pero también había visto maravillosamente mojada la abertura de coral.

Ella inspiró rápido, metió la mano entre ellos dos y se exploró la entrepierna con los dedos. Pobre ángel, llevada a la corrupción por un demonio egoísta al que sólo le importaba su picha. Aaah. Ya estaba a medio camino, un camino estrecho, cálido y suave. Le cogió las manos, las puso sobre su pecho y él le apartó los pliegues con los dedos, para sostenerla mientras se adentraba en su estrecha cavidad. El paraíso. Casi sonrió; eso era lo más cerca que estaría alguna vez del cielo. Sabía que pensar eso era una blasfemia, pero no le importó. Le estaba haciendo el amor a su ángel. El mundo podía llegar a su fin mañana, pero en ese momento estaba enterrado hasta las bolas en una mujer mojada; en su mujer mojada.

Embistió y ella gritó.

Una ancha sonrisa le dividió en dos la cara, y no una sonrisa simpática. Miró hacia abajo y vio su miembro enrojecido entrando en ella. La levantó, retirándolo casi totalmente, y vio la brillante capa del flujo de su vagina que lo cubría. Volvió a embestir, y otra vez, penetrándola, llenándola, poseyéndola. Mi mujer. Siempre. No me abandones nunca.

Siempre.

Ella agitaba la cabeza violentamente. Él le presionó la hendidura con los dedos, palpándola para encontrar esa perla especial. Ella gimió, pero él no se ablandó. Mientras la llenaba con el miembro le frotaba el clítoris con el pulgar, y vio que ella ya estaba a punto, no podría resistir. Se le apretaron las paredes de la vagina y le vino el orgasmo, bañando su pene con el líquido de su placer. Se enterró en ella hasta que sus testículos le tocaron el trasero. Se le estremeció todo el cuerpo y sintió la vibración del chorro de su semen llenándola.

Mía.

Capítulo 14

¡*D*ios mío!

Lucy despertó sobresaltada, con la respiración agitada. El dormitorio estaba oscuro y tenía las sábanas pegadas al cuerpo por el sudor frío que lo cubría. Se quedó muy quieta para intentar calmar la respiración, tan quieta como un conejo al ver a una serpiente. El sueño había sido muy claro. Sangriento. Pero ya se le había desvanecido. Lo único que recordaba era el miedo, y la sensación de desesperanza. Despertó porque en el sueño estaba gritando, y la soprendió que el sonido de sus gritos fuera tan fantasmal como las imágenes.

Finalmente se movió, con los músculos doloridos por haber estado tensos tanto rato. Alargó la mano para tocar a Simon, para tranquilizarse, para comprobar que había vida, incluso en la oscuridad de la noche y su pesadilla.

Pero Simon no estaba en la cama.

¿Se habría levantado para ir al retrete?

—¿Simón?

No hubo respuesta. El silencio le inspiró ese miedo irracional que sólo viene pasada la medianoche en que no queda nada vivo, en que todo ha muerto: es que estaba sola en una casa muerta.

Se dio una sacudida y se levantó, haciendo un gesto de dolor al sentir el tirón en la herida del costado. Puso los pies en la fría alfombra y a tientas palpó el aire, buscando la vela en la mesilla de noche, y entonces recordó que se había quedado dormida en la habitación de Simon. La mesilla estaba al otro lado de la cama. Rodeó la cama, cogiéndose de las cortinas para guiarse y tanteando con los pies. Lo único que recordaba de la habitación que vio esa noche era la impresión de oscuridad, de colores severos, casi todo en negro azulado y plata, y que su cama era más grande aún que la suya. Recordaba que eso la divirtió.

Alargó la mano, tanteando, tocó un libro y más allá la vela. En el hogar todavía brillaban brasas encendidas, así que fue a encender la vela ahí. La débil llama no dejaba ver mucho de la habitación, pero ya sabía que él no estaba ahí. Se puso el vestido con que había ido al teatro y encima la capa, para ocultar la realidad de que no podía abotonárselo a la espalda. Después buscó sus zapatos y se los puso sin las medias.

No debería sorprenderla que él hubiera desaparecido. Esa semana había tomado esa costumbre; salía por la noche y volvía a casa a altas horas de la madrugada. Le parecía que esos últimos días sus andanzas nocturnas se habían hecho más frecuentes. A veces llegaba a la habitación de ella con aspecto de estar muy cansado, y oliendo a humo de cigarro y a licor. Pero nunca se había marchado mientras estaba en la cama de ella, después de hacerle el amor y tenerla abrazada hasta que los dos se rendían al sueño. Y de qué manera le había hecho el amor sólo unas horas antes, con tanta intensidad, con tanta desesperación, como si no fuera a tener la oportunidad otra vez. En realidad había sentido miedo en algún momento. No de que él le hiciera daño sino de perder una parte de ella en él.

Se estremeció.

Sus aposentos estaban en la segunda planta. Entró a mirar en las salas de estar y en su dormitorio y después bajó la escalera. No estaba en la biblioteca. Levantó la vela y sólo vio largas y fantasmales sombras en las hileras de lomos de libros. El viento azotaba la ventana. Volvió al vestíbulo, pensando dónde podría estar. ¿En la sala de estar de mañana? Muy improbable, él...

—¿En qué la puedo servir, milady?

Pegó un salto y chilló al oír la lúgubre voz de Newton detrás de ella. Se le cayó la vela y la cera caliente le quemó el empeine.

—Perdone, milady, lo siento mucho —dijo él, agachándose a recoger la vela, que encendió con la suya.

—Gracias.

Cogió la vela y la levantó, para poder verlo.

Era evidente que Newton acababa de salir de la cama. Un gorro de dormir le cubría la calva cabeza y se había puesto una vieja chaqueta sobre el camisón de dormir, que le quedaba muy ceñida en su pequeña tripa redonda. Le miró los pies; llevaba unas elegantes zapatillas turcas con las puntas curvas.

Sacó un pie del zapato y frotó la planta en el empeine del otro pie, deseando que se le hubiera ocurrido ponerse las medias.

—¿En qué la puedo servir, milady? —repitió el mayordomo.

—¿Dónde está lord Iddesleigh?

Él desvió la mirada.

—No sabría decirlo, milady.

—¿No sabe o no quiere?

Él pestañeó.

—Las dos cosas.

Ella arqueó las cejas, sorprendida de que le hubiera contestado con la verdad. Lo observó atentamente. Si la ausencia de Simon se debiera a una mujer, seguro que Newton se habría inventado algo para explicarla. Pero no lo había hecho. Notó que se le relajaban los hombros, que había tenido tensos sin darse cuenta.

Newton se aclaró la garganta.

—Estoy seguro de que lord Iddesleigh volverá antes que amanezca.

—Sí, siempre vuelve antes, ¿verdad?

—¿Quiere que le caliente un poco de leche?

—No, gracias —dijo ella, dirigiéndose a la escalera—. Volveré a la cama.

—Buenas noches, milady.

Ella puso el pie en el primer peldaño y retuvo el aliento. Oyó los pasos de Newton alejándose y luego el ruido de una puerta al cerrarse. Esperó un momento más, y entonces regresó de puntillas al vestíbulo, en dirección al despacho de Simon.

Ese cuarto era más pequeño que la biblioteca pero estaba amueblado con más lujo. El mueble dominante era un inmenso escritorio estilo barroco, un verdadero derroche de belleza, ornamentado con dorados y florituras talladas. Se reiría de cualquier otro hombre que lo poseyera, pero a Simon le sentaba a la perfección. Delante del hogar estaban dispuestos varios sillones de orejas, y el escritorio estaba entre dos librerías a las que la persona sentada ahí podía acceder fácilmente. Muchos de los libros trataban de rosas. Hace unos días Simon la había llevado al despacho para enseñárselo, y le fascinaron las detalladas ilustraciones coloreadas a mano de esos enormes volúmenes. Cada rosa era el ideal de la flor, cada parte identificada por su nombre.

Un mundo muy ordenado.

Fue a instalarse en uno de los sillones cerca del hogar. Habiendo dejado abierta la puerta veía el vestíbulo y todo lo que ocurría. Simon tendría que pasar por ahí cuando llegara a casa. Tenía la intención de interrogarlo acerca de sus andanzas nocturnas.

Esa noche la Gruta de Afrodita era una madriguera de lobos aulladores.

Simon avanzó por el pequeño vestíbulo del burdel mirando alrededor. No había puesto los pies en ese lugar desde antes de conocer a Lucy, pero vio que no había cambiado nada. Prostitutas muy ligeras de ropa desfilaban enseñando sus encantos, tentando a los hombres, algunos recién salidos de la pubertad y otros ya viejos desdentados. Aristócratas de poca monta se codeaban con comerciantes arribistas y dignatarios extranjeros. A Afrodita le daba igual, mientras el color de las monedas fuera el del oro. En realidad, se rumoreaba que su clientela la formaban igual número de hombres que de mujeres. Tal vez les cobraba a ambos, pensó cínicamente. Miró en busca de la madama, pero no vio su antifaz dorado distintivo. Tanto mejor. Ella desaprobaba la violencia en su casa, y eso era exactamente lo que él pretendía hacer.

—¿Que es esto? —le preguntó Christian en un susurro.

Ya había llevado al joven a dos lugares, no, a tres. La cara del chico todavía se veía descansada, aún después de la obra de teatro esa noche, la pelea a la salida y los tres antros de juego, cada uno más sórdido que el anterior, que habían visitado antes de ir allí. Él, en cambio, temía parecer ya un cadáver recién desenterrado.

Maldita juventud.

—Depende —contestó, comenzando a subir la escalera, esquivando la carrera que se desarrollaba ahí.

Jinetes mujeres, sólo ataviadas con pequeños corsés, cabalgaban sobre corceles humanos con el pecho desnudo. Simon no pudo evitar hacer un mal gesto cuando una de ellas le sacó sangre a su montura con la fusta. Aunque, a juzgar por el bulto que sobresalía de sus pantalones, al hombre no le importó.

—¿De qué? —preguntó Christian, mirando con los ojos agrandados al par de ganadores galopando por el corredor de arriba. La jinete iba con los pechos desnudos, saltando exuberante.

—De tu definición del cielo y del infierno, supongo —contestó Simon.

Sentía los ojos como si llevara un puñado de arena debajo de cada párpado, le dolía la cabeza y estaba muy cansado. Muy, muy cansado.

Abrió la primera puerta de un puntapié.

Christian exclamó algo detrás de él, pero no le hizo caso. Los ocupantes de la habitación, dos chicas y un caballero pelirrojo, ni siquiera notaron su intrusión. Sin molestarse en pedir disculpas, cerró la puerta y fue a la siguiente. No tenía muchas esperanzas de encontrar a Walker. Según sus informantes, este nunca había sido cliente de la Gruta de Afrodita. Pero él ya se estaba desesperando. Tenía que encontrarlo y acabar con eso de una vez por todas. Necesitaba que Lucy volviera estar a salvo.

Abrió la otra puerta. Las ocupantes lanzaron chillidos; eran dos mujeres. La cerró. Walker estaba casado y tenía una amante, pero le gustaba ir a los prostíbulos. Si visitaba todos los burdeles de Londres finalmente lo encontraría, o al menos eso esperaba.

—¿No nos van a echar por hacer esto? —preguntó Christian.

—Sí. —Otro puntapié; ya comenzaba a dolerle la rodilla—. Pero es de esperar que no sea antes que encuentre a mi presa.

Ya estaba al final del corredor. Esa era la última puerta, y Christian tenía razón; sólo era cuestión de tiempo que llegaran los matones de la casa.

Abrió la puerta de un puntapié. Estaba a punto de darse media vuelta cuando volvió a mirar.

El hombre que estaba en la cama tenía la polla enterrada en una muchacha arrodillada. La chica estaba desnuda, sólo llevaba un pequeño antifaz, y tenía los ojos cerrados. El hombre no notó la interrupción, aunque eso no importaba; era bajo, de piel morena y pelo negro. No, fue el otro hombre, el que estaba sentado en la semioscuridad observando el espectáculo, el que emitió un chillido. Y eso fue una suerte, porque si no, no lo habría visto.

—Qué demonios...

—Ah, buenas noches, lord Walker —Simon avanzó e hizo una reverencia—, lady Walker.

El hombre de la cama se sobresaltó y giró la cabeza, aunque siguió moviendo las caderas, por instinto. La mujer continuó indiferente a todo.

Walker se levantó de un salto, con la polla ya fláccida todavía colgando de sus calzas.

—Iddesleigh, cabrón, ¿qué...? ¡Esa no es mi esposa!

Simon ladeó la cabeza, examinando a la mujer.

—¿No? Pues, se parece a lady Walker. —Apuntó con su bastón

hacia una marca de nacimiento que la mujer tenía en lo alto de la cadera—. En particular esa marca de ahí.

El hombre que se la estaba follando agrandó los ojos.

—¿Esta es su esposa, jefe?

—¡No! Claro que no.

—Ah, pero yo conozco «íntimamente» a tu bella lady desde hace un tiempo, Walker —dijo Simon arrastrando la voz—. Y estoy muy seguro de que es ella.

De repente el corpulento hombre echó atrás la cabeza y se rió, aunque la risa sonó algo débil.

—Conozco tu juego. No me vas a hacer caer en la trampa para...

—Nunca me había follado a una aristócrata —dijo el semental, inclinado sobre la mujer, y tal vez valorando eso, aceleró el ritmo.

—Ella no es...

—Mi relación con lady Walker se remonta a muchos años —dijo Simon, apoyado en su bastón, y sonriendo—. Desde antes del nacimiento de tu primer hijo, ¿tu heredero, creo?

—Vamos, eres...

El hombre de pelo negro lanzó un grito y embistió fuerte con las caderas, estremeciéndose al depositar sin duda su carga de semen en la mujer. Exhaló un suspiro y se desplomó sobre ella, dejando ver una polla que, aun ya desinflada, tenía proporciones equinas.

—Santo cielo —exclamó Christian.

—Sí —coincidió Simon.

—¿Cómo diablos ha logrado meter eso en ella? —musitó el joven.

—Me alegra que lo preguntes —dijo Simon, como quien instruye a un alumno—. Lady Walker tiene muchísimo talento para eso.

Walker emitió un rugido y echó a correr, lanzado al ataque. Simon se tensó, sintiendo cantar la sangre en sus venas. Tal vez podría acabar esa noche.

—Veamos qué pasa aquí —exclamó una voz desde la puerta, al mismo tiempo.

Habían llegado los matones de la casa. Simon se hizo a un lado y Walker pasó de largo cayendo en los brazos que lo esperaban. Se debatió, pero no logró soltarse.

—¡Te voy a matar, Iddesleigh! —resolló.

—Posiblemente —dijo Simon arrastrando la voz. Buen Dios, estaba cansado hasta la médula de los huesos—. ¿Al alba, entonces?

Walker se limitó a gruñir.

La mujer que estaba en la cama eligió ese momento para darse la vuelta.

—¿Te apetece un revolcón? —preguntó, a ninguno en particular.

Sonriendo, Simon salió llevándose a Christian. En la escalera se encontraron con otra carrera. Esta vez los corceles humanos llevaban frenos en las bocas. A uno le corría la sangre por el mentón y llevaba la polla erecta bajo las calzas.

Tendría que bañarse antes de volver a ver a Lucy, pensó Simon. Se sentía como si se hubiera revolcado en estiércol.

Christian esperó hasta que llegaron a la escalinata de entrada para preguntar:

—¿De veras era lady Walker?

Simon se sorprendió a medio bostezo.

—No tengo ni idea.

Cuando Lucy volvió a despertarse fue por el ruido de las pisadas de Simon al entrar en el despacho. La sala estaba en penumbra, semiiluminada por esa luz gris que anuncia la aurora de un nuevo día. Llevaba una vela. La dejó en una esquina del escritorio y, sin sentarse, sacó una hoja de papel y comenzó a escribir.

En ningún momento levantó la vista.

En el otro extremo de la sala, oculta en parte por el brazo del sillón, y en la oscuridad, ella tenía que ser casi invisible para él. Su intención había sido abordarlo cuando llegara, exigirle respuestas.

Pero se quedó quieta, simplemente observándolo, con las manos flexionadas debajo del mentón. Su marido se veía cansado su marido, como si hiciera años que no dormía. Llevaba la misma ropa con que fue al teatro: chaqueta y calzas azul oscuro, chaleco plateado, todo ya arrugado y sucio. A su peluca se le había caído parte de los polvos, y se veía deslustrada. Sorprendente, porque siempre lo había visto elegante y correctamente vestido, al menos en Londres. Profundos surcos le rodeaban las comisuras de la boca, tenía los ojos ribeteados de rojo y los labios se le veían más delgados, como si los tuviera apretados para evitar que le temblaran. Cuando terminó de escribir, espolvoreó arenilla sobre el papel, lo puso vertical para quitársela, y lo dejó sobre el escritorio, bien derecho. Al hacer el movimiento, golpeó la pluma y esta cayó al suelo. Soltando una maldición se agachó a recogerla, como un anciano, y la colocó con sumo cuidado en su lugar y suspiró.

Acto seguido, se dirigió a la puerta y salió.

Lucy esperó varios minutos para levantarse, atenta a sus pisadas en la escalera. Entonces fue sigilosamente hasta el escritorio para ver lo que había escrito. Aun estaba muy oscuro para leer. Llevó el papel hasta la ventana, entreabrió las cortinas y lo puso a la luz; vio que la tinta todavía no estaba seca del todo. Sólo empezaba a clarear, pero logró distinguir las primeras líneas.

En el caso de que yo muera, todas mis posesiones mundanas...

Era su testamento. Le dejaba su propiedad a ella. Miró otro rato el papel y fue a dejarlo sobre el escritorio. Por la puerta abierta le llegó el sonido de los pasos de él bajando la escalera. Fue a situarse a un lado de la puerta.

—Cogeré mi caballo —estaba diciendo Simon, al parecer a Newton—. Dile al cochero que no volveré a necesitarlo esta noche.

—Sí, milord.

Se cerró la puerta de la calle.

Entonces Lucy sintió una oleada de rabia. Él no había intentado despertarla, porque entonces habría visto que ella no estaba en su cama. Resuelta, salió al vestíbulo, agitando las faldas alrededor de sus tobillos desnudos.

—Newton, espere.

El mayordomo, que estaba de espaldas a ella, pegó un salto y se giró.

—Mi-milady, no sabía...

Ella interrumpió sus disculpas con un gesto de la mano y fue directa al grano:

—¿Sabe adónde va?

—Eeh...

—No se moleste —dijo ella, impaciente—, simplemente le seguiré.

Fue hasta la puerta y la abrió con cautela. El coche de Simon seguía delante de la casa, y el cochero estaba casi dormido en el pescante. Un mozo de cuadras iba bostezando de vuelta a los establos de atrás.

Y Simon ya se alejaba a caballo.

Salió y cerró la puerta, sin hacer caso de las exclamaciones siseadas de Newton, y bajó corriendo la escalinata, tiritando por el frío de la mañana.

—Señor cochero.

El cochero pestañeó como si no hubiera visto nunca a su señora con el pelo suelto y despeinado; y en realidad no la había visto nunca así.

—¿Milady?

—Por favor, siga a lord Iddesleigh sin que él se dé cuenta.

—Pero, milady...

—Inmediatamente. —Subió al coche sin esperar a que el lacayo pusiera el peldaño, y asomó la cabeza—. Y no lo pierda de vista.

El coche emprendió la marcha con una sacudida.

Se acomodó en el asiento y se cubrió con la manta; hacía un frío glacial. Era escandaloso que fuera en coche por Londres sin estar totalmente vestida y con el pelo suelto, pero no iba a permitir que el decoro o el pudor le impidieran enfrentarse a Simon. Él llevaba días sin dormir, y no hacía mucho que se había recuperado de la paliza. ¿Cómo se atrevía a arriesgar su vida y no considerar que ella debía saberlo? En realidad, la había separado de esa parte de él. ¿Acaso la consideraba una muñeca a la que podía sacar para jugar y luego guardarla cuando tenía que atender a otros asuntos? Bueno, ya era hora de que hablara con él acerca de lo que ella consideraba los deberes de una esposa. Ocuparse de la salud de su marido, por ejemplo. Estar enterada de sus secretos, otro. Mascullando esas cosas, se cruzó de brazos.

Había salido por fin el sol de diciembre, pero su luz iluminaba poco y no tenía el menor efecto en el frío. El coche viró para entrar en el parque, y por el sonido de las ruedas notó que los adoquines cambiaban a gravilla. Una neblina flotaba fantasmagórica sobre el suelo, envolviendo los troncos de los árboles. Por la ventanilla del coche no veía ningún movimiento y tuvo que fiarse de que el cochero continuaba siguiendo a Simon.

El coche se detuvo.

Un lacayo abrió la portezuela y la miró.

—John el cochero dice que si se acerca más su señoría verá el coche.

—Gracias.

Con la ayuda del lacayo, bajó del coche y se giró a mirar hacia donde él apuntaba. A unas cien yardas estaban Simon y un hombre enfrentados, como figuras de una pantomima. A esa distancia sólo distinguía quién era Simon por su manera de moverse. El corazón dejó de latirle. Dios santo, estaban listos para empezar. No había llegado a tiempo para persuadirle de que abandonara ese terrible rito.

—Esperadme aquí —ordenó a los criados y echó a andar hacia el escenario del duelo.

Había seis hombres en total; los otros cuatro estaban a cierta distancia de los duelistas, pero ninguno miró en dirección a ella ni pareció verla, tan absortos estaban en ese juego masculino con la muerte. Simon se había quitado la chaqueta y el chaleco, y también su adversario, un hombre al que ella no había visto nunca. Las mangas de las camisas blancas se veían casi fantasmales en medio de la niebla gris. Tenían que tener frío, pero ninguno de los dos tiritaba. Simon estaba muy quieto mientras que el otro movía su espada de uno a otro, tal vez practicando.

Se detuvo a unas veinte yardas de distancia, oculta detrás de unos arbustos. Ya sentía los pies congelados sin las medias.

El adversario de Simon era un hombre muy corpulento, más alto y de hombros más anchos. Su cara se veía rojiza en contraste con su peluca blanca. La cara de Simon, en cambio, se veía blanca como la muerte, y el cansancio que ella había notado en casa, ahora quedaba más pronunciado a la luz del día, incluso a esa distancia. Los dos ya estaban inmóviles. Flexionaron las piernas, levantaron sus espadas, y volvieron a quedarse quietos, como en un cuadro.

Lucy abrió la boca.

Alguién gritó algo. Ella se encogió. Simon y su adversario se abalanzaron a atacar. Silbó la violencia en la velocidad de sus estocadas y tajos, en las horribles sonrisas que contorsionaban sus caras. En el aire quieto resonaba el estrépito de los choques de las espadas. Avanzaba el hombre corpulento, apuntando con su espada, pero Simon se apartaba de un salto y paraba el golpe con la espada. ¿Cómo podía moverse tan rápido estando tan cansado? ¿Podría continuar sin derrumbarse? Deseó correr hacia ellos, gritarles «¡Parad! ¡Parad!», pero sabía que su aparición sobresaltaría tanto a Simon que podría bajar la guardia y resultar muerto.

El hombre corpulento lanzó una estocada baja. Simon retrocedió tambaleante y paró el golpe con la espada.

—¡Sangre! —gritó uno de los otros hombres.

Y sólo entonces ella vio la mancha en la cintura de Simon. Ay, Dios. No se dio cuenta de que se estaba mordiendo el labio hasta que sintió sabor a cobre. Él continuaba moviéndose. Si la espada lo hubiera atravesado se caería, ¿verdad? Pero en ese momento él iba retrocediendo, moviendo la espada mientras el adversario continuaba atacando. Sintió subir bilis a la garganta. «Amado Señor, no permitas que muera, te lo ruego.»

—¡Arrojad las espadas! —gritó otro de los hombres.

Miró hacia ellos y cayó en la cuenta de que uno de los hombres era el joven señor Fletcher. Los otros tres gritaban y gesticulaban en dirección a los combatientes, pero él estaba muy quieto, con una extraña sonrisa en la cara. ¿A cuántos de esos combates sin sentido habría asistido? ¿A cuántos hombres habría visto morir, matados por su marido?

De repente odió su cara lozana y franca.

La mancha de sangre en la cintura de Simon se iba extendiendo. Ya daba la impresión de que llevaba un fajín rojo en la cintura. ¿Cuánta sangre estaría perdiendo? El hombre corpulento sonrió de oreja a oreja y se abalanzó con la espada apuntada, con mayor velocidad y fuerza. Simon estaba flaqueando. Sólo paraba los golpes del otro una y otra vez. De pronto tropezó y casi cayó al suelo. Apareció otra mancha en su camisa, esta encima de la muñeca derecha con que sostenía la espada.

—Maldito —lo oyó decir.

Su voz sonó débil a sus oídos, débil y muy, muy cansada.

Cerró los ojos y sintió brotar las lágrimas. Se rodeó con los brazos y se meció, para contener los sollozos. No hagas el menor ruido; no debes distraer a Simon, se dijo. Oyó otro grito. Oyó la ronca voz de su marido, maldiciendo. Se resistió a abrir los ojos, pero los abrió. Estaba de rodillas, como un sacrificio a un dios vengador.

Ay, Dios mío, mi dulce Señor.

El adversario tenía contorsionada la cara en un grotesco gesto triunfal. Se abalanzó, haciendo brillar la espada, para matar a Simon, para matar a su marido. No, por favor no. Echó a correr, como en un sueño, sin emitir ningún sonido. Sabía que no llegaría a tiempo.

En el último segundo Simon levantó la espada y esta se le enterró en el ojo derecho al hombre.

Lucy se agachó a vomitar, y el caliente líquido verdoso de bilis le salpicó las puntas de los zapatos y los empeines sin medias. El hombre corpulento chilló; unos horribles chillidos agudos, semejantes a nada que hubiera oído en su vida. Volvió a vomitar. Los otros hombres gritaban palabras que no entendía. Miró. Alguien le había sacado la espada del ojo al hombre. Algo negro le bajaba por la mejilla. Yacía en el suelo gimiendo; la peluca se le había caído de la cabeza afeitada. Un hombre con un maletín negro de médico estaba inclinado sobre él, pero se limitaba a mover la cabeza de un lado a otro.

El adversario de Simon se estaba muriendo.

Nuevamente le vinieron las bascas y vomitó. Sintió un sabor ácido en la lengua; sólo salió un hilillo amarillo de su dolorida garganta.

—Iddesleigh —resolló el moribundo.

Simon ya se había incorporado, aunque estaba temblando. La sangre ya le había manchado las calzas. El señor Fletcher estaba haciendo algo con la camisa, intentando vendarlo, con la cara desviada del hombre que yacía en el suelo.

—¿Qué pasa, Walker? —le preguntó.

—Hay otro.

Al instante Simon enderezó la espalda y apartó al señor Fletcher; se le espabiló la expresión y se le profundizaron los surcos de las mejillas; en un largo paso estuvo al lado del hombre caído.

—¿Qué?

Al hombre se le estremeció todo el cuerpo.

—Hay otro —repitió.

Simon se arrodilló a su lado.

—¿Quién?

El hombre movió la boca hasta que le salió el sonido.

—Fletcher.

El señor Fletcher se giró a mirar, desconcertado.

Simon no desvió la mirada de la cara del moribundo.

—Fletcher es demasiado joven. No me vas a engañar tan fácilmente.

Walker sonrió, sus labios cubiertos por la sangre que le salía del ojo destrozado.

—No ese Flet... —Un acceso de tos lo interrumpió.

—Traed agua —dijo Simon, ceñudo.

Uno de los hombres se acercó con una botella metálica.

—Whisky.

Simon asintió y la cogió. Le puso la botella sobre los labios y el hombre tragó. Después suspiró y se le cerraron los ojos.

Simon lo remeció.

—¿Quién?

Walker estaba inmóvil. ¿Ya estaría muerto? Lucy comenzó a susurrar una oración por su alma.

Simon soltó una maldición y le dio una palmada en la cara.

—¿Quién?

Lucy ahogó una exclamación.

Walker abrió un poco los ojos.

—Ssu pad... re.

Simon se incorporó y miró a Christian. Walker volvió a suspirar, resollando, en sus últimos estertores.

Simon ni siquiera lo miró.

—¿Tu padre? Es sir Rupert Fletcher, ¿verdad?

Christian negó con la cabeza.

—No. No vas a aceptar la palabra de un hombre al que has matado, ¿verdad?

—¿Debo?

—¡Ha mentido!

Simon continuó mirándolo.

—¿Tu padre ayudó a matar a mi hermano?

—¡No! —exclamó Christian levantando las manos—. Te has vuelto loco. Me marcho.

Acto seguido echó a andar, alejándose.

Simon se quedó mirándolo.

Los otros hombres ya se habían marchado.

Lucy se limpió la boca con el dorso de la mano y avanzó.

—Simon.

Él se giró y la miró a los ojos, desde el otro lado del cadáver del hombre al que acababa de matar.

Capítulo 15

*B*uen Dios. Lucy.

—¿Qué haces aquí? —preguntó; las palabras le salieron en un siseo, sin poder evitarlo.

Lucy estaba ahí, con el pelo suelto, enmarañado, la cara tremendamente pálida. Envuelta en su capa, con los hombros hundidos, se la sujetaba al cuello con los dedos azulados de frío.

Tenía la expresión de haber visto una atrocidad.

Miró hacia el suelo. El cadáver de Walker estaba a sus pies, como un sangriento premio. Tenía un agujero en el lugar donde había estado el ojo, y la boca abierta, ya sin la energía vital para mantenerla cerrada. El médico y sus padrinos se habían alejado un poco como si tuvieran miedo de ocuparse del cadáver mientras estuviera ahí el hombre que lo mató.

Sí que había visto una atrocidad.

Lo había visto luchar por su vida, lo había visto matar a un hombre enterrándole la espada en el ojo, había visto brotar el chorro de sangre. Él estaba cubierto de sangre, de la de él y de la de Walker. Buen Dios, no era de extrañar que lo estuviera mirando como si fuera un monstruo. Lo era; eso ya no podía ocultarlo. No tenía hacia donde volverse. Había deseado que ella nunca viera eso; que ella nunca supiera que él...

—¿Qué haces aquí? —gritó, para obligarla a retroceder, para acallar los gritos que pasaban por su mente.

Ella se mantuvo firme, su ángel, aun delante de un loco ensangrentado chillando.

—¿Qué has hecho?

Él pestañeó. Levantó la mano, en la que todavía tenía la espada; en la hoja había manchas rojas.

—Qué he...

Se echó a reír.

Ella se encogió.

Le dolía la garganta, oprimida por las lágrimas contenidas, pero se rió.

—He vengado a mi hermano.

Ella miró la cara de Walker con el ojo destrozado. Se estremeció.

—¿A cuántos hombres has matado por tu hermano?

—A cuatro. —Cerró los ojos, pero siguió viendo sus caras en los párpados—. Creía que eran cuatro. Creí que ya había terminado, pero me han dicho que hay un quinto.

Ella negó con la cabeza.

—No.

—Sí. —No sabía por qué continuaba—: Habrá un quinto.

Ella apretó los labios, bien para contener un sollozo o bien para contener la repugnancia; él no lo sabía.

—No puedes, no debes hacer esto, Simon.

Él simuló estupidez, aunque lo que deseaba era llorar.

—¿No puedo? Ya lo he hecho, Lucy. Y lo haré. —Abrió los brazos—. ¿Quién puede impedírmelo?

—Tú puedes impedírtelo —dijo ella en voz baja.

Él bajó los brazos.

—Pero no me lo impediré.

—Te destruirás.

—Ya estoy destruido.

Y en el fondo, muy en el fondo de su alma, sabía que decía la verdad.

—La venganza corresponde al Señor.

Qué tranquila, qué segura.

Envainó la espada, ensangrentada como estaba.

—No sabes de qué hablas.

—Simon.

—Si la venganza corresponde al Señor, ¿por qué, entonces, hay tribunales de justicia en Inglaterra? ¿Por qué colgamos a asesinos todos los días?

—Tú no eres un tribunal de justicia.

Él se rió.

—No. Un tribunal de justicia no los habría tocado.

Ella cerró los ojos, como si estuviera cansada.

—Simon, sencillamente no puedes arrogarte el derecho de matar a nadie.

—Asesinaron a Ethan.

—Está mal.

—A mi hermano, Ethan.

—Es pecado.

—¿Querrías que me quedara sentado de brazos cruzados mientras ellos saboreaban su asesinato?

Ella abrió los ojos.

—¿Quién eres? —La voz le sonó algo histérica—. ¿Sé yo quién eres?

Él pasó al otro lado del maltrecho cadáver de Walker, la cogió por los hombros y acercó la cara a la de ella, por lo que su aliento, sin duda asqueroso, le daría en la cara.

—Soy tu marido, milady.

Ella desvió la cara.

Él le dio una sacudida.

—Aquel al que prometiste obedecer siempre.

—Simon...

—Aquél del que dijiste que no te separarías nunca, renunciando a todos los demás.

—Simon...

—Aquel al que le haces el amor por la noche.

—Ya no sé si puedo vivir contigo.

Las palabras salieron en un susurro pero resonaron en su cabeza como un toque de difuntos.

Un miedo abrumador le heló las entrañas. Apretó su cuerpo tenso al de él y la besó en la boca, fuerte. Sintió sabor a sangre, de ella o de él no importaba, y no le importó. No la dejaría marcharse, no podía dejarla. Levantó la cabeza y la miró a los ojos.

—Entonces es una gran lástima que ya no tengas elección.

Ella se limpió la sangre de la boca con la mano temblorosa. Él deseó limpiársela, y deseó decirle que lo lamentaba. Pero en ese momento era probable que ella le mordiera los dedos, y las palabras se negaron a salir. Así que simplemente la miró. Ella se arrebujó la capa manchada, se dio media vuelta y echó a andar. Él se la quedó mirando alejarse por la hierba verde, hasta que subió al coche y este se puso en marcha.

Sólo entonces recogió su chaqueta, fue hasta su caballo y montó. Las calles de Londres ya estaban llenas de personas que iban a atender sus trabajos y asuntos. Vendedores ambulantes con sus carretas, pilluelos a pie, caballeros y damas en coches y a caballo, tenderos y prostitutas. Toda una masa de seres vivos comenzando un nuevo día.

Pero él cabalgaba separado de todos.

La muerte lo había puesto en la compañía de los condenados, y estaban rotos sus lazos con el resto de la humanidad.

Se abrió bruscamente la puerta del despacho y golpeó en la pared.

Sir Rupert levantó la vista y vio a su hijo en el umbral de la puerta, pálido, despeinado, con la cara brillante de sudor. Comenzó a levantarse del sillón de su escritorio.

—¿Lo hiciste? —preguntó Christian, en voz baja, casi tranquila, en contraste con su apariencia.

—¿Hice qué?

—¿Mataste a Ethan Iddesleigh?

Sir Rupert volvió a sentarse. Si pudiera le mentiría, no vacilaba en mentir. Había descubierto que el engaño suele ser lo mejor. Con más frecuencia que menos las personas desean que se les mienta; no les gusta la verdad. Si no, ¿cómo se explicaba que se creyeran tan rápido las mentiras? Pero la cara de su hijo indicaba que ya sabía la verdad. Su pregunta era más una afirmación.

—Cierra la puerta —dijo.

Christian pestañeó y luego cerró la puerta.

—Dios mío. ¿Lo hiciste, padre?

—Siéntate.

Christian se dejó caer en un sillón de madera tallada y dorada. Su pelo rojizo estaba mojado de sudor y la cara le brillaba como si estuviera grasienta. Pero era su expresión la que preocupaba a sir Rupert. ¿Cuándo habían aparecido arrugas en la cara de su hijo?

Extendió las manos sobre el escritorio.

—Ethan Iddesleigh era un problema. Había que eliminarlo.

—Dios mío —gimió Christian—. ¿Por qué? Dime por qué matarías a un hombre.

—Yo no lo maté —dijo irritado—. ¿Tan tonto crees a tu padre? Simplemente dispuse las cosas para su muerte. Participaba en una empresa conjunta con Ethan Iddesleigh. Participábamos yo, lord Walker...

—Peller, James y Hartwell —terminó Christian—. Sí, lo sé.

Sir Rupert frunció el ceño.

—¿Por qué preguntas, entonces, si ya lo sabes?

—Sólo sé lo que me ha dicho Simon, y eso ha sido muy poco.

—Sin duda Simon Iddesleigh se dejó llevar por prejuicios en su explicación, por pequeña que fuera. Los hechos son los siguientes: Habíamos invertido en té y lo íbamos a perder todo. Todos acordamos una manera de recuperar el dinero. Es decir, todos menos Ethan. Él...

—¿Esto tiene que ver con dinero?

Sir Rupert miró atentamente a su hijo; llevaba una chaqueta de seda bordada que daría alimento y techo a la familia de un campesino o un jornalero durante la mayor parte de una estación. Estaba sentado en un sillón dorado que no avergonzaría a un rey, en una casa situada en una de las mejores calles de Londres.

¿Tenía idea de todo eso?

—Por supuesto que tiene que ver con dinero, maldita sea. ¿De qué creías que se trataba?

—No...

Sir Rupert dio una palmada sobre el escritorio.

—Cuando yo tenía tu edad trabajaba desde antes que saliera el sol hasta tarde por la noche. Había días en que me quedaba dormido cenando, con la cabeza apoyada en el tablón que me servía de mesa. ¿Crees que me gustaría volver a eso?

—Pero matar a un hombre por oro, padre.

—¡No desprecies el oro! —exclamó sir Rupert, acentuando la última palabra. Continuó con la voz ya controlada—: El oro es el motivo de que no tengas necesidad de trabajar, como la tuvo tu abuelo. Como la tuve yo.

Christian se pasó una mano por el pelo. Parecía aturdido.

—Ethan Iddesleigh estaba casado y tenía una hija pequeña.

—¿Crees que preferiría a su hija a las mías?

—Esto...

—Habríamos perdido la casa.

Christian levantó la vista.

—Sí —asintió sir Rupert—. Así de grave era la situación. Habríamos tenido que irnos a vivir al campo. Tus hermanas se habrían perdido sus temporadas. Yo habría tenido que vender ese coche nuevo que te había comprado. Tu madre habría tenido que vender sus joyas.

—¿Tan mal estaban nuestras finanzas?

—No tienes ni idea. Recibes tu asignación trimestral y nunca piensas de dónde viene, ¿verdad?

—Pero habría inversiones...

Sir Rupert dio otra fuerte palmada en el escritorio.

—¡Sí, inversiones! ¿De qué crees que estoy hablando? Eso era una inversión, una inversión de la que dependía todo nuestro futuro. Y Ethan Iddesleigh, que no tuvo que trabajar ni un solo día de su vida, al que le presentaron toda su fortuna en bandeja de plata cuando sólo era un bebé, deseaba atenerse a los principios.

—¿Qué principios? —preguntó Christian.

Sir Rupert ya tenía la respiración sibilante; la pierna le dolía como mil demonios, y necesitaba beber algo.

—¿Importa eso? Estábamos al borde de la ruina total. Nuestra «familia», Christian.

Christian se limitó a mirarlo fijamente.

—Les dije a los demás que si nos librábamos de Iddesleigh podríamos salir adelante. De ahí a conseguir que éste retara a duelo a Peller había un corto paso. Se batieron a duelo y Peller ganó. —Se inclinó y clavó a su hijo con la mirada—. Ganamos. Se salvó nuestra familia. Tu madre ni siquiera supo lo cerca que estuvimos de perderlo todo.

—No sé —dijo Christian, moviendo la cabeza—. No sé si puedo aceptar que nos hayas salvado de esa manera y dejaras sin padre a la hija de Iddesleigh.

A sir Rupert se le contrajo dolorosamente un músculo de la pierna.

—¿Aceptar? No seas tonto. ¿Quieres ver a tu madre vestida con harapos? ¿A mí en el asilo para los pobres? ¿A tus hermanas lavando la ropa de los demás? Los principios están muy bien, muchacho, pero no te ponen comida en la boca, ¿a que no?

—No —dijo Christian, pero parecía dudoso.

—Formas parte de esto como yo.

Hurgó en el bolsillo de su chaleco, sacó el anillo y lo hizo rodar por el escritorio en dirección a su hijo.

Christian lo cogió.

—¿Qué es esto?

—El anillo de Simon Iddesleigh. James se lo sacó cuando sus matones casi lo mataron.

Su hijo lo miró incrédulo.

Sir Rupert asintió.

—Guárdatelo. Te recordará de qué lado estás y lo que debe hacer un hombre por su familia.

Había criado a Christian para que fuera un caballero. Había deseado que su hijo se sintiera cómodo entre los aristócratas, que nunca temiera dar un paso en falso que revelara su origen plebeyo, como le había pasado a él cuando era joven. Pero al darle esa confianza en sí mismo, esa seguridad de que no tenía por qué preocuparse por las finanzas, ¿lo había debilitado?

Christian volvió a mirar el anillo.

—Mató a Walker esta mañana.

Sir Rupert se encogió de hombros.

—Sólo era cuestión de tiempo.

—Y ahora vendrá por ti.

—¿Qué?

—Sabe de ti. Walker le dijo que tú eres el quinto hombre.

Sir Rupert soltó una maldición.

—¿Qué vas a hacer? —preguntó Christian, guardándose el anillo en el bolsillo.

—Nada.

—¿Nada? ¿Qué quieres decir? Ha buscado a los otros y los ha obligado a retarlo a duelo. Hará lo mismo contigo.

Sir Rupert se levantó y rodeó el escritorio, cojeando, apoyado en su bastón.

—Lo dudo. No, sinceramene lo dudo.

Cuando Simon entró en su dormitorio esa noche, la casa estaba silenciosa y oscura. Lucy ya comenzaba a dudar de que fuera a volver. Había pasado toda la tarde esperándolo, tratando inútilmente de leer un libro del que ni siquiera recordaba el título. Dado que no llegó a la hora en que cenaban normalmente, cenó sola. Y después, resuelta a hablar con él cuando llegara, se fue a acostar a la habitación de él. Y ahí estaba cuando entró él, sentada en la enorme cama de caoba, con las rodillas flexionadas, rodeándoselas con los brazos.

—¿Dónde has estado?

La pregunta le salió antes de lograr reprimirla. Hizo un mal gesto. Tal vez no le convenía saber dónde había estado.

—¿Te importa? —preguntó él.

Dejó el candelabro que traía en una mesa y se quitó la chaqueta. Ella vio que la seda azul estaba gris en algunas partes y tenía por lo menos una rotura.

Se tragó la rabia. No le serviría de nada en ese momento.

—Sí, me importa.

Y era cierto. Fuera como fuera, lo amaba y le importaba, y le importaba lo que hacía.

Sin contestar, él fue a sentarse en un sillón junto al hogar para quitarse las botas. Después se levantó, se quitó la peluca y la colocó en un perchero. Frotándose vigorosamente la cabeza con las dos manos, se dejó todo el pelo corto de punta.

—Anduve por ahí —contestó al fin, quitándose el chaleco y dejándolo en una silla—. Fui a dar una vuelta al club de la Sociedad Agraria. Pasé a una librería a mirar libros.

—¿No fuiste en busca del padre del señor Fletcher?

Ese había sido su miedo todo ese tiempo; que hubiera ido a tomar las medidas para otro duelo.

Él la miró y luego se quitó la camisa.

—No. Me gusta tomarme un día de descanso entre mis matanzas.

—No es divertido —musitó ella.

Con sólo las calzas, él puso agua en la jofaina y comenzó a lavarse.

—No —dijo.

Ella continuó observándolo desde la cama. Le dolió el corazón. ¿Cómo había podido haber matado a otro ser humano esa mañana, y seguir moviéndose con tanta agilidad aún estando tan cansado? ¿Cómo podía ella estar casada con él? ¿Cómo podía seguir queriéndolo y preocupándose por él?

—¿Me harías el favor de explicármelo? —preguntó en voz baja.

Él titubeó un instante, con el brazo levantado. Después se lavó la axila y comenzó a hablar mientras se lavaba el costado:

—Eran un grupo de inversores. Peller, Hartwell, James, Walker y Ethan, mi hermano. —Aclaró en la jofaina el paño que estaba usando y se lo pasó por el cuello—. Y al parecer, también el padre de Christian, sir Rupert Fletcher. —La miró a los ojos como si supusiera que ella iba a hacer alguna objeción; ella guardó silencio. Entonces continuó—: Compraron un cargamento de té indio en común. No sólo uno, sino varios. Demonios, era una maldita flota de barcos con cargamento, como si hubieran sido príncipes comerciantes. El precio del té estaba en alza, y esperaban hacer una fortuna cada uno. Fácil, rápidamente.

Se pasó el paño por el pecho, en círculos, llevándose las manchas de sangre, el sudor y el polvo.

Ella escuchaba en silencio, mirándolo, temerosa de interrumpir esa historia. Pero temblaba por dentro. Se sentía atraída por ese hombre que se estaba lavando de esa manera rutinaria, y al mismo tiempo la repelía el desconocido que había matado a otro ser humano esa misma mañana.

Simon se echó agua en la cara.

—El único riesgo era que los barcos naufragaran y se hundieran debido a una tormenta, pero ese es un riesgo que corre cualquier inversor. Tal vez lo pensaron un momento y descartaron esa posibilidad. Al fin y al cabo era mucho el dinero que iban a ganar. —Miró el agua sucia y jabonosa, la vació en el cubo para ese efecto y volvió a llenar la jofaina—. Pero Ethan, siempre el correcto Ethan, los convenció de contratar un seguro por si acaso ocurría algo y el té no llegaba a su destino. El seguro era caro, pero él les dijo que era inteligente hacerlo, que era lo mejor.

Hundió la cabeza en el agua y se lavó el pelo. Ella esperó hasta que se escurrió el agua del pelo con las palmas y se enderezó.

—¿Qué ocurrió?

—Nada. —Se encogió de hombros, cogió la toalla y comenzó a secarse el pelo limpio—. El tiempo fue bueno, los barcos eran sólidos, y la tripulación competente, supongo. El primer barco llegó a puerto sin ningún problema.

—¿Y?

Él dedicó un tiempo a doblar la toalla y luego la dejó a un lado de la jofaina.

—Mientras tanto había bajado el precio del té. No sólo bajado, sino que había caído en picado. Fue uno de esos caprichos del mercado que no podrían haber previsto. De repente hubo una superabundancia de té, y ni siquiera valía el coste de descargar las cajas del barco.

Entró en el cuarto contiguo, su vestidor.

—Entonces, ¿los inversores perdieron su dinero? —gritó ella.

Él reapareció con una navaja para afeitarse.

—Lo habrían perdido, pero se acordaron del seguro. El seguro que Ethan los había hecho tomar, y que les pareció tan ridículo entonces pero que en esos momentos era su única esperanza. Si hundían los barcos, se resarcirían del dinero invertido.

Ella frunció el ceño.

—Pero Ethan...

Él asintió apuntándola con la navaja.

—Pero Ethan era el hombre más honorable que he conocido. El más honrado. El más seguro de sí mismo y de sus principios morales. Se negó. Al diablo la pérdida del dinero, al diablo la rabia de ellos, al diablo la posibilidad de ruina —comenzó a enjabonarse la cara—, él no tomaría parte en un fraude.

Lucy pensó en la honradez de Ethan. Qué ingenuo debió haber sido, y qué difícil para un hombre como Simon vivir a su altura. Simon lo explicaba con voz neutra, en tono monótono; tal vez a cualquier otra persona le parecería carente de sentimientos, pero ella era la mujer que lo quería, y detectó el dolor en su voz; y la rabia.

Entonces se puso el filo de la navaja en la garganta y se hizo la primera rasuración.

—Resolvieron que debían librarse de Ethan. Sin él, podían hacer naufragar los barcos y recuperar su dinero; con él, lo perdían todo. Pero no es tan fácil matar a un vizconde, ¿verdad? —Limpió la espuma de la navaja pasándola por un paño—. Propagaron unos malditos rumores que no se podían desmentir, no se podían refutar.

—¿Rumores acerca de él?

—No. —Miró la navaja que tenía en la mano como si se hubiera olvidado qué era—. Acerca de Rosalind.

—¿Qué?

—Sobre la virtud de Rosalind. Sobre el nacimiento de Bolsillo.

—Pero si Bolsillo es igual a ti... —Se le cortó la voz, al comprender. Ah, Dios santo.

—Exactamente. Igual que yo. —Curvó los labios—. Llamaron puta a Rosalind, dijeron que yo la había seducido, que Bolsillo era una bastarda y Ethan un cornudo.

Ella debió ahogar una exclamación de espanto.

Él se giró a mirarla, con los ojos apenados, y al fin la voz le salió tensa:

—¿Por qué crees que no hemos asistido a ningún baile, ni fiesta ni a una maldita velada musical en Londres, por el amor de Dios? La reputación de Rosalind quedó arruinada, absolutamente destrozada. No la han invitado a ninguna parte desde hace tres años. A una dama de virtud impecable le vuelven la espalda en la calle mujeres casadas que han tenido tantas aventuras extraconyugales que no pueden contarlas.

Lucy no supo qué decir. Qué horrible hacerle eso a una familia, a unos hermanos. Pobre, pobre Rosalind.

Simon hizo una inspiración profunda.

—No le dejaron opción a Ethan. Retó a duelo a Peller, al que habían elegido para que hablara más alto. Ethan no se había batido jamás en duelo, apenas sabía sostener una espada en la mano. Peller lo mató en menos de un minuto. Fue como llevar a un corderito al matadero.

Ella también hizo una inspiración.

—¿Dónde estabas tú?

—En Italia. —Levantó nuevamente la navaja—. Viendo las ruinas y bebiendo. —Se rasuró—. Y putañeando también, lo reconozco. —Limpió la navaja—. Sólo lo supe cuando me llegó una carta. Ethan, el serio Ethan, el soso Ethan, el buen hijo, Ethan mi hermano, había muerto en un duelo. Pensé que era una broma; regresé de inmediato. —Rasurada—. Ya me había cansado de Italia. Por bueno que sea el vino, sólo había más ruinas de las que se pueden ver. Viajé hasta la propiedad de la familia y...

Ocupó más tiempo que antes en limpiar la navaja; no la estaba mirando, pero ella vio que se le movió la nuez de la garganta al tragar saliva.

—Era invierno y habían conservado el cadáver hasta mi regreso. Al parecer, no podían celebrar el funeral sin mí. Y no es que hubiera muchos dolientes esperando; sólo Rosalind, casi postrada de aflicción y horror, Bolsillo y el cura. Nadie más. Las habían aislado, rechazado, estaban deshonradas. —La miró y ella vio que se había hecho una heridita bajo el lóbulo de la oreja izquierda—. Hicieron algo más que matarlo a él, Lucy, mataron su apellido, su nombre; mataron la reputación de Rosalind. Mataron las esperanzas de Bolsillo de casarse bien alguna vez, aunque aún es muy niña para saberlo.

Frunció el ceño y terminó de afeitarse sin decir nada más.

Lucy lo observaba. ¿Qué debía hacer? Entendía muy bien los

motivos para desear la venganza. Si alguien le hiciera algo así a David, su hermano, o a su padre, ella también herviría de indignación. De todos modos, eso no lo justificaba. ¿Y el precio que pagaría él, tanto en el cuerpo como en el alma? No podía haber luchado esos duelos sin perder una parte de sí mismo. ¿Podía ella quedarse sentada de brazos cruzados mientras él se aniquilaba vengando a un hermano muerto?

Se lavó la cara, se la secó y caminó hasta la cama.

—¿Puedo acostarme a tu lado?

¿Creía que ella lo iba a rechazar?

—Sí.

Se movió para hacerle espacio.

Él se quitó las calzas y apagó la vela. Ella sintió hundirse el colchón cuando él subió. Esperó, pero no se acercó a ella. Finalmente ella se arrimó a él hasta quedar acurrucada tocándolo. Él vaciló un momento y luego la rodeó con el brazo.

—No has terminado el cuento que me estabas contando.

Lo oyó suspirar.

—¿De verdad quieres oírlo?

—Sí.

—Muy bien, entonces. —Su voz flotó en la oscuridad—. Como recordarás, Angélica deseaba otro vestido, más bonito aún que el primero. Así pues, el príncipe Serpiente le enseñó una afilada daga de plata y le ordenó que le cortara la mano derecha.

Lucy se estremeció; había olvidado esa parte.

—La chica cabrera obedeció y apareció un vestido de plata adornado con cientos de ópalos. Resplandecía como la luna. —Le acarició el pelo—. Y entonces se fue al baile y lo pasó fabulosamente bien con el príncipe Rutherford, y volvió tarde...

—¿Y el príncipe Serpiente? —interrumpió ella—. ¿No estaba sufriendo terriblemente?

Él detuvo la mano.

—Por supuesto. —Reanudó la caricia—. Pero era lo que Angélica deseaba.

—Cría egoísta.

—No. Sólo pobre y sola. No podía evitar pedir vestidos bonitos, tal como la serpiente no podía evitar tener escamas. Así es como los hizo Dios.

—Mmm —musitó ella, pero no convencida.

Él le dio una palmadita en el hombro.

—En todo caso, Angélica volvió a la cueva y le contó todo acerca del baile, del guapo Rutherford y de cómo admiraron todos su vestido. Y él la escuchaba en silencio, sonriéndole.

—Y supongo que a la noche siguiente ella pidió un vestido nuevo para ver al tonto de Rutherford.

—Sí.

No dijo nada más y ella esperó unos minutos escuchando los sonidos de su respiración.

—¿Entonces? —preguntó al fin.

—Pero claro, el vestido tenía que ser más bonito aún que el anterior.

—Claro.

Él le apretó el hombro.

—El príncipe Serpiente dijo que nada era más fácil. Podía tener el vestido más hermoso que hubiera visto, el más bello del mundo.

Lucy lo pensó; eso no le parecía nada bueno.

—¿Debía cortarle la otra mano?

—No —suspiró él tristemente—. La cabeza.

Ella apartó bruscamente la suya.

—¡Eso es horroroso!

Notó que él se encogía de hombros.

—El vestido más hermoso, el sacrificio definitivo. El príncipe Serpiente se arrodilló delante de la chica cabrera y le presentó el cuello. Angélica se sintió consternada, lógicamente, y vaciló, pero estaba enamorada del príncipe Rutherford. ¿De qué otra manera podía conquistar a un príncipe una chica cabrera? Al final, hizo lo que le ordenó el príncipe Serpiente y le cortó la cabeza.

Lucy se mordió el labio. Sentía deseos de echarse a llorar por ese estúpido cuento.

—Pero vuelve a vivir, ¿verdad?

—Chss —musitó él, y ella sintió su aliento en la cara; debió girar la cabeza hacia ella—. ¿Quieres oír la historia o no?

Ella se acurrucó apretada a él y se quedó quieta.

—Sí.

—Esta vez el vestido era verdaderamente magnífico. Estaba hecho todo de plata, adornado con diamantes y zafiros, así que Angélica parecía ir vestida de luz. Cuando el príncipe Rutherford la vio se sintió avasallado por el ardor, o tal vez por la codicia, y al instante se arrodilló ante ella y le propuso matrimonio.

Lucy esperó, pero él no continuó. Le tocó el hombro.

—¿Qué pasó entonces?

—Ya está. Se casaron y vivieron felices para siempre.

—Ese no puede ser el final. ¿Y el príncipe Serpiente?

Lo sintió girarse hacia ella.

—Murió, ¿no lo recuerdas? Supongo que Angélica derramó unas cuantas lágrimas por él, pero era una serpiente después de todo.

Ella sabía que sería tonto protestar, sólo era un cuento, pero sentía una furia irracional contra él.

—No. Es el héroe de la historia. Se transformó en un hombre.

—Sí, pero sigue siendo serpiente en parte.

—¡No! Es un príncipe. —Tenía conciencia de que estaban discutiendo por algo que no tenía nada que ver con el cuento—. Ese es el título de la historia, *El Príncipe Serpiente*. Tenía que casarse con Angélica; la amaba al fin y al cabo.

—Lucy. —La cogió en sus brazos y ella se dejó abrazar, aun cuando estaba enfadada con él—. Lo siento, ángel, pero ese es el cuento.

—No se merece morir —dijo; sintió lágrimas en los ojos.

—¿Se lo merece alguien? Se lo merezca o no no tiene importancia; es simplemente su destino. No se puede cambiar eso, como no se puede cambiar el curso de las estrellas.

Le brotaron las lágrimas y le rodaron hasta el pelo y, también, hasta el pecho de él.

—Pero el destino de un hombre. Ese se puede cambiar.

—¿Sí? —preguntó él, en voz tan baja que ella casi no lo oyó.

No pudo contestar, así que cerró los ojos, tratando de contener los sollozos. Y rezó: «Dios mío, te lo ruego, permite que un hombre pueda cambiar su destino».

Capítulo 16

*L*ucy volvió a despertarse a altas horas de la madrugada por culpa de un sueño.

Abrió los ojos a la luz gris y sin moverse miró hacia las brasas del hogar. Esta vez recordaba algunos fragmentos. Había soñado que Christian se batía en duelo con lord Walker mientras Simon tomaba el té mirándolos. Lord Walker ya había perdido el ojo y estaba muy furioso, aunque eso no afectaba a su pericia con la espada. Y eso lo volvía todo más espantoso. Cambió el sueño y estaba ella sentada a la mesa con Simon. Servía el té y bebía y al mirar la taza veía que el té estaba hecho de pétalos de rosa. Era rojo, como sangre. Y eso la horrorizaba; tal vez era sangre. Dejaba la taza en el platillo y se negaba a continuar bebiendo, aunque Simon la instaba a hacerlo. Pero sabía que no podía fiarse de él, porque cuando miró hacia abajo él tenía una cola en lugar de piernas. La cola de una serpiente.

Se estremeció.

Cuando despertó estaba cubierta de sudor, y se le había enfriado el cuerpo. Pasó la mano por la colcha de seda y tocó un brazo; cálida piel masculina. Aunque tenían dormitorios propios, cada uno lo bastante grande como para albergar a una familia entera, desde la boda Simon había dormido con ella todas las noches, ya fuera en la habitación de él, como esa noche, o en la de ella. Tenía la impresión de que no era esa la costumbre en la alta sociedad, que el hombre durmiera con su mujer, pero la alegraba. Le gustaba sentir su calor a su lado. Le gustaba oír su respiración profunda por la noche. Y le gustaba sentir su olor en la almohada; era agradable.

—¿Mmm?

Él se giró hacia ella y le puso un pesado brazo en la cintura. Volvió a sentir su respiración profunda.

No se movió. No debía despertarlo sólo por un sueño horrible. Arrimó la nariz a su hombro y aspiró su aroma.

—¿Qué pasa?

Su voz sonó áspera, ronca, pero estaba más despierto de lo que ella había creído.

—Nada. —Le deslizó la mano por el pecho, sintiendo el cosquilleo de su vello en la palma—. Sólo un sueño.

—¿Pesadilla?

—Mmm.

Él no le preguntó por la pesadilla. Simplemente la cogió en sus brazos. Ella estiró las piernas, deslizándolas por las suyas, y sintió la presión de su miembro erecto en la cadera.

—Bolsillo tenía pesadillas —dijo él, echándole el aliento en la coronilla de la cabeza—. Cuando yo me alojé con ellas después de la muerte de Ethan. —Le bajó la mano por la espalda, le dio una palmadita en el trasero y dejó la mano ahí, cálida y posesiva—. Tenía una niñera, pero la mujer debía dormir muy profundo, porque Bolsillo pasaba por su lado y se iba a la habitación de su madre. —Se rió, y la voz le salió ronca—. Y un par de veces fue a mi habitación. La primera me dio un susto de muerte. Una manita fría me tocó el hombro mientras una vocecita aguda susurraba mi nombre. Casi juré no beber antes de acostarme.

Lucy sonrió, con la cara apoyada en su hombro.

—¿Qué hiciste?

—Bueno. —Se puso de espaldas, sin soltarla, y estiró el otro brazo por encima de la cabeza—. En primer lugar, tuve que encontrar la manera de ponerme las calzas. Después me senté con ella en un sillón junto al fuego. Cubiertos con una manta los dos.

—¿Se durmió?

—Pues no se durmió la pillina. —Se rascó el pecho—. Más o menos como tú, quería hablar.

—Ah, perdona. Puedo parar de hablar.

—No —susurró él, entrelazando los dedos con los de ella en su pecho—. Me gusta hablar contigo así.

—¿De qué hablasteis?

Él pareció pensarlo. Finalmente suspiró.

—Me explicó que Ethan le hablaba cuando tenía pesadillas. Le hablaba de, ah, de muñecas, de cachorritos y de sus dulces favoritos. Cosas de ese tipo. Cosas para distraerle la mente de los malos sueños.

Lucy sonrió.

—¿Así que le hablaste de cachorritos?

—Ah, no. —Ella vio su sonrisa a la tenue luz que comenzaba a iluminar la habitación—. En lugar de eso le hablé de cómo se conduce un faetón, de en qué hay que fijarse para comprar caballos, de la manera correcta de preparar el café y de dónde viene.

Ella se subió las mantas sobre el hombro.

—¿De dónde viene el café?

—Le dije que venía de África, donde trabajadores pigmeos enseñan a los cocodrilos a trepar a los árboles y a hacer caer los granos de café con sus colas.

Lucy se rió.

—Simon...

—¿Qué otra cosa le podía decir? Eran las tres de la madrugada.

—¿Y así me vas a confortar a mí?

Él flexionó los dedos de la mano que tenía entrelazada con la suya.

—Si quieres. Podríamos hablar del té, de las diferencias entre el té chino y el indio, y dónde se cultiva, y de si es cierto que sólo deben recogerlo niñitas perfectas menores de seis años, con guantes de seda carmesí y a la luz de la luna azul.

—¿Y si no me interesa el té ni su produccion? —preguntó ella, deslizando el pie por una de sus pantorrillas.

Él se aclaró la garganta.

—Entonces tal vez te interesaría hablar sobre las diversas razas de caballos. Saber cuáles son los mejores caballos de tiro y cuáles...

Ella se soltó la mano y la deslizó hacia abajo, acariciándole el abdomen.

—No.

—¿No?

—Decididamente no.

Le tocó el pene, deslizó los dedos a todo lo largo y luego por encima del glande. Le encantaba acariciarlo.

A él se le agitó la respiración. Pasado un momento pudo hablar:

—¿Qué...?

Ella se lo apretó suavemente.

—Ah, ¿tienes otra idea?

—Sí, creo que sí.

Sujetándole firmemente el miembro erecto, giró la cara y le mordió el hombro. Sabía a sal y a almizcle.

Al parecer con eso él llegó a su límite. Al instante se giró hacia ella.

—Date la vuelta —le dijo, con la voz ronca.

Ella obedeció y movió el trasero, presionándole la pelvis.

—Picaruela —musitó él, acomodándola sobre su brazo derecho, para continuar teniéndola abrazada.

—Creo que deberías hablarme del cultivo de rosas —musitó ella, solemnemente.

Le pasó el brazo izquierdo por encima y deslizó la mano por sus pechos.

—¿Ah, sí?

—Sí.

Nunca se lo había dicho, pero a veces encontraba su voz tremendamente sensual. La sensación de su cuerpo a todo lo largo del suyo y oírlo, pero sin verle la cara, le produjo un repentino estremecimiento erótico.

—Bueno, el mantillo es importantísimo —explicó él, pellizcándole un pezón.

Ella se miró, vio sus elegantes dedos sobre su pecho, y se mordió el labio.

—¿La tierra?

Él le apretó más el pezón, haciéndola retener el aliento por la fuerte punzada del deseo.

—Los entusiastas de las rosas preferimos la palabra mantillo. La encontramos mucho más seria.

—¿Qué diferencia hay entre mantillo y tierra?

Echó atrás el trasero, golpeándolo. El miembro duro se deslizó por él y se quedó alojado entre sus nalgas. Se sentía rodeada por su cálido cuerpo. Eso la hacía sentirse pequeña. Femenina.

—Aahh —musitó él, y se aclaró la garganta—. Simplemente es así. Ahora escucha, el estiércol.

Ella reprimió una risita que habría estado mal.

—Eso no es romántico.

Él le estiró suavemente el pezón y ella se arqueó.

—Tú elegiste el tema.

Pasó la mano al otro pecho y le apretó el pezón.

Ella tragó saliva.

—Aún así...

—Chss. —Metió la pierna por entre las suyas y friccionó.

El muslo le acariciaba justo ahí; cerró los ojos.

—Mmm.

—El estiércol es esencial para un buen mantillo. Hay quienes sugieren huesos de bovinos molidos, pero eso sólo son herejías; esas personas sólo sirven para cultivar nabos. —Bajó la mano por su vientre y continuó hacia abajo—. El estiércol debe aplicarse en otoño, y se permite aplicarlo durante el invierno. Si se echa demasiado tarde, quema la planta.

Ella tenía toda la atención puesta en esa mano.

—¿S-sí?

Él le pasó delicadamente un dedo por la arruguita de la ingle sobre el muslo, casi haciéndole cosquillas. Le rozó el vello y continuó por el otro lado, lentamente. Lucy se movió impaciente. Sentía aumentar la excitación, sentía salir el flujo sólo con la expectativa de lo que le haría él luego.

—Veo que comprendes la importancia del buen estiércol. Ahora bien, piensa en tu excitación —bajó la mano por la entrepierna y le apartó los labios de la vulva—, cuando hablemos del compost.

Le introdujo un dedo en la vagina.

—Ooh.

Lo sintió asentir con la cabeza, pero ya no le importaba.

—Sí. Tienes la madera para ser una fabulosa cultivadora de rosas.

Ella intentó apretar los muslos alrededor de su mano, pero la pierna de él se lo impidió.

—Simon...

Él retiró el dedo y volvió a introducirlo. A ella se le contrajeron los músculos interiores alrededor del dedo.

—El compost, según sir Lazarus Lillipin, debe constar de una parte de estiércol de animales, tres partes de paja y dos partes de restos vegetales.

Otro dedo encontró su perla carnosa y ella gimió. Encontraba hedonista que un hombre pudiera darle tanto placer así.

—Estos componentes —continuó él— deben colocarse por capas, formando un rimero, y se van depositando así hasta que el rimero llega a la altura de un hombre bajo. Lillipin no dice nada respecto a la anchura que debe tener el rimero, grave omisión, en mi docta opinión.

—Simon.

—¿Ángel mío?

Movió el dedo pero no con bastante fuerza. Ella intentó arquearse para apretar esa parte a su mano, pero él seguía teniéndola inmovilizada con sus piernas. Se aclaró la garganta, pero aún así la voz le salió ronca:

—No deseo seguir hablando de rosas.

Él emitió unos cuantos tss tss sobre su cabeza, aun cuando la respiración le salía en resuellos.

—Puede ser un tema aburrido, lo reconozco, pero has sido muy buena alumna. Creo que te mereces una recompensa.

—¿Una recompensa?

Habría sonreído si hubiera podido. ¿Así consideraba él eso? Hombre engreído. De repente sintió un ramalazo de ternura y deseó girarse a besarlo.

Pero él le levantó la pierna y la colocó encima de las suyas.

—Una recompensa que sólo se da a las mejores muchachas. Aquellas que escuchan a sus maestros de horticultura y conocen bien sus rosas.

El miembro estaba a la entrada. Le apartó los labios con los dedos y la penetró un poco. Ella ahogó una exclamación y se habría movido si él se lo hubiera permitido. Había olvidado lo grande... Él embistió otra vez. Desde ese ángulo lo sentía en toda su magnitud, ensanchándola, invadiéndola.

—¿Sólo a las mejores? —preguntó.

No se reconoció la voz, tan ronca que pareció un ronroneo.

—Ah, sí —jadeó él.

—¿Y yo soy la mejor?

—Ah, sí, sin duda.

Ella se sintió invadida por una especie de poder primitivo.

—Entonces, ¿Simon?

—¿Mmm?

—Me merezco más. Deseo más. Te deseo todo entero.

Y era cierto. Deseaba al hombre entero, su mente, su cuerpo y su alma, y la asombraba su codicia.

—Oooh —gimió él, penetrándola hasta el fondo.

Ella también gimió e intentó juntar las piernas; se sentía llena de él. Él le mantenía las piernas abiertas con las suyas, y sus ingeniosos dedos encontraron esa protuberancia otra vez, y comenzó a embestir. Maravilloso. Lo deseaba así eternamente, su carne fundida con la de ella, su atención totalmente en ella. Ningún conflicto podía perturbalos ahí cuando estaban unidos. Echó atrás la cabeza, por debajo de la suya y encontró su boca. Él la besó profundo, profundo, mientras seguía embistiendo, penetrándola y saliendo, su carne friccionándole e invadiendo la de ella. Le subió un grito a la garganta, pero se lo tragó. Y le vino el aniquilador orgasmo, el miembro de él entrando y saliendo mientras ella resollaba y jadeaba.

De pronto él se retiró del todo; la giró, dejándola boca abajo, le levantó un poco las caderas y volvió a penetrarla. Santo cielo. Estaba casi plana y lo sentía todo entero sobre ella. Encontraba primitiva esa posición, y con su reciente orgasmo casi le avasalló los sentidos.

—Lucy —gimió él. Retiró lentamente el miembro hasta que sólo quedó la punta alojada en su abertura, ancha y dura, y volvió a embestir, fuerte—. Mi querida Lucy. —Jadeó un momento junto a su oreja y le mordisqueó el lóbulo—. Te amo —musitó—. No me abandones nunca.

Le tembló el corazón. Él estaba todo alrededor de ella; el peso de su cuerpo sobre la espalda, su aroma invadiéndole los sentidos tal como su carne invadía la suya. Eso era dominación pura y simple, y la encontraba insoportablemente erótica. Una oleada de placer pasó nuevamente por toda ella. Oh, que este momento continúe, que estemos juntos y unidos eternamente. Estaba llorando, su éxtasis físico mezclado y confundido con una terrible sensación de pérdida inminente que no podía controlar.

—Lucy...

Embistió con más fuerza, más rápido. Se incoporó un poco y continuó embistiendo fuerte, machacando en su vulnerable cuerpo, y ella sintió caer gotas de su sudor en la espalda.

—¡Lucy!

Gruñó, se estremeció, y ella sintió entrar el chorro y no pudo separarlo o distinguirlo del orgasmo que le produjo esa simiente sembrada en su interior.

Lo primero que le llamó la atención a Simon en el despacho de sir Rupert fueron las litografías que colgaban de las paredes; litografías de plantas.

—Sir Rupert le atenderá enseguida, milord —dijo el mayordomo de Fletcher, que estaba detrás de él.

Asintió, ya avanzando a mirar el dibujo grabado de una nudosa rama con delicadas flores encima y, curiosamente, el fruto debajo. En el margen de abajo del grabado estaba escrita en tipografía arcaica la leyenda: *«Prunus cerasus»*. Ciruelo ácido. Miró el siguiente, en un marco dorado: *«Brassica oleracea»*. Col silvestre. Las hojas rizadas estaban dibujadas con intrincadas curvas que bien podrían haber sido plumas de algún pájaro exótico.

—Había oído decir que tiene usted interés en la horticultura —dijo sir Rupert desde la puerta.

Simon no se movió.

—Yo no sabía que usted también —le contestó, volviéndose a mirar a su enemigo.

Sir Rupert estaba apoyado en un bastón.

Eso no se lo había esperado. Llevaba sólo cinco minutos ahí y ya se había llevado dos sorpresas. Eso no iba como lo había planeado. Pero claro, en realidad no había sabido de qué manera planear aquello: un enfrentamiento. Cuando se enfrentó a Walker pensó que con él se había acabado todo; no se le había pasado por la cabeza que hubiera otro, hasta que el hombre moribundo se lo dijo. No se atrevió a hablar de eso con Lucy; después de la dulce relación sexual de esa mañana, no quiso desbaratar la frágil tregua entre ellos. Sin embargo, aún tenía que encargarse de que ella estuviera a salvo, segura, y eso significaba eliminar al quinto hombre. Si lograba hacerlo sin que Lucy se enterara, tal vez todavía tuvieran la posibilidad de salvar su matrimonio.

—¿Querría ver mi invernadero? —propuso sir Rupert, con la cabeza ladeada, mirándolo como un loro divertido por algo.

Era mayor que los otros conspiradores; tenía que serlo para ser el padre de Christian. De todos modos, Simon no se había preparado para esa cara arrugada, la leve encorvadura de sus hombros ni la papada que se le mecía bajo el mentón. Todo eso proclamaba que era un hombre mayor de cincuenta años. Si no, sería un adversario formidable. Aunque era más bajo que él, sus brazos y hombros se veían muy musculosos. Si no fuera por su edad y su bastón...

Pensó en el ofrecimiento.

—¿Por qué no?

Sir Rupert salió de la sala delante de él. Simon observó su laborioso avance por el vestíbulo de mármol, oyendo el resonante ruido del bastón cada vez que tocaba el suelo; por desgracia, la cojera no era fingida. Entraron en un corredor corto que terminaba en una puerta de roble normal.

—Creo que le gustará —dijo sir Rupert. Sacó una llave del bolsillo, la introdujo en la cerradura y abrió. Con un movimiento del brazo le indicó que pasara primero—. Por favor.

Arqueando las cejas, Simon pasó por la puerta. Lo envolvió un aire húmedo impregnado de los conocidos olores a marga y descomposición de materia. Por encima de esos olores flotaba un aroma más suave. Era una sala octogonal construida toda en cristal, desde el suelo. A lo largo del perímetro y distribuidos en grupos por el centro había todo tipo de frutales cítricos, cada uno en una enorme maceta.

—Naranjas, por supuesto —dijo sir Rupert, cojeando hasta situarse a su lado—, pero también limas, limones y diversas variedades de mandarinas. Cada uno tiene su sabor y olor particular. ¿Sabe?, creo que si me vendara los ojos y me diera una de estas frutas podría saber qué es sólo por la textura de su piel.

—Extraordinario —dijo Simon, tocando una hoja brillante.

—Me temo que dedico demasiado tiempo y gasto demasiado dinero en esta pequeña afición. —Acarició una fruta todavía verde—. La afición puede ser arrolladora, pero claro, si es por eso, también puede serlo la venganza.

Diciendo eso, sir Rupert sonrió, un hombre amable, paternal, rodeado por su huerto artificial.

Simon sintió surgir una oleada de odio, y tuvo buen cuidado de aplastarlo.

—Coge el toro por los cuernos, señor.

Sir Rupert exhaló un suspiro.

—No le encuentro sentido a simular que no sé a qué ha venido. Los dos tenemos la inteligencia para saber eso.

—Entonces reconoce que conspiró para matar a mi hermano —dijo Simon, y adrede arrancó la hoja que había estado acariciando.

—¡Ya! —exclamó sir Rupert, irritado—. Lo reduce al juego de un niño pequeño derribando los bloques de una construcción de juguete, cuando no fue nada de eso.

—¿No?

—No, ciertamente no. Íbamos a perder una fortuna, todos los inversores, no sólo yo.

A Simon se le curvaron los labios.

—Dinero.

—¡Sí, dinero! —exclamó sir Rupert, golpeando el suelo con el bastón—. Habla como mi hijo, despreciando el dinero como si le ensuciara las manos. ¿Por qué cree que todos, incluido su hermano, invertimos en ese negocio? Necesitábamos el dinero.

—Mataron a mi hermano por codicia —siseó Simon, ya sin poder contener toda la rabia.

—Matamos a su hermano por nuestras familias —resolló sir Rupert, y pestañeó, tal vez sorprendido por su sinceridad—. Mi motivo fue mi familia. No soy un monstruo, lord Iddesleigh. No se equivoque. Quiero a mi familia. Haría cualquier cosa por ella, incluso, sí, eliminar a un aristócrata que habría dejado que fuera a parar al asilo de indigentes por atenerse a sus principios.

—Lo hace parecer como si hubiera sido seguro que la inversión fuera a dar beneficios. Sin embargo fue una apuesta desde el principio. No fue culpa de Ethan que el precio del té bajara en picado.

—No, no fue culpa de él. Pero habría sido culpable si nos hubiera impedido recuperar el dinero del seguro.

—Lo mató para cometer un fraude.

—Lo maté para proteger a mi familia.

Simon levantó el labio en una sonrisa despectiva.

—No me importa. No me importan las justificaciones que me ha dado, los motivos que tiene ni las penurias con que pretende ganar mi compasión. Usted mató a Ethan; ha reconocido el asesinato.

—¿No le importa? —preguntó sir Rupert, y su voz sonó suave en el aire quieto y opresivo—. ¿A usted, que se ha pasado un año vengando a su familia?

Simon entrecerró los ojos. Sintió bajar unas gotas de sudor por la espalda.

—Creo que lo entiende —dijo sir Rupert—. En realidad le importa, por los mismos motivos que a mí.

—No importa —dijo Simon, tocando otra hoja—. Intentó asesinar a mi mujer. Sólo por eso le veré muerto.

Sir Rupert sonrió.

—Ahí se equivoca. El atentado contra la vida de su esposa no fue culpa mía. Eso fue idea y obra de lord Walker, y ya lo ha matado, ¿verdad?

Simon miró fijamente al hombre que lo tentaba con esa esperanza de redención. Qué fácil sería sencillamente dejarlo estar. Ya había matado a cuatro hombres. Y este decía que no era una amenaza para Lucy. Podría renunciar al combate, irse a casa a estar con ella y no volver a batirse a duelo nunca más. Muy fácil.

—No puedo dejar sin vengar la muerte de mi hermano.

—¿Sin vengar? Ya ha vengado a su hermano al son de cuatro almas. ¿No es suficiente eso?

Simon arrancó la hoja.

—No mientras usted esté vivo.

Sir Rupert se estremeció.

—¿Y qué va a hacer? —levantó el bastón como un escudo—. ¿Hacerle la guerra a un lisiado?

—Si es necesario. Quiero vida por vida, Fletcher, por muy lisiado que esté.

Diciendo eso se dio media vuelta y se dirigió a la puerta.

—No lo hará, Iddesleigh —dijo sir Rupert a su espalda—. Es demasiado honorable.

Simon sonrió.

—No cuente con eso. Fue usted el que comentó lo muy similares que somos.

Cerró la puerta y salió de la casa, y el aroma a cítricos del invernadero lo siguió.

—Tienes que estarte quieta, Theodora, cariño, si quieres que la tía Lucy dibuje tu retrato.

Bolsillo, que estaba meciendo una pierna, se quedó inmóvil y miró inquieta a Lucy.

Ella le sonrió.

—Ya está casi terminado.

Estaban sentadas en el enorme salón principal de la casa de Simon, que era la casa de ella también, puesto que estaba casada con él. Debía comenzar a pensar así. Pero, la verdad, seguía considerando la casa y los criados de Simon. Tal vez si se quedaba...

Exhaló un suspiro. Qué tontería. Claro que se quedaría; estaba casada con él; ya había pasado el periodo de las dudas. Hiciera él lo que hiciera, ella era su esposa. Y si no volvía a batirse en duelo, no había ningún motivo que les impidiera intimar más y estar unidos siempre.

Sólo esa mañana le había hecho el amor apasionadamente y le había dicho que la amaba. ¿Qué más puede pedir una mujer de su marido? Debería sentirse segura y arropada, cómoda. ¿Por qué, entonces, no le había dicho que lo amaba también? Dos simples palabras que él tenía que haber esperado y sin embargo fue incapaz de pronunciar.

Moviendo la cabeza, se concentró en el dibujo. Simon había insistido en que se redecorara ese salón para ella, a pesar de sus protestas. Aunque tenía que reconocer que ahora estaba francamente hermoso; con la ayuda de Rosalind había elegido los colores de un melocotón maduro: delicados amarillos, alegres rosas y exquisitos rojos. El resultado era estimulante y calmante al mismo tiempo; además, ese salón tenía la mejor luz de la casa. Eso sólo ya lo habría convertido en su favorito. Miró a la niña que estaba dibujando. Bolsillo llevaba un vestido de seda turquesa, que formaba un bello contraste con su pelo rubio, pero estaba rígida y encorvada, como si se hubiera quedado paralizada a la mitad de un movimiento.

Hizo rápidamente unos cuantos trazos con el lápiz.

—Ya está.

—¡Hurra! —exclamó Bolsillo, levantándose de un salto del sillón en que había estado posando—. Déjeme verlo.

Lucy giró el bloc para que lo viera.

La niña ladeó la cabeza hacia un lado, luego al otro, y entonces arrugó la nariz.

—¿Así tengo la barbilla?

Lucy examinó el retrato.

—Sí.

—Theodora.

Parada en seco por el tono de advertencia de su madre, Bolsillo se inclinó en una reverencia.

—Gracias, tía Lucy.

—De nada. ¿Quieres ir a ver si la cocinera ha terminado ya las empanadillas de carne? Son para la comida de Navidad, pero quizá te deje probar una o dos.

—Sí, por favor.

Bolsillo miró a su madre y sólo esperó su gesto de aprobación para salir corriendo del salón.

—Eres muy amable al consentirla así —dijo Rosalind.

—No, en absoluto. Me encanta. —La miró—. Las dos vendréis la mañana de Navidad para comer con nosotros, ¿verdad? Lamento haber tardado tanto en invitarte. Lo había olvidado; sólo recordé que dentro de unos días es Navidad cuando la cocinera comenzó a hornear empanadillas.

—No pasa nada —sonrió Rosalind—. Estás recién casada al fin y al cabo. Estaremos encantadas de venir a acompañaros.

—Estupendo. —Lucy comenzó a ordenar sus lápices en un bote, mirándose las manos—. ¿Podría hacerte una pregunta acerca de algo personal? Muy personal.

Rosalind guardó silencio un momento y finalmente suspiró.

—¿Sobre la muerte de Ethan?

Lucy la miró.

—Sí. ¿Cómo lo sabes?

Rosalind se encogió de hombros.

—Es algo que domina a Simon. Suponía que me lo preguntarías, tarde o temprano.

—¿Sabes que se ha estado batiendo a duelo por la muerte de Ethan? —Notó que le temblaban las manos—. Ya ha matado a cuatro hombres, que yo sepa.

Rosalind desvió la mirada hacia la ventana.

—He oído rumores. A los caballeros no les gusta comunicarnos sus asuntos, ¿verdad? Aunque tengan que ver con nosotras. No me sorprende.

—¿No has pensado en impedírselo? —Hizo un mal gesto ante su falta de tacto—. Perdona.

—No, es una pregunta natural. ¿Sabías que lo hace por salvar mi honor?

Lucy asintió.

—Intenté hablar con él la primera vez que oí cotilleos sobre los duelos. Él se echó a reír y cambió de tema. Pero el asunto es que —se inclinó hacia ella—, en realidad no es por mí. Ni siquiera es por Ethan, que en paz descanse.

—¿Qué quieres decir?

—Ah, ¿cómo podría explicarlo? —Rosalind se levantó y comenzó a pasearse—. Cuando mataron a Ethan... con su muerte se acabaron las posibilidades de que los hermanos hicieran las paces entre sí. De que Simon comprendiera y perdonara a Ethan.

—¿Perdonarlo? ¿De qué?

Rosalind se detuvo y frunció el ceño.

—Me he expresado mal.

Por la calle pasó traqueteando una carreta y alguien gritó. Lucy esperó. La intuición le decía que Rosalind tenía la clave de la empecinada búsqueda de venganza de Simon.

—Debes comprender —dijo su cuñada pasado un momento—, que Ethan fue siempre el hermano bueno, el que caía bien a todo el mundo, el perfecto caballero inglés. Casi por defecto, Simon adoptó el otro papel; el de gandul, el bueno para nada.

—Nunca lo he considerado un gandul —dijo Lucy en voz baja.

Rosalind la miró.

—Es que no lo es. Yo creo que una parte de eso era simplemente juventud, y otra parte una reacción a su hermano y a cómo los consideraban sus padres a los dos.

—¿Cómo los consideraban?

—Al parecer cuando eran muy niños sus padres decidieron que uno era bueno y el otro malo. La vizcondesa tenía una forma de pensar especialmente rígida.

Qué horroroso ser tildado de hermano malo a esa edad, pensó Lucy. Movió la cabeza.

—Pero sigo sin entender cómo afecta eso a Simon ahora.

Rosalind cerró los ojos.

—Cuando Ethan se dejó asesinar, Simon se vio obligado a

asumir los dos papeles, el de hermano bueno y el de hermano malo.

Lucy arqueó las cejas. ¿Sería posible lo que decía Rosalind?

Esta la miró extendiendo las manos abiertas.

—Escucha. Creo que Simon se siente culpable de que Ethan haya muerto defendiendo su nombre en cierto modo. Recuerda que corrió el rumor de que era mi amante.

—Sí.

—Simon tenía que vengarlo. Sin embargo, al mismo tiempo, debe de sentir una rabia terrible contra Ethan por haber muerto de esa manera, por habernos dejado a Theodora y a mí a su cuidado, por ser el hermano bueno, el mártir. —Se miró las palmas abiertas—. Sé que yo la siento.

Lucy desvió la mirada. Eso era una revelación. Todo lo que había oído acerca de Ethan apuntaba a lo bueno que era. Nunca se le había ocurrido pensar que Rosalind pudiera sentir rabia hacia su difunto marido. Y si la sentía...

—Me llevó muchos meses dejar en paz la memoria de Ethan —dijo Rosalind en voz baja, casi para sí misma—. Perdonarle el haberse batido en duelo con un hombre que sabía que era mejor espadachín. Sólo últimamente...

Lucy la miró.

—¿Qué?

Rosalind se ruborizó.

—He... he estado saliendo a pasear en coche con un caballero...

—Perdona, pero Simon me dijo que tu reputación estaba...

—Destrozada. —El rubor ya le cubría toda la cara—. Sí, en la alta sociedad quedó destrozada, y sigue así. Mi caballero es el abogado de los tribunales de justicia que me ayudó a resolver los asuntos de la propiedad de Ethan. Espero que eso no me desmerezca en tu opinión.

—Noo, claro que no. —Lucy le cogió la mano—. Me alegro por ti.

—Gracias —sonrió la bella mujer.

—Sólo deseo que Simon logre encontrar esa paz —dijo Lucy en un susurro.

—Te ha encontrado a ti. Hubo un tiempo en que yo dudaba que alguna vez se permitiera casarse.

—Sí, pero no puedo hablar con él. No escucha, no reconoce que lo que hace es asesinar. No sé... —Desvió la mirada, sin ver, porque se le habían llenado de lágrimas los ojos—. No sé qué hacer.

Sintió la mano de Rosalind en el hombro.

—Tal vez no hay nada que puedas hacer. Tal vez esto es algo que sólo él puede derrotar.

—¿Y si no lo derrota?

Justo en ese momento entró Bolsillo corriendo, y tuvo que girar la cara para que la niña no le viera los ojos.

La pregunta quedó suspendida en el aire, sin respuesta.

Si Simon no lograba derrotar a sus demonios, si no dejaba de matar a hombres, se destruiría. Tal vez Rosalind tuviera razón; tal vez realmente no había nada que ella pudiera hacer para detener su letal trayectoria. Pero por lo menos debía intentarlo.

Tenía que haber alguien que pensara y sintiera como ella, alguien que no deseara ese duelo con sir Rupert. Recurriría a Christian si pudiera, pero a juzgar por su reacción en el duelo con lord Walker, no sentiría ninguna solidaridad con su causa. Pocas personas tienen los mismos sentimientos de una esposa. Enderezó la espalda. Una esposa. Sir Rupert estaba casado. Si lograba poner de su lado a su esposa, tal vez entre las dos podrían impedir...

—Tía Lucy —exclamó Bolsillo—, ¿no vas a venir a probar las empanadillas? Son buenísimas.

Lucy pestañeó y centró la atención en la niña que le estaba tironeando la mano.

—En este momento no puedo, cariño. Debo ir a ver a una señora.

Capítulo 17

Simon arrancó una hoja muerta de un *Rosa mundi*. En el aire húmedo flotaban los olores del invernadero: hojas podridas, tierra y uno más leve a moho. Pero el perfume del rosal que tenía delante los apagaba todos. Tenía cuatro rosas, todas diferentes, las vetas blancas arremolinadas en el carmesí de los pétalos. *Rosa mundi* era un rosal viejo, pero favorito de todos modos.

La hoja arrancada había caído sobre la mesa pintada blanca; la cogió y la tiró a un cubo. A veces una hoja muerta cría parásitos y, si el horticultor la olvida, infecta a las plantas sanas. Tenía la costumbre de ir limpiándolo todo a medida que trabajaba. Hasta el más pequeño residuo que se dejara podía provocar el desastre de toda una mesa de plantas.

Pasó al siguiente rosal, un *Centifolia muscosa*, rosal musgoso común, de hojas verdes brillantes y saludables, y el perfume de sus rosas casi empalagoso. Los pétalos se abren, exuberantes, ondulantes, exhibiendo desvergonzadamente los sépalos verdes en el centro. Si las rosas fueran mujeres, la rosa musgosa sería una puta.

Sir Rupert era un residuo. O tal vez el último de una serie de trabajos. Lo mirara como lo mirara, tenía que ocuparse de eso, pensó mientras podaba y limpiaba. Le debía a Ethan acabar el trabajo. Y a Lucy, para asegurarse de que quedaba a salvo del pasado y de los enemigos de él. Pero sir Rupert era un lisiado, y no había manera de desentenderse de eso. Dudando examinó el siguiente rosal, un York y Lancaster, que daba rosas rosadas y rosas blancas. Se resistía a batirse en duelo con un hombre con esa desventaja. Sería un asesinato, puro y simple; el hombre mayor no tenía la menor posibilidad, y Lucy deseaba que dejara de hacer aquello. Probablemente lo abandonaría, su ángel severo, si se enteraba de que estaba considerando la posibilidad de arrojar otro guante. No quería perderla; no lograba ni imaginarse no despertar junto a ella nunca más. Le temblaron las manos ante la sola idea.

Cuatro muertos, ¿no eran suficientes? ¿Bastan, Ethan?

Giró una hoja de apariencia sana del York y Lancaster, y la vio toda cubierta de pulgones, que estaban ocupadísimos chupando los jugos vitales del rosal.

Se abrió bruscamente la puerta del invernadero.

—Señor, no se le permite...

Era la voz de Newton, ofendida y temerosa.

Se giró a mirar para ver quién perturbaba su paz.

Christian avanzó pisando fuerte por el pasillo, con la cara pálida y seria.

—Señor Fletcher, por favor —dijo Newton, nervioso.

—No pasa nada —intervino Simon.

Y no alcanzó a decir más porque Christian le enterró el puño en la mandíbula.

Cayó hacia atrás, tambaleante, con la visión borrosa, y golpeó la mesa, que detuvo su caída. ¿Qué?

Las macetas cayeron al suelo rompiéndose con un estruendo y los trozos saltaron dispersándose por el pasillo.

Cuando se le aclaró la vista, Simon se enderezó y levantó los puños para defenderse, pero Christian estaba simplemente ahí, con el pecho agitado.

—¿Qué diablos...?

—Bátete en duelo conmigo —le interrumpió Christian.

Simon pestañeó, sorprendido.

—¿Qué?

Sólo en ese momento, algo tardío, comenzó a dolerle la mandíbula. Vio que el rosal musgoso estaba en el suelo destrozado, con dos de los tallos principales quebrados. La bota de Christian aplastaba una de sus rosas, y el perfume subía de la rosa muerta como una alabanza.

Vio a Newton salir corriendo del invernadero.

—Bátete en duelo conmigo —repitió Christian, levantando el puño, amenazador. No había humor en su expresión; tenía los ojos secos—. ¿Te vuelvo a golpear?

—Ojalá no. —Se pasó la mano por la mandíbula; si estuviera rota no podría hablar, ¿verdad?—. ¿Por qué iba a querer batirme contigo?

—No quieres. Deseas batirte en duelo con mi padre. Pero él ya es mayor y tiene una pierna fastidiada. Apenas puede andar. Incluso tú podrías sentir una punzadita de culpa al atravesar con tu espada a un lisiado.

—Tu padre mató a mi hermano —dijo Simon, bajando la mano.

—Así que tienes que batirte con él —asintió Christian—. Lo sé. Ya te he visto matar a dos hombres, ¿no te acuerdas? Las últimas semanas te he visto representar tu sentido del honor de la familia, aun cuando te niegas a usar esa palabra. ¿De veras esperas menos de mí? Bátete conmigo, con el sustituto de mi padre.

Simon exhaló un suspiro.

—No...

Christian le asestó otro puñetazo en la mandíbula.

Simon cayó al suelo sentado.

—¡Mierda! ¡Basta!

Debía parecer un idiota total sentado en el barro en su propio invernadero. El dolor le subió hasta el pómulo. Ya le dolía todo el lado izquierdo de la cara.

—Continuaré golpeándote hasta que aceptes —dijo el joven—. Te vieron acosar a dos hombres hasta que te retaron a duelo. He aprendido bien la lección.

—Por el amor de...

—¡Tu madre era una puta del puerto y tu padre un cabrón! —gritó Christian con la cara roja.

—Joder. —¿Estaría loco el chico?—. Mi lucha es con tu padre, no contigo.

—Seduciré a tu mujer...

¡Lucy! gritó una parte primitiva de su cerebro. No le hizo caso; el chico estaba jugando a su propio juego.

—No deseo batirme contigo.

—Y si se resiste la raptaré y la violaré. Le...

No. Simon se levantó de un salto y empujó a Christian hasta dejarlo atrapado contra una mesa.

—No te acerques a ella.

El joven se estremeció pero continuó hablando:

—La haré desfilar desnuda por las calles de Londres.

Vagamente Simon vio avanzando a Newton por el pasillo y detrás de él a Lucy, con la cara blanca como un fantasma.

—Calla.

—La tildaré de puta. La...

Simon le asestó un puñetazo bajo el mentón, arrojándolo contra otra mesa.

—¡Calla la boca!

La mesa tembló con el peso de Christian y cayeron más macetas al suelo, rompiéndose estruendosamente. Simon flexionó la mano. Le dolían los nudillos.

El joven negó con la cabeza.

—La venderé por dos peniques el revolcón a cualquier hombre que quiera follarla.

—¡Cierra la boca, maldita sea!

—Simon —dijo Lucy, con la voz temblorosa.

—Ciérramela tú —musitó Christian, con los dientes rojos de sangre—. Bátete conmigo.

Simon hizo una lenta respiración, combatiendo a sus demonios.

—No.

—La quieres, ¿verdad? Harías cualquier cosa por ella —dijo Christian, tan cerca que le arrojó saliva ensangrentada a la cara—. Bueno, yo quiero a mi padre. No hay otra solución para nosotros.

Buen Dios.

—Christian...

—Bátete conmigo o haré algo que te obligue.

Lo estaba mirando fijamente a los ojos. Le sostuvo la mirada. Después su mirada se desvió por encima de la cabeza del muchacho hacia la cara de Lucy. Las cejas rectas, severas, el pelo color caoba recogido en un sencillo moño, los labios apretados formando una línea, sus hermosos ojos ambarinos, agrandados, suplicantes. Observó que todavía llevaba la capa puesta; o sea, que Newton se la había encontrado cuando ya regresaba a casa.

Era imposible poner en riesgo su seguridad.

—Muy bien. La mañana de pasado mañana. Eso nos dará tiempo para encontrar padrinos. —Pasó la mirada a Christian—. Ahora vete.

Christian se dio media vuelta y se dirigió a la puerta.

Demasiado tarde. De pie en el pasillo, Lucy estaba viendo desmoronarse su mundo, a pesar de todo el trabajo que había hecho esa tarde. Había vuelto demasiado tarde de su misión.

La cara de su marido se había vuelto de piedra. Sus ojos habían perdido todo el color que podrían haber tenido antes; estaban tan fríos como la escarcha nocturna que mata a los gorriones en sus nidos mientras duermen. El señor Fletcher pasó por su lado pero ella no podía apartar la mirada de la expresión de Simon. No había llegado a tiempo para oír la conversación, pero lo vio golpear al joven y vio la sangre que le había dejado este en la mejilla con el puñetazo.

—¿Qué ha ocurrido? ¿Qué le has hecho al señor Fletcher? —preguntó, y a su pesar las palabras sonaron acusadoras.

Oyó cerrarse la puerta detrás. Estaban solos en el invernadero; Newton había salido también.

—No tengo tiempo para hablar —dijo Simon, frotándose las manos como si quisiera limpiárselas de tierra imaginaria; le temblaron—. Necesito encontrar unos padrinos.

—No me importa, debes hablar conmigo. —Se sentía casi mareada por el perfume de las rosas destrozadas en el suelo—. Fui a ver a lady Fletcher. Entre las dos...

Él levantó la vista y la miró, sin cambiar la expresión, y la interrumpió:

—Voy a batirme con Christian Fletcher pasado mañana.

Ay, no otra vez. No podía aceptar otro duelo, otro hombre muerto, otra parte del alma de Simon perdida. Ay, Dios, no más de eso.

—No.

—Lo siento —dijo él intentando pasar por su lado.

Ella le cogió el brazo y lo sintió flexionarse. Tenía que impedírselo.

—Simon, no lo hagas. Lady Fletcher ha quedado en hablar con su marido; cree que él entrará en razón, que podría haber otra manera de...

—Es con Christian con quien me voy a batir —interrumpió él, con la cabeza gacha, sin mirarla a los ojos—, no con su padre.

—Pero la esperanza sigue siendo la misma —insistió ella. Había hecho el intento, había ideado un plan y se había ganado la confianza de lady Fletcher. Todo lo había visto tan cerca, tan posible, media hora antes. ¿Por qué él no lo entendía?—. No debes hacer esto.

—Pero lo haré —dijo él, sin mirarla.

—No. —Su matrimonio no sobreviviría a eso. ¿Es que él no lo veía?—. Volveré a hablar con lady Fletcher. Encontraremos otra manera de...

Él levantó la cabeza por fin, y ella vio la rabia y la desesperación en sus ojos.

—No hay otra manera. Esto no es asunto tuyo. Hablar con lady Fletcher no solucionará nada.

—Debemos intentarlo por lo menos.

—¡Basta, Lucy!

—¡No puedes seguir matando gente! —Le apartó el brazo, con la boca curvada en un rictus de amargura—. No es correcto. ¿No lo sabes? Es inmoral, Simon, es malo. No permitas que el mal destruya tu corazón, tu alma. Te lo suplico, ¡no lo hagas!

A él se le tensó la mandíbula.

—No entiendes...

—¡Pues claro que no lo entiendo! —Sentía oprimido el pecho, tenía dificultades para respirar, el aire ahí estaba denso y húmedo y le costaba inspirarlo. Se acercó otro poco a él y dijo enérgicamente—: Yo iba a la iglesia de niña. Sé que eso lo considera provinciano un hombre sofisticado como tú, pero iba. Y la iglesia dice, la «Biblia» dice, que es pecado matar. —Tuvo que parar para respirar, y sintió el olor de las rosas en la lengua—. Y yo así lo creo. Es un pecado mortal asesinar a un ser humano, aunque tú disimules no saberlo batiéndote en duelo. Es asesinato, Simon. Al fin y al cabo, es un asesinato, y te destruirá.

—Entonces soy un pecador y un asesino —dijo él tranquilamente y pasó por su lado.

—Es tu amigo —dijo ella, desesperada.

Él se detuvo, sin volverse.

—Sí. Christian es mi amigo, pero también es el hijo de Fletcher. El hijo del asesino de Ethan. Él me retó a duelo, Lucy, no yo a él.

Ella intentó contener las lágrimas.

—Escúchate. Piensas matar a un amigo, a un hombre con el que has comido, conversado y reído. Él te admira, Simon, ¿lo sabías?

—Sí, sé que me admira. —Se giró a mirarla y ella vio una capa de sudor sobre su labio superior—. Se ha pasado el mes siguiéndome a todas partes, imita mi forma de vestir y mis gestos. ¿Cómo podría no ver que me admira?

—Entonces...

Él negó con la cabeza.

—Eso no importa.

—Simon...

—¿Qué quieres que haga? —preguntó él, entre dientes—. ¿Negarme a batirme?

—¡Sí! —Extendió las dos palmas abiertas, suplicante—. Sí. Márchate. Ya has matado a cuatro hombres. No vas a desmerecer en la opinión de nadie.

—En la mía, sí.

—¿Por qué? —La desesperación le hizo temblar la voz—. Ya has vengado a Ethan. Por favor. Vayámonos a Maiden Hill o a tu propiedad en el campo o a cualquier otra parte. No importa adónde, con tal que nos marchemos.

—No puedo.

Lágrimas de rabia y desesperanza le empañaron los ojos.

—Por el amor de Dios, Simon...

—Te amenazó. —La miró a los ojos y ella vio lágrimas y una horrible resolución en sus ojos—. Christian te amenazó.

Ella se limpió las mejillas.

—No me importa.

—A mí sí me importa. —Se acercó y le cogió los brazos—. Si crees que soy el tipo de hombre que se desentiende de una amenaza a su mujer...

—Sólo lo dijo para obligarte a luchar con él.

—Aun así.

—Te seguiré. Te seguiré hasta el lugar del duelo y correré a interponerme entre vosotros si es necesario. Encontraré la manera de detenerte cuando estés batiéndote. No puedo permitir que hagas esto, Simon, no...

—Calla, no —dijo él amablemente—. No nos batiremos en el mismo lugar de la última vez. No sabrás dónde. No puedes impedírmelo, Lucy.

Ella sollozó. Él la abrazó, apretándola a su pecho, y ella sintió en las mejillas los fuertes latidos de su corazón.

—Por favor, Simon.

—Necesito acabar esto —musitó él, con los labios en su frente.

—Por favor, Simon, por favor —repitió ella, como una oración. Cerró los ojos y sintió bajar ardientes lágrimas por la cara. Le cogió la chaqueta, aspiró el olor a lana y su aroma, el aroma de su marido. Deseó decir algo que lo convenciera, pero no encontró las palabras—. Te perderé. Nos perderemos mutuamente.

—No puedo cambiar lo que soy, Lucy —dijo él en un susurro—. Ni siquiera por ti.

Diciendo eso la soltó y se alejó.

Una hora después Simon entró en la cafetería del club de la Sociedad Agraria y se dirigió a la mesa a la que estaba sentado Edward de Raaf.

—Te necesito —le dijo.

Lo sorprendió lo áspera que le sonó la voz, como si hubiera tragado vinagre. O pena. No pienses en Lucy. Tenía que concentrarse en lo que necesitaba hacer.

De Raaf debió sorprenderse también. O tal vez fue por las palabras. Lo miró en silencio un momento y luego le indicó la silla desocupada a su lado.

—Siéntate. Bebe un café.

Simon sintió subir bilis a la garganta.

—No deseo beber café.

De Raaf no le hizo caso. Le hizo un gesto a un chico, que, curiosamente, miró y asintió. Entonces se volvió hacia Simon y lo miró ceñudo.

—He dicho que te sientes.

Simon se sentó.

La cafetería estaba casi vacía. Ya era tarde para la aglomeración de la mañana y muy temprano para los bebedores de la tarde. El único otro cliente era un hombre mayor con una peluca larga polvo-rienta, que estaba sentado cerca de la puerta hablando solo ante una taza. El chico dejó dos tazas en la mesa, cogió la primera de De Raaf y se alejó antes que pudieran darle las gracias.

Simon miró el vapor que subía de la taza. Sentía un frío extraño, aun cuando hacía calor en la sala.

—No quiero café.

—Bébelo —gruñó De Raaf—. Te hará bien. Tienes mal aspecto; da la impresión de que te han dado una patada en las bolas y luego te han dicho que tu rosa favorita murió mientras te retorcías de dolor en el suelo.

Simon hizo un mal gesto ante la imagen.

—Christian Fletcher me ha retado.

—Jum. Seguro que estás temblando dentro de tus zapatos con tacones rojos. —Lo miró con los ojos entrecerrados—. ¿Qué le has hecho al chico?

—Nada. Su padre participó en la conspiración para matar a Ethan.

De Raaf arqueó sus negras cejas.

—¿Y él lo ayudó?

—No.

De Raaf se limitó a mirarlo.

Simon curvó los labios, pasando la mano por la taza.

—Quiere luchar en lugar de su padre.

—¿Matarías a un hombre inocente? —preguntó De Raaf, mansa-mente.

Christian sí era inocente del delito de su padre. Bebió un trago de café y soltó una maldición al quemarse la lengua.

—Ha amenazado a Lucy.

—Ah.

—¿Me harás de padrino?

De Raaf dejó su taza en la mesa, enderezó la espalda, apoyándola en el respaldo, y haciendo crujir la silla con su peso dijo:

—Mmm. Sabía que llegaría este día.

Simon arqueó la ceja.

—¿En que el muchacho te traería una taza de café?

De Raaf hizo como si no lo hubiera oído.

—El día en que acudirías a mí arrastrándote...

—No me estoy arrastrando —bufó Simon.

—Desesperado, con la peluca sin empolvar y llena de liendres..

—Mi peluca no está...

—Incapaz de encontrar a otro que te ayude —interrumpió De Raaf en voz más alta.

—Vamos, por el amor de Dios.

—Suplicando, rogando, ay, Edward, ayúdame, por favor.

—Buen Dios —masculló Simon.

De Raaf levantó su taza.

—Este es un día francamente maravilloso.

A Simon se le curvó la boca en una sonrisa, a su pesar. Bebió con cuidado un trago de su café. Tremendamente ácido.

De Raaf le sonrió, esperando.

Simon exhaló un suspiro.

—¿Me vas a hacer de padrino?

—Por supuesto. Feliz de serlo.

—Eso lo veo. El duelo será por la mañana de pasado mañana. Tienes todo un día, pero deberías comenzar ya. Tendrás que ir a la casa de Fletcher. Enterarte de quiénes son sus padrinos y...

—Lo sé.

—Buscar a un médico acreditado que no pierda la sangre fría ante...

—Sé lo que debe hacer el padrino de un duelo —interrumpió De Raaf, con dignidad.

—Estupendo. —Acabó de beber su café. El negro líquido le quemó todo el conducto hasta el estómago—. Procura no olvidarte la espada, ¿eh?

De Raaf pareció ofendido.

Simon se levantó.

—Simon.

Se giró a mirarlo, interrogante.

—Si me necesitaras para cualquier otra cosa...

Simon contempló un momento al hombre alto y de cara picada de viruelas y sintió oprimida la garganta. Tuvo que tragar saliva para contestar:

—Gracias.

Salió rápidamente de la cafetería del club, no fuera que comenzara a parlotear. Al pasar junto al hombre mayor con la peluca larga vio que estaba roncando, con la cara casi apoyada en la mesa. El sol de la tarde le dio de lleno al salir; a pesar de ello, el aire estaba tan frío que le escocían las mejillas. Montó en su castrado y lo guió hasta la ajetreada calle. Debo decirle a Lucy...

Paró el pensamiento. No quería pensar en Lucy, no quería recordar el miedo, el sufrimiento y la rabia que vio en su cara antes de salir del invernadero y dejarla ahí sola, pero era casi imposible. Pensar en Lucy ya estaba grabado en sus huesos. Entró en una calle en que había diversas tiendas a ambos lados. Ella detestaba que se batiera en duelo; tal vez si le llevaba algún regalo esa noche; aún no le había hecho ninguno para la boda.

Media hora después salió de una tienda con un paquete rectangular en la mano y uno más grande bajo el brazo. El paquete grande contenía un regalo para su sobrina. Al ver una juguetería en la calle recordó que tenía que comprar algo para regalárselo a Bolsillo por Navidad. Se le curvó la boca al pensar qué opinaría su cuñada del regalo que le haría a su hija. Volvió a montar, equilibrando con sumo cuidado los paquetes. Sin duda Lucy seguiría furiosa, pero al menos sabría que él lamentaba sinceramente haberle causado aflicción. Por primera vez ese día se permitió pensar en los días siguientes. Si sobrevivía al duelo, habría acabado por fin. Podría dormir en paz.

Podría amar a Lucy en paz.

Tal vez aceptaría la idea de ella de viajar. Podrían ir a Maiden Hill a pasar su primera Navidad juntos y visitar al capitán. No sentía la menor necesidad de volver a ver a ese viejo bobo tan pronto, pero era posible que Lucy ya estuviera echando de menos a su padre. Después del Año Nuevo podrían hacer un recorrido por Kent y luego viajar a Northumberland a ver sus propiedades, siempre que el tiempo no estuviera demasiado malo. Hacía años que no visitaba la casa señorial. Lo más seguro es que necesitara obras de restauración y Lucy podría ayudarlo en eso.

Levantó la vista y vio su casa. Se sintió desorientado. ¿Había cabalgado hasta ahí sin siquiera darse cuenta? Entonces vio el coche; su coche. Unos lacayos estaban bajando la escalinata cargados con baúles, y otros poniéndolos en la parte de atrás del coche, maldiciendo por el peso. El cochero ya estaba sentado en el pescante. Entonces apareció Lucy en la puerta, envuelta en una capa y con la capucha subida, como una penitente.

Desmontó a toda prisa, sin el menor garbo, con el pecho oprimido por el terror. El paquete rectangular cayó sobre los adoquines, y lo dejó ahí.

Ella iba bajando la escalinata. Subió corriendo.

—Lucy. —La cogió por los hombros. Le vio la cara fría y blanca bajo la capucha—. Lucy.

—Suéltame, Simon.

—¿Qué vas a hacer? —siseó, consciente de que parecía un tonto, consciente de que lo observaban los criados, Newton, los transeúntes y los vecinos.

No le importó un bledo.

—Vuelvo a casa de mi padre.

Sintió una ridícula oleada de esperanza.

—Espera y yo...

—Me marcho —dijo ella, y sus fríos labios apenas se movieron.

El terror se le enroscó en los órganos vitales, atenazándoselos.

—No.

Sólo entonces ella lo miró a los ojos; tenía enrojecidos los bordes de los párpados pero los ojos secos.

—Tengo que marcharme, Simon.

—No.

Se sintió como un niño al que le han negado un dulce. Sintió deseos de tirarse al suelo y ponerse a chillar.

—Deja que me marche.

—No puedo permitírtelo. —Medio se rió, bajo el frío y brillante sol de Londres, ante su casa—. Me moriré si te lo permito.

Ella cerró los ojos.

—No te morirás. No puedo continuar aquí viendo cómo te destruyes.

—Lucy.

—Déjame que me vaya, Simon, por favor.

Abrió los ojos y él vio un sufrimiento infinito en su mirada. ¿Eso le había hecho a su ángel? Ay, Dios. Abrió las manos y le soltó los hombros.

Ella pasó junto a él y terminó de bajar la escalinata, con la orilla de la capa arremolinada por el viento. La observó subir al coche. El lacayo cerró la puerta. El cochero agitó las riendas, los caballos avanzaron y el coche se puso en marcha. Ella no miró atrás. Él se quedó donde estaba, mirando el coche hasta que este se perdió de vista entre los muchos coches y carros que pasaban por la calle. Y continuó mirando.

—¿Milord? —dijo Newton a su lado, tal vez no por primera vez.

—¿Qué?

—Hace frío, milord.

Sí que hacía frío.

—Tal vez le convendría entrar —continuó el mayordomo.

Simon flexionó la mano y lo sorprendió notar que tenía adormecidas las yemas de los dedos. Miró alrededor. Alguien se había llevado el caballo, pero el paquete rectangular continuaba tirado sobre los adoquines.

—Será mejor que entre, milord

—Sí —dijo, comenzando a bajar la escalinata.

—Por aquí milord —le gritó Newton, como si fuera un viejo senil que pudiera meterse en medio del tráfico y ser atropellado.

Sin hacerle caso, terminó de bajar y recogió el paquete; se había roto el papel por una esquina. Tal vez podría llevarlo para que se lo envolvieran en un papel bonito. A Lucy le gustaría un papel bonito. Aunque no lo vería jamás; lo había abandonado.

—Milord —volvió a gritar Newton.

—Sí, de acuerdo —contestó, entrando en la casa con el paquete en la mano.

¿Qué otra cosa podía hacer?

Capítulo 18

¿Quién está ahí? —gritó el capitán desde la puerta de su casa Craddock-Hayes. Llevaba una chaqueta vieja sobre el camisón de dormir, zapatos con hebillas de los que sobresalían sus fuertes tobillos desnudos y el gorro de noche embutido en la cabeza casi cubriéndole las orejas—. Son pasadas las nueve; la gente decente ya está en la cama, ¿sabe?

Levantó la linterna para iluminar el camino de gravilla. La señora Brodie, con su cofia y envuelta en un chal, estaba detrás de él, mirando por encima de su hombro.

Lucy abrió la puerta del coche.

—Soy yo, papá.

Él entrecerró los ojos, tratando de verla en la penumbra.

—¿Lucy? ¿Cómo se le ha ocurrido a Iddesleigh viajar a estas horas de la noche, eh? Debe de haberse vuelto loco. Hay bandoleros en los caminos, ¿o es que él no sabe eso?

Lucy bajó los peldaños del coche con la ayuda de un lacayo.

—No ha venido conmigo.

—Loco —repitió su padre—. Tiene que estar loco para dejarte viajar sola, aunque sea con lacayos. Y por la noche. ¡Granuja!

Ella sintió el obstinado deseo de defender a Simon.

—Él no tuvo voz ni voto. Lo he dejado.

La señora Brodie abrió los ojos como platos.

—¿Preparo un té? —dijo, y sin esperar respuesta se giró y entró en la casa.

El capitán simplemente se aclaró la garganta.

—Has vuelto a casa por una riña sin importancia, ¿eh? Chica lista. Un hombre se mantiene sobre ascuas cuando no sabe qué va a hacer su mujer después. Le vendrá bien. Puedes quedarte un par de días y volver a casa después de Navidad.

Lucy exhaló un suspiro. Estaba cansada hasta la médula de los huesos; cansada hasta el alma.

—No voy a volver con él. Lo he dejado para siempre.

—¿Qué? ¿Qué? —exclamó su padre, ya alarmado—. Pero, vamos a ver...

—Jeesús, ¿es que nadie duerme aquí? —refunfuñó Hedge, apareciendo por la esquina, con el camisón colgando de los pantalones y un tricornio grasiento del que sobresalían mechones de pelo cano. Vio a Lucy y se paró en seco—. ¿Ya ha vuelto? Creí que acabábamos de despacharla.

—A mí también me alegra verle, señor Hedge —dijo Lucy—. ¿Tal vez podríamos continuar la conversación dentro de la casa, papá?

—Muy bien —masculló Hedge—. Llevo casi treinta años aquí, los mejores años de mi vida, además, y ¿a alguien le importa? No, a nadie; sigo siendo no digno de confianza.

—Ocúpate de los caballos, Hedge —ordenó el capitán, entrando en la casa con Lucy.

—Cuatro enormes bestias —gimió Hedge—. Tengo fastidiada la espalda...

Se cerró la puerta y dejaron de oírlo.

El capitán dirigió la marcha hacia su despacho, cuarto en el que Lucy no acostumbraba a entrar. El despacho de su padre era su dominio; ni siquiera a la señora Brodie le permitía entrar a limpiarlo, al menos sin alegar muchísimo antes. El enorme escritorio de roble estaba situado formando ángulo con el hogar, demasiado cerca, en realidad, lo que quedaba atestiguado por la madera ennegrecida de la pata más cercana al fuego. La superficie del escritorio estaba oculta por una pila de coloridos mapas, sujetos por un sextante de bronce, una brújula rota y un trozo de cuerda. A un lado del escritorio había un enorme globo terráqueo con su propio pie.

—Ahora bien... —comenzó el capitán.

Entró la señora Brodie con una bandeja con té y bollos.

El capitán se aclaró la garganta.

—Será mejor que vaya a ver si quedó algo de su buen pastel de carne y riñones de la cena, señora Brodie, por favor.

—No tengo hambre —protestó Lucy.

—Estás muy pálida, cielo. —Hizo un gesto al ama de llaves—. Un trozo de pastel de carne y riñones te vendrá bien, ¿eh?

La señora Brodie se apresuró a salir.

—Ahora bien —comenzó él de nuevo—, ¿qué ha pasado que has venido corriendo de vuelta a la casa de tu padre?

Lucy sintió arder las mejillas. Así expresada, su venida parecía algo infantil.

—Hemos tenido una diferencia de opinión —explicó. Bajó la vista y comenzó a quitarse los guantes, lentamente, un dedo tras otro. Le temblaban las manos—. Está haciendo algo con lo que no puedo estar de acuerdo.

El capitán dio una fuerte palmada sobre el escritorio, haciendo saltar los papeles y a ella.

—¡Canalla! Apenas lleva casado algo más de una semana y ya anda enredado con damas de mala reputación. ¡Ja! Cuando le ponga las manos encima a ese granuja, a ese sinvergüenza, a ese... ese libertino, le daré de azotes.

Lucy sintió subir una burbuja de risa histérica a la garganta.

—No, oh, no. No es nada de eso.

Se abrió la puerta y volvió a entrar la señora Brodie. Los miró fijamente a los dos. Tal vez oyó algo desde el corredor, pero no dijo nada. Dejó la bandeja sobre una mesa al lado de Lucy y movió la cabeza haciendo un gesto hacia la comida:

—Coma un poco de eso, señorita Lucy; se sentirá mejor. Haré encender el fuego en su antiguo dormitorio, ¿le parece?

Diciendo eso salió a toda prisa, sin esperar respuesta.

Lucy miró la bandeja. Había una rodaja del pastel de carne frío, un plato de fruta cocida, un trozo de queso y unas rebanadas del pan fresco de la señora Brodie. Le rugió el estómago. Había declinado la sugerencia de cenar en una posada del camino y sólo en ese momento cayó en la cuenta del hambre que tenía. Cogió un tenedor.

—¿Qué fue, entonces?

—¿Mmm? —musitó ella, con la boca llena del tierno pastel.

No deseaba pensar en Simon, en el peligro que corría ni en su matrimonio fracasado. Si pudiera irse a acostar...

Pero su padre era obstinado cuando quería.

—¿Por qué lo has dejado plantado si no estaba liado con palomas sucias?

Lucy se tragó el bocado.

—Duelos. Simon ya ha matado a cuatro hombres. En duelos. Los reta a duelo y luego los mata, y yo ya no soporto eso, papá. Se va a destruir lentamente, aun cuando sobreviva a los duelos. No me hace caso, se niega a parar, así que lo he dejado. —Miró su pastel, a rebosar de salsa marrón y de pronto sintió náuseas.

—¿Por qué?

—¿Qué?

Su padre la miró ceñudo.

—¿Por qué mata a esos hombres? No me cae bien tu marido, nunca me ha caído bien y, para decirlo claro, tal vez nunca me caiga bien. Pero no me da la impresión de que esté loco. Pisaverde sí, pero no loco.

Lucy casi sonrió.

—Está matando a los hombres responsables de la muerte de su hermano Ethan, y sé lo que vas a decir, papá, pero por noble que sea el motivo, sigue siendo asesinato, y pecado según la Biblia. Mi conciencia no lo soporta, y creo que la de Simon tampoco.

—Ja —gruñó el capitán—, me alegra saber que mi hija sabe leer con tanta facilidad mis pensamientos.

Lucy se mordió el labio. No era así como se había imaginado su llegada a casa. Comenzaba a dolerle la cabeza y al parecer su padre deseaba pelea.

—No fue mi intención...

—Lo sé, lo sé —interrumpió él, agitando una mano—. No era tu intención insultar a tu viejo padre, pero lo has insultado. Crees que todos los hombres pensamos igual, ¿verdad, niña?

—No, yo...

—Porque no es así —continuó él, apuntando un dedo a su nariz para recalcar el punto—. No creo que matar por venganza sea lo correcto. He visto morir a demasiados hombres por motivos nimios como para tolerarlo.

Lucy se mordió el labio. Su padre tenía razón; se había precipitado en juzgarlo.

—Lo siento...

—Pero eso no significa que no lo entienda —dijo él al mismo tiempo. Echándose hacia atrás en su sillón se puso a contemplar el cielo raso.

Lucy levantó la corteza del pastel. El interior se estaba congelando rápidamente, y ya se veían trocitos de grasa endurecida en la superficie de la salsa. Arrugó la nariz e hizo a un lado el plato. La cabeza ya comenzaba a dolerle en serio.

—Lo entiendo e incluso me solidarizo con él —dijo él repentinamente, haciéndola pegar un salto. Se levantó y comenzó a pasearse—. Sí, me solidarizo con él, maldito sea. Y eso es más de lo que haces tú, querida mía.

Lucy se tensó.

—Me parece que entiendo los motivos de Simon para batirse en duelo con esos hombres. Y soy capaz de comprender la pérdida de un ser querido.

—Pero no puedes solidarizarte con él ¿eh?

—No veo la diferencia.

Él la miró un momento agitando las cejas.

—Ja.

Lucy tuvo la deprimente sensación de que en cierto modo le había fallado a su padre. Se le llenaron los ojos de lágrimas, amenanzando con caer. Estaba cansada, muy cansada, por el viaje, por la discusión con Simon y por todas las cosas ocurridas antes. En algún recoveco de su mente había tenido la seguridad de que su padre, justamente su padre, se pondría de parte de ella en la catástrofe.

Él caminó hasta la ventana y miró hacia fuera, aunque sólo podía ver su reflejo en el cristal.

—Tu madre era la mujer más buena que he conocido.

Lucy frunció el ceño. ¿Qué?

—Tenía veintidós años cuando la conocí, era un teniente muy joven. Ella una muchacha hermosa, toda rizos oscuros y ojos castaño claro. —Giró la cabeza y la miró por encima del hombro—. El mismo color de los tuyos, cielo.

—Eso me han dicho —musitó ella.

Todavía echaba de menos a su madre, su voz suave, su risa, y la luz constante que era para la familia. Bajó la vista, con los ojos empañados. Debía de ser el cansancio.

—Mmm —gruñó su padre—. Podría haber elegido a cualquiera de los caballeros de por aquí. De hecho, en un momento estuvo muy cerca de elegir a un capitán de dragones. —Emitió un bufido—. El uniforme escarlata. Siempre hace a las damas volver la cabeza, y el cabrón era más alto.

—Pero te eligió a ti.

—Sí, me eligió a mí. —Movió lentamente la cabeza—. Me quedé de piedra, por la sorpresa. Pero nos casamos y nos establecimos aquí.

—Y vivisteis muy felices siempre.

Exhaló un suspiro. De niña había oído muchas veces la historia del galanteo y matrimonio de sus padres. Era su historia favorita antes de dormirse. ¿Por qué su matrimonio no podía ser...?

—No, ahí te equivocas.

—¿Qué? —Debió entender mal, pensó, ceñuda—. ¿Qué quieres decir?

—La vida no es un cuento de hadas, hija mía. —Se giró del todo a mirarla—. En nuestro quinto año de matrimonio, al llegar a casa de una travesía por el mar, me enteré de que tu madre se había echado un amante.

Lucy enderezó la espalda, absolutamente sorprendida. Su madre era buena, amable, maravillosa. Eso no podía ser cierto.

—¿Un amante? Debes de estar equivocado, papá.

Él frunció los labios y se miró los zapatos, ceñudo.

—No. Prácticamente me lo arrojó a la cara.

Ella intentó digerir esa información, pero le resultó imposible. Era sencillamente increíble.

—Pero, pero... Mi madre era buena.

—Sí, la mujer más buena que he conocido. Eso ya lo he dicho. —Miró el globo terráqueo, aunque su expresión era la de estar viendo algo totalmente diferente—. Pero yo estaba lejos, en el mar, durante meses y meses seguidos, y ella tenía dos bebés pequeños que cuidar, totalmente sola en este pequeño pueblo. —Se encogió de hombros—. Me dijo que se sentía sola; y furiosa conmigo.

—¿Qué hiciste?

—Me enfurecí. Eché pestes, grité, solté una sarta de maldiciones. Ya me conoces. —Hizo girar el globo—. Pero al final la perdoné. —Levantó la vista y la miró—. Y nunca me arrepentí de haberla perdonado.

Lucy lo miró pasmada.

—Pero... —Intentó encontrar las palabras—. ¿Cómo pudiste perdonarle ese tremendo agravio?

Su padre tocó el globo terráqueo y pinchó África con un dedo.

—Ja. Porque la amaba, por eso. Y porque comprendí que incluso

la mujer más buena del mundo sólo es un ser humano y puede cometer un error.

—¿Cómo...?

—Era una mujer, no un ideal —suspiró él. En ese momento se
veía viejo, ahí de pie con su camisón y gorro de dormir, pero al
mismo tiempo severo e imponente—. Las personas cometemos errores. Los ideales, no. Creo que esa es la primera lección que se debe
aprender en todo matrimonio.

Lucy hizo una honda y temblorosa inspiración. Pensara lo que
pensara su padre, los casos eran muy distintos.

—Simon ha asesinado. Y tiene la intención de volver a hacerlo.
Va a batirse en duelo con un querido amigo, un hombre que lo admira, y es probable que lo mate. Sé que no es un ideal, papá, pero,
¿cómo esperas que perdone eso?

¿Cómo podía esperar que ella viviera con un hombre tan empe-
cinado en la destrucción?

—No lo espero. —Hizo girar el globo una última vez y echó a
andar hacia la puerta—. Es tarde, hija. Ya es pasada la hora de que te
acuestes. Y la mía también. Descansa un poco.

Lucy lo miró indecisa, cansada y confundida.

Al llegar a la puerta él se giró y la clavó con su mirada.

—Pero recuerda esto. Puede que yo no espere que lo perdones,
pero Dios sí. Eso dice tu Biblia. Piensa en eso.

En realidad, siempre había sido inevitable que Lucy lo abandonara,
meditaba Simon. La única sorpresa era el tiempo que le llevó deci-
dirse a marcharse. Debería agradecer haber tenido algo más de una
semana de matrimonio, esos días de feliz compañía y las noches de
dulces relaciones amorosas. Con sumo cuidado llenó la copa de
coñac. Con cuidado, porque era la segunda, o tal vez la tercera, y
porque las manos le habían comenzado a temblar como a un viejo
paralítico.

Pero eso era una mentira.

Las manos le temblaban desde el momento en que Lucy se había marchado, la tarde del día anterior. Temblaba todo él, como si tuviera fiebre, como si todos los demonios de su interior hubieran decidido hacerse sentir físicamente. Demonios de rabia, demonios de sufrimiento, demonios de autocompasión y demonios de amor; sacudían y agitaban su cuerpo, exigiendo que los reconociera. Había perdido la capacidad de contenerlos, y ya llevaban las riendas de su alma.

Haciendo una mueca de asco hacia sí mismo, bebió un trago del licor ámbar; este pasó quemándole la garganta y todo el conducto hasta el estómago. Probablemente no sería capaz de sostener la espada la mañana del duelo. ¿No sería eso una sorpresa para Fletcher? ¿Verlo ahí todo tembloroso, con la espada caída a sus pies, inútil? Christian simplemente tendría que destriparlo y marcharse a casa a desayunar; pensándolo bien, es que ni siquiera perdería el tiempo. Y él no tenía nada que hacer, absolutamente nada, entre ese momento y el duelo al alba del día siguiente.

Cogió su copa y salió del despacho. El vestíbulo estaba oscuro y frío aun cuando sólo era la tarde. ¿Es que nadie podía mantener encendidos los fuegos de los hogares para calentarlo? Tenía muchísimos criados; era vizconde después de todo, y lo avergonzaría tener menos de cincuenta almas esforzándose en complacer todos sus caprichos, día y noche. Se le ocurrió llamar a Newton de un grito, pero este se había mantenido escondido todo el día. El muy cobarde. Echó a andar por el vestíbulo hacia uno de los corredores, oyendo resonar sus pasos en su enorme y solitaria casa. ¿Qué lo había hecho creer aunque fuera un segundo que él y un ángel podrían estar unidos? ¿Que él sería capaz de ocultar de ella la rabia que llevaba en el corazón o las manchas de su alma?

Locura, pura locura.

Al llegar a la puerta de su invernadero se detuvo. Desde fuera las olía. Rosas. Tan serenas, tan perfectas. De niño ya lo fascinaba el remolino de pétalos aterciopelados que llevan a un centro secreto, escondido y tímido, en el corazón de la flor. El problema de cultivar rosas es que aun cuando el rosal no esté florecido exige un cuidado constante. Hay que examinar las hojas por si hay roya, moho o parásitos; hay que ocuparse esmeradamente de la tierra, eliminar las malas hierbas y mejorarla. Al rosal hay que podarlo en otoño, a veces drásticamente, para que pueda volver a dar rosas en primavera. Es una flor exigente y egoísta la rosa, pero cuando está bien cuidada recompensa con una belleza espectacular.

De repente le vino el recuerdo de cuando era niño, aun no formado, y entraba sigiloso en la rosaleda para esconderse de su preceptor. El jardinero que cuidaba de los rosales, Burns, no se fijaba en que él estaba escondido detrás. Sonrió irónico. Claro que tenía que haberlo visto; el viejo simplemente simulaba que no sabía que él estaba en la rosaleda, eludiendo sus estudios. De esa manera los dos podían coexistir en ese lugar que más les gustaba sin que nadie pudiera echar la culpa a uno u otro si lo sorprendían ahí.

Colocó la mano en la puerta palpando la madera de cedro importada especialmente cuando hizo construir ese refugio. Y ahora como adulto también iba a su rosaleda a esconderse.

Abrió la puerta y el aire húmedo le acarició la cara. Sintió que le comenzaba a brotar el sudor en la línea del pelo. Bebió otro trago de coñac. Después de la marcha de Christian, Newton se había encargado de que limpiaran el invernadero antes que transcurriera una hora. No había la menor señal que indicara que ahí había habido una pelea. Avanzó otro poco y esperó a que el olor de la tierra y el dulce perfume de las rosas le devolvieran la serenidad, le devolvieran el alma a su cuerpo, construyéndolo otra vez: haciendo de él menos un demonio y más un hombre. Esperó en vano.

Contempló las hileras de mesas alargadas, las macetas escrupulosamente ordenadas, los rosales, algunos simples tallos espinosos, otros exuberantemente florecidos. Los colores le asaltaron los ojos; había todos los matices imaginables de blanco, rosa y rojo: rosa carne, blanco frío, carmesí oscuro, y una rosa del color exacto de los labios de Lucy. Era un despliegue deslumbrante que le había llevado la mayor parte de su vida adulta reunir, una obra maestra de horticultura.

Levantó la vista hacia el lugar donde el techo de cristal formaba una bóveda perfecta, protegiendo las delicadas plantas y manteniendo fuera el frío de Londres. Bajó la vista a los ladrillos ensamblados a la perfección formando un pulcro diseño en espiga. El invernadero era exactamente lo que se había imaginado hace diez años, cuando lo hizo construir. Era la culminación de todos sus sueños de un refugio, de paz. Era perfecto.

Sólo que Lucy no estaba ahí.

Nunca más volvería a haber paz para él. Bebió el resto del coñac, levantó la copa y la arrojó contra los ladrillos. Los cristales rotos se esparcieron por el pasillo.

Los negros nubarrones bajos en el cielo presagiaban lluvia o tal vez incluso nieve. Tiritando, Lucy se frotó las manos. Debería haberse puesto mitones. La escarcha cubría delicadamente el jardín esa mañana, delineando cada hoja muerta, cada rama congelada con un pelaje blanco. Tocó una manzana marchita y vio formarse un círculo perfecto al derretirse la escarcha con el calor de la yema de su dedo. Bajo el círculo la manzana continuaba muerta.

La verdad, hacía demasiado frío para estar fuera, pero se sentía inquieta ese día, y la casa se le antojaba un encierro. Había intentado sentarse a dibujar una naturaleza muerta de una cocina de campo: una fuente de cerámica grande, huevos amarronados y pan recién horneado por la señora Brodie. Los huevos le salieron deformados y el carboncillo se le rompió sobre el papel, dejando un desastre de manchas.

Curioso. Había dejado a Simon porque no soportaba su manera de actuar; porque se sentía totalmente confusa viviendo con él mientras seguía matando o buscando la muerte. Frunció el entrecejo. Tal vez no había comprendido que en parte su huida se había debido al miedo, al miedo a esa constante y dolorosa preocupación de que él muriera en uno de sus duelos. Sin embargo ahí, en la quietud de su hogar de la infancia, la confusión que sentía era mucho peor. El silencio, justamente la ausencia de drama, le resultaban casi opresivos. En Londres al menos podía despotricar contra Simon, discutirle sus motivos para vengarse. Podía hacerle el amor.

Pero ahí estaba sola. Totalmente sola.

Lo echaba de menos. Cuando lo dejó ya suponía que sentiría cierta nostalgia, el dolor de la pérdida. Al fin y al cabo lo quería muchísimo. Lo que no había supuesto ni esperado era que ese dolor fuera un gigantesco agujero en la tela de su vida, un agujero en todo su ser. No sabía si podría vivir sin él, y aunque eso sonara melodramático, lamentablemente era cierto. Era muy posible que volviera con su marido no por el argumento moralmente sensato que le diera su padre, que hay que perdonar al pecador, sino por una simple y vulgar verdad:

No podía vivir separada de él.

Hubiera hecho lo que hubiera hecho, hiciera lo que hiciera en el futuro, fuera lo que fuera, lo echaba de menos; seguía deseando estar con él. Qué terrible.

—Buen Dios, hace un frío para congelarse. ¿Qué haces aquí, rondando por el jardín como el fantasma de una mujer agraviada?

Lucy se giró bruscamente hacia la irritada voz.

Patricia estaba saltando de un pie a otro. La capucha de la capa casi le envolvía la cara, y con las manos embutidas en un manguito de piel se cubría la nariz, dejando a la vista solamente sus ojos azul porcelana.

—Venga, entra, no sea que te conviertas en hielo.

Lucy le sonrió.

—Muy bien.

Exhalando un suspiro de alivio, Patricia se apresuró a entrar por la puerta de atrás sin esperarla. Lucy la siguió.

Cuando entró en la casa, su amiga ya se había quitado la capa y el manguito.

—Quítate eso —dijo, haciendo un gesto hacia la capucha—. Y vamos a la sala de estar. Ya le he pedido té a la señora Brodie.

No tardaron en estar sentadas en el cuarto de estar de atrás con una humeante tetera en la mesita.

—Aah —suspiró Patricia, sosteniendo la taza delante de la cara, casi bañándosela en el caliente vapor—. Gracias a Dios la señora Brodie sabe calentar bien el agua. —Bebió un poco de té y dejó la taza en el platillo de modo muy formal—. Ahora háblame de Londres y de tu nueva vida.

—Hay mucho ajetreo —dijo Lucy al cabo de un momento—. En Londres, quiero decir. Hay muchísimo para ver y hacer. No hace mucho fuimos al teatro y me encantó.

—Suerte la tuya —suspiró Patricia—. Me encantaría ver a toda la gente con sus mejores galas.

—Mmm —sonrió Lucy—. Mi cuñada Rosalind es muy amable. Me ha llevado de compras y a visitar sus lugares favoritos. Tengo una sobrina también; juega con soldaditos de plomo.

—Muy única. ¿Y tu flamante marido? —preguntó, en tono muy inocente—. ¿Cómo está?

—Muy bien.

—Porque me he fijado que has venido sin él.

—Está ocupado...

—¿En la víspera de Navidad? —interrumpió Patricia, arqueando una ceja—. Vuestra primera víspera de Navidad juntos. Y aunque sé que eres una mujer deplorablemente poco sentimental, tengo mis sospechas de todos modos.

Lucy ocupó las manos en servirse una segunda taza de té, poniendo sumo cuidado.

—Me parece que eso no es asunto tuyo, Patricia.

Su amiga la miró horrorizada.

—Bueno, claro que no es asunto mío. Si limitara mi curiosidad a los asuntos estrictamente míos no me enteraría jamás de nada. Además —añadió, en tono más prosaico—, te tengo cariño.

—Ah —dijo Lucy, desviando la cara para ocultar las lágrimas que le hicieron escocer los ojos—. Tuvimos una diferencia de opinión.

—Una diferencia de opinión —repitió Patricia, sin inflexión en la voz.

Lucy guardó silencio. Entonces Patricia golpeó el cojín que tenía a un lado.

—¿Ese cabrón ya se ha echado una amante?

—¡No! —exclamó Lucy, ceñuda, consternada—. ¿Por qué todos piensan lo mismo?

Patricia la miró con interés.

—¿Sí? Tal vez porque tiene ese aire.

—¿Qué aire?

—¿Sabes? —intentó explicar Patricia haciendo un vago círculo con la mano—, como si supiera mucho más de lo que debe sobre las mujeres.

Lucy se ruborizó.

—Lo sabe.

Patricia bebió un sorbo de té.

—Eso lo hace casi irresistible. Por lo tanto es más alarmante aún que fueras capaz de separarte de él. Sobre todo, como he dicho, en Navidad.

A Lucy le pasó un repentino pensamiento por la cabeza. Dejó la taza en el platillo.

—No he terminado su regalo.

—¿Qué?

Lucy la miró.

—Quería ilustrar un libro para él, pero no lo he terminado.

Patricia pareció satisfecha.

—Entonces debes estar esperando verlo mañana...

Lucy no escuchó el resto. Patricia tenía razón. En algún momento de esos últimos minutos había tomado su decisión. Volvería a casa con Simon y de alguna manera solucionarían el problema entre ellos.

—Y eso me recuerda —dijo Patricia, sacando una cajita del bolsillo y pasándosela.

—Pero yo no tengo nada para ti. —Abrió la tapa de la cajita. Dentro había un pañuelo de señora con sus iniciales bordadas. Las letras estaban torcidas, cierto, pero eran bonitas de todos modos—. Qué amable. Gracias, Patricia.

—Espero que te guste. Creo que me pinché los dedos con tanta frecuencia como la tela. —Alargó la mano derecha para enseñársela—. Y sí que lo tienes, ¿sabes?

—¿Tengo qué?

Patricia retiró la mano y se examinó las uñas.

—Un regalo para mí.

Lucy la miró perpleja.

—Hace poco recibí una proposición de matrimonio, y puesto que tú habías declinado la de ese caballero y llegado al extremo de casarte con otro...

—¡Patricia! —exclamó Lucy, levantándose de un salto a abrazarla, casi tirando al suelo la bandeja del té—. ¿Quieres decir que estás comprometida?

—Pues sí.

—¿Y con Eustace Penweeble?

—Bueno...

—¿Y qué le pasó al viejo señor Benning y sus noventa acres cultivables?

Patricia se cogió un rizo dorado y lo sujetó en su lugar.

—Sí, eso es triste, ¿verdad? Y esa magnífica casa solariega. Es una verdadera lástima. Pero parece que el señor Penweeble arrolló todo mi sentido común. Creo que debió ser su altura. —Bebió un trago de té, pensativa—. O tal vez sus hombros.

Lucy casi se echó a reír; sólo consiguió controlar el impulso en el último momento.

—¿Y cómo conseguiste que te hiciera tan rápido la proposición? Conmigo tardó tres años.

Patricia puso una expresión recatada.

—Podría haber sido mi pañuelo.

Lucy le miró el inocente pañuelo de encaje que le rodeaba el cuello.

—¿Tu pañuelo?

—Sí. El señor Penweeble me llevó a pasear en su coche y, no sé cómo —agrandó los ojos—, se me salió del corpiño. Bueno, no logré meterlo, así que se lo pedí a él.

—¿Le pediste qué?

—Vamos, que me metiera el pañuelo en el corpiño, naturalmente.

—Patricia —musitó Lucy.

—Después de eso, parece que él se sintió obligado a proponerme matrimonio. —Sonrió como una gata ante un plato de nata—. Vamos a celebrar el compromiso el Día de Aguinaldos, San Esteban. Te quedarás para eso, ¿verdad?

Lucy dejó la taza en el platillo.

—Ojalá pudiera, querida, pero debo volver a casa a estar con Simon. Tienes razón. Debo pasar la Navidad con él.

Habiendo tomado la decisión, sintió el fuerte deseo de ponerse en marcha al instante. Era importante que viera a Simon lo antes posible. Reprimió el impulso y juntó las manos en la falda. Patricia estaba hablando de su inminente boda y debía escucharla.

El trayecto a Londres llevaba horas. Unos pocos minutos no cambiarían nada, ni en uno ni otro sentido.

Capítulo 19

*S*ir Rupert aun no cruzaba el umbral de la puerta cuando su mujer le preguntó:

—¿Qué pasa?

Sobresaltado, frunció el ceño, al tiempo que le entregaba su sombrero y su capa al adormilado lacayo.

—¿Qué quieres decir?

Habiendo muerto Walker y James sus inversiones se habían vuelto precarias. Había pasado la noche, como varias anteriores, trabajando para asegurarse de que no se le desmoronaran. Pero ¿qué hacía Matilda levantada a estas horas? No podían ser mucho más de las cinco de la mañana.

Los ojos de su mujer se desviaron hacia el lacayo, que hacía esfuerzos por parecer que no estaba escuchando.

—¿Podríamos hablar en tu despacho?

—Faltaría más.

Se dirigió a su refugio, entró delante de ella y al instante fue a sentarse en el sillón ante su escritorio. Le dolía terriblemente la pierna.

Ella entró detrás y cerró la puerta con la mayor suavidad.

—¿Dónde has estado? Prácticamente no has hablado estos últimos días. Te has pasado el rato encerrado aquí. Ni siquiera te hemos visto en las comidas. Eso es lo que quiero decir.

Diciendo eso avanzó hacia él, con la espalda recta como un militar, rozando la alfombra con la orilla de su vestido de batista verde. Él observó que se le había aflojado un poco la piel del contorno de la mandíbula, formándole una bolsa bajo el mentón.

Distraídamente se friccionó el muslo.

—He estado ocupado, querida mía. Simplemente eso.

Ella no se dejó engañar.

—No me vengas con excusas. No soy uno de tus compinches de negocios. Soy tu esposa. Lady Iddesleigh vino a verme hace dos días. —Frunció el ceño, al interrumpirla él con una maldición, pero continuó—: Me explicó una historia fantástica acerca de ti y el vizconde. Me dijo que él tiene la intención de retarte a duelo. Ve al grano y explícame lo que pasa.

Sir Rupert se arrellanó en su sillón, haciendo crujir la piel del asiento. Era una suerte que Matilda fuera mujer; habría sido un hombre aterrador. Guardó silencio sopesando las cosas. Desde el momento en que lo amenazó Iddesleigh había pasado el tiempo cavilando, pensando cómo podría eliminar a un vizconde sin implicarse. El problema era que ya había usado la mejor manera con Ethan Iddesleigh. Ese plan sí fue sencillo, muy elegante: propagar rumores, obligar a un hombre a retar a duelo a un espadachín mucho mejor... La muerte fue inevitable y no dejó ninguna pista que llevara a él. Habiéndolo hecho de otra manera, contratando asesinos, por ejemplo, hubiera habido muchas más probabilidades de que las pistas llevaran a él. Pero si Iddesleigh continuaba empeñado en eso, podría tener que correr ese riesgo.

Matilda se sentó en uno de los sillones del otro lado del escritorio.

—Piensa todo lo que quieras, pero al menos debes menearte para ir a buscar a Christian.

Él levantó la vista.

—¿A Christian? ¿Por qué?

Ella exhaló un suspiro.

—No lo has visto estos dos últimos días, ¿verdad? Ha estado

casi tan arisco como tú, caminando abatido por la casa, ladrándole a sus hermanas. Y el otro día llegó a casa con el labio ensangrentado.

Sir Rupert se levantó, cogiendo su bastón.

—¿Qué?

Ella lo miró con los ojos agrandados por la exasperación.

—Sí. ¿No te fijaste? Dijo que se había tropezado y caído, pero era bastante evidente que había mantenido una pelea a puñetazos. Eso no es en absoluto lo que espero de nuestro hijo.

—¿Por qué no se me dijo?

—Si te hubieras molestado en hablarme... —Lo miró fijamente—. ¿Qué pasa? ¿Qué es lo que me ocultas?

—Iddesleigh —contestó él. Dio dos pasos hacia la puerta y se detuvo—. ¿Dónde está Christian ahora?

—No lo sé. Anoche no volvió a casa. Por eso te he esperado en pie. —Ya se había levantado y estaba con las manos cogidas delante—. Rupert, ¿qué...?

Él se giró hacia ella.

—Iddesleigh sí tenía la intención de retarme a duelo.

—Retarte...

—Christian lo supo. Buen Dios, Matilda. —Hundió las manos en su pelo—. Quizás haya retado a duelo a Iddesleigh para impedir que se bata conmigo.

Ella lo miró fijamente; la sangre le abandonó lentamente la cara, dejándosela muy pálida y arrugada, haciendo evidente todos y cada uno de sus años.

—Debes encontrarlo —dijo, sin apenas mover los labios—. Debes encontrarlo e impedírselo. Lord Iddesleigh lo matará.

Él la miró un momento, inmóvil, paralizado por la horrenda verdad.

Ella extendió las manos en un gesto de súplica.

—Mi querido marido. Sé que has hecho cosas, que hay actos oscuros en tu pasado. Nunca te he hecho preguntas, nunca he deseado saber lo que has hecho. Pero, Rupert, no permitas que nuestro hijo muera por tus pecados.

Sus palabras lo espolearon, lanzándolo a la acción. Cojeó hasta la puerta, haciendo sonar fuertemente el bastón en el suelo de mármol del vestíbulo. Detrás de él, ella había comenzado a sollozar, pero aun así él oyó las palabras entre sollozos:

—No permitas que Christian muera por ti.

Un gato, o tal vez una rata, cruzó el camino por delante del caballo de Simon. Aun no llegada la aurora, era la parte más oscura de la noche, el dominio de Hécate, la diosa de las encrucijadas y de los perros aulladores. Era ese extraño espacio de tiempo entre la noche y el día cuando los seres vivos no se sienten del todo seguros. El único sonido que se oía en la calle desierta era el apagado clop clop de los cascos de su castrado. Las prostitutas de las esquinas ya se habían ido a sus tristes camas y los vendedores callejeros aún no se levantaban. Igual podría ir cabalgando por una necrópolis. Una necrópolis muy fría ya que del cielo caían silenciosos copos de nieve.

Había cabalgado más de la mitad de la noche, vagando por entre las casas blancas de Grovesnor Square hasta el barrio oscuro y pobre Whitechapel. Curiosamente, allí no lo habían asaltado, aun siendo un blanco de primera calidad para un asalto, un aristócrata apestando a licor y no conocedor del entorno. Una lástima. Podría haberle ido bien la distracción de un desagradable robo, y quizás esto le hubiera resuelto todos sus problemas. Pero ahí estaba, vivo, justo antes del alba y con un duelo por luchar.

Más allá estaba la casa de ciudad de De Raaf. Por ahí; al menos, eso creía. Estaba exhausto, cansado de muerte. Ya no tenía el consuelo del sueño; no dormía desde que Lucy lo abandonó hacía dos días. Tal vez no volvería a dormir nunca más. O dormiría eternamente, después de ese amanecer; sonrió burlón, celebrando ese ingenioso pensamiento. Guió el caballo hasta entrar en un callejón de establos y enderezó un poco la espalda, buscando la parte de atrás de la casa de De Raaf. Mientras se acercaba, una sombra salió de la oscuridad junto a una puerta.

—Iddesleigh —musitó De Raaf, y su voz ronca asustó al castrado.

Simon tranquilizó al animal.

—De Raaf. ¿Dónde está tu montura?

—Aquí.

El grandullón abrió la puerta, agachó la cabeza y entró.

Simon esperó, notando por primera vez la mordacidad del aire de invierno. Miró hacia el cielo. La luna estaba baja, pero si hubiera estado en lo alto del cielo las nubes la habrían ocultado. El día sería frío. Pues muy bien.

Salió De Raaf del establo tirando de su feo bayo. Una bolsa blanda estaba amarrada a la grupa del caballo, detrás de la silla.

—No llevas peluca. Te ves desnudo sin ella.

—¿No?

Se pasó la mano por el pelo corto y sólo entonces recordó. La peluca se le había caído en una calle durante la noche, y no se molestó en bajarse a recogerla. Sin duda ahora adornaba la cabeza de algún pilluelo. Se encogió de hombros.

—No importa.

De Raaf lo miró un momento a través de la oscuridad, y luego montó.

—Se me ocurre que tu flamante esposa no va a aprobar que intentes hacerte agujerear las entrañas, la mañana de Navidad justamente. ¿Sabe lo que vas a hacer?

Simon arqueó las cejas.

—¿Qué opina tu señora de que asistas a un duelo en Navidad?

De Raaf hizo un mal gesto.

—Sin duda Anne lo detestaría. Espero estar de vuelta en casa antes que despierte y descubra que no estoy.

—Ah —dijo Simon, haciendo girar la cabeza de su caballo.

De Raaf puso a su caballo al paso a un lado. Juntos cabalgaron hasta salir a la calle.

—No has contestado a mi pregunta —dijo De Raaf, rompiendo el silencio y se vio el vapor de su aliento a la luz de una ventana.

—Los sentimientos de Lucy son discutibles. —Sintió romperse algo en su interior al pensar en su ángel. Movió la mandíbula y reconoció—: Me ha dejado.

—¿Qué le has hecho?

Simon lo miró enfurruñado.

—¿Cómo sabes que ha sido culpa mía?

De Raaf se limitó a arquear una ceja.

—Desaprueba los duelos. No, no es eso. Desaprueba el asesinato.

—No veo por qué —bufó el otro.

Le tocó a Simon dirigirle una mirada fea.

—¿Por qué te bates a duelo, entonces, hombre? —ladró De Raaf, impaciente—. Joder, no vale la pena perder a tu mujer por eso.

—La amenazó.

El recuerdo todavía lo hacía apretar los puños. Por muy amigo que fuera, Christian había amenazado con violar a Lucy. No podía permitir que saliera impune de esa ofensa.

—Entonces deja que yo me encargue de Fletcher. Tú no tendrás que participar.

Simon lo miró de reojo.

—Gracias, pero Lucy es mi mujer.

De Raaf sonrió.

—¿Estás seguro?

—Sí.

Diciendo eso, Simon puso el castrado al trote, previniendo así más conversación.

Continuaron el camino pasando por calles más sombrías y sucias. El viento aullaba su remordimiento en las esquinas. Pasó una carreta haciendo retumbar los adoquines. De pronto Simon vio movimientos en la acera; unas pocas formas silenciosas, que se escabulleron o alejaron a grandes zancadas. Los moradores diurnos habían comenzado sus rondas, cautelosos en la oscuridad que todavía ocultaba los peligros de la noche. Volvió a mirar el cielo; había aclarado a un feo marrón grisáseo. La nieve formaba una delgada capa blanca en el suelo, cubriendo la suciedad y los malos olores, dando la ilusión de pureza. Pronto los caballos la convertirían en charcos de barro y desaparecería la ilusión.

—Condenación, qué frío hace —resolló De Raaf detrás.

Simon no se molestó en contestar. Entraron en el sendero del parque. Ahí el paisaje estaba impoluto y silencioso. Ningún ser humano había perturbado la prístina nieve todavía.

—¿Están aquí sus padrinos? —preguntó De Raaf, rompiendo el silencio.

—Deben de estar.

—No tienes por qué hacer esto. Sea lo que...

—Para —le interrumpió Simon, mirándolo—. Calla, Edward. Ya pasó el tiempo para eso.

De Raaf gruñó, ceñudo.

Simon titubeó un instante.

—Si me mata, tu cuidarás de Lucy, ¿verdad?

—Joder... —Se tragó lo que fuera que iba a decir y lo miró furioso—. Por supuesto.

—Gracias. Está con su padre en Kent. Encontrarás su dirección y una carta en mi escritorio. Te agradecería si pudieras entregársela.

—¿Qué diablos está haciendo en Kent?

—Reparando su vida, espero.

Curvó la boca tristemente. Lucy. ¿Haría duelo por él? ¿Llevaría la lóbrega ropa de luto de una viuda y lloraría dulces lágrimas saladas? ¿O lo olvidaría pronto y encontraría consuelo en los brazos del párroco rural? Sorprendido descubrió que todavía era capaz de sentir celos.

Lucy, mi Lucy.

Parpadearon dos linternas junto a unas figuras oscuras más adelante. Eran los actores de un drama inevitable. El chico, al que hasta pocos días antes había considerado un amigo, los hombres que lo verían matar o ser matado, el médico que declararía muerto a un hombre.

Tocó su espada y presionó con las rodillas poniendo el caballo al trote.

—Hemos llegado.

La cara de Newton se relajó, casi en una sonrisa, y al instante se recuperó y se inclinó en una reverencia, haciendo revolotear la borla de su gorro de dormir sobre los ojos.

—Milady. Ha vuelto.

—Naturalmente —repuso Lucy.

Echándose atrás la capucha, cruzó el umbral de su casa de Londres. Buen Dios, ¿todos los criados estaban enterados de los asuntos entre Simon y ella? Pregunta tonta. Claro que sí. Y a juzgar por la sorpresa que Newton se apresuró a encubrir, habían supuesto que ella no volvería. Enderezó los hombros. Bueno, sería mejor quitarles esa idea de la cabeza cuanto antes.

—¿Está aquí?

—No, milady. Su señoría salió aún no hace media hora.

Lucy asintió, tratando de no dejar ver su desilusión. Había estado cerca de llegar a verlo antes de que hiciera eso. Le habría gustado desearle suerte por lo menos.

—Le esperaré en el despacho.

Dejó la libreta encuadernada en piel sobre la mesa del vestíbulo, a un lado de un paquete de papel marrón a mal traer, y le dio una palmadita.

—Milady —dijo Newton, inclinándose—, ¿me permite que le desee una feliz Navidad?

—Ah, gracias. —Había salido tarde de Kent, a pesar de las protestas de su padre, y hecho el último tramo del trayecto en la oscuridad de la noche ya avanzada. Con toda la agitación había olvidado qué día era—. Y feliz Navidad para usted también, señor Newton.

Este se inclinó en otra reverencia y se alejó silenciosamente con sus zapatillas turcas.

Lucy cogió un candelabro de la mesa y entró en el despacho de Simon. Cuando se estaba acercando a un sillón junto al hogar, las llamas de las velas iluminaron dos pequeños grabados colgados en el rincón, en los que no había reparado antes. Curiosa, se acercó a mirarlos.

El primero era el dibujo de una rosa, hecha por un botánico, en toda su plenitud, sus pétalos desvergonzadamente abiertos. Debajo del dibujo había una minuciosa disección, enseñando sus diversas partes, cada una con su nombre elegantemente escrito, como para dar decoro a la exhibición de la rosa de arriba.

El segundo grabado era medieval, tal vez uno de una serie que habrían ilustrado una Biblia. Representaba la historia de Caín y Abel. Levantó el candelabro para examinar la horrible escena. Caín tenía los ojos muy abiertos, sus músculos tremendamente abultados al luchar con su hermano. La cara de Abel se veía tranquila, sin alarma, mientras su hermano lo mataba.

Se estremeció y le dio la espalda. Qué horrible tener que esperarlo así. Antes no sabía lo que estaba haciendo él cuando lo esperaba. Pero ahora... Se había prometido que no discutiría con él, aun cuando detestara lo que hacía, aunque matara a su amigo, aunque se sintiera aterrada por su vida. Cuando volviera, lo recibiría como debe una esposa amante. Le ofrecería una copa de vino, le friccionaría los hombros y le dejaría claro que se iba a quedar con él para siempre, ya fuera que se batiera en duelo o no.

Se dio una sacudida; mejor no pensar en el duelo. Dejó el candelabro sobre el escritorio y se acercó a una de las elegantes librerías de palisandro a mirar los títulos. Tal vez podría distraerse leyendo.

Leyó los títulos en los lomos: horticultura, agricultura, rosas y más rosas, y un solo tratado, probablemente valioso, sobre esgrima. Eligió un grueso libro sobre rosas y lo colocó sobre el borde de un lado del escritorio. Estaba a punto de abrirlo, para aprender algo y poder hablar de flores con su marido, cuando miró hacia el papel secante del centro, cerca del sillón. Encima había una carta. Ladeó la cabeza para mirarla.

Llevaba escrito su nombre.

La observó un momento, con el cuello todavía torcido; después se enderezó, rodeó el escritorio y, pasado un segundo de vacilación, cogió la carta, la abrió y comenzó a leer:

Mi amadísima Ángel:
Si hubiera sabido la desesperación que te causaría, te juro que habría hecho lo imposible para que no me dejaran medio muerto casi a la puerta de tu casa esa tarde, hace tanto tiempo ya. Pero entonces no te habría conocido... y ya he renunciado a los juramentos. Porque aún sabiendo el sufrimiento que te he causado, no lamento amarte, mi ángel. Soy un canalla egoísta, poco compasivo, pero eso soy; no me puedo deshacer. Conocerte ha sido lo más maravilloso que me ha ocurrido en la vida. Eres lo más cerca que estaré del cielo, ya sea aquí en la Tierra o en la otra vida, y no lo lamento, ni siquiera a costa de tus lágrimas.

Así pues, me voy a la tumba como pecador impenitente, me temo. No tiene sentido hacer duelo por uno como yo, amadísima. Espero que puedas rehacer tu vida en Maiden Hill, tal vez casarte con ese guapo párroco. De Raaf tiene los documentos sobre mis asuntos de negocios y cuidará de ti mientras lo necesites.

Tu marido, Simon

Le temblaban tanto las manos que el papel arrojaba extrañas sombras en la pared, y le llevó un momento ver la posdata abajo:

P.D. En realidad hay una cosa que lamento. Me habría gustado muchísimo haberte hecho el amor una vez más. O tres. S.

Se echó a reír, horriblemente, con los ojos nublados por las lágrimas. Qué típico de Simon hacer bromas salaces incluso escribiendo una carta de amor de despedida. Porque eso era la carta, un adiós, por si moría. ¿Le habría escrito cartas como esa antes de sus otros duelos? No había manera de saberlo: las habría roto al volver.

Ay, Dios, deseaba no haber entrado ahí.

Dejó la carta en el escritorio, cogió el candelabro y salió del despacho a toda prisa. Haber leído esas palabras de Simon, como si ya hubiera muerto, le hacían mucho peor la espera. Intentó tranquilizarse pensando que este era simplemente otro duelo más. ¿En cuántos se había batido ya? ¿En tres? ¿En cinco? Había perdido la cuenta, y seguro que él también. Había ganado cada vez. Había vuelto, ensangrentado, pero vivo. Vivo. Cualquier discusión, cualquier problema que tuvieran, podría resolverse si él volvía a ella vivo. Levantó la vista y descubrió que sus pies la habían llevado al invernadero de Simon. Colocó la palma en la madera de la puerta, tan sólida, tan consoladora, y empujó. Tal vez si caminaba por el invernadero, por entre sus hileras de rosales...

Cuando se abrió la puerta, se quedó inmóvil, paralizada. Por todas partes brillaban trozos de cristal roto.

Había destruido el invernadero.

—¿Si no le importa, milord? —dijo uno de los padrinos de Christian.

El hombre tenía el pecho estrecho y unas manos largas y huesudas que salían de unas muñecas extrañamente delicadas, como las de una chica. Pestañeaba nervioso a la luz de la linterna y casi retrocedió cuando Simon se volvió hacia él.

Ah, fabuloso. El final de su vida estaría presidido por un chico que apenas tenía la edad para afeitarse.

—Sí, sí —masculló, impaciente.

Se abrió el cuello de la camisa, arrancando un botón, que cayó sobre el plumón de nieve a sus pies, formando un corto túnel. No se molestó en recogerlo.

El padrino le miró el pecho, con el fin de confirmar que no llevaba una cota de malla debajo de la camisa.

—Comencemos —dijo Simon, moviendo los brazos para conservar el calor.

No tenía sentido volver a ponerse el chaleco y la chaqueta. No tardaría en comenzar a sudar, aun en mangas de camisa.

Miró hacia De Raaf, que estaba a unas seis yardas de distancia. Este gruñó y le devolvió la espada a Christian. El joven hizo un gesto de asentimiento y echó a caminar hacia él.

Simon lo observó atentamente. Tenía la cara pálida y seria, y su pelo rojizo brillaba como una llama. Era alto y guapo; ninguna arruga estropeaba sus mejillas. Sólo unos meses antes, en la academia de Angelo, Christian había caminado hacia él como en ese momento. Su compañero habitual de esgrima había faltado y Angelo le envió a Christian para reemplazarlo. En aquella ocasión la cara del joven revelaba nerviosismo, curiosidad y su buen poco de respeto. En ese momento su cara estaba sin expresión; había aprendido bien las lecciones en esos meses.

—¿Preparado? —preguntó Christian, con la voz sin inflexión.

El padrino de las muñecas delgadas se acercó a Simon a entregarle su espada.

—¿No deberíamos esperar a que haya más luz? Aun no ha salido el sol.

No —dijo Simon, cogiendo la espada y apuntando—. Poned las linternas a ambos lados de nosotros.

Observó mientras De Raaf y los otros padrinos cumplían su orden.

Entonces flexionó las piernas y levantó la mano izquierda por detrás de la cabeza. Miró hacia De Raaf y captó su mirada.

—Acuérdate de Lucy.

De Raaf asintió, con expresión lúgubre.

—Preparado —dijo, entonces, volviendo la cara hacia su contrincante.

—*Allez!*

Christian saltó como un zorro; sano, joven y feroz. Simon levantó la espada justo a tiempo, maldiciendo en voz baja. Paró el golpe y retrocedió, y el pie de atrás se le resbaló en un montón de nieve. Dio una estocada aprovechando la guardia baja del otro y casi se la enterró en el costado, pero Christian fue muy rápido. Sonaron los aceros y le desvió la espada. Simon sentía su respiración rasposa en los oídos, fuerte. El aire le hería de frío los pulmones en cada inspiración. Gruñendo, paró otro asalto. Fuerte y rápido, Christian se movía como un atleta de antaño.

Simon sonrió de oreja a oreja.

—¿Encuentras divertido esto? —resolló el joven.

Simon tosió y sintió penetrar el aire frío hasta muy al fondo de los pulmones, y volvió a retroceder, defendiéndose de un revuelo de tajos.

—No. Simplemente admiro tu buena forma.

Le dolía la muñeca y comenzaba a sentir punzadas en el músculo del brazo, pero era importante dar un buen espectáculo.

Christian lo miró desconfiado.

—En serio. Has mejorado enormemente.

Sonrió y lanzó una estocada al ver una brecha.

Christian se echó hacia atrás. La punta de la espada le rozó la mejilla izquierda, dejándole una línea roja. La sonrisa de Simon se ensanchó. No había creído que pudiera hacer contacto.

—¡Sangre! —gritó el padrino de Christian.

De Raaf no se molestó en gritar. Ninguno de los duelistas hizo caso del grito.

—Cabrón —dijo el joven.

Simon se encogió de hombros.

—Algo por lo que me recuerdes.

Christian atacó por su flanco.

Simon se giró, y volvieron a resbalársele los pies en la helada nieve.

—¿Le habrías hecho daño a Lucy?

Christian dio un paso hacia el lado, todavía moviendo el brazo con facilidad, a pesar de la sangre que le manchaba la mitad de la cara.

—¿Habrías matado a mi padre?

—Tal vez.

Sin hacer caso de la respuesta, el joven hizo una finta haciendo bajar la espada a Simon. La herida en la frente le ardió como fuego. Echó atrás la cabeza.

—¡Condenación!

La sangre ya comenzaba a entrarle en el ojo, cegándolo. Pestañeó, sintiendo los párpados pegajosos. Oyó maldecir a De Raaf, con voz ronca, monótona.

—Algo por lo que me recuerdes a mí —dijo Christian, repitiendo lo dicho por él, sin sonreír.

—No tendré mucho tiempo.

Christian lo miró fijamente y se lanzó al ataque violentamente. Simon paró el golpe. Estuvieron un segundo unidos, Christian presionando la espada y Simon rechazándola con la fuerza del hombro. De repente, algo increíble, le cedió el brazo a Simon. La punta de la espada se deslizó hacia él chirriando. De Raaf lanzó un grito ronco. La punta de la espada se le enterró en el lado derecho del pecho, bien arriba. Ahogó una exclamación y sintió el arañazo del acero en la clavícula, y luego el choque cuando la punta le tocó el omóplato y se detuvo. Levantó su espada entre sus cuerpos sudorosos y tensos, y vio agrandarse los ojos de Christian cuando este comprendió el peligro. El joven saltó hacia atrás y se le soltó la empuñadura de la espada. Simon masculló una maldición al sentir moverse la punta enterrada como una maldita víbora; pero esta continuó enterrada en su carne.

Aun no había llegado el momento.

Desentendiéndose del horrible dolor en el hombro, dio unos tajos hacia Christian, manteniéndolo alejado de la empuñadura de su colgante y moviente espada. Pardiez, tenía que parecer un títere con un palo sobresaliendo del hombro. Esa era una manera innoble de morir. Su contrincante lo miraba, fuera de alcance, pero desarmado. La espada enterrada en su pecho colgaba por su peso, hurgándole el músculo. Intentó coger la empuñadura. Logró cerrar la mano en ella, pero con el brazo estirado al máximo no podía aplicar la fuerza necesaria para sacarla de su cuerpo. Tenía la camisa empapada de sangre y con cada minuto que pasaba sentía más frío. Sobre la nieve revuelta y ensangrentada, el padrino de Christian miraba horrorizado la escena. Christian parecía desconcertado. No era difícil comprender su dilema. Para ganar el duelo tenía que sacar la espada de su hombro, pero para cogerla tenía que enfrentarse a la espada de él, y desarmado. De todos modos, ¿qué podía hacer él teniendo la maldita espada sobresaliendo delante? No podía sacársela y realmente no podía luchar teniéndola así, colgando y moviéndose.

Punto muerto.

Habló De Raaf, que había estado callado:

—Esto se acabó.

—No —siseó Simon, y mirando a Christian, añadió—: Cógela.

Christian lo miró receloso. Y bien que debía.

—Era tu amigo —dijo De Raaf en tono suplicante—. Tú puedes poner fin a esto, Fletcher.

Christian negó con la cabeza. La sangre de la herida en la mejilla ya le manchaba el cuello de la camisa. Simon se la limpió del ojo y sonrió. Ese día moriría; lo sabía. ¿Qué sentido tenía vivir sin Lucy? Pero tendría una muerte honorable. Haría trabajar al muchacho para matarlo. A pesar de la sangre que le empapaba la camisa, a pesar del ardiente dolor que le corroía el hombro, a pesar del cansancio que pesaba sobre su alma, tendría un verdadero combate, una verdadera muerte.

—Cógela —repitió en voz baja.

Capítulo 20

*L*a luz de las velas del candelabro se reflejaba en el suelo del invernadero haciéndolo brillar. Los trozos de cristal resplandecían ahí como una alfombra de diamantes. Pasado un largo rato de contemplarlo todo aturdida, sintió el frío. Levantó la vista. El viento entraba silbando por lo que antes era un techo de cristal, haciendo parpadear las llamas de las velas y amenazando con apagarlas. Levantó más alto el candelabro. Todos los paneles de cristal estaban rotos y dentados. El cielo, ya gris al comenzar a clarear el día, se veía demasiado bajo.

¿Quién...?

Sin querer, avanzó por el pasillo como si sus pies se movieran por propia voluntad. Los cristales rotos crujían bajo sus botas, raspando los ladrillos. Las macetas de terracota estaban amontonadas de cualquier manera sobre las mesas, destrozadas y aplastadas, como si una enorme y furiosa ola las hubiera arrojado ahí. Avanzó a trompicones, sintiendo deslizarse los trozos de cristal bajo los pies. Los rosales caídos, en diversas fases de floración, estaban dispersos por todas partes. De uno de los paneles colgaba una bola de raíces. Pétalos rosa y rojos parecían sangrar en el suelo, su conocido perfume curiosamente ausente. Tocó un pétalo y lo sintió derretirse y encogerse con el calor de su mano. La rosa estaba congelada. El frío aire invernal había entrado a atacar despiadadamente las protegidas flores. Muertas. Todas las rosas estaban muertas.

Llegó al centro del invernadero, donde había estado la cúpula, y se detuvo. Sólo quedaba el armazón, con trocitos de cristal colgando. La fuente de mármol estaba agrietada y desconchada, como si la hubieran golpeado con un martillo gigantesco. Una pluma de hielo se elevaba en ella, inmóvil; el agua congelada a mitad del rebote. Más hielo sobresalía de una grieta, y se ensanchaba formando un lago helado alrededor. Debajo del hielo brillaban trocitos de cristal, horrorosamente bellos.

Se tambaleó por la conmoción. Una racha de viento pasó aullando por el recinto y le apagó las velas, dejando solamente una encendida. Simon debió haber hecho eso; había destruido su invernadero de ensueño. ¿Por qué? Se arrodilló y agachó en el frío suelo, sosteniendo en la palma adormecida la única vela que quedaba encendida. Había visto con qué ternura cuidaba él sus plantas. Recordaba su expresión de orgullo cuando ella vio por primera vez la cúpula y la fuente. Qué él hubiera destruido todo eso...

Debió perder la esperanza. Toda esperanza.

Ella lo dejó, aun cuando le había prometido no abandonarlo, por la memoria de su madre. La amaba y ella lo abandonó. Le subió un sollozo a la garganta. ¿Cómo podría sobrevivir al duelo así, sin esperanza? ¿Intentaría ganarlo siquiera? Si supiera dónde sería el duelo, podría ir y detenerlo. Pero no tenía ni idea de dónde se llevaría a cabo; él le advirtió que le ocultaría el lugar de ese duelo, y lo cumplió. No podía detenerlo, comprendió, dolorosamente. Él iba de camino al duelo, era posible que ya estuviera ahí, preparándose para combatir en el frío y la oscuridad, y ella no podría impedírselo. No podría salvarlo.

No podía hacer nada.

Paseó la mirada por el invernadero destruido, pero no encontró ninguna respuesta. Dios santo, moriría. Lo perdería sin haber tenido siquiera la oportunidad de decirle cuánto significaba para ella, cuánto lo amaba. Simon. Sola en el oscuro invernadero destruido lloró, con el cuerpo estremecido por los sollozos y el frío, y por fin reconoció lo que había tenido escondido en el fondo del corazón: amaba a su marido.

Amaba a Simon.

La llama de la vela chisporroteó y se apagó. Hizo una inspiración profunda y se rodeó con los brazos, inclinada, como si estuviera rota. Levantó la cara al cielo gris, y silenciosos y fantasmales copos de nieve le cayeron sobre los labios y párpados y se derritieron.

Arriba, las primeras luces del alba comenzaban a iluminar Londres.

Empezaba a clarear sobre Londres. Las caras de los hombres que rodeaban a Simon ya no estaban en la sombra. La luz del día se filtraba por las copas de los árboles iluminando el lugar del duelo. Vio la desesperación en los ojos de Christian cuando avanzó de un salto, enseñando los dientes apretados, su pelo rojo apelmazado por el sudor pegado a sus sienes.

Christian cogió la empuñadura de su espada y le dio un tirón, sin acabar de sacarla. Simon ahogó una exclamación al sentir serrada su carne por la hoja. Gotas rojas cayeron a la nieve a sus pies. Posicionó su espada y la movió a ciegas, con violencia. Christian esquivó el golpe moviéndose hacia un lado, y casi soltando la empuñadura de su espada otra vez. Simon volvió a atacar y notó que tocaba carne. Un chorro de sangre decoró la nieve y luego fue pisoteado, mezclándose con las gotas anteriores de él, hasta que todo el suelo quedó ensangrentado.

—Maldición —gimió Christian.

Simon sintió el soplido de su aliento en la cara, fétido de miedo. El chico tenía la cara blanca y roja, la mancha de sangre en la mejilla izquierda sólo un poco más oscura que las pecas que cubría. Qué joven. Sintió el absurdo deseo de pedir disculpas. Se estremeció: la sangre que le empapaba la camisa se estaba congelando; estaba nevando otra vez. Miró hacia el cielo por encima de la cabeza de Christian y le pasó el rídiculo pensamiento: «No debería morir en un día gris».

Christian emitió un ronco sollozo.

—¡Parad!

El grito sonó detrás de Simon. Sin hacer caso, él levantó la espada una última vez.

Pero De Raaf ya estaba ahí, con su espada desenvainada.

—Para, Simon —dijo el grandullón, interponiendo su espada entre ellos.

—¿Qué vas a hacer? —resolló Simon.

Estaba mareado, apenas lograba no tambalearse.

—¡Por el amor de Dios, parad!

—Escúchalo —gruñó De Raaf.

Christian se quedó inmóvil.

—Padre.

Sir Rupert venía cojeando lentamente por la nieve, con la cara casi tan blanca como la de su hijo.

—No lo mate, Iddesleigh. Lo reconozco. No mate a mi hijo.

—¿Reconoce qué?

¿Sería una trampa? Miró la cara horrorizada de Christian; no por parte del hijo, al menos.

—Buen Dios —exclamó De Raaf—, deja que te quite esto.

Colocándole una mano en el hombro, sacó la espada de Christian en un solo y rápido movimiento.

Simon no pudo evitar que se le escapara un gemido. Se le oscureció la visión. Pestañeó enérgicamente. Ese no era el momento para desmayarse. Tenía vaga conciencia de la sangre que le manaba de la herida en el hombro.

—Joder —masculló De Raaf—. Pareces un cerdo al que acaban de matar.

Abrió la bolsa que traía con él, sacó un puñado de paños de lino, formó una compresa y se la metió en la herida.

—¡Por las bolas de Dios! —gritó Simon. El dolor era insoportable—. ¿No conseguiste un médico? —preguntó, entre dientes.

De Raaf se encogió de hombros.

—No logré encontrar uno que me inspirara confianza.

Diciendo eso presionó más fuerte.

—¡Aay! —Hizo una inspiración sibilante—. Puñetero. ¿Así que tú me vas a hacer de médico?

—Sí. ¿No me vas a dar las gracias?

—Gracias —gruñó Simon. Miró a sir Rupert, esforzándose en no retroceder encogido mientras De Raaf le trataba la herida del hombro—. ¿Qué reconoce?

—Padre...

Sir Rupert silenció a Christian con un rápido movimiento de la mano.

—Reconozco que soy el responsable de la muerte de su hermano.

—Asesinato —gruñó Simon.

Apretó con más fuerza la empuñadura de su espada, aunque De Raaf estaba entre él y los demás, impidiéndole moverla. Este eligió ese momento para ponerle la otra mano en la espalda y presionar las palmas, apretándole el hombro. Tuvo que tragarse una maldición.

—De nada —dijo De Raaf, con expresión complacida.

—El asesinato de su hermano —dijo sir Rupert, asintiendo—. Yo soy el culpable. Castígueme a mí, no a mi hijo.

—¡No! —gritó Christian, avanzando, y cojeando, como su padre.

Simon vio que tenía la pierna derecha empapada de sangre, debajo del muslo. O sea, que su espada había encontrado su blanco.

—Matando a Christian lo castigaría muy satisfactoriamente —dijo en tono burlón.

Edward, que estaba de cara a él, arqueó una ceja, gesto que sólo vio él.

—Matando a Christian también quita la vida a un inocente —dijo

sir Rupert. Se inclinó, apoyándose con las dos manos en la empuñadura de su bastón, y sus ojos fijos en la cara de Simon—. Nunca ha
matado a un inocente.

—A diferencia de usted.

—A diferencia de mí.

Durante un momento nadie habló. La nieve caía silenciosa.
Simon miraba fijamente al asesino de su hermano. El hombre lo
reconocía; casi cacareaba que había planeado la muerte de Ethan.
Sintió subir el odio como bilis a la garganta, casi aplastando a la
razón. Pero por mucho que odiara a sir Rupert, este tenía razón.
Nunca había matado a un hombre inocente.

—¿Qué tiene pensado? —preguntó finalmente.

Sir Rupert hizo una honda inspiración. Creía haber ganado una
concesión, maldito él. Y la había ganado.

—Le pagaré el precio de la vida de su hermano. Puedo vender mi
casa de Londres.

—¿Qué? —exclamó Christian. Los copos de nieve derretidos en
sus pestañas parecían lágrimas.

Simon ya estaba negando con la cabeza.

—Eso no basta.

Sir Rupert no hizo caso de Christian, empeñado en persuadir a
Simon.

—Nuestras propiedades en el campo...

—¿Y mi madre y mis hermanas? —exclamó Christian.

El amigo de las muñecas delgadas se acercó a intentar tratarle la
herida, pero él lo apartó, impaciente.

—¿Qué pasa con ellas? —preguntó sir Rupert, encogiéndose de
hombros.

—No han hecho nada malo. Mi madre adora Londres. ¿Y Julia,
Sarah y Becca? ¿Las vas a poner a mendigar? ¿Hacerles imposible
casarse bien alguna vez?

—¡Sí! —gritó sir Rupert—. Son mujeres. ¿Qué otra solución
quieres que considere?

—¿Sacrificarías su futuro, su felicidad, para impedirme que me bata con Simon? —preguntó Christian, mirándolo incrédulo.

Sir Rupert levantó la mano temblorosa, apuntándolo.

—Tú eres mi heredero. Eres el más importante. No puedo permitir que corras el riesgo de morir.

—No te entiendo —dijo Christian. Se giró, dándole la espalda para alejarse, y entonces emitió un resuello y se tambaleó.

Su padrino corrió a prestarle apoyo.

—No importa —interrumpió Simon—. No puede pagar la muerte de mi hermano. Su vida no tiene precio.

—¡Maldito! —exclamó sir Rupert, sacando una espada de su bastón—. ¿Va a batirse con un hombre lisiado, entonces?

—¡No! —gritó Christian, apartándose bruscamente de su padrino.

Simon levantó una mano para impedirle abalanzarse.

—No, no me batiré contigo. Resulta que he perdido el gusto por la sangre.

A decir verdad, lo había perdido hacía mucho tiempo. Nunca le había gustado lo que tenía que hacer, pero en ese momento comprendía que no podría matar a Christian. Pensó en los hermosos ojos color ámbar de Lucy, tan serios, tan francos y honrados, y casi sonrió. No podía matar a Christian porque eso la decepcionaría; un motivo muy insignificante, pero esencial de todos modos.

Sir Rupert bajó la espada y en sus labios se formó una sonrisa satisfecha. Creía que había ganado.

—En lugar de eso —continuó Simon—, se marchará de Inglaterra.

Desapareció la sonrisa en la cara del hombre mayor.

—¿Qué?

Simon arqueó una ceja.

—¿Prefiere un duelo?

Sir Rupert abrió la boca, pero su hijo se le adelantó en contestar:

—No.

Simon miró a su ex amigo. Tenía la cara tan blanca como la nieve que estaba cayendo alrededor, pero estaba muy erguido.

Asintió.

—¿Aceptas que tu familia se marche de Inglaterra?

—Sí.

—¿Qué? —exclamó sir Rupert.

Christian se giró hacia su padre con expresión feroz.

—Te ofrece, «nos» ofrece, una salida honorable, sin derramamiento de sangre ni pérdida de fortuna.

—¿Pero adónde iríamos?

—A las colonias de América —contestó el joven. Miró a Simon—: ¿Eso cuenta con tu aprobación?

—Sí.

—¡Christian!

Christian siguió con los ojos fijos en Simon, sin hacer caso de su padre.

—Yo me encargaré de que se cumpla. Tienes mi palabra.

—Muy bien.

Estuvieron un momento mirándose. Simon vio pasar una emoción, ¿pesar?, por los ojos del joven. Por primera vez observó que este tenía los ojos casi del mismo color de los de Lucy. Lucy. Ella seguía ausente de su vida. Sumando, eran dos las personas que había perdido en ese mismo número de días.

Entonces Christian enderezó la espalda. Extendió la mano con la palma abierta. En ella estaba el anillo de sello Iddesleigh.

—Ten.

Simon lo cogió y se lo puso en el índice de la mano derecha.

—Gracias.

Christian asintió. Continuó mirándolo un momento, como si deseara decirle algo, y luego se alejó cojeando.

Sir Rupert lo miró ceñudo, con dos arrugas blancas marcadas entre las cejas.

—¿Acepta mi marcha del país a cambio de la vida de Christian?

—Sí —contestó secamente, asintiendo, y apretó los labios al notar que se tambaleaba. Unos pocos segundos más era todo lo que necesitaba—. Tiene treinta días.

—¡Treinta días! Pero...

—Lo toma o lo deja. Si usted o cualquier miembro de su familia continúa en Inglaterra pasados treinta días, retaré a duelo a su hijo otra vez.

No esperó la respuesta; el viejo ya tenía marcada la derrota en la cara. Le dio la espalda y echó a caminar en dirección a su caballo.

—Tenemos que ir a que te vea un médico —dijo a su lado la retumbante voz ronca de De Raaf.

Simon casi se echó a reír.

—¿Para que me sangre? No. Bastará que me venden la herida. Mi ayuda de cámara sabrá hacerlo.

—¿Puedes cabalgar? —gruñó De Raaf.

—Por supuesto.

Lo dijo con despreocupación, pero sintió un inmenso alivio cuando realmente pudo elevarse y montar en la silla. De Raaf lo miró exasperado, pero, sin hacerle caso, hizo virar el caballo en dirección a casa, a lo que antes fuera su hogar. Sin Lucy en ella, la casa de ciudad era una simple casa, un lugar para guardar sus corbatas y zapatos.

—¿Quieres que te acompañe? —le preguntó De Raaf.

Simon hizo un gesto de dolor. Llevaba su caballo a un paso tranquilo, pero de todos modos el movimiento le desgarraba el hombro.

—Sería agradable tener a alguien conmigo por si me cayera ignominiosamente del caballo.

—Y aterrizaras de culo —bufó De Raaf—. Naturalmente, te acompañaré en la cabalgada hasta tu casa, pero me refería a acompañarte cuando vayas a buscar a tu dama.

A pesar del dolor, Simon se giró laboriosamente en la silla para mirarlo.

De Raaf arqueó una ceja.

—Vas a ir a traerla de vuelta, ¿verdad? Después de todo es tu mujer.

Simon se aclaró la garganta, pensándolo. Lucy estaba muy, muy furiosa con él. Podría ser que no lo perdonara.

—Vamos, por el amor de Dios —exclamó De Raaf—. No me digas que vas a dejar que te abandone del todo.

—No he dicho eso —protestó Simon.

—Paséate llorando abatido por esa magnífica casa tuya.

—Yo no lloro.

—Juega con tus flores mientras dejas que tu mujer se aleje de ti.

—No...

—Es demasiado buena para ti, concedido —musitó De Raaf—. Pero de todos modos, es cuestión de principios. Por lo menos debes intentar traerla de vuelta.

—¡De acuerdo, de acuerdo! —exclamó Simon, casi a gritos, por lo que un pescadero que iba pasando lo miró enfurruñado y cruzó al otro lado de la calle.

—Estupendo —dijo De Raaf—. Y haz el favor de calmarte. No sé cuándo te he visto con peor aspecto. Tal vez necesitas un baño.

Simon habría protestado contra eso también, pero de verdad necesitaba un baño. Seguía pensando para encontrar una respuesta apropiada cuando llegaron a su casa. De Raaf se apeó de su castrado y lo ayudó a desmontar. Simon tuvo que tragarse un gemido; sentía la mano derecha pesada como el plomo.

—¡Milord! —gritó Newton, bajando corriendo la escalinata, con la peluca ladeada y haciendo brincar su abultada tripa.

—Estoy bien —masculló Simon—. Es sólo un arañazo. No ha sangrado...

—Ha vuelto la vizcondesa —dijo Newton, interrumpiendo a su amo por primera vez en todos sus años de servicio.

Se había cubierto la cara con las dos manos, los dedos abiertos sobre sus ojos cerrados. Un estremecimiento le sacudió todo el cuerpo. «Dios mío, protégelo.» Tenía adormecidas las rodillas por el frío. «Lo necesito.» El viento le azotaba las mejillas mojadas.

«Lo amo.»

«Dios mío, te lo ruego.»

Oyó un chirrido al final del pasillo. Pasos, lentos, firmes, los crujidos de los cristales rotos aplastados. ¿Venían a buscarla? No, por favor, no. Se acurrucó, hecha un ovillo sobre el hielo, sin dejar de cubrirse los ojos con las manos, para no ver la luz del amanecer, para no ver el fin de su mundo.

—Lucy.

Fue un susurro, tan tenue que no debería haberlo oído.

Pero lo oyó. Bajó las manos y levantó la cabeza, con esperanza, pero sin atreverse a creer. Todavía no. Él no llevaba peluca, tenía la cara pálida, blanca, fantasmal, la camisa toda ensangrentada. A un lado de la cara tenía sangre seca pegada, de una herida en la frente, y se sujetaba un brazo. Pero estaba vivo.

¡Vivo!

—Simon. —Torpemente intentó limpiarse de lágrimas los ojos con la base de las palmas, para poder ver, pero continuaron brotándole—. Simon.

Él avanzó tambaleante y se arrodilló delante de ella.

—Lo siento —comenzó ella y entonces cayó en la cuenta de que él estaba hablando—. ¿Qué?

—Quédate. —Le cogió los hombros y se los apretó, como si no pudiera creer que estaba ahí de verdad, sólida—. Quédate conmigo. Te amo. Dios mío, te amo, Lucy. No puedo...

A ella se le ensanchó el corazón al oír esas palabras.

—Lo siento. Es que...

—No puedo vivir sin ti —estaba diciendo él, deslizando los labios por su cara—. Lo intenté. No hay luz sin ti.

—No volveré a marcharme.

—Me convertí en un ser de alma ennegrecida...

—Te amo, Simon...

—Sin esperanza de redención...

—Te amo.

—Tú eres mi salvación.

—Te amo.

Finalmente él pareció oírla en medio de su confesión. Se quedó callado y quieto, y la miró. Entonces le cogió la cara entre las manos y la besó, moviendo tiernamente los labios sobre los suyos, deseándola, consolándola. Ella sintió el sabor a lágrimas y a sangre, y no le importó. Estaba vivo. Se le quedó atrapado el sollozo en la boca cuando él abrió la suya sobre la de ella. Volvió a sollozar y le pasó las manos por la parte de atrás de la cabeza, sintiendo los pinchazos de su pelo corto en las palmas. Casi lo había perdido.

Al recordar intentó apartarse.

—Tu hombro, tu frente...

—No es nada —musitó él, con la boca sobre la de ella—. Christian me pinchó, nada más. Ya está vendada la herida.

—Pero...

Entonces él levantó la cabeza y sus ojos color hielo miraron los de ella, derritiéndose.

—No lo he matado, Lucy. Nos batimos, cierto, pero paramos antes de que uno resultara muerto. Fletcher se irá a las colonias de América con su familia, y no volverán nunca a Inglaterra.

Ella lo miró. No había matado.

—¿Habrá más duelos?

—No. Se acabó. —Pestañeó, al parecer oyendo lo que acababa de decir, y repitió—: Se acabó.

Lucy le puso la mano en la mejilla terriblemente fría.

—Cariño.

—Se acabó. —Se le cortó la voz y bajó la cabeza hasta dejarla apoyada en el hombro de ella—. Se acabó y Ethan está muerto. Ay, Dios, mi hermano murió.

—Lo sé. —Le acarició tiernamente el pelo, sintiéndolo estreme-
cerse por los sollozos que no la dejaba ver.

—Era un burro pomposo, y yo lo quería muchísimo.

—Claro que lo querías. Era tu hermano.

Simon se atragantó de risa y levantó la cara. Tenía los ojos grises
bañados en lágrimas.

—Mi ángel.

Lucy se estremeció.

—Hace mucho frío aquí. Entremos para que te metas en la
cama.

—Qué mujer tan práctica —dijo él, intentando levantarse.

Lucy se incorporó, con el cuerpo rígido de frío, y rodeándolo
con el brazo lo ayudó a levantarse.

—Y esta vez insisto en que te vea un médico. Aunque tenga que
sacarlo a rastras de su desayuno de Navidad.

Él paró en seco, casi arrojándola al suelo.

—Navidad —repitió—. ¿Es Navidad?

Ella le sonrió. Se veía muy confundido.

—Sí. ¿No lo sabías? No pasa nada. No espero ningún regalo.

—Pero es que te tengo uno, y tengo uno para Bolsillo también.
Un navío de guerra de juguete, completísimo, con marineros y ofi-
ciales, e hileras de cañoncitos. Es muy cuco.

—No me cabe duda. A Bolsillo le va a encantar; Rosalind no lo
va a aprobar, pero supongo que esa es tu intención. —Agrandó los
ojos—. Ay, Dios, ¡Simon!

—¿Qué? —preguntó él, ceñudo.

—Invité a Bolsillo y a Rosalind al desayuno de Navidad. —Lo
miró horrorizada—. Lo había olvidado. ¿Qué hacemos?

—Informamos a Newton y a la cocinera y lo dejamos en sus
manos. —Le besó la frente—. Rosalind es de la familia después de
todo. Lo comprenderá.

—Es posible —dijo Lucy—, pero no podemos permitir que te
vea así. Por lo menos tenemos que lavarte.

—Me inclino ante todos tus deseos, ángel mío. Pero dame en el gusto y abre tu regalo ahora, por favor. —Cerró la puerta del invernadero y caminaron lentamente hasta la mesa del vestíbulo, donde ella había dejado antes la libreta azul—. Ah, sigue aquí.

Cogió el paquete rectangular aporreado y se giró hacia ella, con la expresión repentinamente insegura.

Lucy arrugó el entrecejo.

—¿No deberías acostarte por lo menos?

Él le pasó el paquete, sin decir nada.

A ella se le curvó la boca en una sonrisa que no pudo reprimir. Era imposible ser severa con él cuando estaba ante ella como un niño muy formal.

—¿Qué es?

Cogió el paquete. Era bastante pesado así que volvió a dejarlo en la mesa para abrirlo.

—Ábrelo —dijo él, encogiéndose de hombros.

Ella comenzó a desatar la cuerda.

—Hace tiempo que debería haberte hecho un regalo de bodas —dijo él a su lado.

Sintió su cálido aliento en el cuello. Se le curvó la boca. ¿Dónde estaba su aristócrata londinense? La divertía que él se pusiera tan nervioso al entregarle su regalo de Navidad. Terminó de quitar la cuerda.

—Ahora eres vizcondesa, por el amor de Dios —estaba musitando él—. Debería haberte comprado joyas. Esmeraldas o rubíes. Zafiros. Decididamente zafiros y diamantes.

Ella apartó el papel y se encontró ante una caja plana de madera de cerezo. Lo miró interrogante. Él la miró con las cejas arqueadas. Entonces ella abrió la caja y se quedó inmóvil. Dentro había hileras de lápices, negros y de colores, y barras de carboncillo, pasteles, un tintero diminuto y plumas. En una caja más pequeña había acuarelas, pinceles y una botellita para el agua.

—Si no te gusta o falta algo, puedo pedir en la tienda que preparen otra —se apresuró a decir él—. Tal vez una caja más grande. Y he encargado que hagan varios blocs de dibujo encuadernados, pero aún no están listos. Claro que también te compraré joyas. Muchas joyas. Un tesoro en joyas, pero esto sólo es algo pequeño...

Lucy pestañeó para contener las lágrimas.

—Esto es lo más maravilloso que he visto en mi vida.

Le rodeó los hombros y lo abrazó fuertemente, deleitándose en su conocido olor.

Sintió subir los brazos de él para abrazarla, pero entonces se acordó:

—Yo también tengo algo para ti.

Le pasó la libreta azul.

Él la abrió por la página del título y sonrió de oreja a oreja.

—*El Príncipe Serpiente*. ¿Cómo lo terminaste tan rápido? —Comenzó a pasar las páginas, mirando detenidamente las ilustraciones en acuarela—. Supongo que debería dárselo a Bolsillo. Al fin y al cabo lo encargué para ella, pero... —Se atragantó al llegar a la última página.

Lucy la miró, admirando al guapo príncipe de pelo plateado que había pintado junto a la chica cabrera. Realmente era un buen trabajo, aun cuando lo dijera ella.

—¡Cambiaste el final! —exclamó él, en tono ofendido.

Bueno, no le importó.

—Sí, es mucho mejor ahora que Angélica se casa con el príncipe Serpiente. Nunca me gustó ese Rutherford.

—Pero, ángel —protestó él—. Ella le cortó la cabeza. No veo cómo pudo recuperarse de eso.

—Tonto —dijo ella, acercándole la cara a la de ella—. ¿No sabes que el verdadero amor lo cura todo?

Justo antes que se encontraran sus labios, él la miró con los ojos gris plata empañados de lágrimas.

—Es cierto, ¿sabes? Eso hace tu amor por mí.

—Nuestro amor.

—Me siento sano, entero, cuando estoy contigo. No creía que eso fuera posible después de Ethan y Christian y... todo. Pero tú entraste en mi vida y me redimiste, rescataste mi alma del diablo.

—Ya vuelves a blasfemar —susurró ella, poniéndose de puntillas para llegar a sus labios.

—No, pero en realidad...

—Calla. Bésame.

Y él la besó.

www.titania.org

Visite nuestro sitio web y descubra cómo ganar
premios leyendo fabulosas historias.

Además, sin salir de su casa, podrá conocer
las últimas novedades de
Susan King, Jo Beverley o Mary Jo Putney,
entre otras excelentes escritoras.

Escoja, sin compromiso y con tranquilidad,
la historia que más le seduzca
leyendo el primer capítulo de cualquier libro
de Titania.

Vote por su libro preferido y envíe su opinión
para informar a otros lectores.

Y mucho más...